Marina Neumeier

Aquarius – Herz über Kopf durch die Zeit

W0297518

Ausgesondert

Marina Neumeier

# Aquarius – Herz über Kopf durch die Zeit = Bd. 1

Roman

PIPER

Mehr über unsere Autoren und Bücher:
www.piper.de

Wenn Ihnen dieser Roman gefallen hat, schreiben Sie uns unter Nennung des Titels »Aquarius – Herz über Kopf durch die Zeit« an empfehlungen@piper.de, und wir empfehlen Ihnen gerne vergleichbare Bücher.

Ausgesondert
(Fantastisches)
Bü
Stadtbibliothek
Meerbusch
10.02.21

ISBN 978-3-492-50348-8
© Piper Verlag GmbH, München 2020
Litho: Lorenz & Zeller, Inning am Ammersee
Redaktion: Friedl Wahren
Covergestaltung: Cover&Books by Rica Aitzetmüller
Coverabbildung: stock.adobe.com
Printed in Germany

*Für meine Eltern*

# Kapitel 1

*München, 15. Oktober 2018*

»Ein neues Semester, weißt du, was das bedeutet?«

Laras Stimme dringt durch die träge Suppe meiner Gedanken und schreckt mich auf. Huch, beinahe wäre ich wieder eingenickt, und das im Stehen. Wir befinden uns in der heillos überfüllten U-Bahn auf dem Weg zur Uni. Und mit überfüllt meine ich Zustände, die jedes ausverkaufte Justin-Bieber-Konzert wie eine gesittete Nachmittagsveranstaltung erscheinen lassen. Es ist so eng, dass ich kaum atmen kann. Ehrlich, ich hasse die morgendliche Rushhour. Und Professor Aschmann, der seine Vorlesung in diesem Semester auf neun Uhr morgens gelegt hat und heute von uns verlangt, zur ersten Sitzung schon eine Stunde früher zu erscheinen. Weiß der Geier, warum.

Laras Gesicht taucht dicht vor mir auf. Mit ihren großen blauen Augen mustert sie mich unverschämt wach. Ich blinzele verschlafen, und sie schnalzt missbilligend mit der Zunge. Natürlich ist *sie* früh genug aufgestanden, um sich auf dem Weg zur U-Bahn noch einen Coffee-to-go zu holen. Ich habe mich schon oft genug darüber beschwert, warum sie mir bei dieser Gelegenheit nicht auch einen Becher mitnimmt. Doch Lara weigert sich standhaft und nennt es eine *Erziehungsmaßnahme.* Sie will erreichen, dass ich pünktlicher aufstehe und meine Zeit besser organisiere, damit ich es selbst schaffe, mir einen Kaffee zu holen. Nur leider stößt sie da absolut auf Granit. Ich bin kein Morgenmensch, und kein Latte macchiato der Welt bringt mich eine Minute früher als wirklich nötig aus dem Bett.

»Hallo, Rosalie? Hörst du mir überhaupt zu?« Lara fuchtelt mit der freien Hand vor meinem Gesicht herum. Mehrere zierliche Ringe funkeln im kalten Licht der Neonröhren an ihren Fingern.

Ich presse mir den Handrücken vor den Mund, um ein Gähnen zu unterdrücken, bevor ich ihr antworte. »Sorry, bin kurz abgedriftet. Aber ich habe diese Nacht nur fünf Stunden Schlaf erwischt.«

Lara schnalzt wieder mit der Zunge. »Das kommt davon, dass du in den Semesterferien immer diesen furchtbaren Tag-Nacht-Rhythmus entwickelst. Oft bist du noch um drei Uhr morgens online.«

Ups, da hat mich jemand ertappt! Kurz verfluche ich die moderne Technik und die Möglichkeiten, jeden ausgiebigst stalken zu können. Diesmal hat mich wohl WhatsApp verraten. »Ich gelobe Besserung«, murmele ich und entlocke Lara damit ein Lächeln.

»Also, was ich eigentlich sagen wollte … ein neues Semester bedeutet neue Austauschstudenten.« Sie wackelt anzüglich mit den Augenbrauen und leckt sich die Lippen.

Lara ist außergewöhnlich hübsch, und wäre sie nicht meine beste Freundin, würde ich sie hassen wie die Pest. Ihre Augen sind kornblumenblau, und ihre braunen Haare fallen ihr immer in diesen unaufgeregten Wellen auf die Schultern. Sie geht nie ungeschminkt aus dem Haus und ist immer tadellos gekleidet. Manche halten Lara für eine oberflächliche Tussi, aber ihr Verstand ist messerscharf, und ich habe noch nie erlebt, dass jemand eine Diskussion gegen sie gewonnen hätte.

Jetzt muss ich aber wegen ihr die Augen verdrehen. »Wir studieren Kunstgeschichte, schon vergessen? Flirtrate gleich null.«

»Dieses Semester wird es anders, das spüre ich«, entgegnet Lara völlig ungerührt und mit einem sonnigen Lächeln. »Ich habe uns nicht umsonst für das Mentoring-Programm angemeldet.«

Als ich höre, was sie da sagt, fallen mir beinahe die Augen aus dem Kopf. »Du hast *was* gemacht?«

Lara tut überhaupt nicht so, als wäre sie ahnungslos. Ihr Grinsen wird gemein. »Nachdem letztes Jahr diese Gruppe rattenscharfer Doktoranden aus Madrid zu einem Forschungsaufenthalt hier war, habe ich beschlossen, dass wir uns die Gaststudenten nicht mehr entgegen lassen. Du hast schon recht, dass das Material hier in München sehr zu wünschen übrig lässt, doch auf internationaler Ebene sind ein paar vielversprechende Kandidaten dabei. Und an die kommen wir umso leichter heran, wenn wir Mentorinnen sind.«

Ich bin so fassungslos, dass ich den Mund nicht mehr zubekomme. Das ist ja noch schlimmer als letztes Jahr, als sie mich auf dieser Dating-Website angemeldet und ohne mein Wissen Blind Dates mit Jungs vereinbart hat. Okay, objektiv betrachtet vielleicht doch nicht ganz so schlimm, aber ich bin trotzdem alles andere als begeistert.

»Lass mich raten, die E-Mail von Professor Aschmann, die ich angeblich nicht bekommen habe, existiert überhaupt nicht, stimmt's? Die Vorlesung beginnt zur ersten Sitzung *nicht* ausnahmsweise eine Stunde früher.«

Zumindest hat Lara den Anstand, rot zu werden. Ihre

Wangen leuchten in einem knalligen Pink, was perfekt zu ihrem heutigen Lippenstift passt.

»Das war die einzige Möglichkeit, dich eine Stunde früher aus dem Bett zu holen.«

Wir wissen beide, dass ich zwar eine unverbesserliche Langschläferin bin, gleichzeitig aber nichts auf mein Studium kommen lasse. Pünktlich bei den Vorlesungen zu sein, ist mir wichtig. Und Lara hat das gnadenlos ausgenutzt.

Als die Bahn an unserer Haltestelle einfährt, stapfe ich missgelaunt zu den Rolltreppen und würdige Lara keines Blickes, bis ich oben auf der Straße ankomme. Diese Verräterin. Erst jetzt schaue ich mich nach ihr um, doch sie ist nicht hinter mir. Als sie endlich auftaucht, drückt sie mir einen heißen Pappbecher in die Hand. Ich schnuppere. Kaffee. Sie muss kurz am Kiosk in der U-Bahn-Station angehalten haben, um ihn mir zu besorgen.

»Glaub jetzt nicht, dass ich dir diese linke Nummer deswegen schneller verzeihe«, murmele ich, während ich den Deckel abnehme und den Milchschaum schlürfe.

»Ist schon Zucker drin, so wie du es magst.«

»Pharisäerin.«

Als wir das Hauptgebäude erreichen, hat es der Kaffee tatsächlich geschafft, mich milde zu stimmen. Immerhin bin ich jetzt viel eher bereit, mich fremden Menschen zu stellen.

»Wohin genau müssen wir jetzt?«

Begeisterung leuchtet in Laras Augen auf. Wahrscheinlich hat sie schon befürchtet, dass ich auf keinen Fall mitmache. »Raum A 112. Glaub mir, Rosalie, das wirst du nicht bereuen.«

»Berühmte letzte Worte«, brumme ich.

Gemeinsam betreten wir das Unigebäude und steigen die Treppe hinauf. Lara hat sich bei mir unter gehakt und manövriert mich durch die Grüppchen auf den Fluren. Dabei quasselt sie munter weiter über Flirts mit sexy Austauschstudenten. Ich will ihr nicht die Laune vermiesen und erwähne nicht, dass unsere Mentoring-Partner auch Mädchen sein könnten. Wer weiß, vielleicht hält dieser Umstand sie auch nicht auf.

Als wir den Kursraum A 112 betreten, sind schon einige Personen anwesend. Ich erkenne drei Kommilitonen und den steinalten Professor Kipping. Kipping ist Experte für spätmittelalterliche Architektur und mindestens so alt wie die Bauwerke, über die er arbeitet. Lara nennt ihn seit jeher Nosferatu, und obwohl sich tief in mir etwas dagegen sträubt, diesem altehrwürdigen Professor einen so respektlosen Namen zu verpassen, muss ich zugeben, dass die Ähnlichkeit rein äußerlich bestechend ist. Er ist groß und hager, mit einer Glatze, die glänzt wie eine frisch polierte Bowlingkugel, und Augen, die tief in dunkel violetten Höhlen liegen. Aber obwohl er einen so gruseligen Eindruck hinterlässt, ist er einer der nettesten Professoren an der Uni. Wie zum Beweis nickt er uns freundlich zu, als wir den Raum betreten.

Zu meiner Überraschung spricht er mich direkt an. »Ah, Frau Gryphius, wie schön, Sie hier zu sehen!« In seinen Augen funkelt ein gutmütiges Lächeln. Sein Gesicht dagegen ist bleich und sein Mund besorgniserregend lila verfärbt. Er sieht älter aus als je zuvor und mehr denn je wie Nosferatu.

Bevor ich etwas erwidern kann, klatscht Frau Lorenz in die Hände. Sie ist Studienkoordinatorin und auch zuständig für die Betreuung der Gaststudenten. Sie hat ein grobknochiges, hageres Gesicht und hält nicht viel vom Lächeln. Ich bin jedes Mal froh, wenn ich es ohne Frostbeulen aus ihrer Sprechstunde schaffe. Doch heute gibt sie sich Mühe.

»Hallo, zusammen! Herzlich willkommen zurück. Ich wünsche Ihnen allen einen guten Start ins neue Semester, vor allem unseren Austauschstudenten, die heute ihren ersten Tag hier haben. *Benvenuto qui a Monaco.*«

Aha, Italiener also. Ich fange Laras schelmisches Lächeln auf. Wir beide belegen Italienisch im Nebenfach. Nach anfänglichen Startproblemen macht mir die Fremdsprache inzwischen sogar richtig Spaß. Ich ertappe mich dabei, wie Aufregung in mir prickelt. Vielleicht hat Lara ja doch recht, und wir werden die Mentorinnen von süßen italienischen Jungs. Vielleicht klappt Flirten bei mir auf Italienisch ja besser als auf Deutsch.

»Ich bedanke mich schon jetzt bei unseren Studierenden für ihr freiwilliges Engagement«, fährt Frau Lorenz munter fort. »Dieses Jahr ist die Ludwig-Maximilians-Universität eine Partnerschaft mit der Nuova Accademia di Belle Arti in Mailand eingegangen. Im Zuge dessen darf ich für dieses Semester hier in München fünf Studenten begrüßen – die beiden Bachelorstudenten Paola dello Russo und Davide Villani. Aus dem Master-Studiengang Matteo Ferrante und Leopoldo Orlandi del Mazza. Und Sara Pontrelli, die ihre Doktorarbeit in München fertigstellen möchte. Sie alle heiße ich noch einmal herzlich willkommen.«

Wir applaudieren höflich, was in dem großen Seminarraum ziemlich verloren klingt. Ich recke den Kopf und versuche, über die Köpfe der anderen hinweg einen Blick auf die Gaststudenten zu erhaschen. Sie haben sich vorn neben dem Pult aufgestellt, aber ich kann von meinem Platz aus nicht viel erkennen. Professor Kipping steht genau vor mir, und er misst bestimmt einen Meter neunzig. Außerdem hat er für einen Mann seines Alters noch erstaunlich breite, stattliche Schultern. Ich bin kein Winzling, aber ich kann nichts erkennen außer dem üppigen Lockenschopf eines der Mädchen.

Frau Lorenz erklärt noch einmal Sinn und Zweck des Mentoring-Programms. Sie betont, wie wichtig es ist, dass die ausländischen Studenten in ihrer Anfangszeit in dem fremden Land und an der neuen Uni Unterstützung bekommen. Meine rechte Hand schließt sich fester um den tröstlich warmen Pappbecher. *So lange wird das nicht dauern*, rede ich mir gut zu. *Das sind alles erwachsene Menschen, die nur ein wenig Starthilfe brauchen. Stell dir vor, du wärst völlig neu hier.*

»Frau Gryphius, Sie werden Herrn Orlandi del Mazza zur Seite stehen. Herr Neumann, Sie sind der Mentor von Frau Pontrelli.«

Ich merke erst wieder auf, als mein Name fällt. Moment, was habe ich verpasst? Ich sehe mich hilfesuchend um, doch alle ringsum setzen sich in Bewegung und streben auf ihren zugeteilten Partner zu. Lara lächelt mich geradezu euphorisch an und vollführt unverständliche Gesten, die mir wohl irgendetwas Wichtiges mitteilen sollen. Mir wäre es lieber, ich wüsste, wer genau mein Partner ist. Wie heißt der Typ noch mal? Kann Frau Lorenz seinen Namen vielleicht wiederholen? Lara verpasst mir einen beherzten Stoß, während sie längst einen jungen Mann mit süßem Lockenschopf entgegenstrahlt. Ich stolpere nach vorn, und dann steht er vor mir. Ludovico da Mozzarella … oder so ähnlich. Seine elegante Kleidung fällt mir als Allererstes auf. Er trägt ein blau-weiß gestreiftes Hemd mit weißem Kragen und eine beige Chinohose. Auf die Brusttasche ist ein winziges Monogramm eingestickt. Langsam lasse ich den Blick nach oben zu seinem Gesicht wandern. Völlig unvorbereitet treffe ich auf ein Paar tiefgrüne Augen. Ich starre hin wie hypnotisiert. So eine Farbe habe ich noch nie gesehen. Es ist ein wunderschönes, schillerndes Meergrün, eingerahmt von einem Kranz schwarzer Wimpern. Er zieht die dunklen Augenbrauen hoch, und ich bemerke, dass ich ihn anglotze, ohne etwas zu sagen. Verdammt. Reflexartig strecke ich ihm die Hand entgegen.

»Rosalie Gryphius, freut mich.« Ich beglückwünsche mich selbst zu diesem Manöver. Indem ich mich noch einmal förmlich vorstelle, ist er gezwungen, mir ebenfalls seinen Namen zu nennen.

Er nimmt meine Hand und drückt sie kurz. »Leopoldo Orlandi del Mazza.«

Wow! Was für ein Name. Er rattert ihn in der Geschwindigkeit eines vorbeirasenden Güterzugs herunter. Sein Blick streift kurz mein Gesicht, dann gleitet er weiter und mustert wachsam die anwesenden Personen. Das gibt mir die Gelegenheit, sein Gesicht noch einmal genauer zu betrachten. Er sieht wirklich unverschämt gut aus. Das sind nicht nur diese bemerkenswerten Augen, auch das ganze Gesicht ist hübsch. Eine gerade Nase und schön geschwungene Lippen, deren Mundwinkel im Moment allerdings nach unten gezogen sind. Ich bin gerade in das Studium seiner Wangenknochen und der markanten Kinnlinie vertieft (Botticelli hätte seine Freude an ihm gehabt), als er mir seine Aufmerksamkeit wieder zuwendet. Benommen registriere ich, dass er aller Attraktivität zum Trotz ziemlich miesepetrig dreinblickt. Wenn nicht zu sagen – arrogant. Während alle anderen Paare sich angeregt unterhalten, sendet er ganz klar das Signal: *Ich habe nicht das geringste Interesse daran, mich mit dir zu unterhalten.*

Angesichts dieses Blicks zerplatzt meine Zuversicht wie eine Seifenblase. Die dumme alte Unsicherheit kehrt zurück und hemmt mich. Mein Kopf ist wie leer gefegt. Ich suche nach einem Gesprächsfetzen, nach irgendetwas, um ein Gespräch in Gang zu bringen, doch mir fällt absolut nichts ein. Dieser abweisende, kühle Blick lähmt mich. Mir wird immer unbehaglicher zumute.

Ich höre, wie eins der italienischen Mädchen in gebrochenem Deutsch von ihrem Heimatort erzählt. Endlich nimmt mein Gehirn den Betrieb wieder auf, und ich gebe mir einen Ruck.

»Und, woher kommst du?« Ich stelle die Frage auf Deutsch, weil ich wissen will, ob er die Sprache kann.

»Florenz«, erwidert er knapp.

Na, sieh einer an! Ein richtiges Sprachtalent also.

»Oh!«, entweicht es mir unwillkürlich. »Ich war letzten Sommer dort.« Ich kann den schwärmerischen Klang in meiner Stimme nicht unterdrücken.

»Warst du shoppen und Eis essen?« Sein Tonfall klingt herablassend. Seine Aussprache dagegen geht mir runter wie Butter.

»He, wir studieren das Gleiche, schon vergessen? Ich habe von früh bis spät Michelangelos David angeschmachtet.«

»Ah ja.«

Hitze steigt mir in die Wangen. Super, Rosalie, kannst du etwas noch Peinlicheres von dir geben? Jetzt stehe ich da wie eine Verrückte, die eine nackte Marmorfigur anhimmelt. Aber dieser Kerl macht mich nervös. Seine Einsilbigkeit und das offensichtliche Desinteresse an Small Talk mit mir schüchtern mich ein. Ich kann mit attraktiven Jungs nicht umgehen, vor allem nicht, wenn sie mir so offensichtlich ablehnend gegenüberstehen. Hilfe suchend linse ich zu Lara hinüber, doch die ist völlig versunken in das Gespräch mit ihrem Schützling. Bei den beiden sieht es so einfach aus.

Sie lächeln beide, und Lara hört ihm mit großen Augen zu, während er gestikulierend erzählt. Warum kann nicht *er* mein Mentoring-Partner sein? Er sieht sympathisch und aufgeschlossen aus. Wahrscheinlich hätte er über meinen verschrobenen Michelangelo-Kommentar nur gelacht und eine lustige Anekdote über ein eigenes Missgeschick eingeflochten. Signor Doppelname neben mir dagegen ist so gesprächig wie ein Felsblock. Er macht überhaupt keine Anstalten, das Gespräch fortzuführen. Wie unhöflich kann man denn sein?

»Wieso bist du nach München gekommen?«, frage ich unbeirrt weiter. Langsam, aber sicher verdrängt Gereiztheit meine Unsicherheit. Was ist so schwer daran, ein bisschen Begeisterung für ein Gespräch zu heucheln, das ich auch nicht führen möchte? Ich gebe mir wenigstens Mühe.

Er wirft mir einen flüchtigen Blick zu. Ich straffe die Schultern und kämpfe störrisch gegen das Gefühl der Unzulänglichkeit an. Das ist eine völlig legitime Frage. *Er* ist der Unhöfliche von uns beiden.

»Ein Jo …« Er stockt. »Das Austauschprogramm hier ist exzellent«, sagt er dann schnell. »München macht sich gut in meinem Lebenslauf.«

Ich runzele die Stirn. Wollte er gerade Job sagen? Warum hat er es nicht einfach ausgesprochen? Dieses offensichtliche Zögern passt irgendwie nicht zu seiner stolzen Haltung. Anscheinend etwas, das nicht für meine Ohren bestimmt ist. *Na gut. Interessiert mich auch gar nicht.*

Frau Lorenz ist meine Rettung. Sie hebt die Stimme und verkündet, dass wir uns auf den Weg zu Professor Aschmanns Vorlesung machen sollen. Offenbar besuchen alle Gaststudenten diese Vorlesung. Ich bin erleichtert, denn das bedeutet, dass ich den verstockten Miesepeter bald los bin. Als eine der Ersten will ich den Raum verlassen, da packt er mich mit der Hand am Oberarm und hält mich zurück. Seine Augen mustern mich einen Moment lang nachdenklich, als müsse er die richtigen Worte abwägen.

»Hör mal, Rosalia.«

»Ich heiße Rosalie«, verbessere ich ihn, obwohl sich die italienische Version meines Namens von seinen Lippen ziemlich verheißungsvoll anhört. Die Betonung liegt bei ihm auf der letzten Silbe. Rosa-LIA.

»Ah ja.« Schon wieder dieses desinteressierte *Ah ja*. Wütend runzele ich die Stirn.

»Ich weiß, wir sollen dieses Mentoring-Programm durchziehen, aber ehrlich gesagt habe ich überhaupt keine Zeit für so was. Du hast dich bestimmt schon gefreut, dich um einen Neuling kümmern zu können, aber da gibt es bestimmt andere, die dankbarere … Ziele abgeben.« Er lächelt gezwungen.

Mir klappt der Mund auf, und wieder bleibt mir die Luft weg. Aber diesmal nicht, weil mich sein schönes Gesicht überwältigt, sondern weil ich beinahe an seiner Arroganz ersticke. In mir meldet sich ein archaischer Teil, der ihm seinen gönnerhaften Ton am liebsten tief in den Rachen stopfen würde. Dieser Kerl hat noch keine fünf Worte mit mir gewechselt und behandelt mich schon wie eine minderbemittelte Dumpfbacke. Ich überrasche mich selbst, indem ich einen Schritt auf ihn zutrete und ihm unverwandt in die Augen sehe.

»Ich habe keine Ahnung, was falsch bei dir läuft und weswegen du unfähig bist, eine normale Unterhaltung mit mir zu führen. Aber ich habe absolut keine Lust, auch nur eine Sekunde auf einen anmaßenden Arsch wie dich zu verschwenden. Besten Dank auch.« Ich dränge mich grob an ihm vorbei durch die Tür und hätte ihn dabei gern umgeschubst, doch er gerät nicht einmal ins Wanken. Im Vorbeigehen sehe ich Lara und ihren Mentoring-Partner, die die Szene beobachtet haben. Der Junge grinst breit. Ich komme zu der Überzeugung, dass dieses missglückte Kennenlernen ganz und gar *seine* Schuld ist. Er war sich von Anfang an zu fein dafür, mit mir ins Gespräch zu kommen, und hat sich lieber wie ein ignoranter Schnösel benommen. Blöder, eingebildeter Leopoldo Soundso. Das ist ein bescheuerter Name, den niemand aussprechen kann, und er scheint auch noch mächtig stolz darauf zu sein. Leute mit Doppelnamen sind doch nur affige Angeber. In Höchstgeschwindigkeit erreiche ich den Hörsaal. Wütend stapfe ich die Reihen der angeschraubten Sitzbänke nach oben. Im oberen Drittel des Hörsaals entscheide ich mich willkürlich für einen Platz und klappe den Sitz herunter. In mir brodelt es. Ich schaue hoch, als sich jemand neben mich setzt, doch es sind nur Lara und ihr Mentoring-Partner. Leopoldo sitzt weiter vorn neben der italienischen Doktorandin. Wunderbar, soll er sie mit seinem ätzenden Schweigen strafen.

Lara räuspert sich. »Rosalie, darf ich dir Matteo Ferrante vorstellen? Matteo, meine beste Freundin Rosalie.«

Wir schütteln uns über Lara hinweg die Hände. Aus der Nähe betrachtet ist Matteo nicht ganz so attraktiv wie Leopoldo, sein Gesicht ist runder und seine Nase ein wenig krumm, aber in seinen braunen Augen funkelt ein verschmitztes Lächeln.

»Was war das denn gerade zwischen dir und Leo?«, fragt er interessiert. Seine Mundwinkel zucken. Offenbar bereitet es ihm einen Heidenspaß, dass ich Leo zur Schnecke gemacht habe.

»Ja, das würde mich auch interessieren. Du siehst richtig wütend aus.« Lara stößt mich in die Seite. Fragend legt sie den Kopf schief. Sie kennt mich ganz genau und weiß, wie untypisch es für mich ist, vor fremden Leuten so aus der Haut zu fahren. Für meine Verhältnisse war das ein ganz und gar ungewöhnlicher Temperamentsausbruch. Neun von zehn auf der Richterskala.

»Kennst du Leonardo näher?«

Matteo runzelt kurz die Stirn. »Du meinst wohl *Leopoldo.* Und ja, wir sind schon seit Ewigkeiten befreundet. Ich gehe sogar so weit, ihn als meinen besten Freund zu bezeichnen.« Seine vollen Lippen kräuseln sich zu einem hinreißenden Lächeln. *Meine Güte, er ist echt süß.*

Meine Miene verfinstert sich dennoch. »Dann kann ich dich nur zu einem absoluten Ekelpaket von Freund beglückwünschen. Wie hältst du es nur aus mit so einem?« Skeptisch mustere ich ihn. So lieb, wie er aussieht, kann er doch vollen Ernstes nicht mit jemandem wie diesem Leopoldo befreundet sein. Vielleicht hat er ja eine gespaltene Persönlichkeit.

Matteos Grinsen wird breiter. »Ach, mit der Zeit gewöhnst du dich an die arrogante Visage.« Er gluckst. »Nein ehrlich, eigentlich ist er ein prima Kerl, aber im Moment macht ihm einiges zu schaffen. Er hat ziemlichen Stress mit …«

»Einem Job?«, falle ich ihm neugierig ins Wort. Ich spreche es aus, bevor ich innehalten kann. Meine Neugier ist mal wieder außer Rand und Band. Verbunden mit meiner lebhaften Fantasie, ergibt das selten gute Mischungen.

Matteos Blick wird wachsam. »Er hat nur viel um die Ohren«, sagt er ausweichend. »Außerdem hat ihn vor Kurzem seine Freundin abserviert. Wahrscheinlich schiebt er gerade Frust auf die Frauenwelt im Allgemeinen. Nimm es nicht persönlich, das hat nichts mit dir zu tun, *micina.*«

Na so was, eine Ex-Freundin. Noch eine Frau, die Verstand beweist und ihn links liegen lässt. Das besänftigt mich ein bisschen, und ich hole meinen Laptop aus der Tasche. Professor Aschmann hat vorn schon Position bezogen und öffnet seine Präsentation. Ich spüre genau, dass Lara mich mit Argusaugen von der Seite mustert. Wenn die Vorlesungen vorbei sind, wird sie alles ganz genau von mir wissen wollen.

Am Nachmittag, als ich mich wieder beruhigt habe, besuche ich Lara an ihrem Arbeitsplatz. Sie jobbt als Kellnerin im *Café Adelheid,* zwei Ecken von der Uni entfernt. Es ist ein urgemütliches Lokal mit schweren Polstersesseln und alten Stofftapeten an den Wänden. Lara ist die Herrin über die riesige verchromte Kaffeemaschine, die unter zischenden Dampfwolken den besten Cappuccino der Stadt ausspuckt. Ich verbringe oft ganze Nachmittage hier. Mein Stammplatz ist der Sessel in der Nische am Fenster, und Lara bringt mir jede Stunde unaufgefordert ein Getränk. Wenn wenig los ist, setzt sie sich zu mir, und wir quatschen oder büffeln zusammen für Prüfungen. Heute dreht sich unser Gespräch ausschließlich um die italienischen Gaststudenten. Lara hat mit Matteo tatsächlich den Hauptgewinn gezogen. Er ist schnuckelig und witzig und verteilt süße italienische Kosenamen. Lara nennt er *ciccina.* Im Gegensatz zu Leopoldo scheint er sich ehrlich darüber zu freuen, dass sie ihn an der Uni herumführt.

»Was ist eigentlich zwischen dir und diesem Knaben abgelaufen?«, will Lara mit amüsiert zuckenden Augenbrauen wissen.

Ich hebe die Schultern. Jetzt im Nachhinein ist es mir unangenehm, dass es mir zu Beginn derart die Sprache verschlagen hat. Ich komme mir blöd vor, weil sein gutes Aussehen mich so benebelt hat.

»Er hat mich von Anfang an total herablassend behandelt. Als wäre es unter seiner Würde, mit mir zu sprechen.« Lara verzieht das Gesicht, als hätte sie in eine Zitrone gebissen. »Ich habe mich so gefreut, als wir beide männliche Partner zugeteilt bekommen haben«, sagt sie. »Noch dazu sieht Leopoldo supergut aus. Ich war wirklich überzeugt, dass das Schicksal es gut mit uns meint.«

»Hat es ja auch«, sage ich und beschließe, die Sache ab jetzt positiv zu sehen. »Ich hatte von vornherein keine Lust, Mentorin zu sein, und nachdem Leopoldo klargestellt hat, dass er an meinen Diensten nicht interessiert ist, bin ich wieder frei und ungebunden.«

Lara zieht einen Flunsch. »Matteo sagt, dass er sonst nicht so mies drauf ist. Du hast ihn nur auf dem falschen Fuß erwischt Er hat sich erst kurzfristig dafür entschieden, nach München zu kommen.«

»Aber es ist doch ein internationales Austauschprogramm, da kann man sich nicht in letzter Sekunde entschließen, ob man mitmacht oder nicht. Es gibt Bewerbungsfristen und so was.« Meine Vorbehalte gegen Signor Doppelname wachsen sekündlich. So ein eingebildeter Schnösel!

»Mein liebes Kind, die kommen von einer Privatuniversität. Leute wie die müssen nur die richtige Summe überweisen und ihre Verbindungen spielen lassen, und schon sind sie an Bord.«

»Hä?«

Lara rollt mit den Augen. »Die Orlandi del Mazza sind ein uraltes florentinisches Adelsgeschlecht. Heute ist ihr Titel nur noch Schall und Rauch, aber ihr Einfluss im gesellschaftlichen und politischen Leben von Florenz ist immer noch immens.«

»Woher weißt du denn das schon wieder?«

»Matteo hat es mir erzählt.«

Ich kann es nicht fassen. »Wie hast du es geschafft, ihm innerhalb so kurzer Zeit so viele Informationen zu entlocken?« Ich habe genauso lange mit Leopoldo gesprochen und lediglich herausgefunden, dass er aus Florenz kommt. Ich kann mir ja nicht einmal seinen vollständigen Namen merken.

Girlande da Mazda oder so ähnlich.

Lara bedenkt mich mit einem Blick, der genau das sagt, was ich die ganze Zeit befürchte: Mir fehlt dieses berühmte Quäntchen weiblicher Raffinesse, um das männliche Geschlecht um den kleinen Finger zu wickeln. Sie wirkt fast mitleidig. Ich verpasse ihr einen Seitenhieb.

»Im Grunde ist es doch egal. Wir haben beide keine Lust auf das Mentoring-Programm und uns sozusagen einvernehmlich getrennt.«

»Einvernehmlich?«, prustet Lara. »Was ich da gehört habe, klang eher nach einer Schlammschlacht.«

»Ich werde mich ganz sicher nicht entschuldigen, falls du das meinst.«

»Nein, das sollte ein Witz sein. Ich finde es ehrlich gesagt super, dass du ihm die Meinung gegeigt hast. So wie es mir vorkommt, passiert das ohnehin viel zu selten. Ich gebe zu, er macht wirklich keinen besonders netten Eindruck, obwohl das eine ziemliche Verschwendung von gutem Aussehen ist.« Sie lächelt diebisch, und ich schlinge ihr einen Arm um die Schulter. Habe ich schon mal erwähnt, dass Lara die beste Freundin auf der Welt ist?

»Bist du mir noch böse, weil ich dich ohne zu fragen als Mentorin angemeldet habe?«

»Iwo. Aber warn mich das nächste Mal bitte rechtzeitig vor, wenn du wieder solche Aktionen planst!«

»Ach, da du es erwähnst!« Lara richtet sich auf ihrem Platz gerade auf. »Morgen ist die Vernissage in der Villa von Professor Kipping. Du musst mich unbedingt begleiten.«

Oh, das habe ich ja total vergessen! Professor Kipping öffnet seine Türen in den nächsten Wochen exklusiv für eine Ausstellung seiner privaten Kunstsammlung. Seine Kollektion soll außergewöhnlich sein, und er macht sie zum ersten Mal der Öffentlichkeit zugänglich. Morgen findet die feierliche Vernissage statt, und das gesamte Institut für Kunstgeschichte samt Studierenden ist eingeladen. Da kann ich unmöglich passen. Außerdem bin ich tatsächlich gespannt auf die Ausstellung. So viel ich weiß, soll er auch einige Blätter von Leonardo da Vinci besitzen, was mich besonders begeistert. Seit ich denken kann, bin ich fasziniert von den Kunstwerken der italienischen Renaissance. Bei mir zu Hause stapeln sich Kunstbände über Botticelli, Mantegna und Michelangelo, und meine Wände sind gepflastert mit gerahmten Drucken. Vor allem begeistern mich mythologische Themen und die Rückkehr von antiken Proportions- und Harmonielehren in die Kunst. Vielleicht ist diese Begeisterung der Grund, warum sich Professor Kipping meinen Namen gemerkt hat. Ich dünste sie aus wie ein unverkennbares Parfüm. Lara nennt es eine ungesunde Leidenschaft.

»Wunderst du dich nicht auch, dass Nosferatu die Ausstellung in seinem Privathaus organisiert? Warum geht er dafür nicht in ein Museum?«, bemerkt sie gerade und rührt gedankenverloren in ihrem Chai Latte.

Der Gedanke ist mir auch schon gekommen. Ich habe noch nie davon gehört, dass jemand eine öffentliche Kunstausstellung in seinem Privathaus veranstaltet. Allein die Versicherungskosten müssen enorm sein, wenn täglich fremde Menschen ein und aus gehen.

»Vielleicht will er seine Sammlung nicht weggeben, nachdem er sie so lange bei sich zu Hause unter Verschluss gehalten hat«, überlege ich.

Lara nickt zustimmend. »So muss es sein. Oder das Ganze ist eine riesige Enttäuschung und nichts als Schund, den kein Museum annehmen will.« Sie grinst verschlagen, und ich rolle mit den Augen. Professor Kipping ist ein international anerkannter Forscher, er wird bestimmt keine alten Einkaufszettel von da Vinci sammeln … obwohl wahrscheinlich selbst die inzwischen ein Vermögen wert sind.

»Meinst du, Paul will auch kommen?«, fragt Lara. Paul ist mein älterer Bruder, mit dem ich zusammenwohne. Er ist vierundzwanzig und macht gerade den Master in Mechatronik und Informationstechnik an der Technischen Universität. Er ist mein bester Freund und alles an Familie, was ich noch habe. Unsere Eltern sind vor fünf Jahren gestorben, und seitdem wir beide studieren, leben wir in der Wohnung, die wir gemeinsam von unserer Großmutter geerbt haben.

Meine beste Freundin mustert mich immer noch erwartungsvoll, und ich schüttele heftig den Kopf. »Nein, er hat bestimmt keine Lust darauf, das weißt du doch.«

Lara kennt meinen Bruder genauso gut wie mich und weiß, dass wir ihn mit Kunst und Kultur nicht locken können.

Sie nickt nachdenklich. »Ja, du hast recht. Aber man soll die Hoffnung nie aufgeben, richtig?« Ihr Lächeln ist verschmitzt, und sie bedeutet einem Gast, der ungeduldig an der Theke wartet, sich noch einen Moment zu gedulden. Lara kann es sich immer erlauben, unverschämt zu sein. Die Leute verzeihen es ihr auf der Stelle.

»Er sollte dich mehr unterstützen.«

»Paul ist immer für mich da, und ich kann mich auf ihn

verlassen. Da muss ich ihn nicht auch noch zu Veranstaltungen schleppen, bei denen er sich erfahrungsgemäß nur langweilt.«

»Aber du bist seine kleine Schwester, er sollte in bisschen mehr Begeisterung für deinen Werdegang aufbringen. Jaha, ich komme schon!« Sie stemmt sich übertrieben schwerfällig aus ihrem Sessel hoch, als wäre es eine Frechheit von diesem Kerl, sie um einen Kaffee zu bitten.

Im nächsten Moment schäkert sie bereits mit dem verstimmten Gast und wickelt ihn mit ihrem unwiderstehlichen Charme um den kleinen Finger. Ehrlich, ihre Chefin hat sie nur deshalb noch nicht gefeuert, weil sie diese Gabe hat. Wahrscheinlich bekommt sie gleich auch noch ein Trinkgeld.

Ich lümmele mich tiefer in meinen Sessel und konzentriere mich auf mein Buch von Umberto Eco, das ich mitgebracht habe.

Zwei Stunden später mache ich mich auf den Heimweg. Durch den einsetzenden herbstlichen Nieselregen eile ich im Laufschritt zur U-Bahn. Als ich die Wohnungstür aufschließe, weht mir augenblicklich ein bestialischer Gestank entgegen. Eine Mischung aus heißem Fett und Verbranntem. »Paul!«, brülle ich. Als Antwort ertönt lediglich blechernes Geklapper. Ich lasse meine Tasche neben der Garderobe auf die alte Polsterbank fallen und renne in die Küche.

Mein Bruder steht mit hochrotem Kopf vor dem Herd und hantiert hektisch mit einer Pfanne. Mit beherztem Schwung befördert er sie ins Spülbecken und lässt Wasser darauf fließen. Fett spritzt in alle Richtungen, und es qualmt höllisch. Aufquellender heißer Wasserdampf hüllt Pauls Kopf ein. Erst jetzt bemerkt er, dass ich auch da bin.

»Oh! Hi, Rosa!« Verlegen fährt er sich durch die Haare und reißt das Fenster weit auf. Demonstrativ wedele ich mit der Hand vor der Nase herum.

»Riecht ja köstlich, Monsieur Bocuse«, flöte ich und versuche einen Blick in die Spüle zu werfen. Ein dampfender schwarzer Brocken und etwas, das wie verkohlte Cocktailtomaten aussieht. Paul schiebt sich schnell zwischen mich und die Küchenzeile und versperrt mir den Blick. Er zieht eine leidende Grimasse und schubst mich aus der Küche hinaus. Nebenbei murmelt er irgendwas von Rauchgasvergiftung und zieht die Tür hinter sich zu.

»Nicht der Rede wert, wollte mir nur schnell was warm machen, aber mit der Herdplatte stimmt etwas nicht. Sie ist außer Kontrolle.«

Hinter seinem Rücken muss ich schmunzeln. Außer Kontrolle, ja genau. Ich vermute eher, dass er die Platte wie immer voller Ungeduld sofort auf die höchste Stufe gestellt hat und deswegen alles verbrannt ist. Der Junge ist unbelehrbar. Trotzdem wird mein Schmunzeln immer breiter. Wenn Paul kocht, dann hat das nur einen Grund – er hat ein Mädchen am Start. Sobald er verknallt ist, schwingt er den Kochlöffel, und es entstehen die abenteuerlichsten Kreationen.

Mit der Hüfte lehne ich mich an den Tisch in unserem offenen Wohn- und Esszimmer.

»Spuck's aus! Wer ist sie?«, frage ich unumwunden.

Paul starrt mich erschrocken an, so als fürchte er, ich könne Gedanken lesen. Dann entspannt sich seine Miene, und er lässt sich rückwärts auf das ultrabequeme uralte Sofa fallen.

»Ich habe das Superlos gezogen, Rosa!«, sprudelt er los. »Sie ist eins der wenigen Mädchen in meinem Studiengang und ab heute meine Projektpartnerin. Mann, ich sag's dir, sie ist der Knaller, hübsch und klug und ein Mädchen. Ein echtes Mädchen!«

Ich muss lachen. Mein süßer, verschrobener Bruder.

»Wenn das zwischen euch was werden soll, dann rate ich dir aber, sie niemals zum Essen einzuladen, zumindest nicht, wenn du selber kochst.«

Paul ist so glücklich, dass er meine Spitze mit einem breiten Grinsen wegwischt. »Vielleicht frage ich sie nächste Woche, ob wir gemeinsam mittags essen wollen. Tobi meint, in der TU-Mensa ist asiatische Woche, damit kann man nichts falsch machen.«

»Aber meide die Sommerrollen! Vor denen musst du dich wirklich in Acht nehmen«, warne ich. Beim Gedanken an das schleimige Häufchen Reispapier mit roher Gemüsefüllung dreht sich mir noch immer der Magen um.

»Oder wir gehen ins Café auf der Dachterrasse, wenn das Wetter gut ist. Dann lade ich sie auf ein oder zwei Panini ein. Meinst du, sie mag das?«

Während er völlig aufgekratzt seine erste Verabredung mit dem einzig wahren Mädchen der TUM plant, lasse ich mich auf meinen Sessel fallen. Er ist weinrot und mit edlem Samt bezogen. Abgesehen von meinem Bett gibt es kein bequemeres Möbelstück in unserer Wohnung. Irgendwann hat Paul das Thema weibliche Projektpartnerin abgegrast und setzt sich auch.

»He, wie war überhaupt dein Tag? Hattest du einen guten Start?«, fragt er mich munter. Da wir auf zwei verschiedene Unis gehen, sind unsere Semester etwas unterschiedlich getaktet, und Paul ist schon längst wieder mitten im Unialltag zurück.

»Na ja.« Ich zucke mit den Achseln und lümmele mich noch tiefer in die kuscheligen Samtpolster. Gedanklich lasse ich den Tag Revue passieren und stoße dabei ein mürrisches Schnaufen aus.

»Hoppla, das klingt aber gar nicht gut«, bemerkt Paul, der ein Meister in der Deutung meiner Äußerungen ist. Recht hat er.

Ich sehe mich gezwungen, mich noch einmal in aller Ausführlichkeit über Leopoldo Oberschnösel von Mistkerl auszulassen (inzwischen macht es richtig Spaß seinen Nachnamen zu verunstalten). Zum Ende hin sieht Paul so angewidert aus, als hätte ich ihn gerade gezwungen, eine Mensa-Sommerrolle zu essen.

»Hast du ein Glück, dass du den so schnell losgeworden bist! Hört sich ja wie ein richtiger Vollpfosten an.«

Ich stimme ihm aus tiefstem Herzen zu und bin wieder einmal froh, mit meinem Bruder auf einer Wellenlänge zu sein. Leider hält mein freudiges Gefühl geschwisterlicher Verbundenheit nur kurz an, denn Paul schneidet bereits ein neues Thema an. Und das liegt mir bereits seit Tagen im Magen wie Backsteine.

»Hast du schon was vom Museum gehört?«

Na prima. Paul trifft haargenau meinen wunden Punkt. Vor einigen Wochen habe ich mich auf eine Stelle als studentische Hilfskraft im Archiv des Nationalmuseums beworben und warte bisher vergeblich auf Antwort. Jetzt wird's unangenehm für mich. Und das weiß er ganz genau.

Ich winde mich. »Nein.«

Paul zieht die Augenbrauen hoch, und ich ahme die Geste nach, indem ich die Schultern hochziehe. Mein großer Bruder und ich sind uns ziemlich ähnlich, vor allem äußerlich. Die gleichen silbrig blonden Haare, die permanent verwuschelt und zerzaust wirken, egal, wie oft wir sie kämmen. Dieselben blauen Augen, die laut Laras beharrlicher Behauptung angeblich violett sind. Unsere Gesichter sind herzförmig. Paul wirkt mit den vollen Lippen manchmal feminin, und meine Züge sind nur unwesentlich weicher als seine. Letztes Jahr sind wir an Fasching als Lucius und Draco Malfoy gegangen, was auf jeder Party supergut angekommen ist. Und obwohl er vier Jahre älter ist als ich, kennen wir uns in- und auswendig. In einem Alter, in dem die meisten Geschwister eigene Wege gehen und sich voneinander distanzieren, hat das Schicksal Paul und mich enger zusammengeschweißt als je zuvor.

»Du könntest anrufen und nachfragen, Initiative zeigen«, schlägt er vor. Seine Stimme klingt sanft, aber drängend.

Uargh, Initiative zeigen. Die Kombination dieser beiden Worte gehört ganz klar zu meinen TOP Drei der unliebsamsten Aussagen. Direkt hinter *Sei doch nicht so schüchtern* und *Du musst ordentlicher sein*. Alles Parolen, mit denen mich schon meine Eltern gemartert haben.

»Das kommt total aufdringlich rüber, das mache ich besser nicht«, murmele ich ausweichend und pule an meinem Daumennagel herum, an dem der rote Nagellack abblättert.

Paul schnaubt unwillig. »Du musst dich anstrengen, einen neuen Job zu finden. Wie lange ist es jetzt her, dass dein Vertrag bei diesem Auktionshaus auslief?«

Ich grummle eine Antwort.

»Was hast du gesagt? Ich verstehe dich so schlecht.«

Ich funkele meinen Bruder an. »Vor zwei Monaten.« Das war am Anfang der Semesterferien, und ich habe seitdem ehrlich gesagt wenig getan, um mich um eine neue Stelle zu kümmern. Es hat sich angefühlt, als hätte ich noch ewig Zeit. Plötzlich aber hat das neue Semester begonnen, und ich habe noch auf keine meiner Bewerbungen eine Rückmeldung erhalten.

»Es ist einfach wichtig für deinen Lebenslauf. Und dir fällt später der Berufseinstieg leichter, wenn du schon Erfahrungen gesammelt hast«, ermahnt mich Paul mit sanfter Stimme

Ich unterdrücke einen tiefen Seufzer und nicke. Er hat ja recht, leider.

Also verspreche ich Paul, mich mehr reinzuhängen. Er schaut mir noch einen Moment streng in die Augen, lässt den großen Bruder raushängen und nickt gnädig. Dann trollt er sich in die Küche, um das kulinarische Desaster zu beseitigen, das er angerichtet hat. Hoffentlich ist die Pfanne noch zu retten.

# Kapitel 2

## *Das unbekannte Bild*

Lara und ich kommen zu spät zu Professor Kippings Vernissage.

Dass wir uns verspäten, ist nichts Neues, aber ich sterbe dabei jedes Mal tausend Tode. Ich hasse es, unpünktlich zu sein, und immer, wenn ich mich verspäte, kommt es mir vor, als risse mir jemand die Zehennägel aus. Lara dagegen ist chronisch unpünktlich, das ist ihre größte Schwäche. Doch während ich innerlich Höllenqualen leide, ist Lara wie immer die Ruhe selbst. Summend schiebt sie ihr Fahrrad neben mir her und quatscht munter über ihre Schicht im Café. Eigentlich weiß ich gar nicht, warum wir heute so spät dran sind. Laras kurzatmige Entschuldigungen und Begründungen sind im Lauf der letzten Jahre ineinander verschmolzen. Der vergessene Wohnungsschlüssel, ein Platten im Fahrrad, ein Anruf von ihrer Mutter. Lara ist überaus kreativ, wenn es um Ausreden geht.

Professor Kipping wohnt in einer Gegend, in der es monströse Villen in der besten Lage gibt. Man biegt am Friedensengel links ab und gelangt in eine Straße, die von herrschaftlichen Anwesen gesäumt ist. In der einbrechenden Dunkelheit brennt Licht hinter einigen Fenstern, und ich sehe von der Straße aus Kronleuchter glitzern. Ich frage mich, welche Menschen wohl in solchen Villen leben. Sind das glückliche, freundliche Leute oder fürchterliche Snobs, die sich am Esstisch anschweigen?

Zwei Straßen weiter nähern wir uns schließlich der Zieladresse. Ich erkenne das Haus schon von Weitem an der Festbeleuchtung. Beim Näherkommen entdecke ich Strahler im Vorgarten, die mehrere Banner an der Fassade beleuchten. Das sieht nicht aus wie ein Wohnhaus, sondern wir ein richtiges Museum, vielleicht die Villa Stuck, die sich hier ganz in der Nähe befindet. Ich beschleunige meine Schritte, weil wir jetzt schon über eine halbe Stunde zu spät dran sind und die Begrüßungsreden bestimmt schon angefangen haben. Meine Zehen krümmen sich vor Unbehagen in den Schuhen. Hoffentlich ist niemand mehr am Eingang, wenn wir kommen. Die monumentale Haustür steht einladend offen, und als wir eintreten, finden wir uns in einem noblen Foyer wieder, das größer ist als meine gesamte Wohnung. Geblendet blinzele ich hoch zu einem gigantischen tropfenförmigen Lüster, der aus Abertausenden Brillanten zu bestehen scheint. Plötzlich sehe ich den steinalten Professor Kipping mit völlig anderen Augen. Ein Glitzer-Funkel-Fan also, na, so was.

Im hinteren Teil des Foyers ist eine behelfsmäßige Garderobe eingerichtet, die heillos überladen ist mit Jacken und Mänteln. Nachdem wir unsere Jacken bei dem Mädchen abgegeben habe, das kaugummikauend an der Theke lehnt, beruhigt sich mein nervöser Herzschlag ein wenig. So, das wäre geschafft.

Wir steuern gerade auf die Flügeltür zu, hinter der uns die Stimmen der Gäste wie das monströse Summen eines Wespennests entgegenschlagen, als uns eine Person in den Weg tritt. Erschrocken bleibe ich auf der Stelle stehen. Unheilvoll wie ein Todesengel baut sich ein junger Mann vor uns auf, und ich kenne ihn genau: Viktor Seydel, Doktorand und Professor Kippings Assistent. In meinem ersten Semester hat er ein Tutorium geleitet, das ich besucht habe, und seitdem kann ich ihn nicht ausstehen. Viktor ist ein nervtötender Besserwisser, der immer zu leise spricht und aussieht wie Draculas Neffe (wodurch er Professor Kipping frappierend ähnelt) – hochgewachsene, hagere Statur, immer dunkle Ringe unter den Augen und ein bleiches, verkniffenes Gesicht. Seine Haare sind schwarz und glänzen wie das Gefieder eines Raben, wozu auch seine dunklen Knopfaugen passen. Für mich ist er der Inbegriff eines klischeehaften Psychokillers aus einem billigen Krimi. Ich kann ihn mir super mit irrem Blick und blutiger Axt vorstellen.

Heute Abend steckt er in einem schicken Anzug und mustert uns mit lauerndem Blick.

»Guten Abend, die Damen.« Seine Stimme ist schon wieder so leise, dass ich am liebsten ein antikes Hörrohr auspacken würde, das die Leute in alten Filmen benutzen.

»Sie wissen, dass die Veranstaltung bereits vor über fünfundvierzig Minuten begonnen hat?«

Lara lächelt Viktor zuckersüß an. »Wir wurden leider aufgehalten. Die öffentlichen Verkehrsmittel sind einfach eine Katastrophe«, flötet sie, doch ihr Charme perlt an ihm ab wie Wasser auf einem Regenschirm. Er blinzelt nicht einmal, und seine Miene bleibt unverändert missbilligend. Ich habe es schon öfter miterlebt, bin aber immer wieder erstaunt, wie Lara in brenzligen Situationen Notlügen aus dem Ärmel schüttelt, ohne mit der Wimper zu zucken. Bestimmt gibt es in ihrem Gehirn ein eigenes Hängeregister mit vorgefertigten Ausreden.

Viktor mustert uns noch einen Moment lang mit sauertöpfischer Miene, dann bedeutet er uns mit einem energischen Kopfrucken, ihm zu folgen. »Aber bitte unterlassen Sie Ihr ständiges Schwätzen, die Begrüßungsrede des Dekans ist schon in vollem Gang«, erklärt er salbungsvoll, während sein giftiger Blick zu sagen scheint: *Und genau diese Rede verpasse ich wegen euch zwei Gänsen.* Ist er nicht ein bisschen zu alt, um die beleidigte Leberwurst zu spielen? Lara rollt hinter seinem Rücken mit den Augen und streckt ihm die Zunge heraus.

Im nächsten Moment vergesse ich Viktor den Vampir und bleibe staunend stehen. Kippings Assistent hat uns in einen riesigen Salon voller Gäste geführt. Sie stapeln sich quasi bis unter die Decke. Obwohl alle andächtig schweigend der Rede des Dekans lauschen, liegt ein erwartungsvolles Summen in der Luft. Mit ihren Sektgläsern in der Hand warten alle Hufe scharrend darauf, die Ausstellungsräume zu stürmen. Die Luft ist heiß und stickig und angereichert mit einer atemraubenden Parfumwolke. Ich sehe jede Menge juwelengeschmückte Hälse und Designerhandtaschen. Als ein ohrenbetäubender Applaus losbricht, hat der Dekan seine Rede wohl beendet. Ich war viel zu beschäftigt damit, mich umzusehen, als dass ich auch nur ein Wort mitbekommen hätte. Professor Kipping erklärt die Ausstellung für eröffnet, und wie eine große Schafherde verlassen die Gäste den Raum. Es dauert lange, bis sich alle durch die zwei Türen gequetscht haben und sich die Menge endlich lichtet. Trotzdem schaffe ich es, Lara in dem Gedränge aus den Augen zu verlieren. Wütend starre ich auf meine dunkelblauen Samtslipper, während ich in der Schlange darauf warte, in die Ausstellungsräume zu gelangen. Das sind meine Lieblingsschuhe, sie sind mit silbernen Sternen bestickt und vorn spitz zulaufend. Schleichend langsam schaffe ich es aus dem Salon in die angrenzende Räumlichkeit. Es ist ein riesiger rechteckiger Raum mit hellblau-silbriger Tapete, die seidig schimmert. An den Wänden hängen dicht an dicht Gemälde in prächtigen Rahmen, doch es drängen sich so viele schnatternde Menschen davor, dass ich kaum etwas erkenne. In der Mitte stehen Glasvitrinen, in denen Zeichnungen und Grafiken ausgestellt sind. Ich werde hin und her geschubst, während ich den Kopf recke, um nach Lara Ausschau zu halten. Ich schiebe mich in den nächsten Raum, er ist oval, mit grüner Tapete, und in einer Ecke ist ein Büfett mit Häppchen und Getränken aufgebaut. Auch hier entdecke ich Lara nicht, deshalb gehe ich weiter.

Und dann erreiche ich ein Zimmer in Rot, in dem endlich weniger los ist. Hier stehen nur Grüppchen von alten Männern herum, die mit gewichtigen Mienen über Ausstellungsstücke hinter Glas diskutieren. Ich atme einen Moment lang durch, froh, dem lärmenden Gedränge entkommen zu sein. Professor Kippings Villa ist äußerst geräumig, aber bei so viel Andrang platzt sie als allen Nähten. Bei der Planung haben sich die Organisatoren wohl mit dem Besucheransturm verschätzt. Ich drehe eine Runde und bleibe schließlich bei den Vitrinen in der Mitte stehen. Wie in Schaukästen beim Juwelier sind hier vergilbte Pergamentseiten ausgestellt, die mich magischer anziehen als sämtliche Brillanten dieser Welt. Neugierig beuge ich mich über die Auslage. Was ich da sehe, kommt mir bekannt vor und beschleunigt meinen Herzschlag. Sepiafarbene Tusche, verschlungene Handschrift und charakteristische Skizzenzeichnungen. Ich entdecke ein Infokärtchen, und meine Augen werden immer größer.

*Gesammelte Blätter, Leonardo da Vinci, um 1480,*
*Florenz, Sammlung Kipping, München.*

Ich fasse es nicht. Professor Kipping besitzt Skizzenblätter von Leonardo da Vinci? Dann sind die Gerüchte also zutreffend. Ich presse die Hände flach auf das Glas und starre hin wie hypnotisiert. Kein Zweifel, das sind sie.

Ich beuge mich so dicht über den Glaskasten, dass mein Atem an der Oberfläche kondensiert. Begeisterung pumpt wie eine Droge durch meinen Körper. Ich kann die verschlungene Handschrift auf dem Pergament nicht lesen. Entweder kann ich die alte Schreibschrift einfach nicht entziffern, oder Leonardo hat einmal mehr in Spiegelschrift geschrieben, um seine Erkenntnisse zu schützen. Was ihm in diesem Fall gelungen wäre, da ich nichts verstehe. Neugierig beuge ich mich weiter hinunter, und meine Nase drückt sich fast am Glas platt. Mit akkuraten Federstrichen sind Tabellen auf das Pergament gezeichnet, die mit Zahlen, Daten und merkwürdigen Symbolen gefüllt sind. Der Rand um die Tabellen herum ist bedeckt mit anderen Symbolen und Gleichungen. Mir stockt der Atem. Sind das Sternenkonstellationen?

Ich blinzele, und plötzlich ist es mir klar. Hektisch huscht mein Blick über das Papier. Die nachlässig hingekritzelten Symbole am Rand sind die Tierkreiszeichen. Spontan erkenne ich Schütze, Waage und Stier. Und jeweils daneben sind die skizzierten Sternenkonstellationen, die mit Verbindungslinien verknüpft das jeweilige Sternzeichen ergeben. Eine astronomische Studie! Ich zermartere mir das Hirn, kann mich aber nicht erinnern, jemals etwas darüber gehört oder gelesen zu haben, dass Leonardo astronomische Forschungen betrieben hat. Zweifellos war er das größte Universalgenie, das je gelebt hat. Er beschäftigte sich mit so vielen Themen gleichzeitig, dass er selten etwas zu Ende brachte. Er konstruierte die ersten Panzer, Taucheranzüge und Fluggeräte, die zwar nie gebaut wurden, aber technisch einwandfrei konzipiert sind. Diese Blätter sind ein weitere Aspekt seines faszinierenden Genies. Eigentlich kommt es mir ganz logisch vor, dass er sich neben Mechanik und Anatomie auch mit dem Himmel auseinandergesetzt hat. Das sind detaillierte Aufzeichnungen, Messungen und Forschungsergebnisse, Jahre, bevor Galileo seine bahnbrechenden Werke über den Kosmos veröffentlichte.

Mein Mund ist so trocken wie Sandpapier, während ich in den Glaskasten starre. Ich fühle mich benommen und elektrisiert zugleich. Wie konnten diese Blätter nur so lange ein Geheimnis bleiben? Warum hat Professor Kipping sie nicht schon längst der Öffentlichkeit zugänglich gemacht? Wie lange hat er sie überhaupt schon in seinem Besitz? Ich muss mich unbedingt mit ihm unterhalten! Hektisch huscht mein Blick über die Köpfe der Anwesenden hinweg. Es wird bestimmt schwer, ihn an diesem Abend zu erwischen. Nicht nur ich bin begeistert angesichts der Astronomieblätter, und ich bin nur eine kleine Studentin. Bestimmt belagern ihn die anderen Professoren und Experten schon den ganzen Abend. Aber vielleicht kann ich ja ein paar Wortfetzen aufschnappen, wenn ich mich in ihrem Umkreis herumdrücke.

Wie eine Schlafwandlerin durchstreife ich die Ausstellungsräume auf der Suche nach Professor Kipping. Es ist schwerer als gedacht, ihn zu finden. Aber da! Das war ganz sicher sein kahl glänzender Hinterkopf, und er ist gerade durch die Flügeltür in den angrenzenden Raum verschwunden. Ohne lange zu überlegen, folge ich ihm. Doch statt hinter der Tür in einen weiteren Raum der Ausstellung zu gelangen, finde ich mich in einem dunklen Flur wieder. Ich zögere einen Moment lang. Offenbar beginnt ab hier der private Wohnbereich, der nichts mehr mit der Vernissage zu tun hat.

Ich will mich gerade wieder umdrehen, da ertönen Stimmen hinter der Tür, durch die ich gerade gekommen bin.

»Hier entlang bitte! Das gute Stück befindet sich im hinteren Teil des Hauses.«

Ich erkenne Viktors Stimme. Mist, ich will hier nicht ertappt werden und am allerwenigsten von Kippings gruseligem Assistenten! Wahrscheinlich wirft er mich sofort hochkant hinaus, weil ich hier absolut nichts verloren habe. So leise wie möglich eile ich den Flur entlang und schlüpfe durch eine angelehnte Tür. Dahinter befindet sich eine Bibliothek mit hohen Regalen, bis unter die Decke angefüllt mit Büchern. Eigentlich müssten mir bei diesem Anblick Freudentränen in die Augen steigen, doch dafür habe ich jetzt keine Zeit. Hinter mir höre ich Stimmen und Schritte näher kommen. Viktor unterhält sich gedämpft mit seiner Begleitung. Mit rasendem Herzschlag haste ich durch die Bibliothek. Durch hohe Fenster fallen Streifen von Mondlicht auf den gewienerten Parkettboden. Zum Glück ist nirgends eine Spur von Professor Kipping zu sehen. Das wäre natürlich der Obergau – auf der Flucht vor Viktor ausgerechnet seinem Chef in die Arme zu laufen.

Ich hetze durch zwei anschließende Zimmer, die völlig identisch eingerichtet sind, über einen kurzen Flur, und erreiche nach zwei Weggabelungen ein Treppenhaus. Im Gegensatz zu der prächtigen Marmortreppe im Foyer wirkt dieser Aufgang vergleichsweise schlicht. Es ist vermutlich die alte Dienstbotentreppe. Ohne weiter nachzudenken, steige ich hinauf. Dort oben verharre ich eine Weile, bis ich mich überzeugt habe, dass die Luft rein ist. Wo auch immer Viktor seinen Begleiter hinführen wird, mit dem *hinteren Teil des Hauses* hat er bestimmt nicht *unter dem Dach* gemeint. Oh Gott, in so eine Zwickmühle habe ich mich noch nie gebracht! Ich erwäge kurz, ganz oben auf dem Treppenabsatz sitzen zu bleiben, entscheide mich dann aber doch, stattdessen hinter der Tür in Deckung zu gehen. Wie bereits vermutet, ist es der Zugang zum Dachboden. Mich erwartet aber kein niedriger Speicher voller Staub, sondern ein voll ausgebautes Stockwerk. Unter dem Mansardendach ist jede Menge Platz, bestimmt an die zweihundert Quadratmeter, und ich kann problemlos aufrecht stehen. Große Gaubenfenster lassen die matte Helligkeit der nächtlichen Stadt herein. Als sich meine Augen an das schummrige Licht gewöhnt haben, fällt mir vor Staunen die Kinnlade herunter.

Der Raum ist voller Gemälde. Sie stehen auf Staffeleien oder lehnen nachlässig an der Wand. Viele haben keine Rahmen, manche dafür schwere, prächtige Einfassungen in Gold. In der Mitte ist eine meterlange niedrige Glasvitrine aufgebaut, in der sich Aberdutzende Zeichnungen befinden. Ich laufe wie ein Gespenst durch den Dachboden, völlig gefangen genommen von den Schätzen, die hier lagern. Die Ölgemälde schimmern wie Perlmutt. Eins haben sie alle gemeinsam – sie sind in meinen Augen absolute Meisterwerke. Eins exquisiter und prächtiger als das andere. Aber ich kenne keins davon, was mich total verwirrt. Eine Sache, die mich schon mein gesamtes Leben lang begleitet, ist mein fabelhaftes Bildgedächtnis. Es hat mich selten im Stich gelassen, und jetzt stehe ich hier, inmitten von Dutzenden Kunstwerken, und kein einziges kommt mir annähernd bekannt vor. Bei näherer Betrachtung kann ich einige stilistisch ungefähr einordnen, bei anderen kommt mir das Motiv entfernt bekannt vor, aber mehr auch nicht. Da ist zum Beispiel eine Madonna mit Christuskind, die in einer Fensteröffnung sitzt. Neben ihr steht ein Korb voller Granatäpfel. Der Stil sieht venezianisch aus, Tizian vielleicht. Ich habe schon einige Marienbilder mit Granatäpfeln gesehen, aber die ganze Komposition ist mir fremd. Vielleicht ein verschollenes Frühwerk, überlege ich, oder die Arbeit eines brillanten Schülers.

Stirnrunzelnd gehe ich weiter. Je tiefer ich in den Speicher vordringe, desto düsterer werden die Bildthemen. Blutige Märtyrerszenen, Illustrationen der Hölle und der leidende Christus am Kreuz. Einige andere … sind einfach entsetzlich. Porträts, bei denen den Dargestellten die Haut in blutigen Streifen vom Schädel hängt. Albtraumbilder in unheilvollem Grün und Rot, die alles Schauerliche übertreffen, was ich je gesehen habe. Die Bilder sehen aus wie vergiftet. Ich würde so etwas nicht einmal in einem modrigen Keller lagern. Mit mulmigem Gefühl und einem Frösteln wende ich mich von dieser Sammlung ab und kehre zurück in die vordere Hälfte des Dachbodens. Es fühlt sich an, als wäre hier die Temperatur ein paar Grad höher.

Und dann entdecke ich *sie*. Ganz ohne Zweifel, mit absoluter Sicherheit ist es ein Frauenporträt von Botticelli. Sandro Botticelli, der Vater der berühmtesten Venus der Welt. Botticelli, dessen Bilder von einer idealen, beinahe überirdischen Schönheit sind. Ich würde ein Bild von ihm unter Hunderten erkennen. Das Gemälde zieht mich geradezu magisch an. Fast kommt es mir so vor, als glimme es im Zwielicht. Das Gemälde zeigt eine Frau. Sie steht frontal zum Betrachter, das rechte Bein zeichnet sich unter ihren wallenden Gewändern ab, als ginge sie gerade einen Schritt nach vorn. Die nackten Zehen lugen unter dem Saum hervor. Das blonde Haar ergießt sich prächtig geflochten bis zu den Hüften, und den Scheitel krönt ein Diadem, in dessen Mitte ein Auge gefasst ist. In der linken Hand hält sie einen grünen Zweig, und mit der Rechten hat sie stolz, ja beinahe zornig ein Schwert erhoben. Außerdem besitzt sie ein Flügelpaar aus roten und blauen Federn. Ihre Gestalt ist ein prächtiger und einschüchternder Anblick. Mein Blick wandert weiter nach unten. Links und zu ihren Füßen hockt ein Greif, ergeben wie ein Schoßhündchen. Zu ihrer Rechten kauert ein Löwe, der eine goldene Wappenkette um den Hals trägt. Der Löwe sieht richtig wütend aus. In seinen Augen funkelt mörderische Wut, und fauchend hebt er die rechte Tatze. Der Hintergrund zeigt eine toskanische Ideallandschaft, charakteristisch für den Stil jener Zeit. Am Horizont erhebt sich die Silhouette einer Stadt mit einem prominent darüber hinausragenden Gebäude. Der Palazzo Vecchio in Florenz.

Neugierig beuge ich mich näher vor und betrachte den winzig klein gemalten Regierungspalast mit dem hoch aufragenden Turm. Ich erkenne sogar die Fenster, an denen sich seltsame dunkle Schemen befinden. Ich kneife die Augen zusammen und begreife schließlich, dass es menschliche Körper sind, die da an Stricken aus den Fenstern hängen. Ich schaudere und weiche zurück. Dann schließe ich die Augen und atme tief durch, rufe mich zur Ruhe. Schließlich reiße ich sie blitzschnell wieder auf, doch das Bild ist nach wie vor vorhanden. Erst dann traue ich mich, das Gesicht der Frau noch einmal zu betrachten. Genauer jetzt und mit mehr Konzentration. Das, was mir zu allererst aufgefallen war, sticht mir jetzt mit unbarmherziger Klarheit ins Auge. Ich blicke in meine eigenen Züge. Es ist nicht tatsächlich mein Gesicht, die Hand des Meisters hat es vervollkommnet, überirdisch überhöht, doch ich erkenne mich zweifellos wieder. Meinen Mund, die Form meiner Augen, die Art, wie ich den Kopf halte. Um meine Lippen spielt ein rätselhaftes Lächeln, das wenig mit der bedrohlichen Aura meiner restlichen Erscheinung zu tun hat. Der Blick aus meinen Augen wirkt versonnen, entrückt, beinahe ...verliebt. Im nächsten Moment fällt mir ein winziges Detail auf. Hauchzart, golden schimmernd windet sich eine Gliederkette vom rechten Fußknöchel zur Halskette des Löwen. Diese Frau und der Löwe sind aneinander gebunden, wenn auch nur mit einem hauchfeinen Kettchen. Mir schwindelt vor Schreck und Faszination. Das bin nicht ich. *Das kann nicht ich sein!* Mein Gehirn arbeitet auf Hochtouren, während ich zu überschlagen versuche, wie hoch die Wahrscheinlichkeit ist, dass Sandro Botticelli im fünfzehnten Jahrhundert mein historisches Double malen konnte. Ich komme auf keinen vernünftigen Nenner, und das beweist nur, wie völlig verrückt das ist. Natürlich kenne ich die Theorie, dass statistisch gesehen jeder Mensch mehrere Doppelgänger hat. Aber sie erklärt nicht das merkwürdige Gefühl, in einen Spiegel zu blicken. Es fühlt sich vertraut an, dieses Gemälde zu betrachten, obwohl ich es noch nie zuvor gesehen habe. Was genau zeigt es überhaupt? Eine geflügelte Frau mit drohend erhobenem Schwert, begleitet von Löwe und Greif. Die Tiere und das Schwert sind ganz sicher Attribute, doch ich komme nicht darauf, zu welcher Figur sie gehören. Eine Göttin oder eine Allegorie? Sollte es Letzteres sein, wird die Sache schwierig. Botticellis allegorische Darstellungen stellen die Forschung bis heute vor ungelöste Rätsel. Vieles kann nicht eindeutig entschlüsselt und gedeutet werden. Sein berühmtes Gemälde *La Primavera* zum Beispiel ist immer noch nicht vollständig enträtselt.

Ich stehe inzwischen so dicht vor dem Bild, dass ich beinahe mit der Nasenspitze dagegenstoße. Aus solcher Nähe sehe ich, wie viel Goldfarbe der Künstler verwendet hat. Vorsichtig, fast schüchtern streife ich mit der Fingerspitze über das mit Goldfäden durchwirkte Haar der Frau. Und dann passiert es. Ein sanftes Vibrieren steigt von meiner Fingerspitze den ganzen Arm herauf und breitet sich rasend schnell in meinem restlichen Körper aus. Reflexartig will ich die Hand zurückziehen. Bestimmt ist das eine Art Bewegungsmelder, und jeden Moment heult die Alarmanlage los … Doch ich kann mich nicht bewegen. Stattdessen zieht es mich wie magnetisch näher zu dem Bild hin. Inzwischen liegt meine flache Hand auf der Leinwand. Wärme schlägt mir entgegen, und gleißend helles Licht umgibt mich jäh von allen Seiten. Ich will schreien, doch ich höre meine eigene Stimme nicht in dem tosenden Strudel, der ringsum aufbrandet. Ein Ruck durchfährt meine Hand, als würde jemand vom anderen Ende der Leinwand meine Finger packen und fest anziehen. Ich stolpere vorwärts, und im nächsten Moment löst sich die Welt ringsum auf.

# Kapitel 3

*Florenz, Via Nuova*

Als ich wieder zu mir komme, liege ich der Länge nach auf dem Boden. Mehrere Atemzüge lang traue ich mich nicht zu bewegen Mein Schädel dröhnt, und selbst in der Ruhelage pochen meine Gliedmaßen schmerzhaft. Bin ich verprügelt worden? Hatte ich einen Unfall? Meine Gedanken sind ein unzusammenhängendes Chaos, und ich kann mich nicht konzentrieren. Auch meine Erinnerungen sind undeutlich. Als Letztes erinnere ich mich daran, dass ich in Professor Kippings Gemäldespeicher gestolpert bin. Alles andere wird verschluckt von dem pochenden Schmerz hinter meinen Schläfen. Ein leises Stöhnen löst sich von meinen Lippen. Wie viel habe ich getrunken an diesem Abend? Ganz bestimmt nicht mehr als das übliche Glas Sekt beim Empfang, oder? Nur davon kann es mir nicht so schlecht gehen. Ich trinke nicht oft Alkohol, aber es bedarf schon mehrerer Longdrinks, um mich derart aus der Bahn zu werfen. Nein, jetzt erinnere ich mich, ich habe überhaupt nichts getrunken, weil Lara und ich zu spät gekommen sind.

*Aber warum befinde ich mich dann nicht mehr auf Kippings Dachboden?*

Die Erkenntnis, dass ich mich an einem völlig anderen Ort befinde, überkommt mich schleichend. Es sind winzige

Unterschiede, die mir nach und nach auffallen. Da ist zum Beispiel der grobe Bretterboden, auf dem ich liege. Meine Finger tasten über raues, unregelmäßig gefasertes Holz – kein Vergleich zu dem auf Hochglanz polierten Parkett in Kippings Villa. Es riecht auch völlig anders. Nach Leinöl, Terpentin und Sägespänen. Ich kenne diesen Geruch irgendwoher. Ich schließe die Augen ganz fest, während ich mich konzentriere. Und dann fällt es mir ein! Dieser intensive ätherische Geruch gehört zu einem Maleratelier. In den Semesterferien habe ich mit Lara einen Ölmalerei-Workshop besucht, und in den Kursräumen hat es genauso gerochen.

Was zum Teufel tue ich hier, und wie bin ich hierhergekommen? Mein Herz poltert vor Panik wie ein altersschwacher Traktor. Hat mich jemand gefunden und verschleppt? Sollte ich nicht besser in einem Krankenhaus liegen, statt hier auf dem Boden? Oder – eine noch dunklere Ahnung überkommt mich – wurde ich entführt?

Nein, rede ich mir sofort ein, nein, das ist ganz bestimmt nicht passiert. Niemand hat ein Interesse daran, mich zu entführen. Ich bin nur Rosalie Gryphius, Studentin aus München, ohne Familie oder Reichtümer. Mich zu entführen, bringt niemandem irgendetwas. Paul ist bestimmt nicht in der Lage, ein hohes Lösegeld für mich zu zahlen. Unser Geld ist bombenfest angelegt, da kommt er so schnell nicht ran. Es muss eine andere Erklärung geben.

Meine Umgebung ist absolut dunkel, ich erkenne kaum Schemen, was mich in keiner Weise weiterbringt. Wenn ich wenigstens bestimmen könnte, wo genau ich mich befinde oder wie lange ich schon hier bin. Bin ich noch am Abend der Vernissage in Professor Kippings Villa, oder war ich viel länger ohne Bewusstsein? Ich habe keine Ahnung. Obwohl alle Indizien bisher darauf hindeuten, dass ich mich in einer

Malerwerkstatt befinde. In einer Malerwerkstatt – wie seltsam.

Endlich sind die wummernden Kopfschmerzen so weit abgeklungen, dass ich mich aufsetzen kann. Ich reibe mir die Stirn und sehe mich um. Allmählich gewöhnen sich meine Augen an die düstere Umgebung, und ich erkenne einige Gegenstände.

Gegen die Dunkelheit zeichnen sich Werkbänke mit undefinierbaren Arbeitsutensilien und die Schemen mehrerer Leinwände unterschiedlicher Größen ab. Also hat mich meine Nase nicht getäuscht, dies ist eine Malerwerkstatt. Allerdings eine sehr rustikale. Die Decke ist niedrig, und der Raum hat das Flair eines uralten Bauernhauses. Es gibt nur zwei winzige Fenster links und rechts der Tür, die kaum Helligkeit hereinlassen.

Als sich der letzte Rest des Schwindels gelegt hat, rappele ich mich vorsichtig auf. Auch wenn dieser Ort vollkommen verlassen wirkt, raten mir meine Instinkte, das Weite zu suchen. Wenn ich es bis nach draußen geschafft habe, kann ich immer noch überlegen, wie es weitergehen soll.

Schritt für Schritt taste ich mich zur Tür. Ich habe den Ausgang schon fast erreicht, als ich mit dem Fuß gegen einen Gegenstand am Boden stoße und ins Stolpern gerate. Wild mit den Armen rudernd, versuche ich mich wieder zu fangen, vergeblich. Mit einem unterdrückten Aufschrei stürze ich zu Boden und reiße eine leere Staffelei mit. So viel dazu, mich still und heimlich aus dem Staub zu machen …

Ächzend stemme ich mich hoch und strecke die lädierten Gliedmaßen. So muss sich ein Boxer nach einem Knockout fühlen. Morgen kann ich bestimmt keinen Finger rühren.

»Wer auch immer du bist, zeig dich!«

Bei diesem Ausruf fahre ich abermals zusammen. Er kommt vom anderen Ende des Raums, wo irgendwo in der Finsternis Treppenstufen knarren. Jemand steigt aus dem oberen Stockwerk herunter, wohl angelockt von dem Krach, den ich veranstaltet habe.

Verdammt, verdammt, verdammt!

Ich kneife mir fest in den Arm – mehrmals! –, um aufzuwachen, bevor ich hier unten entdeckt werde, doch dies ist kein Traum. Höchstens ein wahr gewordener Albtraum.

»Um Himmels willen, Rosalia, meine Liebe, du bist es! Hast du mich erschreckt!« Ein Mann kommt in die Werkstatt, in der Hand eine wild flackernde Kerze. Rasch zündet er mit der Kerzenflamme zwei Lampen an, die einen schwachen Lichtschein verbreiten. Da der Mann mir offensichtlich nicht umgehend eins überbraten will, trete ich zögernd näher. Er scheint mich zu kennen, obwohl er die italienische Form meines Namens verwendet.

Er ist etwa Mitte dreißig und trägt ein knöchellanges Nachthemd. Sein welliges dunkelblondes Haar steht nach allen Seiten ab. Offenbar habe ich ihn geradewegs aus dem Bett gejagt. Er ist attraktiv, wenn auch ein bisschen klein und lächelt mich verwundert an.

Irgendetwas an diesem Gesicht kommt mir entfernt bekannt vor, ohne dass ich sagen kann, *was* genau es ist. Es fühlt sich an wie bei den Gemälden auf Kippings Dachboden. Mehr eine ungewisse Ahnung als echte Erkenntnis. Es ist absolut frustrierend, denn ich habe das Gefühl, irgendwo im hintersten Winkel meines Verstands versteckt sich die Antwort. Aber Fakt ist, dass ich diesem Mann noch nie zuvor begegnet bin, das weiß ich mit Sicherheit. Aber vielleicht habe ich sein Bild schon einmal irgendwo gesehen, im Fernsehen oder in einer Zeitschrift. Ich will gerade den

Mund öffnen, um ihn danach zu fragen, da kommt er mir zuvor.

»Es ist so lange her, dass wir uns gesehen haben! Tatsächlich, es ist fast zwei Jahre her, wir schreiben ja bereits das Jahr des Herrn vierzehnhundertachtzig. Was tust du hier? Zu dieser Zeit?« Er runzelt die Stirn, doch er wirkt eher besorgt als misstrauisch. Meint er, mich tatsächlich zu kennen? Ganz bestimmt verwechselt er mich mit einer anderen jungen Frau. Die Lichtverhältnisse sind trotz der Lampen miserabel. Warum gibt es hier kein elektrisches Licht? Hat man ihm den Strom abgestellt, weil er die Rechnungen nicht bezahlt hat?

Und da ist noch etwas. Er hat gesagt, wir schreiben das Jahr vierzehnhundertachtzig. Das kann doch nur ein blöder Scherz sein, oder?

Trotzdem beschließe ich mitzuspielen, denn das ist meine einzige Chance, hier wieder heil herauszukommen.

»Das kann ich dir leider nicht verraten, ich darf nicht darüber sprechen.« Ha, Geheimniskrämerei ist die beste Ausrede überhaupt!

Eine Weile, die sich wie eine Ewigkeit anfühlt, mustert er mich stumm, dann nickt er nachdrücklich.

»Ich verstehe«, sagt er langsam. »Dennoch muss ich dich tadeln. Zu nachtschlafender Zeit allein unterwegs! Ist dein Gatte nicht bei dir?«

Ich zucke zusammen und starre ihn an. Er denkt, ich bin verheiratet? Spätestens jetzt bin ich überzeugt, dass er einer riesigen Verwechslung aufsitzt. Ich muss schleunigst das Weite suchen, bevor ihm auffällt, dass ich gar nicht diejenige bin, die er zu kennen glaubt, und mich als Einbrecherin anzeigt.

»Ich muss jetzt auch dringend weiter. Es war schön, dich wiederzusehen.«

Ich will mich abwenden und gehen, doch er berührt mich am Arm und hält mich zurück.

»Soll ich Filippo wecken, damit er dich begleitet?«

»Nein danke, nicht nötig. Ich finde mich allein zurecht.«

»Warte, das kann ich nicht zulassen.« Er will mir nach, doch ich laufe schnell zur Tür und öffne sie. Gerade will ich hinaushuschen, da höre ich seine Stimme. »Aber du hast doch keinen heimlichen Liebhaber, nicht wahr? Das könnte er nie verwinden.«

Wie festgewachsen bleibe ich auf der Stelle stehen. »Wer?«, frage ich belämmert.

»Nun, dein Gatte. Ja, er mag beizeiten ein wenig herrisch und stolz sein, aber er liebt dich aufrichtig, das weiß ich. Ich dachte, dir ergeht es genauso, als wir uns verabschiedet haben.«

Etwas an seinem eindringlichen Tonfall berührt mich unvermittelt. *Ich habe überhaupt keinen Gatten,* denke ich, und trotzdem fühle ich mich schuldig. Er klingt so enttäuscht, als hätte ich ihm den Glauben an die wahre Liebe genommen. Um Himmels willen, meine letzte Männergeschichte ist zwei Jahre her. Ich führe quasi das Leben einer Nonne. Trotzdem fühle ich mich verpflichtet, ihn zu beschwichtigen, weil er so bestürzt aussieht.

»Es fiele mir nicht im Traum ein, meinen Gatten zu betrügen«, versichere ich hastig und husche mit einem letzten freundlichen Winken nach draußen. Sicherheitshalber schließe ich die Tür hinter mir, damit ihm nicht einfällt, mir zu folgen. Dann laufe ich hastig in der völligen Dunkelheit die Straße entlang und biege um die nächste Ecke. Wie ich schon befürchtet habe, höre ich das Knarren der Tür hinter mir und die Stimme des Mannes.

»Rosalia!«, ruft er. »Komm zurück! Du kannst nicht nachts durch die Straßen laufen!«

Ich beiße mir auf die Fingerknöchel, um mein aufgeregtes Keuchen zu dämpfen, während er noch eine Weile nach mir ruft. Als er endlich aufgibt, atme ich erleichtert auf. Ich fühle mich schlecht. Er kennt mich offenbar oder meint mich zu kennen, und jetzt macht er sich Sorgen um mich. Was ist, wenn ich hier wirklich nicht sicher bin? Auf einen Schlag wird mir bewusst, dass ich völlig allein auf der Straße stehe. Mitten in der Nacht, an einem Ort, an dem ich niemals zuvor war. Meine Hoffnung, irgendwo in einer Seitenstraße von München herauszukommen, verflüchtigt sich rasch. Ich habe immer noch nicht den blassesten Schimmer, wo genau ich bin, aber die Straße, in der ich mich befinde, wirkt fernab jeglicher moderner Zivilisation. Es gibt keine Straßenlaternen und auch sonst keine Lichtquellen.

Bei genauerem Hinsehen stelle ich entsetzt fest, dass die Straße weder geteert noch gepflastert ist, sondern aus flach getrampeltem Lehm zu bestehen scheint. Die Häuser dagegen wirken irgendwie vertraut, obwohl die meisten Fenster mit dickem, welligem Butzenglas oder trübem Material versehen sind, das an Pergament erinnert. Die Architektur erinnert mich an mittelalterliche Städte wie Siena oder Florenz. Irgendwo in der Nähe schlägt eine Kirchenglocke. Obwohl es mitten in der Nacht ist und ich noch immer mein Partykleid trage, ist mir nicht kalt. Die Temperaturen sind angenehm mild, fast sommerlich warm. Ich komme immer mehr zu der Überzeugung, dass ich in Italien bin … wie auch immer ich das geschafft habe. Bei dem Gedanken überkommt mich jähe Übelkeit. Wenn ich tatsächlich nicht mehr in Deutschland bin, dann muss ich schon seit mehreren Stunden verschwunden sein. Lara macht sich sicher schreckliche Sorgen, denn schließlich bin sang- und klanglos von der Vernissage verschwunden. Auch mein Bruder Paul wird mich allmählich vermissen. Als ich hektisch nach meinem Handy taste, merke ich, dass meine Umhängetasche verschwunden ist. So ein Mist!

In dem Moment, als ich an dieser altertümlichen Straßenecke stehe, breche ich vor Panik beinahe in Tränen aus. Ich bin allein, in einer fremden Umgebung und habe keine Ahnung, was ich tun soll. Wohin soll ich als Nächstes gehen? War es ein Fehler, den Mann zu verlassen, der mich für eine gute Freundin hielt? Vielleicht hätte er mir weiterhelfen können. Bestimmt steht irgendwo in dem Haus ein Telefon, auch wenn seine Werkstatt aussieht wie aus vergangenen Jahrhunderten. Wobei … auch hier draußen wirkt alles wie einer längst vergangenen Zeit entsprungen. Noch nie im Leben habe ich einen Ort wie diesen gesehen.

Mir kommt ein Verdacht, der so aberwitzig ist, dass ich ihn am liebsten mit einem Lachen abtun würde. Aberwitzig ja, aber deswegen unmöglich?

Ich denke daran, was der Mann in der Werkstatt gerade zu mir gesagt hat. *Wir schreiben das Jahr des Herrn vierzehnhundertachtzig.* Er hat sich nicht angehört wie ein Spinner, sondern als wäre diese Jahreszahl das normalste der Welt für ihn.

Kann es möglich sein, dass ich mich in einer anderen Zeit befinde? Schemenhaft erinnere ich mich an den Sog des Gemäldes und meinen unkontrollierten Fall. Einen Fall durch Raum und Zeit?

Ich lasse den Blick schweifen und alles, was ich sehe, scheint meine verrückte Ahnung zu bestätigen.

Da ist zum Beispiel das absolute Fehlen von elektrischem Strom, die gestelzte Ausdrucksweise des Mannes oder ganz allgemein diese Straße hier. Am Wegesrand plätschert ein Rinnsal voller Unrat, von dem übelste Gerüche aufsteigen, und das es so ganz bestimmt nicht im Florenz des 21. Jahrhunderts gibt, es sei denn, die Müllabfuhr streikt. Außerdem will mir ein nagendes Bauchgefühl, schon die ganze Zeit mitteilen, dass hier etwas ganz und gar nicht stimmt.

Die Erkenntnis trifft mich mit der Wucht einer Abrissbirne. Vollkommen überzeugt bin ich noch immer nicht, aber eine bessere Erklärung fällt mir einfach nicht ein. Ich bin durch die Zeit gereist und in der Vergangenheit gelandet.

Fragt sich nur, wie es jetzt weitergeht. Stecke ich für immer hier fest? Gibt es einen Weg zurück?

Meine Gedanken überschlagen sich, doch bevor ich einen von ihnen zu Ende führen kann, spüre ich ein prickelndes Summen in meinen Füßen. Ist das ein Erdbeben? Ein sich ankündigender Vulkanausbruch?

Aber nein. Nicht die Erde unter mir bebt, sondern ich selbst. Die Luft ringsum beginnt zu flimmern und rauscht so heftig, dass ich nichts mehr sehe und höre. Ich schwanke, während sich ein tobender Strudel rings um mich erhebt und mich einsaugt wie ein Staubpartikel. Meine Hände greifen verzweifelt ins Leere, und ich versinke im Sog.

## Kapitel 4

*München, 16. Oktober 2018*

Als ich wieder zu mir komme, weiß ich sofort, wo ich bin und was geschehen ist. Das bedeutet aber nicht, dass ich deswegen begreife, was mit mir passiert ist. Keuchend kauere ich auf allen vieren in Professor Kippings Gemäldespeicher und kämpfe gegen das Hyperventilieren an. Ich bekomme kaum Luft, und es dauert eine Weile, bis ich meine Atmung wieder unter Kontrolle habe. Dann rappele ich mich auf und starre auf das Botticelli-Gemälde, vor dem ich gelandet bin. Es sieht noch genauso aus wie zuvor. Nichts deutet darauf hin, dass mich eine bloße Berührung gerade in die Vergangenheit katapultiert hat. Ich drehe eine Runde um das Bild, erkenne an seiner Rückseite jedoch keine besonderen Apparaturen oder Vorrichtungen. Nichts, was mir helfen könnte, mein Erlebnis vernünftig zu erklären. Ich umrunde das Bild noch einmal, sorgsam darauf bedacht, es nicht zu berühren. Am Boden neben dem Gemälde entdecke ich meine Handtasche. Sie muss mir vor meinem Abenteuer von der Schulter gerutscht sein. Als ich mein Handy checke, ist der Bildschirm voller entgangener Anrufe und Nachrichten von Lara. Zunächst besorgt, dann immer wütender will sie wissen, wohin ich verschwunden bin und warum ich ohne Abschied gegangen bin. Die erste Nachricht habe ich vor vierzig Minuten erhalten. Heiliges Kanonenrohr, nur vierzig Minuten sind vergangen? Mein Ausflug in die Vergangenheit kommt mir wie eine halbe Ewigkeit vor. Mit einem letzten Blick haste ich zurück zur Tür. Ich muss wieder auf die Party. Ich nehme den Weg, den ich gekommen bin, und diesmal ist es mir ziemlich egal, ob mich jemand erwischt. Im Ernstfall behaupte ich einfach, dass ich mich auf der Suche nach den Toiletten verlaufen habe. Als ich durch die letzte Tür zurück zur Vernissage husche, trifft mich der Gesprächslärm der Anwesenden wie ein Vorschlaghammer. Alles ist so laut und quirlig. Unbemerkt mische ich mich unter die Gäste und halte Ausschau nach Lara, kann sie aber nirgends entdecken.

Frustriert hole ich mir eine Flasche Wasser vom Büfett und ziehe mich in den verlassenen Raum mit den Radierungen zurück, um etwas durchzuschnaufen. Ich bin ganz zittrig, und der Lärm ringsum fühlt sich fremd an. Schnell simse ich Lara, wo ich bin, dann lehne ich mich gegen die Wand und schließe die Augen. Die kalte Wasserflasche fest mit beiden Händen umklammert, versuche ich meine Gedanken zu ordnen. In meinem Kopf geht alles drunter und drüber – wie in einer Filmszene, wenn in den Großraumbüros die Aktenschränke explodieren und Papiere wild durch die Luft fliegen. Kurz gesagt – es herrscht Ausnahmezustand. Der sonst nur schwach ausgeprägte rationale Teil in mir will die Gunst der Stunde nutzen und die Oberhand übernehmen. Ich will mich davon überzeugen, dass das alles überhaupt nicht passiert sein *kann*. Zeitreisen gibt es nicht, sie sind physikalisch nicht möglich.

Vor Kurzem erst hatte ich eine heftige Diskussion mit Paul über das Thema. Er ist ein ziemlicher Physik-Geek und hat meine schwärmerische Begeisterung über die Serie *Outlander* überhaupt nicht verstanden. Zeitreisen sind für ihn so unmöglich, dass sie nicht einmal im Fernsehen eine Daseinsberechtigung haben. In Gedanken höre ich das Echo seiner Stimme wie ein wohltuendes Memo: *Wurmlöcher oder parallele Universen sind weder belegt noch nachweisbar. In diesem Universum besteht einfach nicht die Möglichkeit, sich in der Zeit zu bewegen, weder nach vorn noch nach hinten. Die nötige Energie dafür lässt sich einfach nicht generieren.*

Eine Weile fühle ich mich tatsächlich besser. Ganz nüchtern betrachtet sind Leugnung und Verdrängung wirklich die angenehmste Vorgehensweise. Viele Leute fahren damit ihr Leben lang sehr gut.

Diesmal will das allerdings nicht so gut klappen. Der Orkan in meinen Gedanken nimmt wieder Fahrt auf. Es gibt zu viele Indizien, die ich nicht wegargumentieren kann. Da ist zum Beispiel mein durchweichter, dreckiger rechter Schuh. Auf dem glänzenden Parkett bildet sich bereits eine kleine Pfütze. Keine Chance, das unter den Teppich zu kehren (Haha … wortwörtlich – *Ironie Ende*). Weder in Professor Kippings piekfeinem Heim noch auf dem Weg hierher bin ich in eine Schlammpfütze geraten. Das können nur die übel riechende Lache im Florenz des späten fünfzehnten Jahrhunderts gewesen sein, in die ich getreten bin. Außerdem schmerzen meine Knie und Handgelenke noch von dem Sturz in der dunklen Werkstatt.

Mineralwasser schwappt mir über die Hände, da sie so heftig zittern. Schnell nehme ich ein paar Schlucke aus der Flasche. Sobald ich zu Hause bin, werde ich Recherchen durchführen, nehme ich mir vor. Ich brauche dringend mehr Details. Über die Möglichkeiten von Zeitreisen und die Zustände im Florenz des späten fünfzehnten Jahrhunderts. Irgendetwas, das diesen Irrsinn erklärt. Mein Bruder ist nicht allwissend, er muss sich geirrt haben, und es gibt doch Wege, sich in der Zeit zu bewegen. Bestimmt kann ich irgendetwas über die Möglichkeiten von Zeitreisen herausfinden.

Ich schaue auf mein Handy, um zu checken, ob Lara sich schon gemeldet hat. Nichts. Mist, ist sie etwa schon gegangen? Ich muss dringend mit ihr sprechen und ihr erzählen, was mir passiert ist. Je länger ich hier allein herumstehe, desto unrealistischer kommt mir mein Erlebnis vor. Ich weiß nicht, ob Lara mir glauben wird, aber sie ist die Einzige, der ich mich anvertrauen kann, ohne postwendend in eine Nervenklinik eingewiesen zu werden. Mir sind schon immer peinliche und absonderliche Dinge widerfahren, und sie hat stets zu mir gehalten.

Näher kommende Stimmen reißen mich jäh aus meinen Gedanken. Ich weiche einen Schritt zurück, weil ich gerade niemandem begegnen will. Dicht neben dem offenen Durchgang presse ich mich an die Wand und hoffe, unsichtbar zu werden. Warum kann ich nicht in Momenten wie diesen auf magische Weise durch ein Gemälde verschwinden? Ich lasse den Blick schweifen. Die Radierungen liegen alle hinter Glas, also kann ich sie nicht anfassen, um zu überprüfen, ob auch sie mich durch die Zeit beamen können ... ganz abgesehen davon, dass meine Nerven einen weiteren Ausflug in die Vergangenheit heute Abend bestimmt nicht vertragen hätten. Doch zum Glück betritt niemand den Raum. Stattdessen vernehme ich zwei vertraute Stimmen auf der anderen Seite des Durchgangs – Laras Mentoring-Partner Matteo und seinen bester Freund, Signor Oleander von Made persönlich. Ist ja so was von klar, dass auch sie hier auftauchen. Wahrscheinlich hat sogar Lara die beiden eingeladen, weil sie es für ihre Pflicht hält. Sie sprechen italienisch, aber ich kann ihnen mühelos folgen.

»Ich habe sie überprüft und bin mir sicher, dass *sie* nicht *diejenige, welche* ist. Das war falscher Alarm am Montag«, höre ich Leopoldo herablassend sagen.

Mein Nacken wird heiß, weil ich das Gefühl habe, dass er über mich spricht.

»Du hast sie überprüft?«, gluckst Matteo. »Dein Zodiakus macht sich bemerkbar, seit ihr gestern Kontakt hattet. Natürlich kann auch jeder andere, den du an diesem Tag berührt hast, der Auslöser sein. Aber soweit wir wissen, kommt sie infrage, und wenn sich bei ihr der Zodiakus zeigt …«

»Gott bewahre, Matteo, das wäre eine Katastrophe!«

Um besser hören zu können, schiebe ich mich näher. Bis jetzt verstehe ich nämlich nur Bahnhof. Noch mehr unverständliche lateinische Begriffe, die mir nichts sagen. Was auch immer ein Zodiakus ist, damit will ich nichts zu schaffen haben, wenn es mit Leopoldo zu tun hat.

»So kannst du sie nicht behandeln, Leo, das hat sie nicht verdient. Wenn sie es wirklich ist, dann könnte sie immens wichtig sein.« Matteo klingt jetzt richtig empört, und das ist Balsam für meine Seele. Immerhin scheint er mich ein wenig zu mögen.

Leopoldo seufzt entnervt. »Hör mal, ich habe überhaupt keine Zeit, mich mit einem blonden Dummchen herumzuschlagen. Es ist sowieso ärgerlich genug, dass ich hier in München festsitze. Wie es aussieht, verschlechtert sich die Lage in den Uffizien gerade, und ich muss mich hier mit Dilettanten herumärgern.«

»Manchmal bist du echt ein Arsch, Alter. Was hast du denn gegen Rosalie?«

*Gut so Matteo, gib's ihm!* Endlich mal jemand, der ihm die Meinung geigt! Matteo spricht mir aus der Seele. Interessiert beuge ich mich weiter vor und luge vorsichtig um die Ecke.

»Sie ist völlig unbedarft und ziemlich langsam im Kopf, wenn du mich fragst«, sagt Leopoldo abfällig. Er steht mit dem Rücken zu mir. Sein dunkles Haar kräuselt sich im Nacken über dem Kragen seines feinen weißen Hemds.

»Das hast du in einer einzigen Unterhaltung mit ihr erfahren, die vielleicht fünf Minuten gedauert hat? Sie ist bloß schüchtern, Leo«, hält Matteo dagegen.

»Und das weißt du so genau, weil du die ganze Zeit um ihre beste Freundin herumscharwenzelst, statt mir den Rücken freizuhalten. Du sollst dich auf deine Aufgaben konzentrieren, statt zu flirten.«

Ich kann Matteos Gesicht nicht sehen, weil er leicht schräg neben Leopoldo steht und mir ebenfalls den Rücken zuwendet, aber seine Haltung verrät, dass er mit den Zähnen knirscht. Er ist zum Zerreißen angespannt.

»Das nennt man menschlich Interaktion. Könnte dir auch nicht schaden«, knurrt er halblaut.

Leos Stimme klingt eisig. »Ich sage es dir jetzt noch einmal. Ich stehe nicht auf menschliche Interaktion mit oberflächlichen Dummchen. Glaub mir, ich kenne genügend Mädchen wie sie, die von Daddys Kohle leben und Kunstgeschichte studieren, weil sie ansonsten nicht wissen, was sie mit ihrer Freizeit anfangen sollen. Stell dir vor, sie war in Florenz *und hat den ganzen Tag Michelangelos David angeschmachtet.*« Seine Stimme wird ätzend und schrill, als er mich nachäfft.

Oh Gott, wie ich ihn hasse! Die Tränen, die ich die ganze Zeit so tapfer zurückgehalten habe, rollen mir über die Wangen.

Leopoldo ist schlimmer als die Pest! Wie kann man nur so gemein und arrogant sein?

Durch den Tränenschleier hindurch erkenne ich plötzlich

Lara, die sich zu den beiden gesellt. Sie unterhalten sich kurz, doch ich verstehe kein Wort. Zu laut wummern Zorn und Kränkung in meinen Gedanken. Matteo schüttelt den Kopf, und Leopoldo hebt nur die Schultern. Lara wirkt besorgt, sie sagt noch mehr und lässt den Blick schweifen. Und dann entdeckt sie mich, wie ich heulend an dem Durchgang stehe. An ihren Lippen lese ich ab, dass sie meinen Namen sagt. Jetzt drehen sich auch die beiden Jungs zu mir um. Matteo wirkt entsetzt, Leopoldo fast ein wenig verlegen. Ihnen scheint beiden sofort klar zu sein, dass ich ihre Unterhaltung belauscht habe. Mit wenigen Schritten ist Lara bei mir und legt mir die Hände auf die Schultern.

»Was ist los? Wo hast du gesteckt?« Sie mustert mich von oben bis unten. »Wo hast du gesteckt?«, wiederholt sie eine Spur besorgter. »Du bist ganz staubig und zerzaust. Und was ist mit deinen Schuhen passiert?«

Ihre Fragen überfordern mich. Ich versuche mit aller Macht, die Tränen zurückzuhalten, um mich vor versammelter Mannschaft nicht noch mehr zu blamieren. Aber dann entringt sich doch ein jämmerliches Schluchzen meiner Kehle. Neue heiße Tränen rinnen mir über die Wangen.

»Können wir gehen?«, schniefe ich. »Bitte?«

Ich linse zu den beiden Jungs hinüber und kratze mich nervös am rechten Handgelenk. Matteo und Leopoldo stecken die Köpfe zusammen und mustern uns mit skeptischen Mienen. Offenbar überlegen sie gerade, ob sie näher kommen sollen.

Lara folgt meinen Blick, sieht mir kurz in die Augen und nickt grimmig. Beschützend legt sie mir einen Arm um die Schultern und führt mich durch das Gedränge der Gäste in Richtung Foyer. Sie holt unsere Jacken an der behelfsmäßigen Garderobe, während ich unauffällig die verheulten

Wangen trockne. Mir läuft die Nase, und inzwischen juckt mein Handgelenk, als hätte mich eine gigantische Mücke gestochen. Oh, mein Gott, was, wenn mich mittelalterliche italienische Flöhe gebissen haben? Ich werde an irgendeiner fürchterlichen Seuche sterben, gegen die kein modernes Antibiotikum hilft.

Bei näherer Betrachtung kann ich keinen Hinweis auf Bisse oder Stiche erkennen, die Haut an meinem Handgelenk ist nur von meinem hektischen Kratzen gerötet. Wahrscheinlich nur die Nerven.

Wie aus dem Nichts erscheint ein Taschentuch vor meinem Gesicht, das Lara mir hinhält. Ich putze mir die Nase, dann schlüpfe ich in meine Jacke, und wir verlassen Professor Kippings Villa.

Da Lara mit dem Fahrrad hier ist und keine Lust auf die Öffentlichen hat, verfrachtet sie mich kurzerhand auf ihren Gepäckträger und strampelt los. Ich bin zu schwach und zittrig, um zu widersprechen.

Lara biegt auf die Prinzregentenstraße ab, und vor uns taucht das Monument des Friedensengels auf, das in der Nacht festlich beleuchtet wird. Ich weine auf dem Rücksitz von Laras Drahtesel weiter vor mich hin und habe keinen Blick für Münchens nächtliche Schönheiten. Der Fahrtwind pfeift mir um die Ohren, als wir die enge Kurve hinuntersausen, die zur Luitpoldbrücke führt. Erschöpft schließe die Augen und lehne die Wange an Laras Rücken. Ihr Atem klingt stetig und beruhigend, und ich konzentriere mich auf diesen Rhythmus. Der Dynamo surrt sonor, und ich sitze ziemlich unbequem auf dem Gepäckträger, aber ich bin so erledigt, dass ich trotzdem auf der Stelle einschlafen könnte. Die Fahrt dauert nur zehn Minuten, und schon erreichen wir mein Wohnhaus. Mit schmerzendem Hintern schwinge ich mich von Laras Fahrrad und krame den Haustürschlüssel aus der Tasche. Wie selbstverständlich schiebt Lara ihr Fahrrad hinter mir in den Hausflur und stellt es neben den Briefkästen ab. Stumm steigen wir die knarrenden Holztreppen in den obersten Stock hinauf.

In der Wohnung ist es ruhig. Als ich an Pauls Zimmer vorbeilaufe, höre ich die gedämpften Geräusche eines Computerspiels. Wahrscheinlich sitzt mein Bruder gerade mit dem Headset vor dem Bildschirm und metzelt sich durch ein magisches Königreich. Ich bin froh, dass er nicht mitbekommt, wie ich zurückkomme. Tränen beunruhigen ihn und machen ihn so hilflos, dass er am liebsten mitweinen würde. Mit Gefühlsausbrüchen können wir beide nicht gut umgehen.

Im Wohnzimmer lasse ich mich wie ein nasser Sandsack aufs Sofa plumpsen und strecke alle viere von mir. Lara rumort in der Küche, Porzellan klappert, und ein paar Sekunden später höre ich das vertraute Brodeln des Wasserkochers. Mit zwei dampfenden Tassen Tee kommt sie zu mir ins Wohnzimmer und stellt sie vorsichtig auf dem Couchtisch ab.

»Also.« Sie setzt sich neben mich aufs Sofa und kreuzt die Beine im Schneidersitz. »Was in aller Herrgottsnamen ist heute Abend mit dir passiert?«

Ich atme tief durch. Wo soll ich anfangen? Wie soll ich alles erklären, damit es einen Sinn ergibt?

Während ich noch verzweifelt um Worte ringe, reißt Laras dünner Geduldsfaden. »Du warst über eine Stunde verschwunden, und jetzt bist du dreckig und zerzaust und völlig durch den Wind. Hast du dich mit einem Typ nach draußen in den Garten geschlichen? Wer war es?«

*Das* ist Laras Schlussfolgerung für den dreckigen Schuh?

Dass ich ein Stelldichein im Garten hatte? Oh Gott, wenn sie das von mir denkt, dann wird sie die Wahrheit umhauen!

»Nein, es war ganz anders«, murmele ich schwach und greife nach der Teetasse. Der Becher ist heiß, aber es tut gut, etwas Festes in Händen zu halten. Die heißen Dämpfe duften wohltuend nach Orange, und ich nehme die Ausdünstungen von Rum wahr.

»War es dieser Leopoldo? Hat er dich verletzt? Hast du deshalb so geweint?« Laras Gesichtsausdruck wird immer bedrohlicher, aber hastig schüttele ich den Kopf.

»Nein, der hat mir nichts getan.« *Außer schlecht über mich zu reden, der eingebildete Schnösel.*

»Mir ist etwas vollkommen Abgefahrenes passiert, und ich weiß im Moment nicht, ob ich verrückt werde oder ob das alles wirklich passiert ist«, sage ich, und plötzlich scheint ein Damm in mir zu brechen. Hastig, als könnten sie sich im nächsten Moment in Luft auflösen, erzähle ich Lara von Leonardo da Vincis Skizzenblättern, die mich so begeistert haben. Dass ich daraufhin Professor Kipping gesucht habe und auf der Flucht vor Viktor Seydel in dem Gemäldespeicher gelandet bin. Während ich von der seltsamen Sammlung unter dem Dach erzähle, werden Laras Augen immer größer.

»Da gab es ein Gemälde von Botticelli, und die Frau sah aus wie du?«, wiederholt sie meine Worte und wirkt völlig perplex. Aus ihrem Mund hörte sich das an, als würde ich behauptet, ein anregendes Gespräch mit der Marmorbüste von Goethe im Foyer geführt zu haben. Ich nicke bekräftigend.

»Es war dunkel, und ich habe nicht daran gedacht, ein Foto davon zu machen, aber ich bin mir zu hundert Prozent sicher. Aber hör zu!« Ungeduldig fahre ich fort und erzähle, wie ich das Bild angefasst habe und im nächsten Moment in der finsteren Werkstatt im Jahr 1480 gelandet bin.

Schweigend lauscht Lara meiner Geschichte. Ich bin so aufgeregt und durcheinander, dass ich mich mehrmals verhaspele und wiederhole, doch am Ende habe ich meinen Ausflug durch Zeit und Raum in aller Ausführlichkeit erzählt.

Der Tee ist inzwischen ausreichend abgekühlt, und ich trinke ein paar Schlucke. Wohltuend breitet sich die Wärme des Rums in meinem Magen aus.

Unterdessen nagt Lara nachdenklich an der Unterlippe, und ihr Blick ist starr auf meinen durchweichten Schuh gerichtet.

»Ich glaube nicht, dass du verrückt wirst und dir alles nur eingebildet hast«, erklärt sie schließlich.

Völlig entgeistert starre ich sie an. Moment mal! Ich habe ihr gerade erzählt, dass ich durch ein Gemälde in die Vergangenheit gereist bin, und sie glaubt mir? Sie hält mich nicht für verrückt?

Lara sieht meine verdatterte Miene und zuckt mit den Achseln. »So verstört wie vorhin auf der Vernissage habe ich dich noch nie erlebt, Rosa. Mir war sofort klar, dass etwas passiert sein muss. Gut, an Zeitreisen habe ich dabei nicht gedacht, aber ich weiß, dass du die Wahrheit sagst.« Sie lächelt angesichts meiner ungläubigen Miene. »Das Universum hält noch jede Menge Überraschungen für uns bereit. Und du musst schon zugeben, durch die Zeit reisen zu können, ist wirklich eine coole Gabe.«

»Ich finde es eher beängstigend und habe keine Ahnung, ob man das überhaupt als Gabe bezeichnen kann oder ob das ein einmaliger Ausrutscher war.«

»Aber überleg doch mal! Wenn du jetzt regelmäßig durch die Zeit reisen kannst, dann erlebst du die Geschichte live mit. Anstatt mit mir in der Bibliothek trockene Bücher zu wälzen, kannst du in die Vergangenheit hüpfen und die Künstler persönlich über ihr Werk befragen.« In Laras Augen tritt ein schwärmerischer Ausdruck. »Erzähl mir von Florenz! Ich muss alles wissen!«

Ich versuche mich zu konzentrieren und an Einzelheiten zu erinnern. Gelegenheit, um die Umgebung genauer zu betrachten, hatte ich gar nicht. Ehrlich gesagt war ich so ängstlich und verwirrt, dass ich nicht auf Einzelheiten geachtet habe. »Es war stockdunkel, weil es noch keine Straßenbeleuchtung gab. Das Widerwärtigste war das müffelnde Rinnsal am Straßenrand und diese Lache, in die ich aus Versehen getreten bin. Wahrscheinlich stinkt es tagsüber bei der Hitze richtig übel.«

Bei meinem Bericht wird Lara vor Begeisterung ganz hibbelig. »Oh, ist das aufregend! Meine beste Freundin als Zeitreisende! Aber da gibt es noch so viel mehr herauszufinden.«

Ich muss lächeln. So ist eben meine Lara, ihre Begeisterung wirkt ansteckend. Vielleicht ist es der Tee oder der ordentliche Schuss Rum, aber ich fühle mich schon wieder viel besser.

»Wovon redet ihr beide da bitte die ganze Zeit?«

Lara und ich drehen uns beide erschrocken um. In Jogginghose und einem Bandshirt steht Paul hinter uns und guckt total seltsam. Ich habe überhaupt nicht gehört, dass er ins Zimmer gekommen ist.

»Wie lange belauschst du uns schon?«

Er verschränkt die Arme vor der Brust. »Lange genug«, antwortet er mit grimmiger Miene. »Ist das wirklich passiert, Rosa?«

Ich erwidere seinen besorgten Blick und nicke. Er wird sichtlich blass. Mit einem deftigen Fluch lässt er sich in meinen Sessel fallen, der protestierend knarrt. Eigentlich wollte ich Paul aus dieser Angelegenheit heraushalten, aber wahrscheinlich ist es besser, wenn er Bescheid weiß. Früher oder später hätte er ohnehin etwas mitbekommen. Das heißt, wenn mein Erlebnis von heute Abend kein einmaliger Ausrutscher war.

»Seit wann?«, fragt er schließlich und klingt erstaunlich ernst.

»Es ist das erste Mal passiert, heute Abend.«

Lara ist Feuer und Flamme. »Hast du ein paar abgefahrene Theorien auf Lager, Paul?«

Paul seufzt schwer. Ich werde den merkwürdigen Verdacht nicht los, dass er irgendetwas weiß. Aber das ist doch verrückt, oder? Mein Bruder, der Naturwissenschaftler, der alles Übernatürliche vehement leugnet und keinen Funken Fantasie hat … Dass er jetzt so nüchtern auf meine Zeitreise reagiert, kommt mir spanisch vor. Ich erinnere mich noch genau an unsere leidenschaftliche Diskussion über Outlander. Doch statt eines Plädoyer an die Vernunft steht jetzt ein Ausdruck in seinen Augen, der mir Unbehagen bereitet.

Lara fällt nichts auf, sie plappert schon wieder aufgeregt weiter, über Lücken in der Matrix und ob Einstein irgendetwas damit zu tun hat. Paul sitzt die ganze Zeit gedankenversunken im Sessel und scheint unser Gespräch gar nicht mitzubekommen.

Es ist halb eins, als mir fast die Augen zufallen. Ich fühle mich so bleischwer und müde, als hätte ich einen Triathlon hinter mir. Offenbar saugen einem Zeitsprünge sämtliche Energien aus. Lara ist noch immer putzmunter, doch Paul schickt uns erstaunlich energisch ins Bett. So gebieterisch kenne ich ihn gar nicht.

Ich bestehe darauf, dass Lara hier schläft, weil es inzwischen viel zu spät ist, um sie allein nach Hause radeln zu lassen. Insgeheim bin ich froh, diesen Vorwand zu haben, denn ich habe ein klitzekleines bisschen Angst vor dem Alleinsein und bin ja wohl viel zu alt, um im Bett meines Bruders zu übernachten. Mit der besten Freundin an meiner Seite geht es mir sofort besser. Eingerollt in ihre Decke, erzählt Lara noch ein paar ihrer kruden Alien-Zeitreise-Theorien, über die ich müde kichern muss. Ich erinnere mich nicht mehr, wie oder wann ich eingeschlafen bin.

# Kapitel 5

## *Greif und Löwe*

Als ich am nächsten Morgen unsanft durch penetrantes Türklingeln aufgeweckt werde, stecke ich noch mitten in einem Traum. Ich habe mich in das unbekannte Botticelli-Gemälde von Professor Kippings Gemäldespeicher verwandelt und stecke in dem üppigen Kostüm der abgebildeten Frau. Das Gewand ist tonnenschwer, und ich schwitze fürchterlich in dem engen Mieder. Zu meinen Füßen sitzen der Greif und der Löwe und streiten sich.

*»Ich habe es satt, dass du mich ständig bevormundest und dich hier zum Chef aufspielst«, zetert der Greif mit leichtem Zungenschlag. Ein lispelndes Fabelwesen, na so was.*

*»Sagt einer, der nicht mal ein echtes Tier ist«, entgegnet der Löwe spöttisch, und sein Katzengesicht ist die reine Häme.*

*»Wir sind Teil eines Gemäldes«, erklärt der Greif salbungsvoll. »Weder du noch ich sind echte Tiere.«*

*Der Löwe behält seine selbstgefällige Miene bei. »Was ist das überhaupt für eine Visage, hm? Konntest du dich nicht entscheiden? Vorn ein Adler, hinten ein Löwe und an den Hinterläufen ein Huftier. Wer soll so eine Kreatur denn ernst nehmen?«*

*Der Greif plustert sich auf und raschelt erbost mit den Flügeln. Langsam, aber sicher schafft es der Löwe, ihn mit seinen Provokationen aus der Fassung zu bringen.*

*»Wer oder was ich bin, steht doch überhaupt nicht zur Debatte. Aber da wir gerade dabei sind … – was ist das für eine lächerliche Wappenkette? Ziemlich protzig, wenn du mich fragst.«*

*»Dich hat aber niemand gefragt.«*

*Die blauen Augen des Greifs feuern zornige Blitze ab. »Ich bin ihr Beschützer, nicht du, du dämlicher Lackaffe.«*

Warum kommen mir diese Stimme und die Augen der beiden Tiere so bekannt vor? Doch es ist nur ein Traum, und ich kann nicht klar denken. Jeder Gedanke entgleitet mir wie ein Nebelfetzen. Gerade als der Löwe zu einer weiteren, zweifellos patzigen Antwort ansetzt, klingelt es erneut. Jetzt bin ich endgültig wach, und die Traumblase zerplatzt.

Lara neben mir rollt sich grummelnd zur Seite. »Heute ist Sonntag, Mama, ich gehe nicht zur Schule.«

Ich ziehe mir die Bettdecke über den Kopf und will wieder einschlafen. Ich bin todmüde und habe mir noch ein paar Stunden Schlaf verdient. Wer auch immer da an der Tür klingelt, kann gefälligst warten. Aber das Klingeln hält hartnäckig an, und irgendwann höre ich Pauls Schritte im Flur. Dösend höre ich, wie er jemanden begrüßt und sich gedämpft unterhält. Vielleicht der Paketbote, überlegt mein schlaftrunkenes Gehirn. Habe ich irgendwas bestellt? Ich bin ein ziemlicher Online-Shopping-Fan und bekomme ständig Päckchen. Vielleicht schon die Sachen, die ich vorgestern im Verlauf einer ausgiebigen Frustshopping-Orgie bestellt habe? Wäre ziemlich flott, aber es gibt ja noch Zeichen und Wunder.

Als unvermittelt meine Zimmertür aufgerissen wird, zucke ich zusammen. Die fernen Männerstimmen aus dem Flur sind plötzlich unmittelbar nahe, und mühsam öffne ich die Augen. Ich erkenne Paul, der schon komplett angezogen ist. Und hinter ihm drückt sich Leopoldo ins Zimmer, indem er meinen Bruder grob mit der Schulter aus dem Weg stößt.

Ich starre ihn einen Moment lang an, dann dämmert mir, was hier gerade passiert. Leopoldo steht neben meinem Bett und betrachtet mich mit hochgezogenen Brauen, während ich völlig verdattert den Kopf unter der Decke hervorstrecke. Mein Haar türmt sich wahrscheinlich wieder wie ein wütender hellblonder Gewittersturm um meinen Kopf, und meine Augen sind so verquollen, dass ich kaum etwas erkenne. Neben mir stößt Lara ein gewaltiges Nilpferdgähnen aus und reckt genüsslich die Arme über den Kopf. Anscheinend merkt sie nicht, wer uns da so unerwartet besucht.

»Meinst du, wir können Paul überreden, dass er seinen zuckersüßen Hintern aufs Fahrrad schwingt und uns was bei Dompierre holt? Ich sterbe für diese Croissants.«

Paul stößt ein ersticktes Geräusch aus, und sie reißt die Augen auf. Gleich darauf sitzt sie senkrecht im Bett und starrt die beiden Jungs an. Ihre Gesichtsfarbe changiert dabei in Millisekunden von Rot zu Weiß und umgekehrt.

Ich funkele Paul böse an. Wie kann er Leopoldo einfach in mein Zimmer schleppen, während Lara und ich noch schlafen? Unter meinem Blick schrumpft mein Bruder sichtlich zusammen. Offenbar kapiert er, was er da gerade angestellt hat. Mit knallroten Ohren wendet er sich zu Leopoldo um. »Ähm … ja … jetzt sind sie wohl wach. Gehen wir in die Küche! Magst du einen Kaffee?«

Wie festgewachsen bleibt Leopoldo neben meinem Bett stehen. »Eigentlich sollte ich zuerst checken, ob sie den Zodiakus hat. Wenn nicht, kann ich gleich wieder gehen«, lässt er sich mit blasierter Miene vernehmen. Sein Blick wandert über meine Bettdecke, und mir wird unangenehm heiß.

Zum Glück bin ich bis zum Kinn zugedeckt, und er sieht nichts von meinem hässlichen Spongebob-Schlafshirt.

Paul wirkt plötzlich zornig, und ich fahre beiden in die Parade. »Jetzt aber raus hier!«

Tatsächlich trollen sich die beiden, aber erst nachdem Paul Leopoldo energisch am Arm gepackt hat. Mein Bruder steckt noch einmal den Kopf zur Tür herein. »Beeilt euch bitte, ja?«, ermahnt er uns. Lara und ich starren uns schweigend an.

»Ist das gerade wirklich passiert, oder träume ich noch?«, fragt Lara ungläubig.

»Schön wär's.« Gähnend schwinge ich die Beine aus dem Bett.

Zusammen suchen Lara und ich das Bad auf, um uns zu waschen und die Haare zu bürsten.

Ich habe es eilig, fertig zu werden, weil mich brennend interessiert, was ausgerechnet Leopoldo in aller Herrgottsfrühe bei mir zu Hause will. Ein Blick auf den Badezimmerwecker verrät mir, dass es 7:50 ist. Ich leihe Lara eine frische Jogginghose und ein T-Shirt, und in Rekordzeit verlassen wir das Bad.

Aus der Küche zieht ein himmlischer Kaffeeduft ins Wohnzimmer, wo die Jungs mit ihren Tassen am Esstisch sitzen und Leichenbittermienen zeigen. Ich fühle Genugtuung, weil mein Bruder diesen Schnösel Leopoldo offenbar genauso wenig ausstehen kann wie ich.

Mit verschränkten Armen bleibe ich am Esstisch stehen, während sich Lara auf einen Platz neben Paul fallen lässt. Ungefragt schenkt er ihr eine Tasse Kaffee ein. Seine Ohren werden rot, als sich ihre Blicke kreuzen.

»Also«, durchbreche ich die angespannte Stille und wende mich an Leopoldo. »Was verschafft mir die Ehre deines morgendlichen Besuchs?«

Leopoldo strafft die Schultern. »Wir haben Kenntnis davon erlangt, was dir gestern Abend widerfahren ist. Ich bin gekommen, um das zu überprüfen.«

Meine Augenbrauen schießen nach oben. Mit seiner gestelzten Redeweise und dem strengen Blick wirkt Leopoldo wie ein arroganter Anwalt. Zu behaupten, ich sei verwirrt, ist die Untertreibung des Jahrhunderts. Wer ist dieses *wir*, von dem er da spricht? Und woher zum Teufel weiß er von meiner Zeitreise? Ich habe nur mit zwei Personen darüber gesprochen. Lara hat Leopoldo ganz bestimmt nichts verraten. Warum sollte sie auch? Bleibt also nur die andere Möglichkeit, und die ist absolut befremdlich. Mein Blick heftet sich auf meinen Bruder. Paul, der sich gestern Abend so seltsam benommen hat, der auch jetzt irgendwie seltsam guckt. Das gibt's doch nicht!

Ich nehme ihn genauer ins Visier. »Paul, was hat das zu bedeuten?« Meine Stimme zittert, und ich könnte mir selbst in den Hintern treten. Warum kann ich nicht einmal tough und gelassen sein? Doch auch Paul ist nicht so abgeklärt, wie es zuerst den Anschein hatte. Er kann mir nicht in die Augen sehen und kratzt sich ständig nervös am Ohr. Damit verrät er seine Anspannung.

»Es musste sein, Rosa«, sagt er schließlich so leise, dass ich ihn kaum verstehe. »Ich bin dazu verpflichtet, den Vorfall dem Orden zu melden.«

Verwirrt runzele ich die Stirn. »Orden? Welcher Orden?«

Ich beobachte, wie Paul und Leopoldo Blicke tauschen, doch unser Gast schüttelt leicht den Kopf.

»Ich darf dir nicht mehr darüber verraten«, sagt mein Bruder ernst. »Nicht, wenn die Möglichkeit besteht, dass ich mich irre.«

*Was ist hier los? Was hat Paul damit zu tun?*

Ich fühle mich, als hätte ich einen wichtigen Teil eines Ereignisses verpasst.

»Dein Bruder hat uns heute Morgen darüber informiert, dass du ihm gestern Abend von einem gewissen außergewöhnlichen Ausflug berichtet hast.« Leopoldo fährt sich durch die Locken und linst immer wieder zu Lara hinüber.

»Du kannst es ruhig aussprechen, Lara ist eingeweiht«, sage ich mit mehr Gelassenheit, als ich mir zugetraut hätte.

Ich sehe, wie Leopoldo wütend die Backen aufbläst, aber das ist mir gerade so was von egal. Woher soll ich denn wissen, dass es sich bei einer Zeitreise offenbar um exklusives Geheimwissen handelt? Aufgeblasener Affe!

»Du bist gestern Abend durch ein Gemälde in Professor Kippings Villa in die Vergangenheit gereist, stimmt das?«, fragt er schließlich.

Ich nicke. Allmählich fühle ich mich wie bei einem Polizeiverhör. Von allen Seiten werde ich angestarrt wie eine Schwerverbrecherin.

»Na gut. Dann zeig mir deine Handgelenke!«

Meine Handgelenke? Das kommt mir zwar reichlich seltsam vor, aber … na gut. Zögernd lege ich die Unterarme auf den Tisch, die Handflächen nach oben.

Was folgt, ist kollektives, scharfes Einatmen bei allen Beteiligten. Denn dort, wo gestern noch eine juckende Rötung zu sehen gewesen war, prangt jetzt ein blaues Mal, das im Licht metallisch schimmert. Einen Moment lang starre ich völlig perplex auf die Stelle, dann reibe ich mit dem Daumen darüber und überprüfe, ob es echt ist. Der Optik nach könnte es auch einer von Laras Metallic-Lidschatten sein, und sie hat sich einen Scherz mit mir erlaubt. Doch das Mal bleibt wie ein Tattoo unter meiner Haut.

*»Merda! Porca miseria!«*, bricht es heftig aus Leopoldo

heraus. Grob packt er mich am Unterarm und hält sich das Mal dicht vor die Augen. Sein Griff ist so hart, dass es schmerzt. Ich ächze laut auf, als er mir so nahe kommt, dass sein Atem meine Haut streift.

»He, geht's nicht sanfter? Du tust ihr ja weh!«, knurrt Paul.

Statt auf die Worte meines Bruders zu achten, hebt Leopoldo wie in Trance langsam den Blick und sieht mir unverwandt in die Augen. Angesichts der Emotionen, die ich da entdecke, schrecke ich unwillkürlich zurück. Das ist nicht mehr die spöttische Herablassung, die er bisher für mich übrig hatte. Jetzt bringen Zorn und blanke Abneigung das Meergrün seiner Augen zum Glühen. Die Wucht seiner Feindseligkeit schnürt mir die Luft ab. Ich kann es mir nicht erklären, aber es fühlt sich an, als hätten wir eine Verbindung, die seine aufgepeitschten Emotionen auf mich übertragen. Dieses Gefühl ist so intensiv, dass mich eine Gänsehaut überläuft. Ruckartig ziehe ich an meiner Hand, die er noch immer fest umklammert hält, und tatsächlich zieht er sie zurück. Er löst den Blickkontakt, und ich reibe mir das lädierte Handgelenk.

»Was ist das?«, frage ich mit versagender Stimme.

Leopoldo blinzelt, ehe er zu einer Antwort ansetzt. »Wir nennen dieses Mal Zodiakus. Du trägst den Wassermann.«

Zodiakus? Mir ist, als hätte ich diesen Begriff schon einmal gehört. Verwirrt betrachte ich das Zeichen an meinem Handgelenk. Bei genauerem Hinsehen lassen sich feine Einzelheiten erkennen. Das Mal ist etwas größer als eine Zweieuromünze und ebenso rund. In der Mitte des dünnen Kreises befindet sich eine männliche Figur mit Fischschwanz, die einen Wasserkrug ausgießt. Ohne Zweifel ein Wassermann.

»Aber ich bin Sternzeichen Löwe«, widerspreche ich

schwach und schaue hilfesuchend zu Paul hinüber. Wenn er mit diesem Orden unter einer Decke steckt, dann sollte er doch wissen, worum es hier geht, oder? Doch er wirkt nicht weniger hilflos als ich. Käseweiß im Gesicht starrt er wie ein hypnotisiertes Kaninchen auf mein Handgelenk.

Mir wird schwindelig, und ich muss mich an der Tischkante festhalten. Sobald ich das Mal nicht mehr sehe, geht es mir ein bisschen besser. Das ist so schräg! Leopoldo, der in meinem Wohnzimmer sitzt und mich anstarrt wie die Ausgeburt des Teufels, mein Bruder, der offenbar Mitglied bei den Freimaurern ist, und Lara, der die Augen gleich aus dem Kopf fallen. Und ich mittendrin, total überfordert mit den Ereignissen.

»Also, was genau hat es zu bedeuten, dass ich dieses Mal habe?«, will ich wissen. Ich brenne darauf, endlich mehr zu erfahren.

»Nun, das hast du gestern schon am eigenen Leib erfahren«, presst Paul hervor. »Es ist ein untrügliches Zeichen, dass …«

»Ich denke nicht, dass es uns zusteht, sie in die Geheimnisse der Tabula einzuweihen«, unterbricht ihn Leopoldo und funkelt ihn warnend an.

Paul läuft vor Zorn rot an.

»Oh, kein Grund zur Sorge! Ich verstehe ohnehin kein Wort«, sage ich fuchsig.

»Das hätte mich auch gewundert.« Ein herablassendes Lächeln kräuselt Leopoldos Lippen. Makellose Lippen, denen ich trotzdem gern einen Boxhieb verpassen würde. Mannomann, dieser Kerl kitzelt wirklich die besten Seiten aus mir heraus!

»Aber ich habe Fragen!«, protestiere ich trotzdem. »Und ein Recht auf Antworten!« Das sage ich ausschließlich in

Leopoldos Richtung. Diese Geheimniskrämerei macht mich sauer. Ob er will oder nicht, ich bin jetzt mit im Boot. Und ich finde es ist an der Zeit, dass ich erfahre, was genau los ist.

Leopoldo zieht die Augenbrauen hoch und lehnt sich auf seinem Stuhl zurück. »Bis wir uns über deine Integrität und wahren Absichten sicher sind, musst du wohl noch warten.«

»Wahre Absichten? Geht's noch? Ich bin doch keine Doppelagentin.« Bilder von mir als Bondgirl tauchen unwillkürlich vor meinem inneren Auge auf. Mit Bikini und einer goldenen Waffe irgendwo an einem Südseestrand. In geheimer Mission unterwegs, einen gewissen italienischen Macho zu liquidieren. Leopoldo beugt sich über den Tisch zu mir herüber, und seine kalten Augen löschen meine Fantasien von einer Sekunde auf die andere aus.

»Ich weiß, wozu du fähig bist, Rosalie Gryphius, man hat mich gewarnt.«

Huch! Kann er vielleicht Gedanken lesen und weiß von meinen Träumereien über goldene Colts, mit denen ich ihn gern umnieten würde? Doch er wirkt so ernst, und was er sagt, hat nichts mit meinen Albernheiten zu tun. Er macht keine Witze.

Und weil ich in der Gegenwart dieses Typen absolut nicht ich selbst bin, lasse ich mich zu einer weiteren Dummheit hinreißen. Ich stütze mich mit den Händen auf der Tischplatte ab, beuge mich zu ihm hinunter und zische so leise, dass die anderen nichts verstehen: »Glaub bloß nicht, dass ich mich von dir einschüchtern lasse, Leopoldo Oleander von Made!«

Er starrt mir regungslos in die Augen, und mir wird ganz flau im Magen. Vielleicht habe ich mich doch zu weit aus dem Fenster gelehnt mit meiner Ansage. Doch dann zieht er die Oberlippe wie ein Wolf zurück und grinst, was zugegeben ziemlich gefährlich aussieht. Ich richte mich wieder auf und verschränke die Arme vor der Brust. Stumm forme ich die Worte: *Du kannst mich mal.*

Irre ich mich, oder wird sein Grinsen noch teuflischer? Im nächsten Moment steht er auf. »Meine Aufgabe hier ist erledigt«, sagt er in die Runde.

Vor Erleichterung sinke ich in mich zusammen wie eine Luftmatratze, aus der der Stöpsel gezogen wird. Er geht … endlich!

»Ich werde Rosalie jetzt ins Hauptquartier bringen. Der Präzeptor soll entscheiden, wie es mit ihr weitergeht.«

Moment mal … was? Meine Entspannung verpufft so schnell, wie sie gekommen ist. Abwehrend hebe ich die Hände. »Sekunde! Wo willst du mich hinbringen?«

»Wir bleiben in München, keine Sorge. Der Wagen parkt unten.« Leopoldo klingt ungeduldig.

Hilfesuchend blicke ich zu Paul hinüber, doch der schüttelt nur den Kopf. »Es tut mir schrecklich leid, Rosalie, aber du musst mitkommen. Wir beide sprechen später.

Alles in mir sträubt sich dagegen, mit Leopoldo irgendwohin zu gehen. »Wer oder was ist dieser Präzeptor?«, will ich wissen. Den Ausdruck habe ich noch nie gehört, und er kommt mir nur schwer über die Lippen.

Paul öffnet den Mund, schließt ihn nach einem Blick auf Leopoldo aber gleich wieder. Dessen Miene ist undurchdringlich.

»Ich gehe nirgends hin, wenn du mir nicht sagst, wer das ist«, beharre ich stur. Schließlich habe ich ein Recht zu erfahren, was auf mich zukommt. Oder etwa nicht?

Leopoldo stößt ein genervtes Seufzen aus. »Der Präzeptor ist der Großmeister des Ordens hier in München. Genügt das?«

*Nicht mal ansatzweiße*, will ich erwidern, doch mir ist klar, dass ihm nicht mehr zu entlocken ist. So sehr, wie er auf Geheimhaltung beharrt, ist es ohnehin ein Wunder, dass ich ihm dieses Detail entlockt habe.

»Muss ich wirklich gehen?«, wende ich mich bittend an Paul.

Der schaut ziemlich unglücklich drein, nickt aber. »Im Hauptquartier kann man dir helfen, mit der neuen Situation umzugehen und deine Fragen beantworten. Je eher du es hinter dich bringst, desto besser.«

Na gut, Paul hat wohl recht. Wenn ich erfahren will, was es mit diesem Zodiakus auf sich hat, muss ich Leopoldo wohl begleiten.

»In diesem Aufzug gehe ich nicht vor die Tür«, sage ich dann entschieden und deute auf meine ausgeleierte Jogginghose. »Gebt mir zehn Minuten, ich muss mich umziehen.«

»Natürlich, Madame muss sich noch schön machen«, murmelt Leopoldo, doch ich achte nicht auf ihn.

Das Herbstwetter draußen ist immer noch grau und trist, doch ich habe keine Lust auf Hosen. Ich habe einen neuen brombeerfarbenen Cordrock, den ich mit blickdichten schwarzen Strumpfhosen und einem hellgrauen Pulli anziehen werde. Vorher husche ich noch ins Bad, dusche in Spitzengeschwindigkeit und schminke mich hastig. Ich habe mir gerade die Wimpern getuscht, da kommt Lara herein. Ihre Augen sind immer noch so groß wie Untertassen, und sie lehnt sich mit dem Rücken gegen die geschlossene Tür.

»Gott, dieser Typ ist wirklich ekelhaft!«

Das kann sie laut sagen, auch wenn ich mir wünsche, das wäre gerade meine größte Sorge. Verglichen mit den Vorkommnissen von heute Morgen, kommt mir Leopoldo plötzlich vor wie ein handzahmer Pekinese. Ich schraube das

Fläschchen Mascara zu und packe es in mein Schminktäschchen.

»Meinst du, er kann es auch? Zeitreisen meine ich.« Im Spiegel kreuzen sich unsere Blicke. Lara wirkt tatsächlich ziemlich besorgt.

Ich seufzte. »Um meinen Seelenfrieden hoffe ich, dass er es nicht kann. Aber so arrogant, wie er ist, kann ich es mir schon vorstellen, und wahrscheinlich hält er es für ein riesengroßes Privileg.«

Sie nickt mit düsterer Miene und sieht mir zu, wie ich Puderdöschen und Pinzette in mein Täschchen räume.

»Du sollst dich beeilen, Leopoldo will los.«

»Hat er noch etwas dazu gesagt, wohin genau sie mich bringen wollen?«

»Nein, kein Wort. Sie schweigen sich wieder mit diesen düsteren Mienen an.« Sie rollt mit den Augen, und ich presse die Lippen zusammen, um nicht hysterisch zu kichern.

»Hör mal, Rosalie! Du musst auf dich aufpassen. Versprochen?«

Lara klingt plötzlich so ernst, dass sich mein Magen wieder schmerzhaft zusammenkrampft. Mit einem beherzten Schritt kommt sie auf mich zu und nimmt mich fest in die Arme. Verunsichert beiße ich mir auf die Unterlippe, während ich ihre Umarmung erwidere. Wir sind beide besorgt, und ich habe keine Ahnung, wovor sie mich genau warnt, kann ihre Besorgnis aber nachvollziehen. Wo auch immer ich da hineingeraten bin, es ist größer als ich und kann mich in einem Happen verschlingen.

Lara folgt mir in mein Zimmer, wo ich meine Utensilien in eine kleine Umhängetasche stopfe. Dann schnappe ich mir im Flur meinen dunkelblauen Wollmantel und kehre ins Wohnzimmer zurück.

Ein grauer BMW mit Münchner Kennzeichen, der am Bordstein vor unserem Haus geparkt hat, bringt mich ins sogenannte Hauptquartier des Rubinerordens. Ich sitze neben Leopoldo auf dem Beifahrersitz und knete die Hände im Schoß. Leopoldo hat den Blick starr auf die Straße gerichtet, nur die bebenden Nasenflügel verraten seine Anspannung.

»Mein Bruder und du, ihr seid Mitglieder im selben Verein, richtig?«, frage ich irgendwann zögernd. Leopoldo hat mir weitere Fragen verboten, doch ich sehe nicht ein, warum ich mich seinem Willen beugen soll. Nicht nachdem er so mit meinem Bruder geredet hat. Ich rauche noch immer vor Zorn.

Leopoldo knirscht mit den Zähnen. »Dieser Verein, wie du so schön sagst, ist ein altehrwürdiger Geheimbund. Wir sind nicht so mystifiziert und sagenumwoben wie die Freimaurer oder Illuminaten, da muss ich dich leider enttäuschen. Aber die Geheimnisse, die wir hüten, sind viel mehr als bloße Gerüchte.«

Neugierig mustere ich ihn.

Er stößt einen tiefen Seufzer aus, bremst an einer roten Ampel und wendet den Kopf zu mir um. »Die offizielle Bezeichnung lautet folgendermaßen: Hochwürdige Geheimgesellschaft der Tabula Rubina. Genauer gesagt: Orden zur Bewahrung der Mysterien der Tabula Rubina.« Er legt eine bedeutungsschwere Pause ein und genießt offenbar meine völlige Ahnungslosigkeit. Genauso gut könnte er mir etwas über Molekularchemie erzählen, ich hätte nicht mehr verstanden. Sein feines Lächeln verrät mir, dass er sich dessen vollauf bewusst ist.

»Ich gehe davon aus, dass du noch nie von Hades Pantamegistos oder der Tabula Rubina gehört hast, nicht wahr?«, sagt er süffisant.

Ich beiße die Zähne zusammen, um keine pampige Antwort zu geben, sondern schüttele nur den Kopf. Aber was denkt er denn bitte? Gerade eben hat er mir noch erzählt, dass es sich bei dem Orden um eine Geheimgesellschaft handelt. Betonung auf *geheim*. Da muss man doch davon ausgehen, dass die ganze Sache nicht allgemein bekannt ist. Leopoldo genießt einfach nur seine Überlegenheit.

Ich werde in den Sitz gepresst, als die Ampel auf Grün umspringt und Leopoldo wie wild Gas gibt.

Ehrlich gesagt habe ich keine Lust, ihm jede Einzelheit aus der Nase ziehen zu müssen. Also krame ich mein Handy aus der Tasche und öffne eine Suchmaschine. *Tabula Rubina,* tippe ich ein. Gespannt halte ich die Luft an, während die Suchergebnisse laden. 20.000 Ergebnisse werden angezeigt, und neugierig scrolle ich sie durch. Artikel über Archäologie, esoterische Websites über die Wirkung von Edelsteinen und unzählige Beiträge in fremden Sprachen, die ich nicht verstehe. Mist. Die Bildersuche bringt mich auch nicht weiter. Nur ein paar Fotos von Rubinen oder Bilder, die garantiert nichts mit einer Geheimgesellschaft zu tun haben.

Ist diese Tabula Rubina tatsächlich so geheim, dass es nicht einmal Spinner im Internet gibt, die skurrile Verschwörungstheorien darüber verbreiten? Enttäuscht seufze ich.

Leopoldo wirft mir einen Blick zu. »Was tust du da?«

»Gar nichts.« Rasch will ich mein Handy in der Tasche verschwinden lassen, doch er ist schneller und reißt es mir aus der Hand. Mit einer Hand am Lenkrad sieht er sich meine Internetsuche an, während er uns gleichzeitig durch den dichten Innenstadtverkehr lenkt.

»He, konzentrier dich gefälligst auf die Straße!«, blaffe ich ihn an und versuche ihm mein Handy wegzunehmen. Doch er lacht nur, nimmt es geschickt in die andere Hand und wechselt gleichzeitig die Fahrspur.

»Wie süß«, schnaubt er. »Du googelst die Tabula Rubina?«

Mein Gesicht wird ganz heiß vor Zorn und Scham, und ich weiß, dass ich spätestens jetzt glühe wie ein gekochter Hummer.

»Ich bettele dich bestimmt nicht um mehr Informationen an, nur damit du mir weiter kryptische Brotkrumen hinwerfen kannst.«

Ich unternehme einen letzten Versuch, mein Handy zurückzubekommen, aber wenn ich ihm nicht ins Steuer greifen und das Auto in den Gegenverkehr lenken will, habe ich keine Chance.

Leopoldo runzelt die Stirn. »Kryptische Brotkrumen? Ich verstehe nicht ganz …«

Ich seufze. »Du weißt, dass ich die Begriffe nicht kenne, mit denen du um dich wirfst, und dann belächelst du mich dafür.«

Er starrt stur geradeaus auf die Straße, die dunklen Augenbrauen zusammengezogen, sodass sich eine steile Falte über seiner Nasenwurzel bildet. Mehrere Minuten lang fahren wir in angespanntem Schweigen weiter. Dann stößt Leopoldo ein tiefes Seufzen aus.

»*Va bene, ascolta*«, sagt er. »Die Tabula Rubina ist ein uraltes Schriftstück, eingemeißelt in eine rubinrote Steintafel. Daher der Name. Es besteht aus zwölf Versen, verfasst von Hades Pantamegistos.« Er wirft mir einen Seitenblick zu, wie um zu prüfen, ob ich ihm auch folgen kann. Ich nicke und speichere innerlich alles so genau wie möglich ab.

»Hades Pantamegistos ist eine Legende, eine Sagengestalt, halb Mensch, halb Gott. Lange Zeit glaubte man, er habe tatsächlich gelebt. Bis heute ist man sich nicht sicher. Fakt ist aber, dass die Geheimnisse der Tabula Rubina keine Fiktion sind.«

Leopoldos Stimme klingt so dunkel und rau, dass mir eine Gänsehaut über die Arme läuft. Warum nur muss ich sogar seine Stimme attraktiv finden, obwohl mich sein ganzes Verhalten doch abstoßen sollte? Ich hasse den sentimentalen Teil in mir, der ihn unvermindert anschmachtet.

»Welche Geheimnisse?«, frage ich, und meine Stimme passt sich unwillkürlich seinem Raunen an.

»Pantamegistos' Verse sind auf den ersten Blick sehr ungenau formuliert, aber für Eingeweihte sind sie eine Wegbeschreibung. *Mit der Macht der Mächte wirst du sie einen und bezwingen, wirst wandern zwischen allen Polen und durchdringen das Alte und das Neue*«, zitiert er. »Die zentrale Aussage lautet: Wie gestern, so heute.«

Ich stelle mir alles gern bildlich vor, und gerade in diesem Moment sieht mein Gehirn aus wie ein großes Uhrwerk. Dutzende Zahnräder und Federn drehen sich und rattern, bis mir mit einem einzigen klaren Glockenschlag die Erkenntnis kommt. Wie gestern, so heute – natürlich!

»In der Tabula Rubina liegt das Geheimnis der Zeitreisen!«, platze ich heraus.

Leopoldo gibt ein zustimmendes Brummen von sich. »*Giusto*. Aber das ist nicht alles. Die Tabula Rubina ist kein Handbuch, das jeder einfach befolgen könnte, um Zeitreisender zu werden.«

»Nicht?«, murmele ich dumpf.

»Lass es mich so erklären! Jeder kann die Tabula Rubina lesen und weitestgehend auch verstehen. Aber wirklich nutzen können sie nur Auserwählte.«

Ich muss zugeben, dass mir der Kopf schwirrt. Aber da muss ich jetzt durch, schließlich verlange ich nach Antworten.

Ich hole tief Luft. »Und was ist dieser Nutzen der Tabula?«, frage ich dann.

Ich habe das Gefühl, dass Leopoldo bisher nur um den heißen Brei herumgeredet hat. Er spricht von der Tabula Rubina und dass man sie nutzen kann, sagt aber nicht, zu welchem Zweck. Kann man damit den Weltfrieden herstellen? Oder einen ewigen Vorrat an Schokoriegeln?

»Die Legende besagt, dass die Tafel, auf welche die Verse gemeißelt sind, aus Lapis aeternitatis besteht, dem Stein der Ewigkeit.«

»Stein der Ewigkeit? Ist das so was wie der Stein der Weisen?«

Leopoldo kräuselt die Lippen. »Der Stein der Weisen existiert nicht, das sollte doch klar sein.«

»Ach so!« Mit einer übertriebenen Geste schlage ich mir die flache Hand vor die Stirn. »Der Stein der Weisen ist völliger Humbug, aber dieser Lapis Etepetete existiert natürlich. Wie dumm von mir!«

Genervt schnalzt Leopoldo mit der Zunge. »Das solltest du besser ernst nehmen. Es gab schon andere vor dir, die der Stein in den Wahnsinn trieb. Die ihr ganzes Leben der Suche nach ihm widmeten oder ermordet wurden, weil sie ihn mutmaßlich besaßen.«

Ich verenge die Augen zu Schlitzen. »Das klingt für mich immer noch nach dem Stein der Weisen. Oder der Jagd nach dem Kristallschädel.«

Leopoldo grollt unheilvoll. »Gut, dann glaubst du es mir eben nicht. Man kann schließlich nicht erwarten, dass jemand wie du ein solches Privileg ernst nimmt. Was ist das für dich, hm? Ein lustiger kleiner Ausflug? Du wirst das nie wieder los, Rosalie, *mai più*! Das Zodiakusmal befindet sich unter deiner Haut und wird dich immer zu den Gemälden ziehen und aus deiner Zeit reißen.«

Bei seinen Worten läuft mir eine Gänsehaut über den Körper.

»Das mit den Zeitreisen … das war keine einmalige Sache?« Ich klinge kleinlaut, denn genauso fühle ich mich. Klein und eingeschüchtert. *Das ist größer als du*, flüstert meine verlässliche innere Stimme, die mich stets zur Vorsicht mahnt. *Pass besser auf!*

»Nein, es ist keine einmalige Sache. Der Zodiakus ist jetzt ein Teil von dir und lenkt dein Schicksal. Gewöhn dich daran!«

Mit diesen Worten bremst Leopoldo, setzt den Blinker und gleitet in eine Parklücke am Straßenrand.

# Kapitel 6

## *Die Geheimgesellschaft der Tabula Rubina*

Ich blinzele und habe das Gefühl, ich würde aus einer Trance erwachen. Die ganze Fahrt über habe ich überhaupt nicht auf den Weg geachtet. Desorientiert sehe ich mich um und versuche herauszufinden, wo genau wir sind. Die Straße, in der er geparkt hat, habe ich noch nie gesehen. Es sieht so gar nicht mehr nach München aus – wenn das überhaupt möglich ist.

Eine enge Gasse zwischen Häusern mit strengen grauen Fassaden, die hoch in den Himmel ragen. Spitze Giebel und Dachvorsprünge tauchen sie in Schatten.

Ich steige aus, und sofort fällt mir auf, wie ruhig es hier ist. Der Stadtlärm scheint kilometerweit entfernt. Sind wir überhaupt noch in München? Ich ziehe mein Handy aus der Tasche und überprüfe die Uhrzeit. Es sind nur zwanzig Minuten vergangen, seit wir vor meiner Wohnung losgefahren sind. Unmöglich, dass wir uns in dieser Zeit durch den Innenstadtverkehr gekämpft und die Stadt verlassen haben.

»Wo sind wir hier?«, will ich wissen.

»In der Arcanusstraße«, antwortet Leopoldo.

Arcanusstraße? Nie gehört. Diese schattige, gespenstisch ruhige Gegend jagt mir einen Schauder über den Rücken. Etwas Seltsames liegt in der Luft. Wäre ich zufällig hier vorbeigekommen, ich hätte einen Umweg um diese Straße gemacht.

»Aber wo genau sind wir? Das kann doch nicht die Innenstadt sein«, hake ich nach.

Leopoldo schmunzelt. »Oh doch. Ein paar Straßen weiter liegt der Viktualienmarkt.«

Wie angewurzelt bleibe ich stehen. Das ist unmöglich. Ich kenne das Viertel rings um den Viktualienmarkt wie meine Westentasche. Meine Großmutter war eine der Marktfrauen und hat jahrzehntelang in einer der fest errichteten Buden Blumen verkauft. Als Kind war ich ständig bei ihr auf dem Markt und habe zusammen mit Paul die Umgebung erkundet. Manchmal sind wir sogar bis zum Isartor spaziert. Ich kenne so gut wie jeden Winkel des Graggenauer- und des Angerviertels, doch in der Arcanusstraße war ich noch nie.

Leopoldo sieht meine skeptische Miene und schmunzelt. Ich muss zweimal hinsehen, weil ihm bisher noch kein Lächeln entwischt ist. Er kann ja auch freundlich gucken!

»Die Arcanusstraße zeigt sich nur den Bewahrern der Zeit. Vor einer Woche noch wärst du daran vorbeigelaufen und hättest sie überhaupt nicht wahrgenommen. Du hättest sie nicht gefunden, wenn du danach gesucht hättest. Das ist der besondere Zauber dieser Örtlichkeit.«

Ich glotze ihn mit großen Augen an. »Wie bei Harry Potter? Die Muggel, die die Zaubererwelt vor ihrer Nase einfach nicht sehen können?«, platze ich heraus.

»Nicht ganz, keine Zauberstäbe und so.«

Enttäuscht lasse ich die Schultern sinken. Die Aussicht auf Zauberei wie in meinen Lieblingsbüchern hätte mir diesen verrückten Tag versüßt.

»Aber jetzt komm!« Leopoldo winkt mir mit einer herrischen Geste und ist schon wieder ganz der Alte.

Zögernd folge ich ihm in die düstere Gasse. Die Fassaden wirken nackt und abweisend. Mir fällt auf, dass es weder Türen noch Fenster gibt. Ein schmuckloser Gang zwischen den Häusern, der wie aus der quirligen Stadt herausgelöst wirkt.

Ich halte mich dicht hinter Leopoldo, der mit langen Schritten vorangeht. Unsere Absätze auf dem Kopfsteinpflaster klingen unnatürlich laut in der schmalen Gasse.

Gerade als mich das Gefühl überkommt, dass die Wände allmählich näher kommen, erreichen wir das Kopfende der Arcanusstraße. Direkt vor uns ragt steil die Front eines Gebäudes empor. Mächtige Säulen flankieren ein über zwei Stockwerke hohes Holzportal. Auf einem geschwungenen Giebel über dem Eingang sitzen zwei Marmorfiguren, die aus unbewegten Gesichtern auf uns herunterblicken.

Leopoldo steigt eilig die Stufen zum Portal hinauf und drückt mit der Schulter die schwere Tür auf. Ich folge ihm in ein großes rundes Foyer. Auch hier ist es gespenstisch still. Nur ein hallendes Ticken und Surren durchbricht die Stille. Es kommt von einer gigantischen Uhr aus Messing an der gegenüberliegenden Wand. Unwillkürlich trete ich näher. Das Gebilde hat einen Durchmesser von etwa fünf Metern. Ein komplexes Geflecht aus Rädchen, Zeigern und eigentümlichen Symbolen. Auf dem Zifferblatt greifen mehrere Scheiben ineinander, drehen und verschieben sich scheinbar völlig willkürlich.

Am äußeren Rand entlang sind die zwölf Sternzeichen auf runden Medaillons angeordnet, und ich bewundere die prächtigen Einlegearbeiten aus buntem Emaille. Dazu tummeln sich auf dem Ziffernblatt Sonne, Mond, Sterne, Planeten und alle möglichen merkwürdigen Geschöpfe und Zeichen. Im Zentrum der Uhr sitzt ein faustgroßer Rubin.

Mit offenem Mund, den Kopf in den Nacken gelegt, betrachte ich die eigentümliche Uhr. Ich glaube, noch nie etwas Schöneres gesehen zu haben.

»*Avanti*«, höre ich Leopoldo murren, der bereits die weiße Marmortreppe hinaufsteigt, die sich an der Rundung des Raums entlang nach oben schraubt. Von meiner andächtigen Bewunderung angesichts dieser fantastischen Apparatur hat er wohl nichts mitbekommen, oder es ist ihm herzlich egal. Schweren Herzens reiße ich mich von der Uhr los und eile die Stufen nach oben.

Die Treppe endet knapp unter der Decke und führt auf eine raumumspannende Galerie. Außer Atem folge ich Leopoldo, der immer noch im Stechschritt voranläuft. Ist er so unverschämt gut in Form, dass er nicht verschnaufen muss, oder hat er es wirklich so verdammt eilig? Ich würde gern ein wenig verweilen und mir das Kuppeldach des Foyers näher anschauen. Oder fragen, wohin wir eigentlich gehen. Ja, das hier muss das ominöse Hauptquartier der Rubiner sein. Aber was geschieht hier mit mir? Wie immer, wenn ich nervös bin, krampft sich mein Magen zusammen. Vor meinem inneren Auge sehe ich mich bereits einem Gremium gegenüber, das mich auf meine Tauglichkeit als Zeitreisende hin überprüfen will. Ich werde allein dastehen und auf keine Frage eine Antwort wissen, wie in der Schule, wenn überraschend Vokabeln abgefragt wurden. Nur dass ich von der Existenz dieses Unterrichtsfachs bisher nicht wusste.

Ich bin so in meine panisch kreisenden Gedanken vertieft, dass ich von unserem Weg durch das Gebäude so gut wie nichts mitbekomme. Oder sollte ich die Räumlichkeit besser Palast nennen? Eine solche Ausdehnung hat dieses Haus nämlich allemal. Verwinkelte Korridore und verlassene Fluchten ziehen an mir vorbei, bis Leopoldo langsamer wird. Ich kann gerade noch abbremsen und verhindern, mit vollem Tempo in ihn hineinzulaufen.

Nach Atem ringend bleibe ich neben ihm stehen. Wir befinden uns am Ende eines Flurs, dicht vor einer massiven Holztür. Leopoldo hebt eine Hand und betätigt einen altmodischen Türklopfer aus Metall. Das Pochen des Klopfers dröhnt laut wie Glockenschläge durch das menschenleere Gebäude. Nur in weiter Ferne glaube ich das sanfte Rattern der Uhr zu hören.

Kaum hat Leopoldo den Türklopfer losgelassen, wird die Tür von innen geöffnet. Ein blasser junger Mann erscheint. Als er uns sieht, weicht er sofort zurück und zieht die Tür weit auf. Leopoldo wirft mir einen letzten mokanten Blick zu, dann treten wir ein.

Uns erwartet ein Arbeitszimmer. Dafür, dass das restliche Gebäude die Behaglichkeit eines Mausoleums ausstrahlt, ist es hier urgemütlich. Die Möbel sind alt und mit Schnitzereien verziert, dick gewebte Teppiche bedecken den Boden, und es gibt sogar einen offenen Kamin. Jeden Fleck an den Wänden bedecken gerahmte Karten, Gemälde und Fotografien. Die Masse an Bildern sollte einen erschlagen, aber dadurch, dass die Wände so hoch sind, fügt sich alles harmonisch zusammen.

Ich lasse den Blick weiter durch den Raum schweifen, der an einem kleinen Gemälde hängen bleibt, das verdächtig nach einem van Gogh aussieht. Dann erst nehme ich die Person wahr, die hinter dem Schreibtisch sitzt.

Professor Kipping. Ich blinzele mehrmals, weil ich mich offenbar irre. Aber egal, wie oft ich die Augen öffne und wieder schließe, mein Professor sitzt nach wie vor an dem Schreibtisch, der sich unter dicken Wälzern und merkwürdigen Instrumenten schier biegt. Seine randlose Brille mit dem hauchdünnen Gestell ist weit nach vorn auf die Nasenspitze gerutscht. Er wirkt abgespannt, tiefe Furchen zerknittern seine Züge.

Ich wäre nicht überraschter gewesen, wenn Donald Trump dort gesessen hätte.

Professor Kipping hat mit diesem mysteriösen Orden und den Zeitreisen zu tun? *Er* ist der sogenannte Präzeptor? Das kann ich einfach nicht glauben.

Professor Kipping erhebt sich, nimmt die Brille ab und umrundet den Schreibtisch, um zu uns zu treten. Sein Blick ist die ganze Zeit auf mich gerichtet, und er mustert mich, als sähe er mich zum ersten Mal.

»Unfassbar«, sagt er, an niemand Bestimmten gerichtet. »Sie ist es? Der Wassermann?« Sein Blick huscht zu Leopoldo.

Der nickt mit stoischer Miene und lässt sich keine Regung anmerken.

»Fräulein Gryphius, welche Freude!« Professor Kipping ergreift meine beiden Hände und schüttelt sie herzlich. Völlig perplex lasse ich es geschehen.

»Kommen Sie, setzen Sie sich! Sie auch, Leopoldo.«

Er kehrt zu seinem Schreibtisch zurück, während Leopoldo und ich uns auf zwei gepolsterten Stühlen davor niederlassen.

Nervös streiche ich den Rock auf meinem Schoß glatt. Das ist so skurril! Bestimmt klingelt jeden Moment mein Wecker, und alles stellt sich als Traum heraus. Ich kenne solche lebhaften Träume nur allzu gut. Andererseits konnte ich bisher auch immer den Unterschied zwischen Traum und Wirklichkeit ausmachen, und das hier fühlt sich entschieden zu real an. Mist!

»Ich muss zugeben, ich konnte es kaum fassen, als Ihr Bruder gestern Abend meldete, dass Sie von einer Reise durch die Zeit erzählt haben, Rosalie. Es gibt keinen idealeren Zeitpunkt für Ihr Auftauchen. Die Gesellschaft der Tabula Rubina braucht Ihre Hilfe mehr denn je.«

Unsicher sehe ich von einem zum anderen. Hilfe? Unsere Hilfe? Heißt das, wir beide müssen zusammenarbeiten?

Ich kann Leopoldo nicht ausstehen, genauso wenig wie er mich leiden kann. Dass wir ein Team bilden sollen, kann ich mir überhaupt nicht vorstellen. Höchstwahrscheinlich werden wir uns gegenseitig die Köpfe einschlagen.

Professor Kipping indes scheint meine Zweifel nicht zu teilen. Im Gegenteil, er wirkt richtiggehend euphorisch.

»Darf ich zunächst einen Blick auf Ihren Zodiakus werfen?« Ein fiebriger Glanz tritt in seine hellen Augen.

Zögernd drehe ich meine Hand um und zeige ihm das Mal. Es ist noch immer ein komisches Gefühl, das saphirblau schimmernde Zeichen an meinem Handgelenk zu sehen. Obwohl es vollständig mit meiner Haut verschmolzen ist, fühlt es sich wie ein Fremdkörper an. Professor Kipping betrachtet es eingehend. Seine Nase berührt beinahe meine Haut.

»Faszinierend. Kommen Sie, Leo, zeigen Sie mir Ihres!«

Leopoldo richtet sich auf seinem Platz auf, schiebt die Manschette seines Hemdsärmels hoch und offenbart sein Mal. Es ist genauso groß wie meins, rund gefasst, doch es schimmert in einem satten Rot. Es zeigt einen Löwen, der vorwärtsschnellt, um anzugreifen. Das passt, denke ich mir.

Unsere Hände liegen nebeneinander auf der polierten Tischplatte. Neben seinem sehnigen, gebräunten Unterarm komme ich mir blass und zerbrechlich vor. Aufgewühlt balle ich die Hand zur Faust.

»Wassermann und Löwe. Die direkte Opposition, Luft

und Feuer«, murmelt Professor Kipping, den Blick noch immer auf unsere Zodiaki gerichtet.

Leopoldo zieht als Erster die Hand zurück und verschränkt die Arme vor der Brust. Er wirkt wütend.

»Sie wissen, dass es nie geschehen wird.«

Professor Kipping runzelt die Stirn. »Ja, das ist mir bewusst. Wir alle wollen nicht, dass es geschieht.«

Er schenkt mir ein väterliches Lächeln. Diesmal mache ich mir nicht die Mühe, mich zu erkundigen, was diese kryptische Unterhaltung zu bedeuten hat. Ich habe dringendere Fragen.

»Entschuldigen Sie, Herr Professor. Aber bisher hat mir noch niemand gesagt, was hier eigentlich los ist«, platze ich heraus. »Warum passiert das mit mir?« Ich senke den Blick und kneife die Augen zusammen, um die Tränen zurückzuhalten. Nur jetzt nicht weinen!

Wenn doch nur Paul hier wäre – oder wenigstens Lara. Mit ihnen an meiner Seite wäre alles viel weniger beängstigend. Paul könnte meine Hand halten und ich hinter seinem Rücken in Deckung gehen, bis das Schlimmste überstanden wäre.

»Ich verstehe, dass Sie aufgewühlt sind, Rosalie«, sagt Professor Kipping. »Ich werde versuchen, Ihnen alles zu erklären.« Er faltet die Hände zu einem Trapez. »Zeitreisende gab es schon immer, müssen Sie wissen«, fährt er fort. »Seit Jahrtausenden haben sich Hinweise auf Auserwählte erhalten, welche die Grenzen zwischen Raum und Zeit übertreten und durch Portale in vergangene Welten reisen können. Magoi, die antiken Sterndeuter, ägyptische Priester, keltische Druiden. Die Liste lässt sich beliebig erweitern. Es waren Eingeweihte, welche die Portale kannten und sie benutzten.«

Gut, das klingt interessant, aber es erklärt nicht, warum ausgerechnet ich zum Kreis dieser Eingeweihten zählen soll. Ich habe weder magische noch druidische Eigenschaften.

»Es gibt keine wissenschaftliche Erklärung für das, was sie vollbringen«, erläutert Professor Kipping weiter. »Zumindest nicht, was die modernen Naturwissenschaften betrifft. Wenn wir über Zeitreisen sprechen, bewegen wir uns im Bereich der Astrologie, Alchemie und Mystik. Uralte Wissenschaften, die zunehmend in Vergessenheit geraten oder als unseriös verpönt sind.«

Professor Kipping mustert mich, wie um zu überprüfen, ob ich ihm auch aufmerksam zuhöre, und ich nicke brav.

»Der Schlüssel zu den Geheimnissen der Zeitreisen steckt in der sogenannten Tabula Rubina.«

Ich nicke abermals, diesmal heftig, weil ich darüber ausnahmsweise schon Bescheid weiß.

Professor Kipping neigt den Kopf.

»Ich war so frei, ihr auf dem Weg hierher das Gröbste über die Tabula zu erklären«, wirft Leopoldo erklärend ein.

Kipping nickt zustimmend. »Natürlich. Niemand kann alle Einzelheiten auf einmal aufnehmen. Es erfordert Jahre des Studiums, um das große Ganze der Tabula zu erfassen.«

Ich verenge die Augen zu Schlitzen. Der gönnerhafte Ton, in dem die beiden sprechen, gefällt mir nicht.

»Bis jetzt konnte ich Ihnen wunderbar folgen«, versetze ich ruhig. »Nur weiß ich immer noch nicht, warum ausgerechnet *ich* eine Zeitreisende bin.«

»Ah, natürlich.« Professor Kipping lächelt und tippt sich einen Moment lang gedankenverloren ans Kinn, bevor er fortfährt.

»Im Endeffekt hängt alles mit dem Tag Ihrer Geburt zusammen. Der Tag und die genaue Stunde sind vorherbestimmt. Elfter August 1998 um 23 Uhr 59. Trifft das auf Sie zu?«

Abermals nicke ich. Was die genaue Uhrzeit meiner Geburt angeht, bin ich mir nicht ganz sicher. Wie viele Menschen wissen das denn aus dem Stegreif auf die Minute genau? Ich weiß nur, dass ich kurz vor Mitternacht geboren bin.

»Damit sind Sie Sternzeichen Löwe. Jedoch sind Sie, was den genauen Moment Ihrer Geburt angeht, keinesfalls einzigartig. Jede Minute werden weltweit etwa einhundertsechzig Kinder geboren, das ergibt einhundertsechzig mögliche Träger des Wassermannzodiakus. Was Sie so besonders macht, Rosalie, ist die Tatsache, dass Sie der vorbestimmte Partner von Herrn Orlandi del Mazza sind. Ihr Zusammentreffen hat das Auftauchen ihres Zodiakusmals ausgelöst, und das geschieht nur bei der einen auserwählten Person. Es ist Schicksal.«

Ich linse zu Leopoldo hinüber und versuche zu begreifen, wie es möglich sein kann, dass er mein vorherbestimmter Partner ist. Wir sind so grundverschieden und pflegen eine leidenschaftliche gegenseitige Abneigung, seit wir uns kennen. Das kann doch keine gesunde Grundlage für eine Zusammenarbeit sein.

»Moment mal!«, wende ich ein, nachdem ich Professor Kippings Worte noch einmal durchdacht habe. »Sie sagen, mein Mal ist aufgetaucht, nachdem ich auf Leopoldo getroffen bin. Das war am Montag. Seit wann hat er sein Mal?«

Professor Kipping lächelt leicht. »Ah ja, ich sehe, Sie begreifen die Zusammenhänge. Herr Orlandi del Mazza ist ein Jahr älter als Sie, und daher hat sich sein Mal gezeigt, als Sie beide das erste Mal aufeinander getroffen sind, während Ihres erst vor einigen Tagen aufgetaucht ist. Sie waren zum Zeitpunkt Ihres ersten Aufeinandertreffens noch nicht bereit.«

Moment mal … das würde ja bedeuten … Ich bekomme große Augen.

»Wann waren Sie das letzte Mal in Italien, Fräulein Gryphius?«

Mein Blick schnellt zu Leopoldo hinüber, und wir denken beide an dasselbe. An mein Geplapper über meinen letzten Florenzbesuch und seinen Spott.

»Letztes Jahr im Sommer war ich in Florenz«, sage ich so leise, dass es fast wie ein Flüstern klingt.

Professor Kipping lächelt wissend. »Dann müssen Sie während dieses Besuchs in irgendeiner Weise auf Leopoldo getroffen sein. In genau dieser Zeit hat sich das Mal bei ihm gezeigt. Ihr Kontakt, und mag er noch so flüchtig gewesen sein, hat bei ihm seine außergewöhnlichen Fähigkeiten erweckt, während Sie erst ein Jahr später so weit waren.«

Mein Blick ist noch immer auf Leopoldo gerichtet, doch ich starre durch ihn hindurch, während ich mir den Kopf darüber zermartere, wie und wo ich ihn schon einmal getroffen haben könnte. Ich bin mir sicher, dass ich ihn bis zu unserem Zusammentreffen am Montag im Kursraum A 112 noch nie gesehen habe An einen Mann wie ihn könnte ich mich mit Sicherheit erinnern.

»Sie müssen sich nicht an dieses Zusammentreffen erinnern«, sagt Professor Kipping und erahnt schon wieder meine Gedanken. »Es genügt eine zufällige Berührung in einer überfüllten Bar oder ein Schulterstreif auf einer belebten Straße. Ich denke, Sie sind sich beide Ihres ersten Kontaktes nicht bewusst.«

Leopoldo fixiert mich aus zusammengekniffenen Augen und wirkt feindseliger denn je. Fast, als gebe er mir die

Schuld dafür, dass er zu einem Zeitreisenden geworden ist. Dabei hat er mich im Umkehrschluss genauso mit in diese Sache hineingezogen, als wir uns im Kursraum A 112 die Hand geschüttelt haben.

Verrückt! Ich kann einfach nicht glauben, dass mir das gerade passiert. Mir brummt der Schädel, wenn ich versuche, das zu entwirren, was ich gerade erfahren habe.

»Wie geht es jetzt weiter? Ich meine, was bedeutet es für mich, eine Zeitreisende zu sein?«, will ich wissen.

»Viel wird sich zunächst nicht ändern«, versichert mir Professor Kipping. »Sie müssen keine Angst haben, willkürlich durch die Zeit zu springen. Durch den Zodiakus haben Sie eine gewisse Kontrolle über die Zeitreisen.«

Unwillkürlich reibe ich mit dem Daumen über das bläuliche Mal. Dass ich die Kontrolle habe, beruhigt mich ein wenig. Andererseits hatte ich auf Professor Kippings Dachboden nicht das Gefühl, Herrin der Lage zu sein. Wie eine magnetische Kraft zog es mich zu dem Bild hin, und ich konnte rein gar nichts dagegen tun.

»Natürlich bedarf es am Anfang noch einiger Übung, sich nicht von jedem Portalgemälde magisch anziehen zu lassen, aber wir werden Sie bestmöglich auf Ihre Aufgabe vorbereiten«, beteuert Professor Kipping.

Ich versteife mich auf meinem Sitz. Aufgabe?

War ja klar, dass mich dieser seltsame Orden für seine Zwecke einspannen will. Die Frage ist nur – will ich das überhaupt? Und viel wichtiger – habe ich noch eine Wahl? Ich finde, man sollte immer eine Wahl haben. Aber ich wurde weder gefragt, noch hatte ich die Chance abzulehnen. Was ich garantiert getan hätte, denn erlebte Geschichte hin oder her, für so etwas bin ich einfach nicht geeignet. Leopoldo hat mir die Hand geschüttelt, und der erste Dominostein ist gefallen, um alle anderen mit sich zu reißen. Schicksal, Vorsehung, Zufälle … Kann man sich dem überhaupt entziehen?

»Was erwarten Sie von mir? Ich meine, ich weiß kaum etwas über Sie und Ihren Geheimorden. Was tun Sie?«

»Unsere Aufgabe, Rosalie, ist es, die Portale zu beschützen und zu bewachen. Wir haben das Wissen und Sie die Fähigkeiten, die Ordnung der Zeit aufrechtzuerhalten. Endlich besteht die Möglichkeit, Lucian Morell endgültig das Handwerk zu legen.«

»Lucian Morell?«, frage ich nach. Den Namen höre ich zum ersten Mal.

Zu meiner Überraschung ist es Leopoldo, der auf meine Frage antwortet. Wahrscheinlich hat er es satt, stumm danebenzusitzen, während ich mit Professor Kipping Fragerunde spiele.

»Die Brüder Frederick und Lucian Morell haben sechzehnhundertzehn den Orden der Rubiner gegründet. Sie waren selbst Zeitreisende. Auf der Suche nach Antworten sind sie in Italien auf die Tabula Rubina gestoßen. Lange haben die Brüder gemeinsam an den Schriften des Hades Pantamegistos geforscht und viele seiner Mysterien entschlüsselt. Doch irgendwann kam es zum Bruch zwischen Frederick und Lucian. So viel wir wissen, besteht die Wahrscheinlichkeit, dass Lucian noch immer am Leben ist und in der Vergangenheit sein Unwesen treibt.«

Wow! Sollte es mich überraschen, dass es einen Bösewicht gibt, der unsterblich in der Vergangenheit herumgeistert? Ich glaube nicht. Inzwischen scheint mir alles möglich.

Professor Kipping gibt ein zustimmendes Brummen von sich, die Stirn tief gefurcht. »Lucian Morell ist wohl der mächtigste und gefährlichste Zeitreisende aller Zeiten. Er hat über die Jahrhunderte Kräfte erlangt, die wir uns überhaupt nicht vorstellen können. Ich gehe mit meiner Vermutung sogar so weit, dass er inzwischen durch die Zeit reisen kann, ohne ein Portalgemälde zu benötigen.«

Die beiden Männer tauschen einen düsteren Blick, der mir eine Gänsehaut beschert. Das klingt verdammt gruselig. Ich hoffe, dass ich niemals auf diesen Lucian treffe, egal, in welcher Zeit. Wie er nach knapp vierhundert Jahren aussieht, will ich mir gar nicht vorstellen. Solange er nicht den Stein der Weisen entdeckt hat, ähnelt er inzwischen wahrscheinlich einem verschimmelten Käse.

Professor Kipping räuspert sich. »Lucian konnte in den vergangenen Jahrhunderten viel Unheil anrichten, während uns die Hände gebunden waren. Aber jetzt, da Sie beide vereint sind, haben wir endlich die Möglichkeit, ihm Einhalt zu gebieten.«

So viel dazu, diesem zeitreisenden Methusalem hoffentlich nie zu begegnen. Man erwartet offenbar von uns, ihn aufzuspüren und zu erledigen. Ich schaudere und drücke mich tiefer in das Polster meines Stuhls.

Just in diesem Moment klingelt ein Telefon. Es ist seltsam, aber dass es an diesem eigentümlichen Ort so etwas Banales wie klingelnde Telefone gibt, verwirrt mich. Magische Eulenpost würde viel besser passen.

Professor Kipping hebt den Höhrer eines altertümlichen Telefons auf seinem Schreibtisch ab. »Ja?«, meldet er sich knapp und lauscht dann. Ich höre, dass die Person am anderen Ende der Leitung einen hektischen Redeschwall loslässt. Professor Kipping setzt mehrmals an, um etwas zu sagen, kommt aber nicht zu Wort.

»Beruhigen Sie sich!«, sagt er irgendwann energisch. »Wir machen uns sofort auf den Weg.«

Damit legt er auf und erhebt sich mit einer entschlossenen Bewegung. Sein Blick ist ernst, als er uns ansieht.

»Das war Olbrich«, sagt er und wendet sich zu Leopoldo um. »Schlechte Neuigkeiten aus der Pinakothek. Wir müssen sofort dorthin.«

Leopoldo nickt und springt ebenfalls auf. Ich fühle mich ziemlich hilflos, weil ich keine Ahnung habe, was gerade passiert.

Währenddessen drückt Professor Kipping einen Knopf auf seinem Telefon, und das Summen einer Gegensprechanlage ist zu hören.

»Ja, Professor?«, meldet sich knisternd die Stimme eines Mannes.

»Es gab einen Zwischenfall in der Alten Pinakothek. Informieren Sie umgehend alle Rubiner in München und ordnen Sie eine Eilversammlung an!«

Er wartet die Erwiderung am anderen Ende der Sprechanlage nicht ab, sondern durchquert den Raum und holt Mantel und Hut aus einem Wandschrank.

»Kommen Sie!« Mit einer raumgreifenden Geste fegt er uns aus dem Büro. Ich muss beinahe rennen, um den beiden Männern zu folgen. Warum müssen wir uns eigentlich so beeilen?

Unsere hastigen Schritte knallen wie Gewehrschüsse auf dem Marmorboden. Mehr fallend als gehend nehme ich die Stufen der spiralförmigen Treppe hinunter ins Foyer. Ich werfe einen letzten Blick auf die prächtige Messinguhr, dann fällt das Portal hinter mir ins Schloss. Auf den Stufen zögere ich einen Moment lang. Die Arcanusstraße ist nach wie vor gespenstisch ruhig und wirkt wie ausgestorben. Nur widerstrebend trete ich auf das schwarze Kopfsteinpflaster.

Leopoldo hat bereits den Motor des Wagens angelassen,

als ich das Auto erreiche und die Beifahrertür öffne. Professor Kipping lehnt sich an der Fahrerseite durch das geöffnete Fenster zu Leopoldo hinein. Die beiden beenden ein gemurmeltes Gespräch, als ich mich auf den Sitz fallen lasse.

»Beeilen Sie sich!«, verlangt Professor Kipping noch eindringlich, dann klopft er auf das Autodach und eilt davon. Leopoldo lässt den Motor aufheulen. Dann setzt er aus der schmalen Straße zurück und fädelt sich mühelos in den Verkehr ein.

Ich drehe mich um und spähe durch die Heckscheibe zurück auf die Arcanusstraße, eine schmale, dunkle Schneise inmitten der Häuser. Die Menschen auf den Bürgersteigen gehen daran vorbei, ohne Notiz davon zu nehmen. Sind sie unaufmerksam, oder können sie die Arcanusstraße schlichtweg nicht sehen?

# Kapitel 7

*Der sterbende Frühling*

Die Fahrt ins Museumsviertel bringen wir schweigend hinter uns. Mir geht zu viel durch den Kopf, worüber ich nachdenken muss. Und Leopoldo war ja noch nie erpicht auf Small Talk mit mir.

In Gedanken versuche ich meine Gedanken zu ordnen und zu katalogisieren. Was angesichts der Flut an Informationen, die heute auf mich niedergegangen ist, gar nicht so einfach ist. Ich weiß gar nicht, wo ich anfangen soll. Bei Professor Kipping, der nicht nur mein ältlicher Dozent, sondern nebenbei auch Mitglied einer Geheimgesellschaft ist? Oder bei diesem mystischen Kram rund um vorherbestimmte Geburtstage und Sternzeichen? So ganz habe ich das Ganze ja noch nicht durchschaut. Irgendjemand hat irgendwann vorherbestimmt, dass an meinem Geburtstag, auf die Sekunde genau, ein Zeitreisender geboren wird. Und das bin ich. Aber nur, weil ich rein zufällig und ohne es zu bemerken, Kontakt mit Leopoldo hatte, der ebenfalls genau zum richtigen Zeitpunkt geboren wurde und nie zum Zeitreisenden geworden wäre, wenn er mich nicht berührt hätte. Wie verwirrend! Mir raucht der Kopf, und es ist gerade einmal elf Uhr am Vormittag.

Und dann ist da noch die Sache mit dieser magischen

Rubintafel, um die sich offenbar alles dreht. Wo sie sich wohl befindet? Ich würde sie unglaublich gern aus der Nähe betrachten.

Als Leopoldo einparkt und der Wagen zum Stehen kommt, schrecke ich auf. Huch, das ging aber schnell! Wir stehen an einem Stellplatz am Straßenrand, direkt gegenüber der Alten Pinakothek.

Nach wie vor schweigend überqueren Leopoldo und ich die weitläufige Rasenfläche an der Rückseite des imposanten Museumsbaus. Die rechte Seite des Gebäudes ist komplett eingerüstet und zum Teil mit Planen verhängt. Ach ja, stimmt! Die Pinakothek ist gerade für umfassende Renovierungsarbeiten geschlossen, die Öffentlichkeit hat keinen Zutritt.

Wir betreten das Museum über einen Hintereingang, genauer gesagt durch eine angelehnte Brandschutztür, die hinter einer milchigen Plane verborgen liegt. Ich bin ein kleines bisschen enttäuscht. Ich habe fest mit einem finsteren Kerl gerechnet, der den Eingang bewacht und dass wir ein Rätsel lösen müssen, ehe wir eintreten dürfen, etwas Geheimbundmäßiges eben. Immerhin soll hier eine Eilversammlung aller Münchener Rubiner stattfinden. Sollten sie da nicht die Eingänge kontrollieren, damit nicht jeder hereinspazieren kann? Stattdessen durchqueren wir unbehelligt die Eingangshalle aus warmgelbem Stein. Die Luft riecht nach frischem Staub und Farbe, Gerüche, die für ein Museum ungewohnt sind. Ich schließe die Augen, und für einen Moment bin ich wieder in Botticellis nächtlicher Werkstatt. Auch dort gab es einen völlig eigenen Geruch.

Es ist leise, und ich lausche vergeblich auf Baulärm. Vielleicht wurden die Leute weggeschickt, weil wir gekommen sind. Eine Geheimgesellschaft lässt sich bei ihren Treffen bestimmt nicht gern von Renovierungsarbeiten stören.

Ich war schon oft zu unmöglichen Zeiten hier, doch noch nie habe ich die Alte Pinakothek so ausgestorben erlebt. Es ist seltsam, keinen einzigen Besucher in dem riesigen Gebäude zu entdecken. Sonst summt und wimmelt es hier von der Gegenwart Hunderter Menschen. Leopoldo und ich durchqueren das Foyer, vorbei an den verlassenen Verkaufsschaltern für die Tickets und zu der Treppe, die zu den Garderoben hinunterführt.

Inzwischen hat ein gewisses Gefühl von Abenteuerlust meine bange Besorgnis abgelöst und prickelt in der Magengrube wie Brausepulver. Es fühlt sich sogar so an, als würde das Zodiakusmal auf meinem Handgelenk erwartungsvoll pulsieren. Ein verlassenes Museum, ganz für mich allein! Vielleicht finde ich später eine Möglichkeit, mich in aller Ruhe umzusehen.

Wir lassen die Garderoben und die Toiletten links liegen und steuern auf eine unscheinbare Tür in der Wand zu. Leopoldo stößt sie auf, aber sie ist so massiv, dass es sich um eine Sicherheitstür handeln muss. Sie ist bestimmt fünfzig Zentimeter dick, und innen gibt es spezielle Vorrichtungen zum Verriegeln. Ich muss an Banksafes aus alten Gangsterfilmen denken.

Hintereinander gehen wir durch einen schmalen Gang, während die Safetür hinter uns mit einem dumpfen, endgültig klingenden Geräusch ins Schloss fällt. Die Wände sind schlicht weiß, Neonlampen unter der Decke spenden kaltes Licht. Alle paar Meter hängt das verblichene Poster einer vergangenen Sonderausstellung an der Wand. Canaletto, Jan van Kessel, Dürer. Wir biegen ein paarmal ab und kommen an einer Reihe verschlossener Türen vorbei. Und dann nähern sich gedämpfte Stimmen. Leopoldo öffnet eine Tür, und die Unterhaltungen verstummen jäh. Ich fühle mich unangenehm in den Mittelpunkt gerückt, weil mich alle anstarren. Der Raum ist nicht sonderlich groß und wirkt genauso karg wie die Flure. In der Mitte steht ein großer Tisch, auf dem zahllose Bücher und antik aussehende Papierstapel liegen. Ringsum entdecke ich etwa ein Dutzend Personen. In der plötzlichen eintretenden Stille sehe ich mich vorsichtig um und spüre Blicke, die mich abzutasten scheinen. Mich überläuft eine Gänsehaut.

Der Großteil der Anwesenden sind Männer, weiter hinten stehen einige Frauen und mustern mich voller Misstrauen. Ich entdecke Professor Kipping. Neben ihm steht Viktor der Vampir. Er lehnt mit dem Rücken an der Wand und betrachtet mich mit unverhohlener Abneigung. Dass er hier ist, sollte mich eigentlich nicht überraschen, schließlich taucht er stets in Gegenwart von Professor Kipping auf, aber es ist wirklich unerfreulich, ihn zu sehen. Seine dunklen Knopfaugen fixieren mich quer durch den Raum. Er und Leopoldo sollten einen Klub gründen, der sich der Kultivierung ihrer gemeinsamen Abneigung gegen mich widmet. Dabei könnten sie viel Spaß haben.

Nachdem ein paar Sekunden verstrichen sind, breitet Professor Kipping die Arme aus, und sofort richtet sich die Aufmerksamkeit auf ihn. Erleichtert atme ich durch, froh, endlich der allgemeinen Aufmerksamkeit zu entkommen.

»Brüder und Schwestern, ich freue mich, dass ihr so zahlreich erschienen seid. Es ist ein bedeutender Tag für den Orden der Rubiner. Ein Tag, auf den wir seit vierhundert Jahren warten.«

Alle schweigen, und nach seinen Worten breitet sich die Anspannung wie ein Netz über den ganzen Raum aus.

»Die Jahre des Hoffens und Suchens sind vorbei. Gestern haben der Zodiakus des Löwen« – er deutet auf Leopoldo –

»und der des Wassermannes zusammengefunden. Eine Verbindung, die wir angesichts der neuesten Entwicklungen dringender brauchen als je zuvor. Begrüßen wir also Rosalie Gryphius in unserer Mitte!«

Diese Ankündigung erzeugt eine Schockwelle bei den Anwesenden. Zunächst ist es nur ein Raunen, dann reißen alle die Augen auf und beäugen mich wie eine Fata Morgana. Aufgeregt reden sie durcheinander, gestikulieren wild und starren mich mit plötzlich erwachter Faszination an. Ein älterer Mann, der sich auf seinen Gehstock stützt, wischt sich verstohlen eine Träne aus dem Augenwinkel.

Voller Verblüffung beobachte ich die Reaktionen der versammelten Rubiner. Kann es sein, dass sie wirklich über vierhundert Jahre auf jemanden wie mich gewartet haben? Was erwarten sie von mir? Ich verstehe noch immer zu wenig, um vollkommen zu begreifen, was auf mich zukommt. Eines aber wird mir bewusst, als ich in die vielen Gesichter blicke, die alle nur mich anschauen – dies ist keine Situation, die ich auf die leicht nehmen darf.

Nach einer Weile hebt Professor Kipping abermals die Arme und gebietet Ruhe. »Das Auftauchen des Wassermannes ist leider nicht der einzige Grund, weshalb ich den Orden zusammengerufen habe«, verkündet er. »Heute Nacht hat uns eine Eillieferung aus Florenz erreicht. Viktor, bitte!«

Viktor löst sich aus der Menge und stolziert in den hinteren Teil des Raumes. Von einem weißen Tuch verhüllt, steht dort eine Staffelei, die er vorsichtig in die Mitte rückt. Dann wirft er einen aufmerksamen Blick in die Runde und zieht das Tuch mit großer Geste von der Staffelei.

Vor Entsetzen keuche ich laut auf.

Auf der Staffelei steht ein Gemälde, das ich gut kenne. Das Bild ist Sandro Botticellis *La Primavera,* der Frühling.

Es zeigt eine Gruppe von acht Personen auf einer schattigen Lichtung voller Orangenbäume. In der Mitte steht die Göttin Venus, begleitet von den drei Grazien und dem Gott Amor, der über sie hinwegfliegt. Am linken Bildrand steht Merkur und rechts ist eine Dreiergruppe aus dem Windgott Zephyr, einer Nymphe und der Göttin Flora zu sehen. So zumindest sieht das Bild aus, und ich kenne es so gut, dass es sich wie ein Negativ in meine Netzhaut gebrannt hat. Was ich jedoch hier entdecke, ist absolut verstörend. Fremd, bestialisch, grauenhaft. Der Anblick ist so schlimm, dass mir Tränen in die Augen steigen. Es ist, als würde ich einen todkranken guten Freund im Hospiz besuchen. Der sonst so friedliche, schattige Orangenhain mit der üppigen Blumenwiese ist verdorrt, die Zweige der Bäume krümmen sich wie verkohlte nackte Klauen in den Himmel. Der Himmel selbst glüht unheilvoll rot, und grüne Dampfschwaden ziehen aus dem schorfigen Felsboden nach oben. Aber nicht nur die Umgebung hat sich verwandelt, auch die Personen sehen anders aus als auf dem Originalbild. Der Windgott Zephyr und der pummelige kleine Amor sind geflügelte Dämonen mit hässlichen Fratzen. Zephyr ist gerade dabei, mit scharfen Klauen die schreiende Nymphe Chloris zu massakrieren. Überall ist Blut zu sehen, und die Flora liegt mit zerfetztem Gewand wie tot vor den Füßen der verängstigten Venus. Die Szenerie ähnelt einem Schnappschuss aus der Hölle. Es tut mir im Herzen weh, das Gemälde zu sehen. Entstellt, seiner mystischen Schönheit beraubt.

Die Reaktion der Ordensmitglieder ist genauso heftig wie meine Empörung. Auf den gerade noch freudigen Mienen zeichnen sich blankes Entsetzen und Schmerz ab. Professor Kipping nickt der versammelten Runde teilnahmsvoll zu.

»Heute Morgen gegen halb fünf ist einem der Nachtwächter in den Uffizien die Veränderung aufgefallen, seitdem verschlimmert sich die Lage stündlich. Das Bild zeigte bereits seit Tagen winzige Anomalien, doch vergangene Nacht verschlechterte sich der Zustand unversehens. Der Direktor hat es mit der ersten Maschine nach München geschickt, es ist vor einer halben Stunde hier angekommen.«

Will Professor Kipping behaupten … meint er, dass wir hier das Original vor uns haben? Das echte Gemälde? Unmöglich! Mit prüfenden Blicken taste ich die Bildoberfläche ab, suche nach Spuren von Schimmel oder Manipulation, nach irgendetwas Greifbarem, das dieses erschreckende Phänomen erklärt. Ich ertappe mich sogar dabei, wie ich den Raum nach einem versteckten Beamer absuche, der die Szenerie nur auf die Oberfläche des Gemäldes projiziert.

»Es ist wie ein Virus«, stellt Professor Kipping mit sorgenvoller Miene fest. »Wir beobachten das Phänomen seit einer Weile, und leider greift es immer stärker um sich. Die Bilder werden zur schlimmsten Version ihrer selbst.«

Ich bin erschüttert, und mir steigen Tränen in die Augen. Ich meine, dies ist eins der schönsten und geheimnisvollsten Gemälde der Welt und dazu verdammt, sich in eine Albtraumvision zu verwandeln?

»Wird es noch schlimmer?«, frage ich mit bebender Stimme. Ich kenne mich gar nicht so mimosenhaft, aber der Zustand des Gemäldes schlägt mir aufs Gemüt.

»Das steht zu befürchten. Wir beobachten solche Veränderungen seit einiger Zeit mit großer Sorge. Es beginnt ganz harmlos, völlig unscheinbar, kleinste Veränderungen der Farbschattierungen, und es befällt bisher ausnahmslos Meisterwerke. Bisher ist es uns zum Glück gelungen, diese Entwicklung vor der Öffentlichkeit geheim zu halten.«

»Wie ist das möglich?«

Mit gerunzelter Stirn betrachte ich *La Primavera*. Es hängt zusammen mit anderen Meisterwerken von Sandro Botticelli in einem eigenen Raum in den Uffizien. Den ganzen Tag über drängeln sich unzählige Besucher vor den Gemälden und wollen das perfekte Foto machen. Im Botticelli-Raum wird es nie leer, und ich kann mir nicht vorstellen, wie man den Museumsbesuchern erklären will, dass eins der beliebtesten Gemälde der Sammlung plötzlich fehlt.

»Die Ausrede, das Gemälde befinde sich gegenwärtig als Leihgabe in einer Ausstellung, greift leider nicht. Schließlich ist bekannt, dass der Staat Italien keine Botticellis verleiht«, räumt Professor Kipping mit einem winzigen Lächeln ein. »Deswegen haben wir uns zusammen mit der Museumsleitung dazu entschlossen, das Original einstweilig durch eine Kopie zu ersetzen. Eine makellose Kopie, die hoffentlich vor diesem Virus völlig sicher ist.«

Vor Überraschung klappt mir die Kinnlade herunter. Sie haben eine Kopie aufgehängt? Die Sache muss wirklich ernst sein, wenn sich ein Museum zu einer solchen Maßnahme entschließt. Das ist eine Täuschung der Öffentlichkeit, und wenn das jemals herauskommt … Ich werfe einen weiteren Blick auf das Gemälde. Der Knoten in meinem Magen zieht sich fester zusammen. Mein Herz blutet, und am liebsten würde ich das Gemälde wie ein kleines Kind in einen dicken Schal wickeln und es verhätscheln, damit es sich kurieren kann.

»Aber das ist noch nicht alles«, fährt Professor Kipping fort. Seine Lippen sind eine dünne weiße Linie, und er wirkt äußerst besorgt. Bei seinen Worten verstummt das Gemurmel der Anwesenden auf der Stelle.

»Viktor ist heute Morgen bei seinen Arbeiten eine Anomalie in der Geschichte aufgefallen, was aus unserer Sicht ein Grund für dieses rätselhaftes Phänomen sein könnte. Sie müssen wissen, dass er gerade an einem Aufsatz über das Kunstpatronat der Medici im späten Quattrocentro arbeitet.«

Über den Tisch schiebt uns Professor Kipping ein aufgeschlagenes Lexikon zu.

Einer Welle gleich drängen alle auf den Tisch zu, um einen Blick auf die Buchseiten werfen zu können. Ich werde nach vorn geschoben, bis sich die Tischkante schmerzhaft in meinen Magen drückt und ich mich mit den Armen abstützen muss, um dagegenzuhalten.

»*Piano!*«, schnauzt Leopoldo die Leute an und vollführt eine herrische Geste mit der Hand. »Ihr erdrückt sie ja.«

Überrascht wende ich mich zu ihm um, als der Andrang hinter mir tatsächlich nachlässt. Ich weiß nicht, worüber ich überraschter bin – dass die Ordensmitglieder wirklich auf ihn gehört haben oder dass er um mein Wohlergehen besorgt ist. Seine Miene verrät nichts, und er dreht den Kopf weg, sodass ich ihm nicht in die Augen sehen kann.

In diesem Moment räuspert sich Viktor, zieht das Buch zu sich heran und liest den aufgeschlagenen Lexikoneintrag vor.

**Lorenzo de'Medici**, geboren am 1. Januar 1449 in Florenz, gestorben am 26. April 1478 ebenda, war ein Bankier und Politiker in Florenz. Von seinem Vater Piero de'Medici übernahm er die Leitung der Medici-Bank und gemeinsam mit seinem Bruder Giuliano das Prinzipat über die Republik Florenz. Am 26. April 1478 kam Lorenzo, zusammen mit seinem Bruder, bei einem Attentat im Dom von Florenz ums Leben, was den künftigen Niedergang des Hauses Medici einläutete. Begraben liegt er in der Medici-Kapelle der Basilica di San Lorenzo di Firenze.

Als er endet, herrscht eine Weile tiefes Schweigen. Dann beginnen alle wie wild durcheinanderzuquasseln. Doch ich nehme den Krach ringsum gar nicht wahr, zu sehr bin ich in meine eigenen Gedanken vertieft. Ich bin keine Expertin der Geschichte der Stadt Florenz oder der Medici-Familie, aber ich kenne einige Fakten. Zum Beispiel, dass die Familie nach Lorenzos Tod keinen Niedergang erlebte, sondern sich nach einigen Rückschlägen zum allmächtigen Fürstengeschlecht hocharbeitete. Und überhaupt, Moment mal! Ich beuge mich weit vor und spähe in den Lexikoneintrag. Mit verrenktem Kopf lese ich den Beitrag über Lorenzo de'Medici. »*... kam Lorenzo, zusammen mit seinem Bruder, bei einem Attentat im Dom von Florenz ums Leben ...*«

Lorenzo starb bestimmt nicht zusammen mit seinem Bruder bei einem Attentat! Er lebte noch viel länger und entwickelte sich zu einem der wichtigsten Förderer von Kunst und Kultur. Daher auch sein Beiname *Il Magnifico*, der Prächtige. Mein Blick schweift nach oben. Tatsächlich, auch diese Bezeichnung fehlt in dem Eintrag. Ein Frösteln überläuft mich.

»Dieser Eintrag existiert seit heute Morgen«, erklärt Viktor mit schnarrender Stimme. Er steht dicht neben Professor Kipping und sieht aus wie ein trauriger Uhu. »Gestern Abend hatte ich dasselbe Buch in den Händen, und darin stand noch die Vita, die wir alle kennen. Lorenzo überlebte das Attentat der Pazzi-Verschwörer und starb erst 1492. Die Geschichte hat sich über Nacht geändert, und *La Primavera* zerfällt zu einer Albtraumvision.«

Zum ersten Mal erkenne ich in Viktor einen Gleichgesinnten. Dasselbe Entsetzen, das auch mich befallen hat, zeichnet sich auf seiner Miene ab und macht ihn beinahe menschlich.

»Sind Sie sicher? Wie kann das möglich sein?« Mein Herz flattert wie ein aufgeregter kleiner Vogel in meiner Brust. Leopoldo steht grüblerisch neben mir und starrt noch immer konzentriert auf die Bücher, die vor ihm auf dem Tisch liegen.

»Leider Gottes sind wir uns absolut sicher«, sagt Professor Kipping düster. »Seit heute Morgen um sechs Uhr bekomme ich von Ordensmitgliedern überall auf der Welt besorgte Anrufe, dass Gemälde sich verändern. Ausschließlich Werke, die aus Lorenzos Umfeld stammen, aber ich fürchte, dass das Phänomen auch auf spätere Epochen übergreifen wird, wenn es nicht aufhalten. Außerdem stimmen sie alle in einem Punkt überein. Überall, in jedem Buch, auf jeder Internetseite hat sich die Vita von Lorenzo de'Medici geändert. Wir müssen davon ausgehen, dass eine Veränderung in der Vergangenheit dazu führt, dass er 1478 dem Attentat zum Opfer fiel und gemeinsam mit Giuliano starb – was katastrophale Folgen für die gesamte Geschichte Europas hat. Spätere einflussreiche Familienmitglieder tauchen nicht mehr auf oder verschwinden nach und nach aus der Geschichtsschreibung. Wenn Menschen wie Papst Leo X. oder Maria de'Medici nie geboren werden, weil Lorenzo zu früh starb und die Familie einen Niedergang erlebte, verändert das alles. Davon bin ich überzeugt.«

Ich verstehe. Eine einzige Person in der Geschichte Italiens, die zu früh stirbt und eine Kette neuer geschichtlicher Ereignisse auslöst. Ein Dominoeffekt, dessen Auswirkungen weitreichende Folgen haben.

»Aber die Menschen!«, rufe ich hilflos. »Ich meine, die Leute kennen doch Lorenzo de'Medici und den bisherigen Verlauf der Geschichte. Es kann doch nicht völlig unbemerkt passieren, dass sich so große Teile der Geschichte verändern.«

Leopoldo neben mir neigt den Kopf. »Leider ist das sehr wohl möglich. Und hier stößt du zum ersten Mal auf das ungemein komplexe Feld der Paradoxa der Zeit. *Benvenuto.*« Er nickt feierlich.

»Die was?« Also ehrlich, kann irgendetwas von diesem Kram hier mal leicht verständlich erklärt werden?

»Das beliebteste Beispiel ist das Großvaterparadoxon. Stell es dir so vor, jemand reist in die Vergangenheit und tötet dort seinen eigenen Großvater, bevor dieser Kinder bekommen kann. Damit löscht der Zeitreisende faktisch die Ursache seiner eigenen Existenz aus, wodurch weder die Zeitreise noch der Mord je geschehen können, *capito*?«

Leopoldo mustert mich abwartend, und ich versuche es mit einem überlegenen Lächeln. Mit einem Lächeln, das kompetent ausdrückt: *Natürlich kann ich diesem komplexen Gedankenkonstrukt mit Leichtigkeit folgen. Ich bin ja nicht blöd.* Und mein zweiter Name ist Einstein.

Professor Kipping tritt vor. »Es gibt einige elementare Regeln, wenn es um die Manipulation der Zeit geht. Ereignisse in der Vergangenheit dürfen unter keinen Umständen verändert oder aufgehalten werden, gleichgültig, wie sehr wir sie aus heutiger Sicht gern verhindern würden. Eine Änderung im Kontinuum, und ist sie noch so winzig, kann katastrophale Folgen nach sich ziehen. Am Ende sorgen Sie dafür, dass bestimmte Menschen nie geboren werden.« Er seufzt, als ich zusammenzucke. »Im Grunde ist es ganz einfach. Alles, was Sie in der Vergangenheit tun, ist bereits Teil der Vergangenheit und Gegenwart. Es ist also unvermeidlich und bereits geschehen, auch wenn Sie heute noch nichts davon wissen. Verwirrend, ich weiß.«

*Verwirrend*, das sagt er richtig, und das ist höchst beängstigend. Was, wenn ich noch einmal in die Vergangenheit gerate und unwissentlich Ereignisse auslöse, die Jahrhunderte später einen Krieg verursachen? Reicht ein falsches Wort? Oder muss ich etwas so Drastisches wie einen Mord begehen?

Ich hebe den Blick vom Lexikon auf dem Tisch und betrachte *La Primavera*. Wenn Professor Kipping recht hat, dann ist das Gemälde in diesem Zustand, weil die Geschichte verändert wurde. Fragt sich nur, wer …

»Lucian Morell!«, platze ich heraus, und einige Anwesende zucken beim Klang des Namens zusammen. Professor Kipping wirft mir einen raschen Blick zu und nickt.

»Aber was verspricht er sich davon, dass er Lorenzo ans Messer liefert … buchstäblich?«, fahre ich fort.

»Ich fürchte, dies ist Teil eines Plans, den wir von hier aus nicht überblicken.«

»Das heißt, Rosalie und ich werden in absehbarer Zeit in die Vergangenheit geschickt, um die Sache wieder geradezubiegen?«, will Leopoldo wissen. Er klingt nicht gerade begeistert.

»Es lässt sich wohl nicht vermeiden.« Professor Kipping mustert mich nachdenklich. Möglicherweise teilt er Leopoldos Bedenken, was meine Tauglichkeit für eine Zeitreise angeht.

»Zunächst aber müssen die Modalitäten genauer geprüft werden. Diese Mission muss genau geplant werden, sie verlangt Fingerspitzengefühl«, sagt plötzlich der alte Mann mit dem Krückstock. Zum ersten Mal meldet sich ein anwesendes Mitglied der Rubiner zu Wort, und vor Überraschung zucke ich zusammen.

»Da haben Sie recht«, stimmt Professor Kipping zu. »Wir müssen gründlich sein, aber angesichts des erschreckenden Tempos, mit dem die Gemälde rund um das Mäzenat der

Medici verfallen, bleibt uns nicht mehr viel Zeit. Am Ende sind alle Bilder zerstört, die alt genug sind, um Leopoldo und Rosalie in das richtige Zeitfenster zu schicken, und wir können nichts mehr ausrichten.«

Ringsum erhebt sich sorgenvolles Gemurmel.

»Rosalie kann auf keinen Fall ohne intensive Vorbereitung in die Vergangenheit reisen«, wirft Leopoldo ein, und sein skeptischer Blick streift mich. »Angesichts ihrer ... *Unbedarftheit* halte ich sie für einen Risikofaktor. Vielleicht sollten Sie mich doch besser allein schicken ...«

»Nein, das werden wir nicht tun!«, fährt ihm Professor Kipping ungehalten über den Mund. »Nur gemeinsam können Sie etwas ausrichten, dass wissen Sie genau. Zweifellos gibt es für Fräulein Gryphius noch viel zu lernen, aber ich kenne sie als fleißige, begabte Studentin. Was sie bereits über die Kunstgeschichte gelernt hat, wird ihr in der Vergangenheit höchst nützlich sein.« Er wirft mir einen väterlich freundlichen Blick zu, und mir wird ganz warm ums Herz, dass er mir den Rücken stärkt.

»Mit Verlaub, Professor Kipping«, meldet sich nun auch noch Victor zu Wort. »Aber ich glaube wirklich, dass Signor Orlandi del Mazza recht hat.«

Habe ich schon einmal erwähnt, dass ich ihn nicht ausstehen kann?

Victor beginnt ein leidenschaftliches Plädoyer gegen mich, in das sich schließlich einige der Rubiner einmischen. Eine hitzige Diskussion entsteht darüber, ob ich geeignet bin, in absehbarer Zeit in die Vergangenheit geschickt zu werden, oder nicht. Und das alles über meinen Kopf hinweg, als wäre ich gar nicht anwesend oder hätte keine eigene Meinung dazu. Als dann eine Ader an Professor Kippings Schläfe zu pulsieren beginnt, entferne ich mich einige Schritte, um mich aus der Schusslinie zu begeben. Betont langsam schlendere ich hinüber zu der Staffelei, auf der *La Primavera* steht. Das vergiftete Meisterwerk. Professor Kipping sagt etwas, scharfer Tadel klingt aus seiner Stimme, doch was er sagt, bekomme ich nicht mit. Die zankenden Stimmen im Raum verstummen, als hätte mir jemand Watte in die Ohren gestopft. Ich habe noch nie Drogen genommen, aber so dicht vor *La Primavera* zu stehen, steigt mir zu Kopf wie ein Rauschmittel. Selbst jetzt, da es so fremd und schaurig ist. Ich vergesse die Welt ringsum, während ich die schauderhaften Details betrachte. Die Gesichter und Einzelheiten sind trotz allem noch immer wunderschön gemalt. Ohne es zu bemerken, strecke ich die Hand nach der Bildoberfläche aus. Meine Finger zittern, schweben eine Weile unbewegt über der Gruppe der Grazien. Die transparenten Schleier, die ihre Körper bedecken, sind zerrissen, und sie wollen Merkurs Angriff entkommen. Und dann streiche ich zart über das rotblonde Haar der mittleren Figur. Unter meinen Fingerkuppen spüre ich die leichten Erhebungen der Goldfarbe, mit der Botticelli die blonden Haarreflexe dargestellt hat. Ich spüre die Anziehungskraft des Gemäldes wie ein unwiderstehliches schwarzes Loch. Bevor ich begreife, was ich da eigentlich tue, saugt es mich bereits ein – auf direktem Weg in die eigene Zeit seiner Entstehung.

# Kapitel 8

*Florenz, 29. März 1478*

Nur ganz allmählich komme ich zu mir und habe das Gefühl, mich aus monatelangem Tiefschlaf herauskämpfen zu müssen. Wo bin ich?

Mit Mühe öffne ich die Augen, und meine Lider scheinen mit Bleigewichten beschwert zu sein. Jemand kauert neben mir und beugt sich über mich. Hände berühren mein Gesicht und rütteln an meinen Schultern. Mein Hinterkopf knallt schmerzhaft auf einen harten Untergrund, was mich endgültig ins Hier und Jetzt katapultiert. Autsch, geht das nicht sanfter? Als sich mein Blick endlich scharf stellt, sehe ich meergrüne Augen mit dichten schwarzen Wimpern vor mir. Ich stöhne. Oh nein, nicht der!

»Wach gefälligst auf!«, raunzt Leopoldo und schüttelt mich noch einmal unnötig grob. Dieser Kerl hat Manieren wie ein Höhlenmensch. Ich setze mich auf, nur damit er aufhört mich zu piesacken.

»Wo sind wir?«

»Na, wo wohl, du Leuchte?«

Dass Leopoldo so wütend ist, kann nur eins bedeuten …

»Oh verdammt, ich bin durch das Bild gefallen, stimmt's?«

Mist, Mist, Mist, Mist, Mist. Wie konnte das nur passieren? Das habe ich doch überhaupt nicht beabsichtigt.

Ich schaue mich um, und tatsächlich … ich bin in derselben Werkstatt gelandet wie nach meinem ersten Sprung. Beim letzten Mal war es zwar dunkel, aber dort hinten entdecke ich die Treppe, die ins obere Stockwerk führt. Fenster und Türen befinden sich an der gleichen Stelle. Der Geruch aber, diese charakteristische Note von Leinöl und Terpentin, überzeugt mich endgültig, wieder bei Sandro Botticelli gelandet zu sein.

»Was zum Teufel ist in dich gefahren? Warum bist du einfach in das Bild gesprungen? Hast du endgültig den Verstand verloren?«, schimpft Leopoldo. »Das war eine unautorisierte Aktion und wirft alle Planungen über den Haufen.«

»Welche Planungen?«, murmele ich und reibe mir die Stirn. »Dem letzten Stand der Dinge zufolge wolltest du mich doch nicht dabeihaben.«

Leopoldos Kiefer mahlen, und seine Wangen sind nach wie vor gerötet … und das sieht fast süß aus. »Was sich hiermit ja wohl erledigt hat.« In kaum verständlichem florentinischem Dialekt grummelt er einen Schwall von Verwünschungen vor sich hin. »Komm jetzt! Wir müssen sofort zurückspringen, bevor uns hier jemand entdeckt.«

Er hält mir die Hand hin, und als ich zugreife, zieht er mich mit einem Ruck auf die Beine. Meine Knie sind weich wie Butter und zittern. Wackelig wie ein neugeborenes Fohlen stehe ich auf den Füßen.

»Na komm!« Leopoldo winkt mich zu sich. Seine breiten Schultern verdecken den Blick auf das Bild, vor dem er steht. Erst als ich neben ihn trete, sehe ich es … *La Primavera.* Natürlich. Das Corpus Delicti.

Wie im Keller der Alten Pinakothek bin ich fasziniert. Das Gemälde steht nackt, ohne Rahmen, auf der Staffelei und wirkt so taufrisch, dass die Farbe im Licht noch feucht zu schimmern scheint. Es ist völlig unbeschädigt und nicht wie in meiner Zeit angegriffen von dem gruseligen Virus. Bei genauerem Hinsehen fällt mir auf, dass es noch nicht ganz fertig ist. Manche Stellen im Bereich der Wiese wirken noch unvollendet. Mein Herz klopft wie verrückt, wenn ich daran denke, dass der Meister vielleicht vor Kurzem noch letzte Striche gesetzt hat. Ich atme tief ein und inhaliere den schweren Geruch von Leinöl und erdigen Pigmenten. An Gemälden zu schnüffeln, entwickelt sich für mich noch zur Sucht.

»Berühr es, aber sei vorsichtig!«, raunt Leopoldo neben mir. Ich war so versunken in die Betrachtung des Gemäldes, dass ich ihn komplett vergessen habe. Ups. Gehorsam strecke ich die Hand aus und fühle denselben Nervenkitzel wie die letzten Male, wenn ich mich einem Kunstwerk so unerhört dicht genähert habe. Mit dem Zeigefinger berühre ich behutsam ein Stück der dunkelgrünen Blumenwiese und mache mich auf das warme Summen bereit. Die magnetische Anziehungskraft, die mich in das Bild hineinzieht. Aber nichts passiert. Verblüfft krause ich die Stirn und lege vorsichtig die ganze Hand auf die bemalte Leinwand. Nichts. Ich werfe Leopoldo einen Blick zu, der dicht neben mir steht und genauso fassungslos wirkt.

»Es passiert nichts«, sage ich unnötigerweise, und seine Miene wird immer finsterer.

»Oh verdammter Mist! Lass mich mal!«

Ich will protestieren. Was, wenn es bei Leopoldo klappt und ich allein zurückbleibe? Doch als er die Hand auf das Bild legt, geschieht gleichfalls nicht das Geringste. Er versucht es mehrere Minuten lang verzweifelt an verschiedenen Stellen, presst sogar das Handgelenk mit dem schimmernden Zodiakusmal mitten auf die Figur der Venus, aber nichts rührt sich. Leise Panik regt sich in meiner Magengrube, meine Handflächen sind inzwischen schweißfeucht.

»Leopoldo«, flüstere ich.

»Bitte«, stößt er hervor, »Nenn mich nicht Leopoldo!« Angespannt schließt er die Augen und presst die Finger an die Schläfen.

Na gut, aber wie soll ich ihn denn sonst nennen, wenn nicht Leopoldo? Ich hätte gewisse Vorschläge parat, aber davon wäre er nicht begeistert.

»Sag einfach Leo, ja?«

Ich nicke, doch er ist schon wieder so in Gedanken versunken, dass er es gar nicht bemerkt.

Während er nachdenkt, kocht die Angst weiter in mir hoch. Was, wenn wir wirklich hier feststecken – unwiderruflich? Ich will nicht für immer in einer Zeit leben, in der es keine Schokolade gibt und in der Hygiene ein Fremdwort ist.

»*Ecco*«, sagt Leo schließlich bedächtig. »Ich habe eine Vermutung, was passiert ist.«

Ich schlinge die Arme um den Oberkörper, um mein Zittern in den Griff zu bekommen. Am liebsten würde ich mich schlotternd in einer Ecke zusammenrollen und heulen, bis alles vorbei ist. Ich bin mal wieder die größte Jammertante der Geschichte.

»Der Zustand des Gemäldes muss sich in der Gegenwart so rapide verschlechtert haben, dass das Portal zusammengebrochen ist. Zeitreisen funktionieren nur, wenn das Gemälde unversehrt bleibt. Wir müssen hierbleiben, bis wir Lorenzo gerettet haben. Dann erst können wir zurückkehren.«

Oh Gott! Oh Gott! Oh Gott! Soll das sein Ernst sein? Ich muss hierbleiben, und das mit nichts als einer Umhängetasche? Ich habe weder Bargeld noch andere nennenswerte

Wertsachen dabei. Obwohl … würde modernes Geld mir hier überhaupt etwas nutzen? Mir brummt der Schädel.

»Bist du sicher, dass *La Primavera* sich wieder erholt, wenn wir Lorenzo retten?« Ich klinge weinerlich.

Nachdenklich wiegt Leo den Kopf. »Mit Sicherheit kann ich es nicht sagen, weil der Fall noch nie eingetreten ist. Ich kann nur vermuten, dass die Schäden rückgängig gemacht werden, wenn wir es schaffen, Lorenzos Schicksal zu korrigieren.«

»Gut«, stimme ich zu und straffe die Schultern. »Dann los!«

Perplex starrt mich Leo an. »Wie … *los*?«

»Wir müssen los und Lorenzo retten, ihn warnen, was auch immer. Auf jeden Fall dafür sorgen, dass wir wieder nach Hause zurückgelangen, und zwar so schnell wie möglich. Mein Bruder dreht durch, wenn ich heute Abend nicht nach Hause komme.«

»Rosalie!«, seufzt Leo. »Du verstehst aber auch gar nichts. Paradoxa der Zeit! Lorenzo stirbt erst beim Attentat der Pazzi-Verschwörer im Dom. Wir müssen erst herausfinden, welches Datum wir heute haben, dann können wir uns Gedanken über unser Vorgehen machen. Zu früh einzugreifen, wäre sinnlos und im schlimmsten Fall gefährlich.«

Entmutigt lasse ich die Schultern sinken. Ja, er hat recht. Der Impuls, sofort loszustürmen, war dumm von mir. Aber ich möchte so dringend wieder nach Hause, dass ich nicht weiter nachgedacht habe.

»Außerdem müssen wir sehr vorsichtig sein«, fährt Leo fort. »Niemand, absolut niemand darf wissen, dass wir Zeitreisende aus der Zukunft sind. Egal, wie sehr du jemandem vertraust, du darfst es nicht verraten. Wir beide haben es inzwischen akzeptiert, weil wir es am eigenen Leib erleben.

Aber andere Menschen werden mit Angst und Ablehnung reagieren, weil sie es nicht verstehen. Hier glaubt man immer noch an Hexen und solchen Schwachsinn. Und du weißt sicher, was Angst aus Menschen macht.« Leo klingt so eindringlich, das mir ein kalter Schauer über den Rücken läuft. Ich weiß nicht, was Angst aus Menschen macht, aber ganz offensichtlich weiß er Bescheid darüber.

Unsicher beiße ich mir auf die Unterlippe und nicke.

Leo atmet tief durch. »Als Erstes müssen wir herausfinden, welches Datum wir hier haben. Dann können wir kalkulieren, wie viel Zeit uns bleibt. Aber vorher ...«

Weiter kommt er nicht. Mit leisem Knarren schwingt die Tür auf, und Leo bricht mitten im Satz ab. Wir zucken beide zusammen und fahren herum. Jemand betritt das Haus, der dunkle Schemen zeichnet sich scharf vor dem einfallenden Tageslicht ab. Ich blinzele geblendet, und es dauert eine Weile, bis ich erkenne, wer da hereingekommen ist.

Im ersten Moment halte ich die Person für ein Kind. Die Gestalt ist gedrungen und plump, kaum größer als einen Meter dreißig. Doch bei genauerem Hinsehen bemerke ich, dass es ein erwachsener Mann ist. Ein Kleinwüchsiger. Am auffälligsten sticht mir das Haar ins Auge, eine karottenrote Wolke. Unter dem lockigen Wust starrt er mich aus kleinen schwarzen Knopfaugen an. Seine Miene wirkt verschlagen. Je länger er mich wortlos anstarrt, desto unbehaglicher fühle ich mich. Bestimmt sieht er mir an, dass ich nicht hierher gehöre, und überlegt, ob er die Polizei rufen soll. Oder die Büttel ... wie auch immer die Ordnungshüter jener Zeit heißen.

Ich spüre, wie hektische Röte meine Wangen zum Glühen bringt. Die unangenehme Stille zieht sich in die Länge, und schließlich halte ich es nicht mehr aus.

»Ein schöner Tag heute, nicht wahr?«, plappere ich drauflos und versuche es mit einem gewinnenden Lächeln. »Sie sind bestimmt auch hier, um ein Bild zu kaufen. Oder muss man es erst in Auftrag geben? Ich kenne mich da leider nicht so gut aus. Wir sind neu in der Stadt.« Ich beende meinen Redeschwall mit einem Kichern, das selbst in meinen Ohren nervös klingt. Gespannt halte ich den Atem an, doch mein Gegenüber mustert mich nur verwundert und sagt kein Wort.

Abermals öffne ich den Mund, doch da schiebt sich Leo vor mich. Richtig, er ist ja auch noch hier.

»Bitte entschuldigt meine Begleiterin, sie ist mit wenig Verstand gesegnet und weiß nicht, was sie redet«, sagt er in reinstem Hochitalienisch. Sein Tonfall ist jovial und gönnerhaft, und vor Wut schießt mir prompt eine neue Hitzewelle ins Gesicht.

Mein Fehler wird mir im selben Moment bewusst. Der Mann hat mich nicht verstanden, weil ich in Italien gelandet bin und vor Aufregung deutsch gesprochen habe.

Endlich löst der Zwerg den Blick von mir und wendet sich an Leopoldo. Ein durchtriebenes Lächeln entblößt eine lückenlose Reihe kleiner Zähne. »Was sie mit ihrer Schönheit zweifellos wieder wettmacht, eh?« Mehrdeutig wackelt er mit den Augenbrauen. Dann mustert er mich noch einmal ungeniert von oben bis unten. Die beiden grinsen sich an und nicken selbstgefällig wie alte Kumpel.

Oh, jetzt reicht's aber! Ich richte mich kerzengerade auf und wische mir ein paar Flusen vom Rock. Das muss ich mir nicht gefallen lassen.

»Das, was ich im Kopf habe, genügt vollkommen, um zu erkennen, dass ihr beide debile, chauvinistische Flachköpfe seid.«

Sie glotzen mich an, und vor allem Leo schaut dumm aus der Wäsche, als ich ebenfalls in feinstem Hochitalienisch loslege. Geziert wische ich mir ein Stäubchen vom Ärmel meines Pullovers und lächele süß. Die beiden starren mich an, als wäre mir gerade ein zweiter Kopf gewachsen.

»Vielleicht sollten Sie sich vorstellen«, wende ich mich an den winzigen Mann. Nach meiner Ansprache wirkt er nicht mehr ganz so erheitert wie gerade eben noch.

»Gestatten, Biagio di Salvo, persönlicher Zwerg und Berater von Lorenzo de'Medici. Aber nennt mich Dolomino, so kennt mich jeder hier in Florenz.« Er vollführt eine drollige kleine Verbeugung.

Angesichts dieser Offenbarung verpufft mein Zorn fast gänzlich. Oh, wie aufregend, ein Mitglied aus Lorenzos engstem Gefolge! Falls er wirklich Lorenzos Berater ist, erweist sich seine Bekanntschaft bestimmt als nützlich.

Dolomino ist prächtig herausgeputzt, und ich glaube ihm sofort, dass er zu Lorenzos engerem Gefolge gehört. Zu eng anliegenden blau-grün gestreiften Strumpfhosen trägt er ein langärmeliges Wams aus senfgelbem Brokatstoff mit geschlitzten Ärmeln und ein Halstuch. Jeder andere sähe damit total lächerlich aus, doch Dolomino trägt das schillernde Clownskostüm mit der gebotenen Grandezza.

Leo räuspert sich und tritt einen Schritt vor. »Gestatten, Leopoldo Orlandi del Mazza.« Er legt sich eine Hand auf die Brust und verneigt sich leicht. »Und Rosalie Gryphius.«

Dolomino zuckt mit keiner Wimper.

Ich sehe Leo an der Nase an, wie sehr es ihm missfällt, dass der Zwerg ihn nicht mit der nötigen Ehrerbietung begrüßt. Offenbar ist seine Familie in dieser Zeit keine allzu große Nummer. Geschieht ihm ganz recht.

Ich will den Mund öffnen, um mich genauer über seine Verbindung zu Lorenzo de'Medici zu erkundigen, als sich die Tür zur Straße öffnet. Ein Mann mit welligem blonden Haar und gefälligem Aussehen tritt ein. Ich erkenne ihn auf der Stelle wieder, und mein Herz schlägt Loopings vor Begeisterung. Sandro Botticelli! Bei Tageslicht wirkt er noch attraktiver als bei unserer ersten Begegnung, was vielleicht auch daran liegt, dass er kein Nachthemd trägt. Unter dem Arm hält er mehrere Bündel und kommt offenbar von Besorgungen zurück. Als er den Zwerg entdeckt, breitet sich ein herzliches Lächeln auf seinem Gesicht aus. Er legt die Bündel ab, eilt auf ihn zu und begrüßt ihn.

»Ah, Dolomino, was verschlägt dich hierher?«

»Mein Herr schickt mich, die Fortschritte Eurer Arbeit zu begutachten.«

»An einem Sonntag?«, fragt Botticelli mit hochgezogenen Augenbrauen.

Dolomino zuckt mit den Achseln. »Mein Herr wollte sichergehen, dass Ihr nicht wieder das geschäftige Treiben an einem Werktag ausnutzt, um mich unverrichteter Dinge wieder wegzuschicken.«

Botticellis Augenbrauen wandern noch ein Stück höher, dann seufzt er ergeben und weist gestikulierend auf die Staffelei, neben der ich stehe. Dolomino tritt näher und nimmt das Bild in Augenschein.

»Hübsch«, sagt er und nickt beifällig.

Botticelli dagegen wirkt unzufrieden. »Ich kann es dir nicht mitgeben, Dolomino, so sehr ich es auch bedaure. Mit der Gruppe der Grazien bin ich nicht zufrieden, und auch die Wiese ist noch nicht vollkommen. Ich bitte um etwas mehr Geduld.«

»Mit dem Gold geizt Ihr zumindest nicht, Meister Botticelli«, grunzt Dolomino miesepetrig und besieht sich die schimmernden Einzelheiten näher.

Ein feines Lächeln kräuselt Botticellis Lippen, und er wirkt wie ein verschmitzter Junge.

»Oh, da du von Gold sprichst … die Rechnung habe ich bereits ausgefertigt«, sagt er und zieht einen gefalteten und versiegelten Bogen aus dem Wams. Den reicht er Dolomino, der ihn sichtlich missgelaunt an sich nimmt.

»Wärt Ihr mit dem Malen so schnell wie mit dem Schreiben von Rechnungen«, murrt er, »würde mich mein Herr nicht so oft zu Euch schicken.«

»Die Malerei ist ein Handwerk, dem Eile nicht zuträglich ist. Wie könnte ich es wagen, deinen Herrn durch eine stümperhafte Arbeit womöglich für immer zu vergrämen? Er ist mein vornehmster Gönner.«

Dolomino bläst die Backen auf, erwidert aber nichts weiter. Ich verfolge den Wortwechsel mit einem Lächeln. Wie auf ein Stichwort hin schweift Botticellis Blick zu uns herüber, und er erwidert mein Lächeln. Er sieht mir unverwandt in die Augen, und mir kommt es so vor, als weiteten sich seine Augen einen Moment lang überrascht. Dann kommt er mit zwei großen Schritten auf uns zu.

»Meine lieben Freunde! Wie schön, dass Ihr den Weg zu mir gefunden habt.« Herzlich schüttelt er Leopoldo die Hand und nickt mir ehrerbietig zu.

Ebenso wie ich scheint sich auch Leo über die vertrauliche Begrüßung zu wundern. Bei meiner ersten außerplanmäßigen Zeitreise kannte mich Botticelli bereits. Nun gut, aber woher weiß er jetzt von uns? Wenn ich nur wüsste, in welcher Zeit genau wir gelandet sind!

»Vor Kurzem erhielt ich ein Schreiben, das mich über Eure nahende Ankunft in Kenntnis setzte. Es enthielt auch die Bitte, eine Unterkunft für Euch zu suchen«, erklärt Botticelli und sieht uns erwartungsvoll an. Leo schaltet schnell und nickt. Hier kommt ihm seine übliche arrogante Miene zugute, denn sie verrät nichts über seine wahren Gedanken und kaschiert seine Verblüffung. »Gewiss. Bitte entschuldigt, dass unser Auftauchen hier trotzdem so überraschend ist«, sagt er.

Botticelli winkt ab. »Nichts anderes habe ich erwartet. Dafür kann ich Euch gute Neuigkeiten überbringen. Signor Rucellai ist bereit, Euch das Haus an der Ecke zur Via di San Paolino für eine Jahresmiete von neun Florin zu überlassen. Die alte Monna Bartolomea ist vor Kurzem verstorben. Ihre Magd und die Köchin sind noch im Haushalt. Es ist nicht besonders groß, aber qualitätvoll ausgestattet und sollte Euch und Eurer Gattin zusagen.«

Äh … Gattin? Wie kommt er denn darauf? Ich will protestieren, doch Leopoldo stößt mich warnend in die Seite. Er setzt ein gewinnendes Lächeln auf und legt mir die Hand auf den Oberarm. »Hervorragend. Hörst du das, Rosalie, meine Liebe? Für unseren Aufenthalt ist gesorgt. Verbindlichsten Dank, Maestro.« Er klingt richtig enthusiastisch. »Können wir uns das Haus ansehen?«

»Selbstverständlich, für Eure Ankunft ist alles bereitet.«

Botticelli scheucht Dolomino vor sich her aus dem Haus und verriegelt sorgfältig die Tür hinter uns.

»Im Herbst muss das Bild fertig sein, hört Ihr, Botticelli? Allerspätestens zum Martinstag«, sagt Dolomino streng und blickt zu Botticelli auf.

»Gewiss, mein ungeduldiger Freund. Ich kümmere mich höchstpersönlich um die Vollendung und überlasse alle anderen anfallenden Aufträge meiner Werkstatt.«

»Das will ich auch hoffen«, murrt der Zwerg und setzt

sich eine flache Mütze auf den Kopf. Ein Barett, soweit ich weiß. Er tippt sich an die Hutkrempe und empfiehlt sich. Nachdenklich sehe ich ihm hinterher, als er sich mit hopsendem Gang entfernt.

Die Via Nuova ist so schmal wie in meiner Erinnerung – zwei Kleinwagen nebeneinander würden nicht hindurchpassen. Häuserwände ragen zu beiden Seiten auf, und wenn ich den Kopf in den Nacken lege, erkenne ich nichts als einen schmalen Streifen vom Himmel. Die Gebäude mit teils abenteuerlichen Anbauten und Balkonen neigen sich leicht nach vorn. Wäsche flattert an Leinen, die hoch über unseren Köpfen von Haus zu Haus gespannt sind.

Das Haus, das Botticelli uns zugedacht hat, liegt zwei Hausnummern weiter an der Ecke einer Gasse, die so schmal ist, dass mich schon vom Hinschauen Beklemmung befällt. Eigentlich ist es eher ein Spalt zwischen zwei Häusern als eine Gasse.

Das Haus ist schmal, hoch und grau. Botticelli überreicht Leo die Schlüssel, und wir treten ein. Die Diele ist so eng, dass kaum zwei Menschen nebeneinander eintreten können. Von diesem winzigen Eingangsbereich gelange ich in einen länglichen Raum, der das ganze Erdgeschoss einnimmt. Hier befindet sich die Küche. Die Wände sind schlicht weiß gekalkt, und die Holzbalkendecke ist so niedrig, dass ich instinktiv den Kopf einziehe. Zusammen mit dem wenigen Licht, das durch die zwei kleinen Fenster hereinfällt, wirkt der Raum ausgesprochen düster. An den Wänden stehen Regale voller Vorräte. Kochutensilien, Kräuterbündel und ein Schinken hängen an Haken von den Deckenbalken herab.

»Die Wohnräume befinden sich oben«, erklärt Botticelli und lässt uns den Vortritt. Eine schmale Stiege führt in den ersten Stock hinauf. Wir gelangen in einen großen Wohnraum, der viel einladender wirkt als die Küche. Zwei recht große Fenster zeigen hinaus auf die Straße und lassen das Tageslicht herein. Die Wände sind mit edlem Holz verkleidet, auf dem Boden liegen Teppiche, und es gibt sogar einen offenen Kamin. Nun, das sieht doch schon besser aus. Lächelnd drehe ich mich um die eigene Achse und begutachte den Wohnraum.

»Nebenan findet Ihr ein Schreibkabinett für den Herrn des Hauses, und an der Schlafkammer anschließend gibt es ein Nähzimmer für die Dame. Und hier drüben schließt das Speisezimmer an«, erklärt Botticelli wie ein beflissener Immobilienmakler.

Als ich ihn freundlich ansehe, verklärt sich sein Blick, und er lächelt. Er kommt einen Schritt näher und neigt sich mir entgegen.

»Jedes Mal bin ich von Neuem überrascht, wenn Leonardos Voraussagen zutreffen«, flüstert er kaum hörbar.

»Wie bitte?« Unwillkürlich passe ich meine Lautstärke der seinen an.

»Die Nachricht über Eure anstehende Ankunft habe ich von ihm erhalten. Einmal mehr überzeugt mich sein überragender Geist.«

Wenn ich mich nicht täusche, spricht er von keinem anderen als von Leonardo da Vinci. Aber kann das sein? Ich muss nachfragen und mich vergewissern.

»Leonardo da Vinci?«, hauche ich atemlos.

»Aber ja!«

In einer Mischung aus Fassungslosigkeit und Erstaunen sehen wir uns an. Ein eigenartiges Gefühl überkommt mich, eine ruhige, unerschütterliche Erkenntnis. *Ich kenne diesen Menschen. Er ist dein Freund.* Schon im nächsten Moment wundere ich mich über diese Gedanken, aber mit absoluter Sicherheit weiß ich, dass es zutrifft. Sandro Botticelli ist einer von den Guten.

Als Leo mit polternden Schritten an ihm vorbeistapft, tritt Botticelli einen Schritt zurück und setzt eine unbeteiligte Miene auf. »Ich hoffe, das Haus entspricht Euren Vorstellungen.«

»Aber ja«, brummte Leo, nicht mehr ganz so freundlich. »Richtet Signor Rucellai bitte meinen ergebensten Dank aus. Ich werde ihn in den nächsten Tagen aufsuchen, um die Bezahlung zu regeln.«

»Gewiss. Kommt doch morgen in meine Werkstatt, dann unterhalten wir uns näher.«

Plötzlich scheint es Botticelli eilig zu haben. Die beiden Männer schütteln sich die Hände, und dann verabschiedet sich Botticelli. Ich schaue ihm ratlos hinterher, während er die Treppe hinuntersteigt. Zu sagen, ich sei verwirrt, ist maßlos untertrieben.

Und dann bin ich allein mit Leo in diesem Haus, das wir jetzt offensichtlich gemietet haben … von welchem Geld auch immer. Aber Leo wirkt diesbezüglich keineswegs bekümmert oder besorgt. Sichtlich zufrieden schreitet er den großen Wohnraum ab, begutachtet die Bücherregale und lugt durch die Tür in das angrenzende Schreibkabinett. Bei ihm sieht es aus wie das Normalste der Welt, sich in einem Renaissancehaus umzusehen und häuslich darin niederzulassen. Ich linse in das Speisezimmer und steige ins zweite Stockwerk hinauf. Über einen Flur, von dem einige Türen abgehen, gelange ich in das Schlafzimmer. Den Raum beherrscht ein kastenartiges Himmelbett mit massiven Stützpfosten aus Holz. Die Wände sind mit einer hochwertigen Textiltapete beklebt, in die verschlungene

Muster eingewebt sind. Eine Verbindungstür führt in ein einfaches Wasch- und Ankleidezimmer. Die anderen beiden Gemächer auf der gegenüberliegenden Seite des Flurs sind das versprochene Nähzimmer und eine vollgestopfte Rumpelkammer. Ich kehre ins Schlafzimmer zurück und sehe mich im Ankleidezimmer genauer um. Es gibt eine silberne Wasserschüssel, einen fleckigen Spiegel und einen Nachttopf mit Deckel. Mir wird schlagartig bewusst, dass dies für die nächste Zeit mein Badezimmer sein wird. Damit muss ich zurechtkommen. Keine Dusche, keine Toilette mit Wasserspülung, nicht einmal eine Wanne. Geschweige denn Shampoo oder andere Pflegeprodukte. Bei dem Gedanken läuft mir ein Schauer über den Rücken. Die Kehle wird mir eng, und ich schlucke schwer, um meine Gefühle zu zügeln.

Ich höre Schritte, und Leo betritt das Schlafzimmer. Um mich abzulenken, drehe ich dem Waschraum den Rücken zu. Mir brennt ein ganz anderes Thema unter den Nägeln.

»Warum lässt du Botticelli in dem Glauben, wir seien verheiratet?«, will ich wissen. Wir beide ein Ehepaar, das passt doch hinten und vorn nicht!

Leo seufzt und reibt sich die Nasenwurzel. »Weil das in dieser Zeit deine einzige Daseinsberechtigung als Frau ist. Entweder das, oder ich gebe dich als meine Schwester aus. Andernfalls stecke ich dich für die Dauer unseres Aufenthalts in ein Kloster. Wenn ich es mir recht überlege, wäre das eigentlich die allerbeste Lösung gewesen. Aber dafür ist es jetzt zu spät, nicht wahr, mein Weib?«

Ich lasse mich auf das Bett fallen, und das Gestell ächzt gequält unter meinem Gewicht. Ich bin so sauer, dass ich losheulen könnte. Hilflose Wut kocht in mir hoch. *Einzige Daseinsberechtigung als Frau …* Die Feministin in mir, die sonst ihr Dasein mit Dösen fristet, erwacht schlagartig und schüttelt wütend die Faust. Wo bin ich hier nur hineingeraten? Ein heftiges Gefühl von Heimweh erfasst mich so plötzlich, dass ich die Zähne zusammenbeißen muss, um nicht in Tränen auszubrechen. Stur starre ich zu dem gewebten Tuch hinauf, mit dem der Betthimmel bespannt ist. Ein blasser Rotton mit aufgestickten gelben Florentiner Lilien.

Leo läuft vor dem Bett auf und ab. »Behaglich hier, nicht wahr? Nett von Maestro Botticelli, seine Kontakte für uns spielen zu lassen. Dieser Rucellai, der uns das Haus vermietet, gehört zu den einflussreichsten Familien der Stadt. Ich frage mich, von wem Botticelli diesen Brief bekommen hat. Warum war er nicht verwundert, zwei völlig Fremde wie alte Bekannte in der Nachbarschaft willkommen zu heißen?«

Ich starre ihn an. Sein betont leichter Tonfall straft den lauernden Ausdruck in seinen Augen Lügen. Die hilflose Wut in mir verdichtet sich zu einem schweren Klumpen im Magen. Leo vertraut mir nicht. Er verdächtigt mich, auf welche Weise auch immer den Kontakt zu Botticelli hergestellt zu haben und hinter seinem Rücken zu intrigieren.

»Ich habe keine Ahnung«, sage ich leise und verschweige ihm, dass mir Botticelli von Leonardo da Vinci erzählt hat. Mir scheint, dass er mir das im Vertrauen erzählt hat, und das wahrscheinlich nicht ohne Grund. Ich kann nicht erkennen, ob Leo mir glaubt, aber zumindest geht er nicht weiter auf das Thema ein.

»Wie dem auch sei, wir müssen unsere Zeit hier absitzen, ohne unangenehm aufzufallen. Schaffst du das?«

Ich weigere mich, ihn anzusehen, und nicke, den Blick weiterhin nach oben zum Betthimmel gerichtet. »Hast du eigentlich Geld dabei? Oder wie finanzieren wir unseren Aufenthalt in diesem Haus?«, will ich dann wissen.

Insgeheim befürchte ich, dass er plant, alle Zahlungen

aufzuschieben und am Ende den zeitreisenden Zechpreller zu spielen.

»Die Morells haben in allen Jahrhunderten Geld für Zeitreisende deponiert. Auf der Bank ist genug für uns hinterlegt.«

Gelddepots bei der Bank, das klingt doch seriös und erleichtert mich so sehr, dass ich tiefer in die Matratze sinke. Das Bett ist erstaunlich bequem, auch wenn ich befürchte, es nicht für mich allein zu haben. Schließlich habe ich nirgends eine zweite Schlafgelegenheit gesehen. Da die Menschen hier denken sollen, wir seien verheiratet, kann ich Leo schlecht auf dem Sofa schlafen lassen, oder? Abgesehen davon, dass es so etwas wie ein Sofa hier überhaupt nicht gibt. Im Wohnraum stehen wuchtige Polsterstühle und eine Holzbank, die eher hart aussieht.

Draußen vor den welligen Bleiglasfenstern geht die Sonne unter – wir sind hier wohl spät am Tag gelandet –, und ich merke, wie schläfrig ich werde.

»Leo?« Ich gähne und strecke mich wohlig auf den weichen Kissen aus.

»Mh?« Die Matratze sinkt leicht ab, als sich Leo auf der anderen Bettseite ausstreckt. Wie ich legt er sich auf die Decke und verschränkt die Arme hinter dem Kopf.

»Meinst du, die Leute gewöhnen sich daran, dass ich weiterhin in meinem Cordrock herumlaufe? Der reicht ja nicht mal bis zum Knie.« Ich kichere müde.

»Das ist wirklich deine größte Sorge?«, fragt er und gähnt ebenfalls herzhaft.

Oh, da irrt er sich aber, ich kann aus dem Stegreif eine ellenlange Liste von Sorgen herunterbeten. »Es gibt kein fließendes Wasser.« Ich gähne. »Kein WC und nicht mal eine Badewanne. Außerdem mache ich mir Gedanken über mein Outfit. Kein Wunder, dass du mich für total blöd hältst.«

Er gibt ein schläfriges Brummen von sich, das nach Zustimmung klingt. Mistkerl.

»Vielleicht kann ich mir aus der Tagesdecke einen Überwurf falten«, schlage ich vor. »Sie hat ein schönes Muster, und ich könnte sie als langen Poncho tragen.« Seltsamerweise treten mir Tränen in die Augen, wenn ich meine Lage bedenke. In einer solchen Situation war ich noch nie. Ich fühle ich mutterseelenallein und hilflos. Ich habe nicht mal Unterwäsche zum Wechseln! Ich schniefe.

»He, weinst du?« Leo dreht mir den Kopf zu. Er klingt so, als könne er ein heulendes Mädchen neben sich im Bett ganz und gar nicht gebrauchen.

»Nein«, krächze ich und wische mir mit dem Ärmel über die Augen. Aber ich kann es nicht mehr aufhalten. Schniefend presse ich das Gesicht ins Kissen, und es ist mir herzlich gleichgültig, dass ich den Bezug mit verschmierter Mascara verschmutze. Alles ist mir egal.

»Rosalie …«, murmelt Leo und klingt hilflos.

»Lass mich!«, bringe ich hervor und rolle mich von ihm weg.

Tatsächlich lässt er mich in Ruhe, was mich erleichtert, andererseits aber auch enttäuscht. Er könnte mich ja wenigstens ein bisschen trösten. Aber wahrscheinlich ist er diesbezüglich eine hoffnungslose Niete. Schließlich hat er auf Professor Kippings Vernissage schon zu Matteo gesagt, dass er von menschlicher Interaktion – speziell mit mir – nichts hält. Und jetzt sitze ich ausgerechnet hier mit ihm fest. Mit ihm als Ehemann. Ich habe das Gefühl, dass das ein Problem werden könnte, und sofort ist mir noch elender zumute. Hoffentlich entpuppt sich das am nächsten Tag bloß als schlechter Traum.

# Kapitel 9

*Anno Domini 1478*

Am nächsten Morgen werde ich durch das geschäftige Trappeln von Schritten auf dem Holzboden wach. Über Nacht habe ich mich in die Laken eingewickelt und stecke neugierig die Nase über den Rand der Bettdecke. Eine junge Frau huscht geschäftig durch das Zimmer und klappert im Ankleidezimmer herum. Die andere Bettseite ist leer, Leo ist also schon auf den Beinen. Einen Moment lang starre ich das platt gedrückte Kopfkissen an.

Die erste Nacht, die ich gemeinsam mit einem Jungen im Bett geschlafen habe, und es war Leopoldo Orlandi del Mazza. Das fühlt sich sehr merkwürdig an. Gut, wir hatten beide unsere Kleidung an, aber dennoch.

Als die junge Frau ins Schlafzimmer zurückkommt und sieht, dass ich wach bin, bleibt sie mit strahlendem Gesicht stehen.

»Guten Morgen, Herrin.«

Ich lächele sie unsicher an. »Guten Morgen.«

»Mein Name ist Peppina, ich bin die Hausmagd.« Sie vollführt einen linkischen Knicks.

Ich bin so verblüfft, dass ich sie nur anstarren kann. Sie trägt ein einfaches Kleid aus taubenblauer Wolle und eine Schürze. Ihr dunkles Haar ist streng nach hinten geflochten. Abgesehen von Botticelli und Dolomino ist sie der erste Mensch, der mir hier begegnet, und ich bin fasziniert, wie anders die Menschen in jener Zeit aussehen. Ich dachte immer, die Frauen in der Vergangenheit sähen ohne Kosmetikprodukte und Schminke wie das wandelnde Grauen aus, aber das war wohl ein oberflächlicher Gedanke. Peppina wirkt frisch und aufgeweckt und ist bestimmt nicht älter als achtzehn. Gleichzeitig strahlen ihre Augen eine erwachsene Ernsthaftigkeit aus.

Ich bin immer noch nicht darüber hinweggekommen, dass sie mich Herrin nennt. Peppina scheint meine Schockstarre nicht weiter zu kümmern. Munter plappernd schlägt sie meine Bettdecke zurück und reicht mir den Arm, um mir dabei zu helfen, aus der hohen Bettstatt zu klettern. Wie zum Kuckuck bin ich da gestern Abend hinaufgekommen?

»Ich kann Euch gar nicht sagen, wie froh ich bin, dass Euer Gemahl und Ihr das Haus gemietet habt. Es ist so schwierig, eine Anstellung zu finden, und ich arbeite immerhin schon fünf Jahre in diesem Haushalt. Gloria und ich haben unser Zimmer über dem Dach.«

Der Holzboden ist so früh am Morgen noch eiskalt, und fröstelnd reibe ich mir die Arme. »Wer ist Gloria?« Beim Sprechen klappern mir die Zähne, und ich bin erleichtert, als Peppina mir fürsorglich ein Tuch um die Schultern legt.

»Ach, wie dumm von mir! Ihr wart gestern so erschöpft, dass wir uns noch nicht vorstellen konnten. Gloria ist die Köchin, sie freut sich, Euch bekochen zu dürfen.«

Ich komme nicht dazu, ihr zu antworten, denn schon führt Peppina mich in das Ankleidezimmer und zieht mich aus.

»Welch eigentümliche Mode Ihr tragt«, murmelt sie staunend und starrt auf meine Beine, die in den schwarzen

Strumpfhosen stecken. Stimmt, moderne Materialien sind längst noch nicht erfunden, und Strumpfhosen tragen hier offenbar nur die Männer. Angesichts ihres züchtigen bodenlangen Kleids fühle ich mich, halb nackt, wie ich bin, plötzlich peinlich berührt. Wahrscheinlich entspricht mein Outfit in dieser Zeit dem eines liederlichen Frauenzimmers oder einer Dirne.

»Ich benötige dringend angemessene Kleidung«, murmele ich verlegen.

»Das weiß ich sehr wohl. Bevor Euer Gatte heute Morgen das Haus verließ, sprach er mich darauf an.«

Ich bin doppelt verblüfft. Leo hat an meine Kleidung gedacht und ist schon unterwegs?

»Mein … mein Gatte ist schon ausgegangen?«

»*Certo*«, sagt Peppina und zieht mir den Pullover über den Kopf. Einen Moment lang starrt sie fasziniert auf meinen BH. »Er ist etwa eine Stunde nach der Matutin aufgebrochen.«

»Ah.« Ich nicke und tue so, als wüsste ich, wovon sie spricht. Matutin, natürlich. Das scheint eine Zeitangabe zu sein. Ist es zu viel verlangt, dass sie einfach die Uhrzeit nennt?

»Meine Schwägerin ist Näherin und kommt später vorbei, um Eure Maße zu nehmen und Euch ein Kleid anzupassen. Euer Gatte besteht darauf, dass Ihr die volle Ausstattung einer *Nobildonna* erhaltet. Er lässt Euch drei neue Gewänder schneidern.« Vor Bewunderung weiten sich ihre Augen.

Ich dagegen bin immer noch baff, dass Leo daran gedacht hat, sich um Kleider für mich zu kümmern. Drei Kleider hört sich für moderne Verhältnisse vielleicht nach einer bescheidenen Garderobe an, doch ich weiß, dass die einfachen Leute zu dieser Zeit höchstens zwei Gewänder besaßen. Drei neue Kleider sind der pure Luxus.

Mit sanfter Gewalt besteht Peppina darauf, mich mit warmem Wasser und Seife zu waschen. Ich bin mir ziemlich sicher, dass sie sich insgeheim über mich schlapp lacht, während ich die Prozedur stocksteif und mit knallrotem Kopf über mich ergehen lasse. ICH. WILL. EINE. BADEWANNE. Und Privatsphäre.

Meine Hausmagd schwankt die ganze Zeit zwischen Belustigung und Befremdung angesichts meines Verhaltens.

»Dort, wo ich herkomme, wasche ich mich selbst«, zische ich zwischen zusammengebissenen Zähnen hervor, während sie meinen rechten Arm anhebt und mich unter den Achseln wäscht.

»Dann müsst Ihr aus einem weit entfernten Land stammen, Herrin.«

»Aus Deutschland«, sage ich, ohne darüber nachzudenken.

Peppina blinzelt. »Woher bitte?«

Ups. Siedend heiß fällt mir ein, dass es das mir bekannte Deutschland zu jener Zeit noch gar nicht gibt. Vielmehr ist es ein Flickenteppich aus Kleinstaaten, Fürstentümern und Territorien der Kirche, die gemeinsam ein riesengroßes Reich bilden. Beherrscht wird das Ganze von einem Kaiser, aber ich habe keinen blassen Schimmer, wer 1478 gerade an der Macht ist.

»Aus dem Heiligen Römischen Reich Deutscher Nation«, sage ich schnell, als mir der richtige Name einfällt, und Peppinas Miene hellt sich auf.

»Ihr habt diesen schönen hellen Teint der Frauen des Nordens«, sagt sie zustimmend, als wäre dies eine besondere Auszeichnung. Mit einem weichen Baumwolltuch trocknet sie mich ab, und ich reiße es ihr förmlich aus den Händen, um mich damit zu bedecken. Morgen muss ich mich durchsetzen und diese erniedrigende Prozedur verhindern. Sie hält mich für ihre Herrin, und somit kann ich ihr doch auch befehlen, dass sie mich nicht waschen darf. Aus, Ende, basta. Ich kann das prima selbst erledigen. Als ich einen Blick in den fleckigen Spiegel werfe, ist von meinem gepriesenen *nordischen Teint* keine Spur mehr übrig. Meine Wangen glühen knallpink, und der Spiegel verzerrt meine Gesichtszüge, bis ich aussehe wie ein Damenporträt von Picasso. Ganz zu schweigen von meinem Haar, das sich wie ein silberblondes Vogelnest auf meinem Kopf türmt. Ich stöhne gequält auf und greife mit meinen Händen hinein.

»Sobald der Kupferschmied die Wanne liefert, wasche und pflege ich Euer Haar, bis es glänzt wie gesponnenes Gold«, verspricht Peppina hastig.

Hat sie gerade *Haarewaschen* gesagt? Das klingt wie Musik in meinen Ohren. Ich nicke begeistert, und sie wirkt zufrieden. Sie nutzt meine Unachtsamkeit geschickt aus und zieht mir ein wadenlanges weißes Hemd über den Kopf.

»Bis meine Schwägerin kommt, muss es eine Camicia tun«, sagt sie schulterzuckend und legt mir das Umschlagtuch sorgsam um die Schultern. Mit Camicia meint sie wohl das Unterkleid. Ich schnappe mir die Strumpfhose und ziehe sie wieder an, weil es ziemlich frisch ist. Eine Blasenentzündung ist das Letzte, was ich gerade gebrauchen kann. Als Nächstes schiebt mich Peppina an ein Tischchen am Fenster und beginnt mit dem Bürsten und Kämmen meiner Haare. Ich schließe die Augen und döse ein, während Peppina auf meinem Kopf herumfuhrwerkt. Als sie fertig ist, fahre ich vorsichtig mit den Händen darüber. Verschwunden ist meine morgendliche Zottelmähne. Stattdessen ertaste ich viele geflochtene Haarstränge. Ich schnappe mir mein Täschchen, das ich am vergangenen Abend achtlos neben das Bett habe fallen lassen, und krame den kleinen Spiegel hervor. So gut wie möglich begutachte ich meine neue Frisur.

»Peppina, das ist ja wunderhübsch!« Sie hat wirklich ganze Arbeit geleistet und meine langen Haare in komplizierte Zöpfe geflochten. Ich will ja nichts sagen, aber mein Look erinnert stark an die drei Grazien in *La Primavera,* was mich unwillkürlich total begeistert.

Peppina wirkt geschmeichelt und fingert noch ein Weilchen am Knoten an meinem Hinterkopf herum. »Würdet Ihr nur Perlenschnüre oder einige Haarbänder besitzen …«, murmelt sie gedankenverloren. »Sobald Euer Haar gewaschen ist, werde ich die seitlichen Partien in Locken legen. Wie trägt man das Haar in Eurer Heimat?«

»Schlicht«, antworte ich schnell. »Eine Frisur wie diese habe ich dort noch nie gesehen. Aber ich bin begeistert.«

Sichtlich zufrieden begleitet mich Peppina nach unten. Das Frühstück nehme ich im Speisezimmer ein und lerne die Köchin kennen. Gloria ist um die fünfzig und eine kugelrunde rotwangige Naturgewalt. Sie serviert mir einen Teller mit einem undefinierbaren weißen Brei.

»Was genau ist das?«, frage ich vorsichtig und hoffe, nicht unhöflich zu sein.

Resolut stemmt Gloria die Arme in die Hüften. »Hirsebrei, gekocht mit Mandelmilch. Zur Fastenzeit halten wir uns in diesem Haus daran.« Sie mustert mich streng, und ich nicke ergeben. Na gut. Wahrscheinlich muss ich froh sein, dass mir nicht nur Wasser und Brot vorgesetzt wird.

Unter Glorias strengem Blick koste ich vorsichtig einen Löffel voll – es schmeckt köstlich. Die Marzipannote der Mandeln ist unverkennbar, und der Brei ist angenehm süß. Meine erste kulinarische Erfahrung im Jahr 1478 verbuche ich als Erfolg. Und jetzt erst merke ich, wie hungrig ich bin. Am Tag zuvor habe ich nichts gegessen, auch wenn mir durch die Zeitreise einige Stunden abhandengekommen sind. Zufrieden beobachtet Gloria, wie ich zulange. Nur meinen geliebten Morgenkaffee vermisse ich schmerzlich. Aber um eine Tasse Kaffee genießen zu können, muss Kolumbus erst Amerika entdecken.

»Haben wir Tee im Haus?«, frage ich Gloria hoffnungsvoll. Wenn es schon keinen Kaffee gibt, tut es notfalls auch Schwarztee.

Der Köchin fallen fast die Augen aus dem Kopf. »Tee, Herrin?«

Kurz bin ich verunsichert. In jener Zeit ist Tee doch bekannt, oder etwa nicht? Habe ich wieder ein unbekanntes Fremdwort benutzt?

»Tee ist unfassbar teuer. Wir hatten nie Tee im Haus.« Gloria klingt so entsetzt, als hätte ich sie nach Arsen gefragt, um Leos Essen zu verfeinern.

»Oh sorry … äh … ich meine, Verzeihung! Ich werde mit meinem Gemahl darüber sprechen.« Ein dumpfes Pochen setzt sich hinter meinen Schläfen fest, und ich presse die Finger dagegen.

*Ganz ruhig, Rosalie, dein Aufenthalt im fünfzehnten Jahrhundert ist ja nicht für immer*, sage ich mir. An diese Hoffnung klammere ich mich zumindest. Niemand kann mit Gewissheit sagen, ob wir zurück in unsere Zeit können. Ob *La Primavera* sich wirklich regeneriert und wieder zu einem Zeitreiseportal wird, wenn wir es schaffen, Lorenzo zu retten?

Den Vormittag verbringe ich allein und erkunde die Zimmer meines neuen Zuhauses. Unsere Vorgängerin Monna Bartolomea hat uns drei gebundene Bücher hinterlassen, was mich zunächst begeistert, aber dann entdecke ich, dass sie alle auf Latein verfasst sind, und meine Stimmung sinkt. Gibt es in dieser Zeit tatsächlich Menschen, die zum reinen Vergnügen lateinische Texte lesen? Oder sind das nur Beweise für angeblich gute Bildung, die im Regal verstauben wie bei uns die gesammelten Werke von Goethe oder Shakespeare?

Das Nähzimmer für die Dame, wie Botticelli es bezeichnet hat, ist ein unauffälliger Raum. Er ist karg und schmucklos und hat weder Stofftapeten noch Holzvertäfelungen an den Wänden. Und nichts lässt irgendwie auf eine Betätigung schließen, die mit Nähen zu tun hat. Der Wohnraum gefällt mir deutlich besser. Er ist behaglich und das hellste Zimmer im Haus.

Zu jeder vollen Stunde läuten die Kirchen in der Umgebung mit voller Power. Die Geräusche gehen mir durch Mark und Bein, und die Butzenscheiben vibrieren. Dem Lärmpegel nach zu schließen, sind wir in dieser Gegend von Kirchen umzingelt. Ich nehme mir vor, die Umgebung näher zu erkunden.

Als es zwölf Uhr läutet, trifft Peppinas Schwägerin ein, Monna Fiametta. Fiametta ist Mitte zwanzig, rundlich und hat nach eigenen Angaben neun Kinder. Das kann ich gar nicht glauben, und die beiden Frauen kichern angesichts meiner ungläubigen Miene.

»Ich habe mit vierzehn geheiratet. Wie alt seid Ihr selbst, Kindchen? Siebzehn oder achtzehn? Und auch schon verheiratet.«

Mir klappt der Mund auf. Sie denkt, ich sei ein Teenager? Dabei bin ich schon zwanzig. Sehe ich wirklich noch so kindlich aus? Ich bin ein bisschen beleidigt, während Fiametta um mich herumschreitet und meine Figur begutachtet.

»Ihr seid sehr ansehnlich, Madonna, selbst im Unterkleid. Schlanker, wohlgeformter Wuchs, helle Haut und ein ausnehmend schönes Gesicht. Dazu das blonde Haar … Eure Eltern hatten bestimmt keine Schwierigkeiten, Euch zu verheiraten, hm?« Sie kneift mir in die Wange.

Da mir beim besten Willen keine Erwiderung darauf einfällt, halte ich einfach den Mund. Fiametta scheint sowieso keine Antwort zu erwarten. Sie umrundet mich noch einmal und gibt zustimmende Brummlaute von sich. Ich fühle mich wie eine Kuh auf dem Markt, deren Wert geschätzt werden soll. Endlich ist sie mit ihrer Musterung fertig und holt ein Kleid hervor, das sie für mich mitgebracht hat.

»Wir haben hier eine tadellose Gamurra aus feinster englischer Wolle für das Tragen im Haus. Nichts Außergewöhnliches, aber so gut wie neu.«

Ohne große Umstände zieht sie mir das Gewand über den Kopf. Die Wolle ist zartblau und erstaunlich schwer – dieses Kleid besteht aus einer Menge an Stoff. Das Mieder wird vorn an der Brust geschnürt, sodass das weiße Unterkleid zu sehen ist, und der eckige Ausschnitt gibt ziemlich viel Dekolleté preis. Von züchtiger Schamhaftigkeit will die Mode hier wohl nicht viel wissen. Das Kleid sitzt dank des Mieders, das nach Bedarf enger geschnürt werden kann, überraschend gut, auch wenn der voluminöse Rock dringend gekürzt werden muss. Fiametta scheint ebenfalls zufrieden zu sein. Mit Nadeln steckt sie die Änderungen ab und hilft mir dann vorsichtig wieder aus dem Kleid.

»Ich übernehme Arbeiten für den hochgeschätzten Schneider Mariano, der bereit ist, Eure Ausstattung anzufertigen. Die noblen Damen der Stadt reißen sich um seine Entwürfe, aber Ihr könnt mir danken, dass er bereit war, für Euch zu arbeiten.« Fiametta mustert mich scharf, wie um zu prüfen, ob ich auch ausreichend dankbar reagiere. Vielleicht erhofft sie sich auch nur ein Trinkgeld für ihre Vermittlungsdienste. Ich verspreche, dass sich mein Gatte für ihre Mühen gebührend erkenntlich zeigen wird. Ich habe schließlich kein Geld, und es war Leos Einfall, mich von einem Nobelschneider ausstaffieren zu lassen.

Den Nachmittag verbringen Peppina und Fiametta, emsig tratschend, mit der Abänderung meines Kleids. Sie sitzen auf der hellen Fensterbank im Schlafzimmer und nutzen das Tageslicht für die Handarbeit. Ich sitze daneben und lausche dem Klatsch über die Florentiner Bürger. Es macht Spaß, ihnen zuzuhören, und lenkt mich ab. Sie sprechen über ihre Nachbarn, die unerhörten Preise, die Messer Roberto für seine Eier verlangt, und den neugeborenen Sohn des Metzgers. Das Geplauder erinnert mich an meine Großmutter und ihre Kaffeekränzchen, an denen ich früher oft teilgenommen habe. Mein nagendes Heimweh wird schwächer, und mich überkommt ein warmes Gefühl der Geborgenheit.

Irgendwann wird es mir aber unbequem. Langsam, aber sicher muss ich auf die Toilette. Ich versuche den Drang zu unterdrücken, bis ich allein bin und mir ungestört eine Möglichkeit suchen kann. Auf gar keinen Fall will ich jetzt den Nachttopf hervorholen.

Nach einer Weile blickt Fiametta von ihrer Arbeit auf und mustert mich. »Warum zappelt Ihr so herum?«

Sofort setze ich mich aufrecht hin und falte die Hände im Schoß. »Ich zappele nicht herum«, entgegne ich hoheitsvoll.

Fiametta schnalzt nur abfällig mit der Zunge. »Ihr windet Euch jetzt schon seit einer halben Stunde, als hättet Ihr Euch auf ein Wespennest gesetzt.«

Mein Gesicht wird rot, und ich senke den Blick auf meine verschränkten Hände. »Wo finde ich denn die Toilette?«

Fiametta und Peppina starren mich an. Zu spät fällt mir auf, dass die beiden mit dem Begriff *Toilette* nichts anfangen können. Gott, das wird ja immer peinlicher!

»Ich meine … wo kann ich mich erleichtern?«, stammele ich.

Jetzt wirken die beiden Frauen regelrecht entsetzt. Schließlich reißt sich Peppina zusammen. »Der Abtritt befindet sich im Hof, hinter dem Haus«, sagt sie und mustert mich ganz merkwürdig, wie um zu überprüfen, ob ich noch alle Tassen im Schrank habe.

Abtritt, wunderbar! Ich habe zwar keine Ahnung, was das sein soll, doch ich stehe eilig auf und entschuldige mich. Mit geschürzten Röcken eile ich ins Erdgeschoss.

In der Küche ist Gloria gerade summend beim Rübenschälen. Sie hebt den Kopf, als ich in den Raum rausche.

»Benötigt Ihr Hilfe, Herrin?«

Mein Kopf ist inzwischen bestimmt puterrot, aber ich muss so dringend aufs Klo, dass es mir völlig egal ist.

»Ich muss auf den Hof«, japse ich und steuere auf die Tür zu, die zum Hinterausgang des Hauses führt. Ich höre Gloria noch etwas sagen, doch ich bin schon nach draußen geflitzt. Der Hof ist winzig und zu allen Seiten von mehrstöckigen Gebäuden umgeben. Eine Wäscheleine spannt sich von der einen zur anderen Seite, und in der hinteren Ecke entdecke ich einen Holzverschlag. Na, wenn das nicht der Abtritt ist!

Als ich die Tür öffne, verschlägt es mir den Atem. Der beißende Gestank nach Fäkalien und Urin steigt mir in die Nase. Doch inzwischen bin ich zu verzweifelt, um zimperlich zu sein. In Höchstgeschwindigkeit erledige ich mein

Geschäft und stolpere dann nach Luft ringend aus dem Kabuff.

Mittlerweile fühle ich mich völlig auf dem Boden der Tatsachen angekommen. Und mir wird klar, dass es hier noch einiges für mich zu lernen gibt. Natürlich habe ich im Studium viel über Geschichte gelernt, aber niemand hat sagt: *Und übrigens, die Toiletten hießen zuzeiten der Renaissance Abtritt und waren schmuddelige, stinkende Plumpsklos im Hinterhof.*

Leo kommt am frühen Abend zurück, kurz nachdem die Glocken zum Gebet geläutet haben, zum hundertsten Mal an diesem Tag, wie es mir vorkommt. Peppina hat die verschiedenen Gebetszeiten mehrmals erwähnt, doch ich kann sie mir weder merken, noch der richtigen Uhrzeit zuordnen.

Als Leo den Wohnraum betritt, zieht sich Peppina eilig in die Wirtschaftsräume im Erdgeschoss zurück, um uns allein zu lassen. Bei Leos Anblick klappt mir die Kinnlade herunter. Er ist in ein komplettes Renaissance-Outfit gekleidet und sieht darin vollkommen verwandelt aus. Zu einem Wams aus smaragdgrünem Samt trägt er eine helle Kniebundhose aus Leder und Stiefel. Ein Dolch in einer ledernen Scheide ist um seine Hüften gegürtet, und auf dem Kopf sitzt mit kühnem Schwung ein rotes Barett. Eigentlich eine alberne Aufmachung, doch Leo sieht fantastisch aus. Die engen Beinkleider betonen seine Waden, die verboten wohlgeformt und muskulös sind. Es scheint, als sei er für diese prächtige Kleidung geboren. Dagegen gebe ich in meinem faden Wollkleid einen traurigen Anblick ab. Nervös fummele ich an den Bändern des Mieders herum und vermeide es, ihn länger anzustarren.

Leo ist bester Laune. Mit erhobenem Kopf stolziert er ins

Zimmer und geht ein paarmal vor mir auf und ab. Grinsend zieht er sich das Barett vom Kopf und verneigt sich mit übertriebener Geste.

»Na, was sagst du?«

Ich lächele zögernd. »Nicht schlecht.«

Er zieht die Augenbrauen hoch und macht ein empörtes Gesicht. »Nicht schlecht? Na, hör mal! Ich habe den halben Tag in einer stickigen Schneiderwerkstatt verbracht und mich von Nadeln und Maßbändern malträtieren lassen. Ich finde mich todschick.«

»Bei dir ist es sicher nicht schlimmer gewesen als bei mir. Die Schneiderin war hier und hat die reinste Fleischbeschau veranstaltet.«

»Ich dachte, du freust dich darüber. Gestern warst du wegen deiner Klamotten doch noch ziemlich verunsichert.« Er wirkt ehrlich verwirrt.

Ich schnaube. *Ziemlich verunsichert?* Also wirklich. Das gestern Abend war ein hundertprozentiger Nervenzusammenbruch, und ich wäre wahrscheinlich sogar wegen einer Laufmasche in der Strumpfhose in Tränen ausgebrochen.

»Gestern war alles ein bisschen zu viel für mich«, gebe ich schließlich zu und erwidere trotzig seinen Blick. »Mein ganzes Leben hat sich auf den Kopf gestellt, und am Ende des Tages bin ich hier gelandet, in dieser völlig fremden Welt. Ich hatte Angst.«

Leo lässt sich auf einen Stuhl fallen und streckt die langen Beine aus. »Tut mir leid«, sagt er schließlich widerstrebend. »So etwas ist mir auch noch nie passiert, es ist eine absolute Ausnahmesituation, und ich war keine große Hilfe für dich – eher das Gegenteil.« Mit gespreizten Fingern fährt er sich durch das Haar und zieht eine Grimasse. »Ich war einfach so sauer, weil ich nicht wollte, dass du in dieses Chaos hineingezogen wirst. Für dich ist das alles noch neu, und jetzt muss ich mir um dich auch noch Sorgen machen, während ich mich eigentlich auf die Mission konzentrieren sollte.«

Seine Worte überraschen mich. Sie kommen einer echten Entschuldigung erstaunlich nahe, auch wenn er ganz klar durchklingen lässt, dass er mich als Klotz am Bein sieht.

»Du musst dir keine Sorgen um mich machen, ich komme schon zurecht.«

Statt zu antworten, reibt sich Leo mit den Händen über das Gesicht und stößt einen tiefen Seufzer aus.

Ich setze mich auf den Stuhl neben ihm und lehne mich zu ihm hinüber. »Ich helfe dir, Lorenzo zu retten. Erzähl mir, was du heute herausgefunden hast!«

»Nicht sonderlich viel«, gibt er widerstrebend zu. »Ich hatte gehofft, dass mir der Name meiner Familie die Türen öffnet, aber offenbar sind wir in dieser Zeit nur unbedeutende Herren des Castello in Castelfalfi. In der Familienchronik heißt es zwar, dass ein Mitglied meiner Familie durch besondere Verdienste um die Stadt Florenz von Lorenzo die Hoheit über die Ländereien und das Dorf Castelfalfi erhielt, doch das liegt von hier aus gesehen wohl noch in der Zukunft. Jetzt bin ich Bankier, einer von vielen, mit einer Leidenschaft für Kunst und Antike. Zumindest ermöglicht uns das hinterlegte Geld einen gehobenen Lebensstil und sollte uns über kurz oder lang den Zugang zu den Kreisen der Medici ermöglichen.«

Er verstummt, als Peppina hereinhuscht und uns warmen Gewürzwein serviert. Ich nippe vorsichtig, und der Geschmack erinnert mich an Glühwein. Wohlige Wärme breitet sich in meinem Körper aus. Im Frühling wird es abends noch immer empfindlich kühl, vor allem ohne Zentralheizung. Die einzige Wärmequelle sind Kamine und

Öfen, die von Hand beheizt werden. Peppina schürt das Feuer im Kamin, und ich halte meine Füße näher an die Flammen heran.

»Das Nachtmahl wird in Kürze aufgetragen«, sagt sie noch und verlässt langsam rückwärts das Zimmer.

»Sie ist neugierig«, bemerkt Leo, nachdem sich die Tür hinter ihr geschlossen hat.

Ich zucke mit den Achseln. »Ich mag sie. Aber du hast wohl mehr Erfahrung mit Bediensteten.«

Leo quittiert meinen fragenden Blick mit einem Augenrollen. »Keine Ahnung, was du gehört hast, aber meine Familie pflegt längst keinen hochherrschaftlichen Lebensstil mehr.«

»Ich weiß so gut wie gar nichts über dich«, gestehe ich, doch er schweigt dazu. Na gut, wie er meint. Ich nehme einen tiefen Schluck Gewürzwein und komme auf unser ursprüngliches Thema zurück.

»Falls wir Zugang zu Lorenzos Kreisen finden … wie verhindern wir dann, dass er dem Attentat zum Opfer fällt?« Bei unserem Vorhaben steckt der Teufel im Detail, und ich habe eine Ahnung von Spielregeln, die ich noch nicht kenne.

»Die Sache ist kompliziert. Das Attentat der Pazzi-Verschwörer findet am Ostersonntag statt, während des festlichen Gottesdiensts im Dom. Die Kirche wird voll sein, und wir müssen uns in Lorenzos Nähe aufhalten, um einschreiten zu können. Aber als völlig Fremde werden wir es nie so weit nach vorn schaffen, verstehst du? Das Gefolge schirmt Lorenzo vom Pöbel ab, und wir müssen sicherstellen, dass wir von Anfang an dazugehören und mit Lorenzo zusammen den Dom betreten.«

»Und das klappt nur, wenn wir uns mit ihm anfreunden.

Dafür musst du aber erst die richtigen Leute kennenlernen, die dich Lorenzo vorstellen, richtig?«

Leo nickt. »Wir sollten so schnell wie möglich in Lorenzos Dunstkreis gelangen. Ich hoffe, dass ich dadurch Lucian Morell oder seine Helfer schon vor dem Tag des Attentats enttarnen kann. Hoffentlich macht er Fehler, die ihn verraten.«

»Meinst du?«

»Ja, Zeitreisende machen in der Vergangenheit immer Fehler, das ist unvermeidlich.«

Da fühle ich mich gleich besser, weil ich heute ständig moderne Wörter benutze und ständig *Hä?* anstatt *Wie bitte?* sage. »Wie viel Zeit haben wir noch bis zum Ostersonntag?«, frage ich.

»Gestern, am neunundzwanzigsten März, sind wir hier gelandet, das heißt, wir haben genau vier Wochen Zeit. Der Ostersonntag ist der sechsundzwanzigste April.«

Mein Magen verkrampft sich, und die weinselige Wärme in meinem Innern verpufft. Vier Wochen. Das klingt im ersten Moment irre lang. Ich war noch nie so lange von zu Hause fort. Gleichzeitig frage ich mich, wie wir es in dieser Zeit schaffen sollen, Teil von Lorenzos Hofstaat zu werden. Die Medici sind nicht erst seit gestern die Herren der Stadt und bestimmt nicht super aufgeschlossen gegenüber Fremden, die von heute auf morgen ihre besten Freunde werden wollen. Das empfindliche Gleichgewicht ihrer Macht beruht auf Wahlbestechung, Diplomatie und feindlichen Intrigen. Jeder neidet ihnen ihre Vormachtstellung, vor allem in Florenz, einer Stadt, die sich als Republik versteht. Alleinherrscher waren hier noch nie sonderlich beliebt.

»Ich finde schon eine Möglichkeit«, erklärt Leo kämpferisch und mustert mich mit ernster Miene.

Ich nicke. Im Licht des Kaminfeuers glühen seine Augen mit unheimlicher Intensität, und mir wird wieder flau im Magen. Rasch trinke ich einen weiteren Schluck von dem warmen Gewürzwein. »Und wie kann ich mithelfen?«

»Du solltest eigentlich gar nicht hier sein«, erklärt Leo ohne Umschweife. »Derzeit kannst du ehrlich gesagt nicht viel tun. Am besten unterstützt du mich, indem du hier bleibst und dich ruhig verhältst. Dann kann ich mich auf das Notwendige konzentrieren und muss mir keine Sorgen machen.«

Unter normalen Umständen wäre dieser Vorschlag genau in meinem Sinn. Ich bin eine Frau, die den Ball flach hält und anderen die gefährlichen Aufgaben überlässt. Aber zum ersten Mal in meinem Leben befinde ich mich in einer Extremsituation, und alles in mir sträubt sich dagegen, tatenlos dazusitzen und Däumchen zu drehen. Vor allem, nachdem mir schon nach einem Tag in diesem Haus die Decke auf den Kopf zu fallen droht. »Irgendetwas muss ich doch tun können«, beharre ich. »Soll ich mich in der Nachbarschaft umhören oder Botticelli fragen, ob er uns mit Lorenzo bekannt macht?«

Leo versteift sich. »Rosalie, du kennst dich in dieser Welt nicht aus. Wer weiß, was du alles anrichten könntest! Wir dürfen hier nichts verändern, und auf gar keinen Fall darfst du unabsichtlich Chaos stiften. Ich war schon mehrere Male hier und weiß, wovon ich spreche. In dieser Zeit ist es gefährlich für Frauen, und den besten Schutz bieten die eigenen vier Wände.«

Unwissentlich schürt er gerade einen Kampfgeist in mir, von dessen Existenz ich selbst noch gar nichts wusste. Ich bin also immer noch das blonde Dummchen, das sich nicht auskennt, dem Leo nicht zutraut, dass es sich in dieser fremden Welt allein zurechtfindet. *Du kannst mich mal, Leopoldo Oberidiot von Macho!*

»Du verlangst also von mir, für die nächsten vier Wochen hier im Haus zu sitzen und dich machen zu lassen.«

»Ja, genau das meine ich.« Er wirkt erleichtert und scheint meinen ruhigen Tonfall völlig falsch zu verstehen. Er lächelt mich sogar an.

Unvermittelt erhebe ich mich und drehe ihm demonstrativ den Rücken zu, während ich aus dem Fenster auf die Straße hinunterblicke. Ich bin so sauer, dass mir die Worte fehlen, aber das ist im Moment vielleicht auch besser so. Keine Ahnung, was ich ihm sonst alles an den Kopf werfen würde.

Zum Glück kommt im nächsten Moment Peppina wieder ins Zimmer und verkündet, dass das Abendessen fertig ist.

Während des Essens herrscht angespannte Stille am Tisch. Leo mustert mich mit nachdenklicher Miene, so als zerbräche er sich den Kopf darüber, was um Himmels willen er wohl Falsches gesagt hat. Seinem unzufriedenen Gesichtsausdruck nach zu schließen, kommt er wohl selbst nicht drauf. *Blödmann.* Verbissen löffele ich den reichhaltigen Gemüseeintopf, der genau wie das Frühstück ausgezeichnet schmeckt. Ich weiß, dass das Salz in dieser Zeit sehr teuer ist, aber das Gericht ist so gekonnt mit Kräutern und einer winzigen Prise Safran gewürzt, dass ich überhaupt nichts vermisse. Dazu steht eine Karaffe Rotwein aus Montalcino auf dem Tisch, von dem ich mir einen großen Becher eingieße.

Anders als am Abend zuvor ist mir überdeutlich bewusst, dass Leo neben mir im Bett liegt. Er ist kurz nach mir ins Schlafzimmer gekommen und hat die Kerzen gelöscht. Jetzt liege ich stocksteif auf dem Rücken und gebe entspannte

Schlafgeräusche von mir. Dabei lausche ich angestrengt und versuche zu erkennen, ob Leo schon schläft.

Warum ist mir am vorigen Abend nicht aufgefallen, wie dicht wir nebeneinander liegen? Obwohl das Bett so wuchtig ist, bietet es erstaunlich wenig Platz für zwei Personen, und als sich Leo plötzlich umdreht, liegt er halb auf mir. Klasse, einsame Spitze! Sein linker Arm liegt auf meinem Bauch, und ein Bein schiebt sich über meinen Oberschenkel. Er ist warm und erstaunlich schwer. Ich will mich herauswinden, doch sein Arm bleibt auf mir liegen wie ein Bleigewicht. Immerhin kann ich mir jetzt sicher sein, dass er schläft. Im Wachen hätte er sich bestimmt nicht so an mich gekuschelt. Mir ist das Ganze entschieden zu intim. Okay, Leo und ich sitzen im selben Boot, aber rein praktisch betrachtet sind wir noch immer Fremde. Abgesehen von seinen zahlreichen Charakterschwächen weiß ich so gut wie nichts über ihn. Außerdem bin ich keine Frau, die mit fremden Typen im Bett kuschelt. Als er im Schlaf leise seufzt, wende den Kopf zu ihm hinüber. Ringsum ist es stockdunkel, und ich kann nichts erkennen, aber sein Atem streift mir warm über die Wange. Allerdings fühle ich mich so erledigt, dass ich mich in mein Schicksal ergebe. Leos Nähe bringt zudem den unerwarteten Vorteil mit sich, dass mir endlich warm wird. Ich drücke meine kalten Zehen an seine Füße. Er zuckt leicht zusammen, aber das ist sein Pech, und ich kuschele mich tiefer in die Kissen. Mit der Zeit beruhigt sich mein Herzschlag, und ich drifte ab in den Schlaf.

# Kapitel 10

## *Mercato Vecchio*

Ich träume lebhaft in dieser Nacht und kehre in das Gemälde auf Professor Kippings Dachboden zurück.

*Wieder bin ich die geflügelte Frauengestalt, doch diesmal ist etwas anders. Ich kann mich nicht bewegen. Eine feine Goldkette umschlingt meinen gesamten Körper, zurrt mein mächtiges schwarzes Schwingenpaar schmerzhaft fest und fesselt mich von oben bis unten wie einen Truthahn. Meine Blicke folgen dem Verlauf der Kette, und ich entdecke, dass sie an der Wappenkette des Löwen endet. Der liegt selig schnarchend zu meinen Füßen und zuckt im Schlaf mit den pelzigen Ohren. Von dem Greif ist weit und breit keine Spur zu sehen. Na toll, wenn ich einmal ein Fabelwesen gebrauchen könnte, ist es wie vom Erdboden verschluckt. Mit dem Fuß stoße ich den Löwen an und gerate dabei gefährlich ins Wanken.*

*»Was ist denn?«, gähnt er träge, ohne die Augen zu öffnen.*

*»Binde mich los! Sofort!«, verlange ich zornig.*

*»Nein.«*

*»Was soll das heißen … nein? Dies ist mein Gemälde, du bist nur eine Assistenzfigur. Du hörst gefälligst auf mich!«*

*»Zu gefährlich.« Er reißt das Maul auf und gähnt ausgiebig. Speichel tropft von seinen mächtigen Fangzähnen und den*

*schwarzen Lefzen. »Das ist zu deiner eigenen Sicherheit, glaub mir. Und jetzt sei brav und lass mich schlafen!«*

*»Wo ist der Greif?«*

*»Die lispelnde Vogelscheuche steht gerade leider nicht zu deiner Verfügung, meine Herrin und Gebieterin. Außerdem kann er dir nicht helfen.« Der Löwe kichert müde und rollt sich zusammen. Dabei zerrt er so heftig an der Kette, dass ich beinahe umfalle. Laut schimpfend kämpfe ich um mein Gleichgewicht.*

»Rosalie.« Jemand rüttelt an meiner Schulter. »Wach auf!«

»Mhhh, was?«

»Bist du wach?«

Blöde Frage! Natürlich bin ich wach und strecke mich ausgiebig. »Ja, bin wach.« Allerdings kann ich mich nicht dazu überwinden, die Augen zu öffnen. Ich bin zu müde.

»Mach die Augen auf und sag das noch mal!«, verlangt Leo.

Also so was! Ich grummele protestierend, öffne aber blinzelnd die Augen. Leo sitzt halb aufgerichtete neben mir im Bett und beugt sich über mich. Er lächelt, und seit ich ihn kenne, erreicht dieses Lächeln zum ersten Mal seine Augen. Meine Müdigkeit ist sofort wie weggeblasen. Völlig bedröppelt starre ich nach oben in sein Gesicht und kann nicht fassen, wie gut er aussieht. Der warme Glanz in seinen Augen verleiht ihm eine völlig neue Facette. Ich erkenne sogar zwei Grübchen in seinen Wangen.

»Ah, du bist wirklich wach. Gerade eben hast du noch geschlafen und geplappert wie ein Wasserfall. Du redest im Schlaf.«

Ich erröte, obwohl ich mich nur noch undeutlich an den merkwürdigen Traum erinnere.

»Was … ähm … was habe ich denn gesagt?«

Sein Lächeln vertieft sich. »Du hast irgendjemandem befohlen, dich loszubinden, und dich mehrmals nach einem Greif erkundigt.« Er hebt die Brauen.

Stöhnend ziehe ich mir die Decke über das Gesicht. Zum ersten Mal höre ich so etwas über mich. Wie kann es sein, dass Lara seit Jahren bei mir übernachtet und noch nie erwähnt hat, dass ich im Schlaf rede? So etwas hätte ich wissen müssen!

»Verrätst du mir, was du geträumt hast?«, fragt Leo in einschmeichelndem Tonfall. Er stützt sich auf einen Ellbogen und betrachtet mich von oben.

Ich hebe die Schultern. »Außer ein paar Fetzen ist mir nichts in Erinnerung geblieben.«

Leo schmunzelt. »Wahrscheinlich hast du von dir selbst geträumt. Dein Nachname Gryphius bedeutet auf Latein ja Greif.«

Lächelnd stimme ich ihm zu. Ich weiß nicht warum, aber es widerstrebt mir, Leo von meinem Traum zu erzählen, genauer gesagt von dem Gemälde, das für den ganzen Schlamassel verantwortlich ist.

Leo verschwindet im Ankleidezimmer, und ich höre Wasser plätschern, während es an der Tür klopft und Peppina hereinhuscht. Sie schlägt für mich die Bettdecke zurück und legt mir fürsorglich ein Tuch gegen die morgendliche Kühle um die Schultern. Dann macht sie sich über mein Haar her. In Rekordzeit verwandelt sie meine Mähne in ein geflochtenes Kunstwerk, während sich Leo nebenan ankleidet.

Nach dem Frühstück verlasse ich allen Verboten zum Trotz das Haus. Ich werde schon keinen Volksaufstand auslösen. Und außerdem kennt mich hier sowieso niemand. In dem einfachen Kleid sieht mir keiner an, dass ich die Rolle einer wohlhabenden Ehefrau spielen soll. Ungeschminkt und ohne aufwendigen Putz sehe ich aus wie jede andere Frau in Florenz und habe mir sogar ein Tuch um den Kopf gebunden.

Die Neugier treibt mich nach draußen. Ich bin überrascht von mir selbst. Entgegen meiner üblichen Verhaltensweisen ziehe ich den Kopf nicht ein und ducke mich nicht, bis alles vorbei ist. Ich höre nicht auf Leo, der will, dass ich im Haus bleibe. Aber wie könnte ich auch. Dort draußen wartet eine fremde, faszinierende Welt auf mich, die meine kühnsten Träume übersteigt. Ich habe die Möglichkeit, live in die Vergangenheit einzutauchen, und könnte es mir nie verzeihen, wenn ich diese Gelegenheit aus Feigheit verstreichen ließe.

Als ich durch die Haustür nach draußen trete, bleibe ich einen Moment lang stehen und atme durch. Die Luft ist frisch und klar, und obwohl die Via Nuova durch die vielen hohen Bauten fast wie ein Tunnel wirkt, schaffen es einige Sonnenstrahlen, zu mir vorzudringen. Es ist ruhig, und ich sehe kaum Menschen auf der Straße. Eine rote Tigerkatze mit struppigem Fell streift um eine Häuserecke und verschwindet, als sie mich entdeckt. Ich raffe das Tuch enger um die Schultern und gebe mir einen Ruck. Wie von selbst führen mich meine Schritte zum Nachbarhaus. Die Tür zur Werkstatt ist nur angelehnt, und von innen höre ich gedämpfte Stimmen und Geklapper. Eine Weile stehe ich unentschlossen vor der Schwelle. Mein gerade entfachter Mut hat mich schon wieder verlassen … war ja klar.

Plötzlich wird die Tür aufgestoßen, und ich kann gerade noch nach hinten ausweichen. Eine Kinderschar stürmt nach draußen. Die Jungen sind alle unterschiedlich alt, manche schon Teenager, andere noch sehr kindlich. Ihnen folgt eine

Frau mittleren Alters, deren Haar bereits von grauen Strähnen durchzogen ist.

»Jetzt sputet euch aber! Und benehmt euch! Ich will nicht wieder erleben, dass euch Fra Girolamo mit der Rute züchtigen muss. Obwohl ihr es alle verdient hättet.« Mit weiteren Drohungen treibt sie die Jungen vor sich her die Straße entlang. Von mir nimmt niemand Notiz. Während ich der Horde noch hinterherstarre, erscheint ein Mann in der offenen Tür. Er ist klein, hat ein Doppelkinn, und sein Wams spannt sich stramm über dem Bauch. Er ist nicht mehr der Jüngste, ich schätze ihn auf etwa sechzig.

»Diese Lümmel bringen ihre Mutter eines Tages noch ins Grab. Alles meine Söhne«, seufzt er, allerdings nicht ohne einen gewissen Stolz. Unsicher blicke ich mich um, ob er wirklich mich meint, aber außer mir ist niemand in der Nähe. Ich komme gar nicht dazu, ihm zu antworten, denn schon fährt er munter fort. »Zwanzig Mäuler muss ich in meinem Haushalt stopfen. Dazu kommen noch die Mitarbeiter und Lehrburschen meines Bruders, die fressen mir irgendwann die letzten Haare vom Kopf.« Er lacht gutmütig und reibt sich den rundlichen Bauch. »Wer seid Ihr, liebes Mädchen? Ich habe Euch noch nie gesehen.«

Im ersten Impuls will ich mich als Rosalie Gryphius vorzustellen, doch im letzten Moment denke ich daran, meinen neuen Namen zu benutzen. Die Rolle, die ich spielen muss, ist mir noch fremd.

»Mein Name ist Rosalia Orlandi del Mazza, ich bin gerade mit meinem Gatten in das Haus der alten Monna Bartolomea gezogen.«

»Ach, Ihr seid das!« Der Mann mustert mich mit Wohlwollen »Habt meinem Bruder ja gehörig das Oberstübchen durcheinandergepustet. Seit letztem Abend spricht er von nichts anderem als von Eurer Grazie und dem Gleichmaß Eurer Gliedmaßen. Ihn hat offenbar wieder einmal die Muse geküsst. Seid wohl seine neue Simonetta.«

»Simonetta?«, stammele ich und fürchte, mich verhört zu haben.

»Nun, Simonetta Vespucci, die verstorbene Frau von Messer Marco Vespucci im Haus dort hinten. Gott sei ihrer Seele gnädig. Damals hat sie den armen Narren dieser Stadt gehörig den Verstand vernebelt, allen voran meinem kleinen Bruder. Ich sehe in seinen Bildern überall ihr Gesicht, es ist eine Besessenheit.« Er mustert mich mit einer gewissen Besorgnis, hebt dann aber mit schicksalsergebener Geste die Schultern. »Von Sandro habt Ihr nichts zu befürchten, Madonna. Euer einziges Pech könnte sein, dass er Euer Antlitz bis zu Eurem Lebensende auf die Leinwand bannt.«

Während er glucksend lacht, überschlagen sich meine Gedanken, und mein Herz klopft vor Aufregung. Ich – Sandro Botticellis neue Muse? Das kann ich nicht glauben. Der Mann hier ist ganz offensichtlich Botticellis älterer Bruder, ein sehr viel älterer Bruder, denn Sandro ist allerhöchstens Anfang dreißig, während sein Bruder doppelt so alt zu sein scheint.

»Ich bin übrigens Giovanni di Mariano Filipepi. Aber man nennt mich Botticelli.« Wieder lacht er sein vergnügtes, glucksendes Lachen, und sein Doppelkinn wackelt im Takt dazu. »Ihr seid doch bestimmt hier, um meinen Bruder zu besuchen, nicht wahr? Tretet ein, tretet ein! Ich bin ohnehin auf dem Sprung …« Er hält mir die Tür auf und verabschiedet sich mit einem höflichen Tippen an seine bestickte Kappe.

Ich gebe mir einen Ruck und trete über die Schwelle. Im Gegensatz zu meinen letzten beiden Besuchen herrscht an diesem Tag emsige Betriebsamkeit in der Werkstatt. Mehrere junge Männer sind an verschiedenen Staffeleien beschäftigt. Sorgfältig tragen sie Grundierungen auf Tafeln auf, zerstoßen Pigmente und unterhalten sich leise murmelnd, während sie sich über Entwürfe beugen.

Botticelli selbst steht vor *La Primavera* und verfeinert mit locker geführtem Pinsel die Blumenwiese. Neben ihm steht ein junger Mann und beobachtet ihn bei der Arbeit.

Ich räuspere mich, um auf mich aufmerksam zu machen. »Guten Tag.«

Wie vom Blitz getroffen drehen sich alle Anwesenden zu mir um und starren mich an. Sie wirken so verdattert, als wäre ich aus Versehen in das Badehaus eines Mönchsklosters gestolpert. Ein junger Mann lässt sogar den Messlöffel fallen. Oje, vielleicht hätte ich doch nicht kommen sollen Vielleicht bin ich wirklich in verbotenes Refugium eingedrungen, ohne es zu ahnen. Wer weiß, ob Frauen in Malerwerkstätten überhaupt erlaubt sind? Möglicherweise gibt es einen besonderen Verhaltenskodex …

Doch es dauert nur eine Sekunde, dann wandelt sich der verdutzte Ausdruck auf Botticellis Gesicht zu einem herzlichen Lächeln. »Monna Rosalia, wie schön, Euch zu sehen! Habt Ihr Euch schon eingelebt?«

»Ja, danke. Das Haus ist super.« Zu spät fällt mir auf, dass *super* wohl ein Wort auf der Liste unerwünschter Ausdrücke ist, aber jetzt kann ich meine Worte nicht mehr zurücknehmen. »Wie dem auch sei, gerade bin ich Eurem Bruder begegnet.«

»Giovanni«, sagt Botticelli und nickt. »Hat die Bälger wieder einmal durch meine Werkstatt getrieben wie eine Ochsenherde.« Er seufzt abgrundtief. »Sei's drum. Gibt es einen bestimmten Grund für Euren Besuch, meine Liebe?«

Seine Mitarbeiter starren mich noch immer an wie ein exotisches Tier, das aus dem Zoo entlaufen ist.

»Nein, nichts Bestimmtes. Mein Mann ist außer Haus, und ich bin neugierig. Eure Arbeit fasziniert mich.«

Botticellis Augen leuchten auf. »Tatsächlich? Dann kommt doch bitte näher!«

Er kehrt zurück zu der unfertigen *La Primavera*-Tafel, wo der junge Mann noch immer auf ihn wartet. Er hat dichtes schwarzes Haar und nachdenkliche dunkle Augen, die mich mustern.

»Monna Rosalia, darf ich Euch Filippo Lippi vorstellen? Einer meiner trefflichsten Mitarbeiter und mein ehemaliger Lehrling. Filippo, Monna Rosalia ist unsere neue Nachbarin.«

Filippo nickt mir zurückhaltend zu, während ich gucke wie ein Mondkalb. Die Gedanken rattern mir unheimlich schnell durch den Kopf und klappern jede Erinnerung ab, die ich mit großen Künstlern der Renaissance verbinde. Aber es besteht absolut kein Zweifel, dass er es tatsächlich ist. Ich kenne sein Selbstporträt, das sich auf einem Fresko in der Branacci-Kapelle hier in Florenz befindet. Die Ähnlichkeit ist wirklich unverkennbar und sehr gut getroffen.

»Seid Ihr wohlauf, Madonna?« erkundigt sich Botticelli besorgt. »Ihr seht ein wenig unwohl aus.«

Das liegt daran, dass ich die ganze Zeit vor Aufregung die Luft angehalten habe. Ich atme tief durch und fasse mir verwirrt an die Stirn. Was ich hier erlebe, ist einfach zu viel auf einmal. Es überfordert mich, ständig Personen zu begegnen, die ich schon mein ganzes Leben für ihr Werk bewundere und doch nur aus Büchern kenne. Leibhaftige Personen, die leben, atmen und mich bestimmt für verschroben halten. Aber wie soll ich Filippo Lippi und Sandro Botticelli erklären, dass ich aus der Zukunft komme und bei ihrem Anblick hyperventiliere, weil sie in meiner Zeit seit über fünfhundert Jahren tot sind? Weil Leo und ich die wahrscheinlich einzigen Menschen aus dem einundzwanzigsten Jahrhundert sind, die ihnen je leibhaftig begegnen werden. Ich kann ihnen nichts über den Ruhm erzählen, den sie in späteren Jahrhunderten genießen werden. Nichts darüber, dass ihre Arbeiten in Museen auf der ganzen Welt ausgestellt und zu Millionenpreisen gehandelt werden. Im Moment gelten sie wohl eher als Handwerker und werden noch nicht als Künstler betrachtet. Allerdings gibt es zu jener Zeit schon einige Superstars, die von Fürsten protegiert werden. Botticelli ist einer von ihnen, Filippos Vater Fra Filippo Lippi war es einst, und sein Sohn wird es noch werden. Doch an diesem Tag befinden wir uns im Erdgeschoss eines einfachen Florentiner Bürgerhauses. Die Decken sind niedrig, die Fenster mit ölgetränkten Leinentüchern verschlossen, weil Glas zu teuer ist. Rußende Talgkerzen spenden bei schlechtem Wetter Licht, und von draußen weht der Gestank von Unrat und Pferdemist herein.

»Nur ein kurzer Schwindel, keine Sorge«, erkläre ich hastig. »Meint Ihr, ich darf mich setzen und ein wenig zusehen? Bei Eurer Arbeit? Aber ich will nicht stören.« Ich sage das in Hinblick auf die glotzenden Mitarbeiter ringsum.

Botticelli wirkt erstaunt über meine Bitte, und Lippi scheint schlichtweg entsetzt zu sein, doch der Meister nickt. Ich bemerke den verhangenen Blick, mit dem er mich schon am Tag zuvor gemustert hat.

*Seid wohl seine neue Simonetta*, kommen mir die Worte seines Bruders Giovanni wieder in den Sinn. Ich muss unbedingt hierbleiben. Außerdem gibt es für mich im Moment ohnehin nichts weiter zu tun, zumal Leo am Morgen wieder ohne mich aufgebrochen ist. Wenn er die Mission *Rettet Lorenzo!* allein übernehmen will, kann er das gern tun. Das gibt mir die Möglichkeit, ein bisschen Renaissance-Sightseeing zu betreiben, und zwar auf meine Art. Die Chance, in Sandro Botticellis Werkstatt hinter die Kulissen blicken zu können, ist einfach zu verlockend. Im Haus würde ich vor Langeweile sterben. Womöglich würde ich vor Verzweiflung sogar in einem der lateinischen Bücher lesen, um nicht verrückt zu werden.

»Hier mangelt es leider an Sitzgelegenheiten, aber diese Truhe reicht Euch vielleicht.« Botticelli deutet auf das hölzerne Möbelstück, das kunstvoll mit verschlungenen Mustern und Figuren bemalt ist. Ich setze mich vorsichtig, doch sie ist massiv genug, um mein Gewicht problemlos zu tragen.

Nach und nach nehmen die Männer wieder ihre Arbeit auf, werfen mir aber hin und wieder argwöhnische Blicke zu. Von hier aus habe ich einen idealen Blick über die ganze Werkstatt und sitze so dicht bei Botticelli, dass ich ihn beim Arbeiten beobachten kann. Er malt in Tempera, einer Technik, bei der die Malfarbe aus einer Emulsion aus Pigmenten, Öl, Ei und anderen Zutaten besteht. Sorgfältig malt er die Blumenwiese, Seite an Seite mit Filippo, der mit einem hauchfeinen Pinsel Details neben den Fuß der Flora setzt. Die beiden sind völlig in ihr Tun vertieft und scheinen das geschäftige Hantieren ringsum gar nicht wahrzunehmen. Auch aus den oberen Stockwerken dringen Stimmen und Geräusche herunter. Giovanni hat vorhin erwähnt, dass zwanzig Personen in seinem Haus wohnen, wahrscheinlich wird es hier tagsüber nie ganz still. Doch die Werkstatt ist ein eigener Mikrokosmos, der unabhängig von der Außenwelt existiert. Eine Blase fernab der Realität.

»Meister!«, ruft einer der Mitarbeiter irgendwann und reißt mich aus meiner Versunkenheit. »Das Azzuro geht zu Neige, und auch Ocker und Zinnober sind kaum mehr vorrätig. Ihr wolltet Filippo schon gestern losschicken, damit er neue Pigmente einkauft.« Der junge Mann klingt anklagend und wirft Filippo einen bösen Blick zu. Offenbar gefällt es ihm nicht, dass dieser an der Seite des Meisters arbeiten darf.

»Ja, gewiss, Corinno.« Botticelli greift sich an die Stirn. »Filippo, bitte lauf zu Messer Kaviani und kauf die Farben, die wir benötigen!«

»Darf ich mitkommen?«, platzt es aus mir heraus.

»Ihr wollt ihn begleiten? Auf den Markt?«

»Ja. Ich bin doch erst seit Kurzem hier und habe noch nichts von der Stadt gesehen.«

»Mir ist das nicht recht«, wiegelt Botticelli ab. »Was wird Euer Gemahl dazu sagen, wenn ich zulasse, dass seine Gemahlin wie eine gewöhnliche Dienstmagd durch die Straßen läuft und Besorgungen tätigt? Das schickt sich nicht für eine Dame Eures Standes, Madonna.« Er wirkt ehrlich besorgt.

»Leo muss doch nichts davon erfahren«, sage ich mit schmeichelnder Stimme. »In meiner Heimat durfte ich auf die Straße, wann immer ich wollte.«

»Tatsächlich?« Er wirkt nicht überzeugt.

Ich nicke und lege alle Überzeugungskraft in meinen bittenden Blick. Außerdem ist meine Behauptung nicht gelogen. In der Zeit, aus der ich komme, darf eine Frau sich aufhalten, wo immer sie will. Was ich zum ersten Mal wirklich zu schätzen weiß … zu Hause ist das ja so selbstverständlich wie Atmen.

»Nun gut.« Mit einer ergebenen Geste hebt Botticelli die Schultern. »Aber bleibt immer bei Filippo, ja? Und Ihr geht zum Markt und dann sofort hierher zurück.« Er wirft dem jungen Mann einen strengen Blick zu. Der nickt gehorsam, zieht eine dunkelblaue Samthaube aus der Gürteltasche und setzt sie sich auf. Botticelli kramt seinerseits nach einem klirrenden Säckchen, das er Filippo überreicht.

»Das sollte genügen. Richte Messer Kaviani meine Grüße aus und lass dich nicht über den Tisch ziehen. Der persische Gauner nimmt es mit dem Wiegen oft nicht so genau.«

Filippo nickt ernsthaft und lässt mir den Vortritt, als wir die Werkstatt verlassen. Ich bin unglaublich aufgeregt. Mein erster Ausflug ins Florenz des späten fünfzehnten Jahrhunderts! Stumm schlendern wir nebeneinander die Via Nuova entlang, vorbei an unserem Haus. Ich bin nervös und blicke verstohlen hinter mich. Hoffentlich sehen mich Peppina oder Gloria nicht im Vorbeigehen! Am Morgen habe ich Kopfschmerzen vorgetäuscht und die beiden weggeschickt, mit der strengen Order, mich nicht zu stören. Danach konnte ich mich unbemerkt aus dem Haus stehlen. Als wir um eine Ecke biegen und die Via Nuova hinter uns lassen, atme ich erleichtert auf. So weit habe ich es immerhin schon geschafft. Nur mit Mühe halte ich mit Filippos flottem Schritt mit. Offenbar hat er es eilig und will den Botengang mit mir im Schlepptau schnell hinter sich bringen.

Wir biegen ein weiteres Mal ab und erreichen die Piazza di Santa Maria Novella. Vor Staunen bleibe ich einen Moment lang stehen. Am anderen Ende des weitläufigen Platzes thront die Kirche des Klosters von Santa Maria Novella, und sie ist noch schöner, als ich sie in Erinnerung habe. Die Fassade besteht aus weißem und grünem Marmor und strahlt in der Sonne wie ein poliertes Schmuckkästchen. Geblendet vergesse ich alles ringsum und betrachte die geometrischen Formen der Kirchenfront in andächtiger Stille.

»Madonna!« Filippos Ruf holt mich ins Hier und Jetzt zurück. Er ist schon etliche Meter weitergelaufen, blickt sich mit einer Mischung aus Ungeduld und Unsicherheit zu mir um und winkt mir zu. Ich raffe den Saum meiner Gamurra und stolpere hinter ihm her – über den ungepflasterten Boden, der nur aus holperigem, gestampftem Erdreich besteht. »Entschuldige!«, japse ich, und er passt sein Tempo gnädigerweise dem meinen an.

»Ich bin dir wirklich dankbar, dass du mich mitnimmst«, sage ich in dem Versuch, ein Gespräch in Gang zu bringen.

Er lächelt zurückhaltend. »Maestro Botticelli hat Euch erlaubt, mich zu begleiten.«

Ich verdrehe die Augen. »Nachdem ich ihn überredet habe.«

Filippo hebt nur die Schultern. »Es ist schwer, Euch einen Wunsch abzuschlagen.« Er blickt zu Boden, und eine leichte Röte färbt seine Wangen. Auch mir wird vor Verlegenheit ganz heiß.

Wir überqueren den Platz, und während ich mich weiter begeistert umsehe, fällt mir etwas Merkwürdiges auf. Die Häuser rings um den Platz haben alle Gitter vor den Fenstern, teilweise sogar in den oberen Stockwerken.

»Wieso sind die Fenster vergittert?«, frage ich.

Filippo wirft mir einen merkwürdigen Seitenblick zu. »Nun, wegen des Calcio.«

»Hier wird Fußball gespielt?«, frage ich verblüfft. Okay, der Platz ist lang und rechteckig, hat aber ansonsten wenig gemeinsam mit den Bolzplätzen, die ich kenne. Außerdem höre ich zum ersten Mal, dass die Menschen seit über fünfhundert Jahren Fußball spielen.

Filippo nickt. »Es geht meist wild her, und die Hausbesitzer wollen ihre Glasfenster vor den Bällen schützen.«

Ich bin fasziniert und nehme mir vor, hier vorbeizuschauen, wenn ein Spiel stattfindet.

Inzwischen haben wir den Platz überquert, gehen an der Mauer des Klosters entlang und biegen nach rechts in eine lange, gerade Straße ein. Ab hier nimmt der Trubel zu, und ich vermute, dass wir uns dem Marktplatz nähern. Das Gedränge in den dunklen Straßen wird immer größer. Zwischen den Menschenmassen schieben sich voll bepackte Esel oder Männer mit Handkarren hindurch. Es ist laut und riecht äußerst streng – ein intensiver Mief nach Pferdeäpfeln und menschlichen Fäkalien. Je näher wir dem Markt kommen, desto deutlicher mischt sich der Geruch nach faulem Gemüse darunter. Ich weiß beim besten Willen nicht, wie dieser Gestank irgendjemanden zum Kaufen anregen soll. Mich stößt er eher ab. Doch außer mir zieht niemand ein Gesicht, als hätte er in eine Stinkfrucht gebissen. Das muss wohl an meiner verwöhnten Nase liegen, die nur die Düfte des 21. Jahrhunderts kennt.

Der Lärm nimmt zu, je näher wir dem Mercato Vecchio kommen. Der Platz ist rechteckig und mit glatten Steinen gepflastert. Überall entdecke ich Verkaufsstände, die zum Schutz vor der Sonne mit Stoffbahnen überspannt sind. In den Auslagen stapeln sich Unmengen an Waren – Berge aus Rüben, Kohl, Zwiebeln und Blattgemüse. Es gibt Stände, auf denen sich Äpfel und Pflaumen neben Körben voller Nüsse und Hülsenfrüchte stapeln. Neben all dem Obst und Gemüse werden aber auch lebende Tiere, Blumen und Glaswaren angeboten. Es ist ein lautes, sinnbetäubendes Spektakel. Verkäufer preisen lautstark ihre Waren an, als ich erregte Stimmen wahrnehme, die sich deutlich von dem geschäftstüchtigen Treiben abheben. Auf der Suche nach der Quelle der aufgeregten Rufe wende ich mich in alle Richtungen um. In einiger Entfernung entdecke ich schließlich eine Menschenmenge, die sich um ein hölzernes Gerüst schart. Sie brüllen durcheinander und recken drohend die Fäuste in die Luft.

Ich greife nach Filippos Arm, um ihn am Weitergehen zu hindern. »Was ist dort hinten los?«

Filippo schaut in die Richtung, in die ich deute und versteift sich. »Nichts was Ihr sehen solltet, Madonna.«

Er will mich weiterziehen, doch ich verharre wie angewurzelt, als Bewegung in die Menschenmenge kommt. Zwei schwarz gekleidete Gestalten schleppen einen Mann auf die hölzerne Plattform des Gerüsts und legen ihm ein herabhängendes Seil um den Hals. Jetzt wird mir klar, was hier vor sich geht. Eine Hinrichtung am Galgen. Grauen packt mich, aber ich kann weder wegschauen noch mich bewegen.

Einer der beiden Henker richtet das Wort an das Volk, das mit Gebrüll reagiert. Immer mehr Schaulustige sammeln sich um uns, wodurch Filippo und ich näher zur Richtstätte geschoben werden. Körper drängen sich von allen Seiten gegen mich, und der Geruch nach ungewaschenen Leibern und Urin raubt mir den Atem. Noch immer habe ich Filippos Arm umklammert, doch inzwischen ist auch er so sehr von dem Spektakel gefangen genommen, dass er keine Anstalten macht, mich wegzuziehen. Mit stummem Entsetzen beobachte ich, wie die Schlinge um den Hals des Verurteilten festgezogen wird, dann steigen die Henker von dem Podest herunter.

Stille senkt sich über den Platz, und sogar die Marktschreier verstummen. Die Momente, bevor sich die Falltür unter den Füßen des Verurteilten öffnet, dehnen sich zu einer quälenden Ewigkeit. Ich wage es kaum zu atmen und senke die Lider, bereit, sie zuzudrücken, um das Unvermeidliche nicht sehen zu müssen. Dann höre ich das Geräusch der sich öffnenden Klappe und wie ein Körper hinabfällt.

Erst als mir Atem mit lautem Keuchen entweicht, merke ich, dass ich die Luft angehalten habe. Die Menge ringsum ist noch eine Weile in gespannter Stille erstarrt, dann bricht ein Tumult los. Alle schreien oder rufen aufgeregt. Niemand scheint zu begreifen, was gerade geschehen ist.

Denn an dem gemächlich hin und her schwingenden Seil hängt kein Körper.

»Wo ist er?«, brüllen sie wild durcheinander. »Wie konnte er sich befreien?« »Brighella! Wo ist der Schuft?«

In der dichten Menge scheint es unmöglich, den Verurteilten zu entdecken, der es offenbar geschafft hat, sich aus der Schlinge zu befreien – mit auf den Rücken gefesselten Händen wohlgemerkt.

Während die Schaulustigen ringsum wie eine mächtige Welle nach vorn drängen, kommt wieder Leben in Filippo, und er schafft es, mich aus dem Gewühl zu bugsieren. Diesmal wehre ich mich nicht dagegen. Wir kehren dem Galgen den Rücken, überqueren den Marktplatz und halten auf eins der Ladengeschäfte zu, die den Mercato Vecchio umschließen.

Bevor wir das Geschäft betreten, hält mich Filippo zurück und schaut mir eindringlich in die Augen.

»Monna Rosalia, was Ihr da gerade erlebt habt …«

Aufgeregt falle ich ihm ins Wort. »Wie konnte er sich befreien? Hat der Henker die Schlinge nicht richtig gebunden?«

Filippo zuckt mit den Achseln. Ihm scheint das Thema nicht zu behagen. »Das ist durchaus möglich. Aber habt keine Angst, weit kann der Schuldige nicht gekommen sein.« Ermutigend tätschelt er mir die Schulter und hält mir dann die Tür zum Laden des Farbhändlers auf. Bevor ich eintrete, werfe ich noch einen Blick über die Schulter zurück, doch die Menge vor dem Galgen ist noch immer so dicht, dass ich nichts erkennen kann.

Hinter Filippo betrete ich Messer Kavianis Laden, und sofort umgibt uns ein schummriges Halbdunkel. Der Laden ist ein schmaler, lang gezogener Raum, dessen Wände mit Apothekerregalen aus dunklem Holz bedeckt sind. Von der Decke hängen Lampen aus Silber im arabischen Stil, die leicht hin und her schwingen. Es riecht intensiv nach Räucherstäbchen, und ich bin dankbar für den schweren würzigen Duft, der die üblen Gerüche von draußen vertreibt. Ich atme tief und regelmäßig, bis sich meine Aufregung gelegt hat. In der schattigen Stille des Verkaufsraumes verblasst der Schrecken von draußen.

Im hinteren Teil des Ladens raschelt es, und ein Mann tritt aus dem Halbdunkel hervor. Ich sehe ihm auf den ersten Blick an, dass er aus dem Nahen Osten stammt. Sein Teint ist dunkel, er hat einen gepflegten Vollbart und wache schwarze Augen mit dichten Wimpern. Er trägt einen wallenden dunkelblauen Kaftan mit hübschen Silberstickereien und einen goldenen Ring im Ohr. Als er uns erkennt, lächelt er.

»Der junge Lippi«, sagt er mit volltönender, tiefer Stimme. Seine Aussprache ist rund und weich und klingt fremdartig. »Und in Begleitung einer Dame.« Messer Kaviani neigt den Kopf und mustert mich.

»Monna Rosalia Orlandi del Mazza. Sie und ihr Gemahl sind Nachbarn von Maestro Botticelli«, erklärt Filippo.

»Interessiert Ihr Euch für Farben?«, erkundigt sich Messer Kaviani bei mir.

Ich nicke nur; eingeschüchtert von der beeindruckenden Gestalt des Farbenhändlers.

Messer Kaviani bedeutet mir, ihm zu folgen. Ich wechsele einen raschen Blick mit Filippo, der mir auffordernd zunickt, und begebe mich in den hinteren Teil des Ladens. Meine Augen weiten sich vor Staunen angesichts der schieren Farbenpracht, die sich in den zahllosen Gefäßen türmt. Auf einem Verkaufstresen hat Messer Kaviani verschiedene Säckchen und Schatullen aufgereiht, und ich trete neugierig näher.

»Das, Madonna, sind die wertvollsten Substanzen, die es auf der Welt gibt. Selbst pures Gold verblasst neben diesen Schätzen.«

Fasziniert beuge ich mich vor. In den Behältnissen befinden sich bunte Steine und Mineralien, Pulver und Granulate. Sie schillern in allen möglichen Farben und Tönungen.

»Lapislazuli«, erklärt Messer Kaviani und deutet auf ein Häufchen Steine mit strahlender ultramarinblauer Färbung. »Gefördert aus den dunkelsten Tiefen des Hindukuschgebirges. Könnt Ihr Euch das vorstellen, Madonna, dass eine solche Farbe im finstersten Schlund der Erde schlummert?« In andächtiger Bewunderung streift er die Lapislazulisteine mit den Fingerspitzen. »Es sind nicht nur Steine und Erden, die allgemeine Begierde hervorrufen. Es wurden schon Kriege ausgefochten, um an diese Farben zu kommen. Könige und Kaiser verfielen ihrem Bann. Zinnober, Safran, Indigo. Die größten Verführer der Menschheit.« In den dunklen Augen des Farbenhändlers brennt ein leidenschaftliches Feuer, während er von der Magie der Farben und ihren Ursprüngen erzählt.

Ich bemerke gar nicht, wie die Zeit vergeht, während ich in diesem Laden in die Welt der Farben eintauche. Messer Kaviani lässt mich Pulver aus roten Schildläusen zwischen den Fingern verreiben und bringt mich sogar dazu, einige Krümel einer grünen Erde namens Verdeterra zu kosten.

Auch lässt er es sich nicht nehmen, eine Mischung verschiedener Mineralien abzuwiegen, die angeblich dem Farbton meiner Augen entsprechen.

Irgendwann wird Filippo jedoch unruhig und drängt zum Aufbruch. »Es hat gerade zur Non geschlagen, wir müssen wirklich in die Werkstatt zurück.« Viel fehlt nicht, und er hätte mich ungeduldig am Ärmel gezogen.

Schweren Herzens verabschiede ich mich von Messer Kaviani und verspreche, bald wiederzukommen. Filippo drückt den Beutel mit den erworbenen Farben wie einen Schatz an die Brust, und wir treten wieder nach draußen.

Sofort wandert mein Blick zum anderen Ende des Marktplatzes. Der Richtplatz ist inzwischen verlassen. Kein Toter baumelt vom Strick, und die Schaulustigen haben den Ort des Geschehens längst verlassen. Man hat den Flüchtigen also nicht zu fassen bekommen. Ich beiße mir auf die Lippen, wenn ich daran denke, dass ein zum Tode Verurteilter auf freiem Fuß ist.

In Gedanken versunken gehe ich neben Filippo her, der ebenfalls schweigt. Inzwischen ist auch das wilde Marktreiben ringsum etwas abgeebbt. Die meisten Waren haben den Besitzer gewechselt, und die Händler aus dem Umland bauen ihre Stände ab. Als wir an einer Bude vorbeikommen, aus der ein verführerischer Essensgeruch herüberweht, bleibe ich wie angewurzelt stehen. Mein Magen meldet sich mit vernehmlichem Knurren – viel habe ich an diesem Tag noch nicht gegessen. Beim Anblick der Speisen läuft mir das Wasser im Mund zusammen.

Filippo hat es inzwischen aufgegeben, im Laufschritt vorneweg zu eilen, sondern hat sich meinem Tempo angepasst. Er bleibt neben mir stehen und kramt seufzend in seiner Hosentasche herum. »Habt Ihr Hunger?«

Ich nicke mit sehnsüchtigem Blick. Ich war so gefangen von den dramatischen Szenen während der vermeintlichen Hinrichtung und den Geheimnissen in Messer Kavianis Laden, dass ich den Hunger gar nicht gespürt habe. Doch jetzt meldet er sich umso deutlicher zurück. Filippo kauft für uns warme Pasteten mit Fleischfüllung, die wir im Stehen essen. Der würzige Saft der Füllung tropft mir auf die Finger, und es schmeckt so gut, dass ich vor Wohlbehagen seufze.

Filippo neben mir lächelt leise. »Schmeckt es Euch? Eine *Pasticcio* mit Hühnerleber.«

Ich bin überrascht. Eigentlich bin ich kein Fan von Innereien, aber diese Pastete schmeckt köstlich. Während wir einträchtig essen, beschließe ich, Filippo ein bisschen auszufragen. Jetzt, da er sich in meiner Gegenwart offensichtlich nicht mehr so unwohl fühlt, wage ich mich vor. »Wie lange arbeitest du schon in Maestro Botticellis Werkstatt?«, frage ich.

Er leckt sich die Finger sauber und wischt sie an den Hosenbeinen ab. »Ich kam zu ihm als Lehrling, nachdem meine Eltern gestorben waren. Damals war ich fünfzehn Jahre alt.«

Als ich das höre, bin ich ziemlich betroffen. »Ich war genauso alt, als meine Eltern starben. Das tut mir sehr leid.«

Wir wechseln einen kurzen Blick, und zum ersten Mal kommt es mir so vor, als nähme er mich wirklich wahr. Das gegenseitige Verständnis zwischen uns scheint zu wachsen.

»Ich kam zunächst in die Werkstatt von Fra Diamante, aber dort blieb ich nicht lange. Bei Maestro Botticelli lerne ich viel mehr. Bei ihm herrscht ein neuer Geist.«

»Ja, denn er erlaubt sogar fremden Frauen den Zutritt zu seiner Werkstatt«, scherze ich.

Filippo lächelt zurückhaltend. »Mir scheint, als würde der Meister Euch bereits kennen.«

Es überrascht mich, dass er denselben Eindruck hat. Den Rest des Weges schweigt er, und ich schlendere neben ihm her, vollkommen zufrieden mit meinem Spaziergang durch das Viertel.

Als wir in die Via Nuova zurückkehren, herrscht vor Botticellis Haus helle Aufregung. Mehrere Passanten sind neugierig stehen geblieben und beobachten das Schauspiel mit unverhohlener Neugierde. Leo steht vor Botticellis Werkstatt und fuchtelt wild mit den Armen, neben ihm die händeringende Peppina. Eine Armlänge von ihr entfernt schnauft Gloria wie eine wütende Dampflok. Meine Schritte werden unwillkürlich langsamer. Oje, hier riecht es schwer nach Ärger.

Filippo sieht mich in einer Mischung aus Verzweiflung und Verärgerung an und packt mich erstaunlich energisch am Arm. Widerstrebend lasse ich mich von ihm zu der zeternden Dreiergruppe führen. Erst beim Näherkommen erkenne ich, dass Botticelli mit verschränkten Armen am Türrahmen lehnt, hinter ihm seine neugierig glotzenden Malergehilfen. Na toll, das wird ja immer besser.

»Wo zum Teufel steckt meine Frau? Sie ist völlig unbedarft, und ich habe ihr ausdrücklich verboten, das Haus zu verlassen!«, zetert Leo und erntet dafür das zustimmende Nicken einiger umstehender Männer.

Ich hole tief Luft, als mir Filippo einen Stoß versetzt und mich mitten ins Geschehen befördert.

»Hier bin ich, Leo«, sage ich leise, aber ruhig.

Auf der Stelle fährt er herum und starrt mich zornig an. Unwillkürlich ducke ich mich unter seinem Blick. Einen Moment lang wirkt er so wütend und unbeherrscht, dass ich befürchte, er könnte die Hand erheben und mir eine Ohrfeige verpassen. Ich zucke zusammen, während Leo innehält und mich mit erschreckter Miene ansieht.

Doch schon in der nächsten Sekunde hat er sich wieder gefangen, und der Zorn kehrt zurück. »Kannst du mir erklären, wo du gesteckt hast? Ich komme nach Hause, und Peppina und Gloria sind in heller Aufregung, weil du verschwunden bist. Sie haben sich große Sorgen gemacht. *Ich* habe mir große Sorgen gemacht.«

Ja klar, er hat sich Sorgen gemacht. Wer's glaubt ... Betreten senke ich den Blick und starre zu Boden, weil mir die Szene so unangenehm ist. Da sind die ganzen gaffenden Umstehenden und Botticelli, den ich in meine Probleme mit hineingezogen habe. Ich hätte ihn nicht überreden dürfen, mich mit Filippo gehen zu lassen. Als ich schweige, packt mich Leo am Arm und zieht mich hinter sich her zu unserem Haus. Am liebsten versänke ich im Boden. Unbeholfen stolpere ich hinter ihm her und atme erleichtert auf, als die Haustür ins Schloss fällt. Ohne ein weiteres Wort dirigiert er mich die Treppe hinauf in den Wohnraum.

Die Arme fest um den Oberkörper geschlungen, trete ich ans Fenster und linse nach draußen. Die Menge vor Botticellis Haus lichtet sich allmählich. Die Männer unterhalten sich kopfschüttelnd und machen eindeutige Gesten. Hitze steigt mir in die Wangen, und heißer Zorn ballt sich in mir zusammen. Botticelli steht nach wie vor mit verschränkten Armen auf der Schwelle und blickt mit nachdenklicher Miene zu unserem Haus herüber. Ich fühle mich schlecht, weil Peppina und Gloria sich um mich sorgen mussten. Natürlich werde ich mich bei ihnen entschuldigen, kann aber nicht zulassen, dass ich wie ein unmündiges Kind behandelt werde. *Sie ist unbedarft ...* Denkt Leo so von mir?

Ich fürchte, dass er mich wirklich für ein Dummchen hält, und mit dieser Haltung passt er bestens in das Bild der Zeit. Mir wird schmerzlich bewusst, was die Männer im Florenz des fünfzehnten Jahrhunderts von Frauen halten – nämlich wenig bis gar nichts. Natürlich war mir klar, dass Frauen in vergangenen Jahrhunderten wenig zu melden hatten. Dass ich mir aber nicht einmal einen Ausgang in Begleitung erlauben darf, schockiert mich. Diese Stadt ist das absolute Machoparadies, und Leo scheint hier total aufzuleben. Mein Zorn vermischt sich mit Abscheu, und ich balle die Hände zu Fäusten.

»Warum hast du dich nicht an unsere Abmachung gehalten?«, fährt er mich an. Er ist mindestens so geladen wie ich, und seine Stimme überschlägt sich. Ich fahre zu ihm herum.

»Abmachung? Wir haben keine Abmachung. Du hast mir vorgeschrieben, was ich zu tun und zu lassen habe, und erwartest, dass ich ohne Wenn und Aber deinen Anordnungen folge. Aber ich tanze nicht brav nach deiner Pfeife und war nie damit einverstanden, deine Ehefrau zu spielen. Ich bin nicht dein Eigentum, also hör auf, dich wie ein gottverdammter Despot zu verhalten!«

Leo reißt die Augen auf, seine Pupillen sind so dunkel, dass ich das Meergrün gar nicht mehr erkennen kann.

»Es geht hier einzig und allein um deine Sicherheit, Rosalie! Schließlich ist es verdammt gefährlich, auf eigene Faust umherzustreifen. Du kennst die Menschen nicht, du kennst niemanden, und als Erstes spazierst du mit einem fremden Mann durch die Stadt.«

»Dich kenne ich doch genauso wenig. Mach es dir nicht immer so einfach und stell mich nicht wie eine Vollidiotin hin! Ich kann mir sehr gut eine eigene Meinung über die

Menschen bilden, und bei dir lag ich von Anfang an richtig. Du bist ein selbstherrlicher Chauvi, der andere behandelt wie seine Untergebenen. Ja, es war falsch zu gehen, ohne Bescheid zu sagen, aber ich lasse mir von dir nicht vorschreiben, wie ich mich zu verhalten habe.«

Meine Güte, wie befreiend, das alles endlich mal rauszulassen! So aufmüpfig kenne ich mich sonst nicht, aber mir gefällt diese neue rebellische Seite an mir. In Gedanken höre ich Lara laut Beifall klatschen.

Bei meinen Worten ist Leo ganz blass geworden und presst die Lippen zu einem dünnen Strich zusammen. »Das denkst du also über mich«, sagt er knapp.

»Ja! Du hältst mit deiner tollen Meinung über mich ja auch nicht hinterm Berg.«

Er schließt die Augen und atmet tief durch. »*Comunque.* Ich bitte dich, nicht mehr auf eigene Faust durch die Stadt zu streifen. Meinetwegen kannst du Botticelli besuchen, wenn es dich glücklich macht. Aber ohne Übertreibung sage ich noch einmal: Es ist gefährlich, allein auf die Straße zu gehen.« Er spricht leise, seine Stimme klingt jedoch klar und messerscharf.

Ich schlucke. »Warum?«

»Wenn dir etwas passiert, dann ist es meine Schuld.« Der Blick aus seinen meergrünen Augen ist stählern.

Ich ziehe die Augenbrauen hoch. »Du musst nicht mein Kindermädchen spielen.«

»Doch, genau das muss ich«, widerspricht er grimmig.

Meine Augenbrauen wandern noch weiter nach oben und haben inzwischen bestimmt meinen Haaransatz erreicht.

»Sei mir nicht böse, aber bisher hast du wirklich nicht den Eindruck gemacht, als läge ich dir besonders am Herzen.«

»Es geht auch nicht um dich«, zischt Leo. »Sondern um deinen Zodiakus.«

Seine Worte versetzen mir einen Stich, und unwillkürlich weiche ich einen Schritt zurück. Wie konnte ich nur eine Sekunde lang glauben, es gehe ihm um mich? Dass er sich sorgt, mir, Rosalie, könne etwas zustoßen. Nur mein Zodiakusmal zählt. Ich bin nichts weiter als das Gefäß, das diese kostbare Gabe in sich trägt. Bin ich in Sicherheit, ist es auch der Zodiakus. Wer ich bin, was ich fühle und denke, ist nicht weiter von Belang. Ich bin einfach nur eine von schätzungsweise hundertsechzig Variablen. Diese Erkenntnis schmeckt bitter und ballt sich irgendwo tief in meinem Innern zu einem schmerzenden Klumpen zusammen.

»Warum ist mein Zodiakus überhaupt so wichtig?«, murmele ich. »Ich meine, die Rubiner haben doch dich. Ist ein Zeitreisender für den Orden nicht genug?«

Einen Moment lang mustert mich Leo mit dunklem Blick, dann geht er zu den Sesseln am Feuer und bedeutet mir, ihm zu folgen.

»Wir beide sind seit den Brüdern Morell die ersten Zeitreisenden, die zur selben Zeit leben. Seit über vierhundert Jahren ist es nicht mehr vorgekommen, dass ein Zodiakusträger seinen Gegenpart wachrufen konnte«, erklärt er, nachdem wir Platz genommen haben.

Ich runzele die Stirn. »Das verstehe ich nicht.«

»Sieh es so! Unser erster Kontakt hat den Zodiakus in mir wachgerufen, ohne dass wir beide davon gewusst haben. Richtig?«

Ich nicke.

»Es war ein Schulterstreif, eine flüchtige Berührung in der Masse, wie Professor Kipping es erklärt hat. Die Wahrscheinlichkeit, dass ich die Person wiederfinde, die meinen

Zodiakus wachgerufen hat, um sie im Gegenzug auch wachzurufen, ist also verschwindend gering.«

»Okay, das verstehe ich ja. Aber warum ist ein zweiter Zeitreisender so wichtig?«

Leo schweigt eine ganze Weile, und ich sehe ihm an, dass er nach den richtigen Worten sucht. Als er dann spricht, purzeln ihm die Worte schier aus dem Mund. »Zeitreisende ergänzen einander. Mein Zodiakus ist dein Sternzeichen und umgekehrt. Diese Ergänzung ist der entscheidende Faktor. Das ganze letzte Jahr über habe ich Abstecher in die Vergangenheit unternommen, um mich daran zu gewöhnen und nach Spuren von Lucian Morell zu suchen. Der Knackpunkt ist aber folgender: Ich kann Zeitreisen unternehmen, allein, ohne meinen ergänzenden Partner, allerdings war ich bisher nur Zuschauer. Ich wandele durch die vergangene Zeit wie ein Geist, niemand sieht mich, ich kann mit niemandem kommunizieren und nichts verändern. Erst wenn ich meinen Partner gefunden habe, kann ich zusammen mit ihm Einfluss auf die Vergangenheit nehmen.«

Während ich Leo zuhöre, wird mein Erstaunen immer größer. Was er sagt, erklärt natürlich den ganzen Aufwand, darunter die Vollversammlung der Rubiner in der Pinakothek. Dass mein Zodiakus wachgerufen wurde, ist wohl so etwas wie das achte Weltwunder. Vierhundert Jahre lang sind Zeitreisende wie Geister durch die Vergangenheit spaziert und konnten nichts gegen Lucian Morell unternehmen, der weiterhin sein Unheil anrichtete. Wie frustrierend muss es sein, sich im Zentrum des Geschehens zu befinden und nichts ausrichten zu können, Ich will mir gar nicht vorstellen, wie ich mich fühlen würde, wenn ich hier festsäße und nichts gegen Lorenzo de'Medicis Ermordung tun könnte.

»Verstehst du jetzt, warum du für den Orden so kostbar

bist?«, fragt Leo, und der Klang seiner Stimme jagt mir einen Schauer über den Rücken. Irgendwo tief in meinem Innern fühle ich ein sehnsüchtiges Ziehen, und angenehme Wärme breitet sich in mir aus. Schon im nächsten Moment rufe ich mich wieder zur Ordnung. Ich hasse es, dass seine Gegenwart mich so beeinflusst. Er kann mich regelrecht hypnotisieren, als wäre er die Schlange Kaa aus dem Dschungelbuch. Zum wiederholten Mal wünsche ich mir, dass ich ihn nicht so anziehend fände. Kaum nimmt seine Stimme diesen Klang von warmem Karamell an, vergesse ich sofort alle gemeinen Worte, die er mir an den Kopf geworfen hat. Egal, wie sehr ich mich dagegen wehre, ein Teil von mir wird zum schmachtenden Teenager, für den Selbstachtung ein Fremdwort ist. Das macht mich kirre! Ich kenne es nicht von mir, dass mich ein Kerl so aus dem Konzept bringt. Und jetzt, da es plötzlich passiert, stört es mich umso mehr. So etwas habe ich nie mit mir machen lassen und werde im fünfzehnten Jahrhundert bestimmt nicht damit anfangen!

Entschlossen schüttele ich den Bann seines Blicks ab. Ohne mich, Charmebolzen!

Leo beobachtet mich noch immer aufmerksam und scheint auf eine Reaktion zu warten.

»Ja«, sage ich schließlich bedächtig. »Ich verstehe dich ganz genau.«

Ich versuche die Bitterkeit niederzuringen, die mit dieser Erkenntnis einhergeht. Leo soll nicht merken, wie ich mich fühle. Schließlich will ich ihm nicht noch mehr Angriffsfläche bieten. Ich bin mir sicher, dass er jedes Anzeichen von Schwäche ausnutzen würde, um mich weiterhin zu demütigen.

# Kapitel 11

## *Nobildonna*

In der restlichen Woche lebe ich mich erstaunlich gut im Florenz des späten fünfzehnten Jahrhunderts ein. Noch immer fällt mir das Leben in der Vergangenheit nicht leicht, aber ich gewöhne mich immer besser an die neuen Umstände. Die altertümliche Lebensweise, die strengen Gerüche und Ausdünstungen der Stadt werden zunehmend alltäglich. Ich komme damit klar, den Abritt zu benutzen, auch wenn ich davon ausgehe, dass meine Nase langfristige Schäden davontragen wird.

Alltägliche Verrichtungen sind hier grundsätzlich um einiges beschwerlicher. Nehmen wir zum Beispiel das Haarewaschen. Am Morgen nach meinem Ausflug in Messer Kavianis Laden bereitet Peppina alles für eine Haarwäsche vor. Sorgfältig bringt sie erhitztes Wasser aus der Küche und füllt es in einen Bottich. Dann knie ich vor dem Bottich nieder, und Peppina schöpft mir das Wasser über den Kopf. Ich pruste und huste, bis ich mich an die Prozedur gewöhnt habe. Dann schäumt sie die nassen Strähnen sorgfältig mit einer Seife ein, die intensiv nach Weihrauch, Kräutern und Blumen riecht. Schließlich spült sie das Haar mit klarem Wasser aus, und ich kneife die Augen zusammen. Das Ganze wiederholt sie mehrere Male. Als ich mich wieder aufrichte, ist mein Hals völlig überstreckt und schmerzt. Peppina wringt das Wasser aus meinen langen Strähnen und rubbelt sie mit einem Handtuch trocken. Obwohl das nicht die komfortabelste Haarwäsche meines Lebens war, fühle ich mich fabelhaft. Wie neu geboren. Nach der Wäsche mit der Seife fühlt sich mein Haar irgendwie merkwürdig an, stumpf und gleichzeitig schlüpfrig. Aber das ist mir gleichgültig. Endlich ist mein Kopf wieder sauber. Ich überrede Peppina, mich kurz allein zu lassen, damit ich ein Sitzbad im warmen Wasser des Bottichs nehmen kann. Ich passe gerade so hinein, zusammengekauert, die Knie eng an die Brust gedrückt. Aber das Wasser zu erhitzen und hier heraufzubringen, war beschwerlich, und ich will es nicht vergeuden. Himmel, das fühlt sich gut an! Das muss ich in Zukunft öfter machen, wie anstrengend es auch sein mag.

Ich falle auch immer weniger durch mein Verhalten oder die falschen Worte auf. Inzwischen weiß ich auch, dass die Menschen nur ganz selten Wanduhren besitzen, und Taschenuhren sind noch nicht erfunden. Sie müssen sich an den über den Tag verteilten Stundengebeten orientieren. Die Kirchenglocken läuten sie ein und setzen so ein allgemeines Zeitmaß, weil man das Glockenläuten überall in der Stadt hört.

Das Matutingebet findet bei Tagesanbruch statt, so gegen sieben Uhr, danach folgt die Terz um neun. Ich habe mir angewöhnt, um acht Uhr aufzustehen und mit Leo zu frühstücken, der meistens aufbricht, wenn das Terzläuten der umliegenden Kirchen vernehmbar ist. Er ist den ganzen Tag unterwegs, um unsere Mission voranzutreiben, wie er es nennt. Wenn ich nachfrage, wie genau das aussieht, antwortet er ausweichend.

»Ich knüpfe Kontakte, Rosalie«, sagt er dann mit seiner

typischen Herablassung, auch wenn er sich in letzter Zeit Mühe gibt, mich nicht mehr so von oben herab zu behandeln. »Es ist wichtig, die richtigen Leute kennenzulernen und sich gut mit ihnen zu stellen.«

Wie oder wo er das tut, verrät er nicht. Er will mich noch immer aus den Angelegenheiten der Rubiner heraushalten, was mir bitter aufstößt.

Und natürlich besuche ich noch immer Botticelli in seiner Werkstatt … nur dass Leo davon nichts mehr mitbekommt. Ich habe Peppina ins Vertrauen gezogen und zu meiner Komplizin gemacht. Anfangs wusste ich nicht, ob sie bereit war, den Bitten des Hausherrn Widerstand zu leisten. Aber sie hält zu mir.

Auch heute bin ich wieder in der Werkstatt zu Besuch. Obwohl der Begriff *Werkstatt* diesen Ort nicht annähernd beschreibt. Das ist auf den ersten Blick auch nicht zu erkennen. Mit der Zeit begreife ich, dass Botticelli keine Mitarbeiter anleitet, sondern einer Familie vorsteht. Alle gehören zusammen. Der bissige Corinno, Betto und Raffaello, Filippo und Jacopo, der nichts als Flausen im Kopf hat. Sie leben und arbeiten hier, während im Hinterhof Bottiche voller Fischleim sieden und sie sich wegen anstehender Arbeiten streiten.

Von allen Mitarbeitern und Lehrlingen ist mir Filippo der Liebste. Nachdem er sich an meine Anwesenheit gewöhnt hat, wurde er zu einem echten Freund. Wenn Botticelli zu beschäftigt oder außer Haus ist, verbringe ich meine Zeit gern mit ihm. Außerdem ist es unfassbar spannend, einen jungen Mann, der einmal ein berühmter Maler sein wird, in seinen Anfangsjahren zu beobachten. Gerade sitzen wir zusammen und brüten über einigen alten Skizzen von Botticelli. Filippo will den *disegno* anfertigen, also den ersten Entwurf für ein Gemälde, und nimmt diese Aufgabe sehr ernst.

»Der Auftraggeber wünscht sich eine Anbetung des Kindes durch die Mutter Gottes in einer Landschaft. Ich soll mich an der Komposition des Meisters orientieren«, erklärt er mir, während sein Stift über das Papier flitzt. »Es verlangt Liebe, Ehrfurcht, Ausdauer und einen geschickten Geist, denn nur ein vollkommenes *disegno* kann zu einem vollkommenen Werk führen.« Beim Reden linst er immer wieder zu mir herüber und skizziert mit schnellen Strichen das Profil einer Frau. Ich kann mir ein Lächeln nicht verkneifen und beuge mich näher über die Zeichnung. Mit sicherer Hand bringt er meine Gesichtszüge aufs Papier. Ich werde ganz hibbelig. Okay, dies ist nur der Entwurf, aber wie abgefahren wäre es, wenn Filippo Lippi junior mich als Madonna malen würde?

Das dichte dunkle Haar fällt ihm beim Zeichnen ins Gesicht, und er streicht die widerspenstigen Locken immer wieder zurück. Mir fällt auf, dass er Leo rein äußerlich ziemlich ähnlich sieht. Beide sind dunkelhaarig und gut aussehend – man könnte glatt meinen, dass sie verwandet sind. Dabei endet die Ähnlichkeit aber auch schon wieder. Während Filippo sein offenes und freundliches Wesen nach außen trägt, spiegeln Leos Züge seine Noblesse und Arroganz. Und obwohl ich so gern alles an ihm verabscheuen würde, muss ich mir eingestehen, dass Leo einfach verboten gut aussieht. Irgendetwas an diesem aristokratischen Mistkerl zieht mich an wie Honig eine Wespe.

Als ich schwer seufze, blickt Filippo von seiner Zeichnung auf.

»Ihr denkt an Euren Gemahl, nicht wahr?«

Ich schrecke hoch. »Wie kommt Ihr darauf?«

»Immer, wenn es um ihn geht, zieht Ihr dieses Gesicht, und Eure Augen werden traurig. Hat er Euch wieder schlecht behandelt?«

Ich erschrecke über Filippos Scharfsichtigkeit. »Er behandelt mich nicht schlecht«, beteure ich. »Es ist nur sein Charakter, der so schwierig ist. Außerdem hat er keine besonders gute Meinung von mir und hält mich für einfältig und unwissend.«

Filippo wiegt nachdenklich den Kopf. »Er hat offenbar keine Augen im Kopf und ist verblendet. Möglicherweise liebt er Euch so sehr, dass er Euren wahren Charakter nicht erkennt.«

Ich lache bitter auf. Oh nein, Leo liebt mich gewiss nicht! Vom ersten Moment an hat er mich herablassend behandelt und sich nie die Mühe gemacht, meine wahre Persönlichkeit kennenzulernen. Das interessiert ihn schlichtweg nicht, und stattdessen macht er mich lieber zur Schnecke. Aber das alles kann ich Filippo nicht erzählen und ihm auch nicht verraten, dass wir gar kein Ehepaar sind, sondern nur so tun, um nicht aufzufallen. Dass uns kein Schwur verbindet, sondern lediglich die magischen Zeichen unter unserer Haut. Und dass ein Zodiakus eine viel wackeligere Basis ist als jede arrangierte Ehe in dieser Welt.

Am anderen Ende der Werkstatt erhebt sich Gelächter und reißt mich aus meinen Gedanken. Sandro Botticelli steht neben dem Gehilfen Jacopo und lacht aus vollem Hals. Der Junge ist über und über mit weißem Pulver bedeckt und sieht aus wie ein Geist.

»Wenn du das nächste Mal die Töpfe ungeputzt in den Schrank stellen willst, Jacopo, sieh vorher nach, ob sie nicht doch noch Gipspulver enthalten.«

Nun brechen alle in der Werkstatt in grölendes Gelächter

ter aus. Selbst durch die weiße Puderschicht ist zu erkennen, dass Jacopo rot anläuft wie eine Tomate. Schmunzelnd schüttele ich den Kopf über den albernen Streich. Einer der älteren Lehrlinge scheucht Jacopo hinaus auf den Hinterhof, damit er sich abstauben kann.

Mit amüsierter Miene schiebt Filippo seine Zeichenutensilien beiseite und steht auf. Mit einer Geste bedeutet er mir, ich solle warten, und verschwindet in einem der Nebenräume. Keine Minute später kommt er zurück und trägt eine Holztafel vor sich her. Als er sie vorsichtig auf einer Staffelei abstellt, sehe ich, dass sie bereits für den Malvorgang vorbereitet ist. Vor einigen Tagen habe ich beobachtet, wie die Gesellen die Maloberfläche vorbereiten. Dafür wird auf die Holztafel – in Botticellis Werkstatt wird fast ausschließlich auf Pappel gemalt – als Erstes Leim aufgetragen. Danach werden Leinenstreifen in Leim getränkt und auf die Platte aufgebracht wie eine Tapete. Wenn das Ganze nach etlichen Tagen getrocknet ist, wird in mehreren Schritten Gips auf die Holztafel aufgetragen, erst grob, dann immer feiner. Nach dem Trocknen werden die Schichten sorgfältig abgeschliffen und geglättet, bis die Grundierung so ebenmäßig schimmert wie Elfenbein. Allein diese Vorbereitungen für ein Gemälde nehmen Tage in Anspruch. Ich will mir gar nicht vorstellen, wie ärgerlich es ist, wenn man sich vermalt und die ganze Tafel ruiniert ist. Filippo allerdings ist die Ruhe selbst. Aufmerksam beobachte ich seine nächsten Schritte. Er sammelt einige Utensilien zusammen und breitet sie vor sich aus. Ein schmales Kohlestück, das er in das hohle Ende eines Rohrstocks steckt, ein Büschel Gänsefedern und seine Entwurfzeichnungen.

Mit leichter Hand und ohne Zögern bewegt er den Kohlestift über die Leinwand. Sein Blick schweift ununterbrochen zwischen den Entwürfen und der Malfläche hin und her, während das Bild auf der Leinwand Gestalt annimmt. Wenn er mit einer Einzelheit der Zeichnung unzufrieden ist, greift er nach einer Feder und pinselt die feine Kohlespur einfach weg. Der wohl simpelste Radiergummi der Welt.

Wir wechseln nur ab und an ein paar Worte, ansonsten verharre ich reglos auf meinem Hocker und beobachte, wie Filippos Skizzen immer mehr Form annehmen.

Der Entwurf auf der Leinwand ist inzwischen so weit fortgeschritten, dass ich ihn schon für perfekt halte, doch Filippo blättert zunehmend ungeduldig durch seine Skizzen. Ich beobachte, wie er das Gesicht der Madonna abermals ausradiert. Schließlich lehnt er sich aufseufzend zurück und reibt sich den Nacken.

»Darf ich Euch um einen Gefallen bitten?«

»Natürlich!« Vielleicht reagiere ich ein wenig zu eifrig, aber ich möchte ihm wirklich gern zur Hand gehen.

»Ich habe mehrere Skizzenblätter in meiner Kammer liegen lassen. Könntet Ihr sie holen?«

Ich nicke zustimmend, und er erklärt mir, dass sich sein Zimmer im hinteren Teil des Hauses befindet und die Zeichnungen neben seinem Bett liegen.

Als ich aufstehe, nutze ich die Gelegenheit, um mich zu strecken. Vom langen Stillsitzen bin ich ganz verspannt, und mein Nacken knackt, als ich den Kopf neige.

Zum ersten Mal sehe ich mehr vom Haus als nur die Werkstatt. Mit einem aufgeregten Kribbeln stoße ich die Tür auf und betrete einen düsteren Korridor. Laut Filippo befindet sich seine Kammer am Ende des Flurs auf der linken Seite. Ich taste mich an der Wand entlang, bis ich die entsprechende Tür erreiche und sie mit der Schulter aufdrücke. Drinnen ist es merklich heller. Ein Fenster weist nach draußen auf den Hof und lässt einen schmalen Lichtstreifen herein.

Der Raum ist kaum größer als eine Abstellkammer und wird völlig von einem schmalen Bett und einer Holztruhe ausgefüllt. Die Zeichnungen, die ich holen soll, liegen ordentlich aufgerollt auf einer umgedrehten Holzkiste neben dem Bett. Ich klemme sie mir unter den Arm und will gerade den Raum verlassen, als mir von draußen ein Satzfetzen ans Ohr dringt.

»… was seine Hoheit da von Leonardo verlangt, ist tollkühn!«

Wie angewurzelt bleibe ich stehen. Die Stimme klingt gedämpft, doch das Fenster ist nicht mit Glas, sondern mit Wachstuch verschlossen, und so verstehe ich mühelos jedes Wort.

»Lorenzo hat ihn um eine Übersetzungsarbeit gebeten«, vernehme ich nach einem spöttischen Schnauben. »Giorgio Vespucci geht ihm dabei zur Hand. Daran ist nichts Tollkühnes.«

Das ist zweifelsfrei Botticellis Stimme. Inzwischen knie ich auf der Bettkante, um besser hören zu können. Natürlich weiß ich, wie mies es ist, private Gespräche zu belauschen, aber hier geht es offenbar um Lorenzo de'Medici. Jedes Quäntchen Information, das ich über ihn bekomme, kann für uns von Nutzen sein.

»Du bist noch jung, Sandro, aber ich weiß, das diese Arbeit Ficino damals beinahe den Verstand gekostet hat. Leonardo wird es nicht besser ergehen, wenn er die Finger nicht davon lässt.«

»Das ist doch Unsinn!«, entgegnet Botticelli gereizt. »Ich war zwanzig und kein Wickelkind mehr, als Ficino die Übersetzung anfertigte. Was man sich da erzählt, sind nichts als üble Gerüchte und Fantastereien.«

Sein Gesprächspartner, vermutlich der ältere Bruder Giovanni, grummelt etwas Unverständliches.

»Sei's drum, ich weiß deine Sorge zu schätzen, aber ich muss zurück an die Arbeit.« Botticellis Worte erinnern mich daran, dass ich seit mindestens fünf Minuten auf diesem Bett kauere und längst zurück sein sollte. Ich rappele mich auf und eile auf leisen Sohlen zurück in die Werkstatt, bevor einer der Botticellis aus dem Hof hereinkommen kann.

Filippo sitzt nach wie vor mit konzentrierter Miene vor seinem Bild und scheint überhaupt nicht bemerkt zu haben, dass ich so lange fort war. Ohne aufzublicken, lässt er sich von mir die Skizzen reichen und ist sofort wieder völlig in seine Arbeit vertieft.

Ich dagegen kann mich nicht mehr darauf konzentrieren. In meinem Kopf gehe ich die belauschte Unterhaltung immer und immer wieder durch, um mir jedes Wort für später einzuprägen. In meinen Fingerspitzen kribbelt es. Was auch immer diese Übersetzungsarbeit ist, an der Leonardo für Lorenzo arbeitet, es klingt spannend. Und ich werde irgendwie herausfinden, worum es dabei geht.

Als ich nach Hause zurückkomme, tänzeln Peppina und Gloria aufgeregt um einen unförmigen Haufen auf dem Küchentisch herum. Bei näherem Hinsehen entpuppt sich der Haufen als gigantischer Stoffberg. Sofort ist jede Grübelei über das belauschte Gespräch bei Botticelli wie weggeblasen.

»Was ist denn das?«, erkundige ich mich und nähere mich langsam.

Die beiden halten sofort in ihrem Tun inne. »Der Schneider hat Eure Garderobe geliefert«, kiekst Peppina und hält ein Mieder hoch. Bewundernd nehme ich es ihr aus der Hand und befühle den Stoff. Es ist ein wunderschönes Kleidungsstück aus dunkelgrünem Samt. Um den Ausschnitt windet sich eine aufwendige Silberstickerei.

»Fiametta hatte wohl recht mit ihrer Behauptung, ihr Arbeitgeber sei der begehrteste Schneider der Stadt. Bringen wir die Sachen nach oben, ich will sie alle anprobieren.«

Gut gelaunt steige ich mit Gloria und Peppina, die unter der Last der Kleiderstapel ächzen, in die Schlafkammer hinauf. Die Mode der Renaissance ist mir in ihren Feinheiten zwar noch immer ein Rätsel, das heißt aber nicht, dass ich es nicht genieße, mich wie eine Märchenprinzessin zu kleiden. Denn so fühle ich mich in den prachtvollen Kleidern. Über einem wadenlangen Unterkleid trage ich ein Mieder, das am Rücken stramm geschnürt wird und eine fantastische Figur zaubert – vom Dekolleté ganz zu schweigen. Die Ärmel sind nicht angenäht, sondern werden mithilfe von Ösen und Bändern an das Mieder angefügt, genau wie der Rock.

Wie versprochen hat man mir drei Kleider geliefert. Das wunderschöne dunkelgrüne Tageskleid mit den Silberstickereien, ein ähnliches in Rosa und ein absolut umwerfendes Festtagsgewand. Es besteht aus silberdurchwirktem pfauenblauem Brokat und strahlt so intensiv, dass ich mich daran kaum sattsehen kann. Begeistert streiche ich über das kostbare Gewebe. Die geschlitzten Ärmel allein sind schon verschwenderisch mit Perlen bestickt und aus mehr Stoff angefertigt als mein Kleid vom Abiball. Ganz allgemein bestehen die Kleider hier aus einer Unmenge Stoff und sind entsprechend schwer. Unterwäsche suche ich in der ganzen Ausstattung aber vergeblich. Mist, Slips sind wohl noch nicht erfunden. Dann muss ich mir also weiterhin mit einer von

Leos unerhört reizvollen langen Unterhosen behelfen, die ich in der Nacht trage, während ich mein Höschen jeden Abend mit der Hand auswasche und über Nacht trocknen lasse. Immerhin haben die Mieder den Vorteil, dass ich mir den BH spare.

Ich schwelge noch eine ganze Weile glücklich in meinen neuen Schätzen, als polternde Schritte auf der Treppe Leos Rückkehr ankündigen. Schon als er zu mir ins Schlafzimmer tritt, hat er schlechte Laune. Dazu muss er gar nichts sagen, der Missmut umgibt ihn wie eine verpestete schwarze Aura. Ich tue so, als hätte ich ihn nicht bemerkt, und streiche weiterhin summend über das bestickte Mieder der Festrobe.

»Wie ich sehe, hat der Schneider geliefert«, sagt er schmallippig und stellt sich neben mich. »Die Rechnung lag auch dabei. Kannst du mir erklären, warum wir über zwölf Florin bezahlen müssen? Das ist mehr als die Jahresmiete für dieses Haus! Andererseits, wenn ich dich so betrachte, wird mir alles klar.« Seine Stimme wird immer leiser und trieft vor Spott. Ich versteife mich und halte den Blick stur auf den Stoff vor mir gesenkt. Er ist auf Streit aus, und meine Nerven sind sofort zum Zerreißen angespannt.

»Du hast ausdrücklich darauf bestanden, dass ich die Ausstattung einer *Nobildonna* erhalte«, entgegne ich genauso leise.

Leo schnaubt. »Damit wollte ich sagen, dass man dir eine präsentable Garderobe schneidert, für die ich mich nicht schämen muss, aber nicht, dass du dich ausstaffierst wie die Herzogin von Mailand. Ihr Frauen ergreift wirklich jede Gelegenheit, um maßlos übers Ziel hinauszuschießen in eurer Gier nach Luxus.« Sein Tonfall ist so bitterböse, dass sich die feinen Härchen auf meinen Armen aufstellen. Ich werfe ihm einen raschen Blick zu und bemerke überrascht, dass ihm ein schmerzlich gequälter Ausdruck über das Gesicht huscht. Hoppla! Hinter der enormen Schneiderrechnung steckt wohl mehr. Trotzdem will ich klarstellen, dass ich für die Prasserei nicht verantwortlich bin.

»Ich habe rein gar nichts entschieden, Leo«, sage ich und ringe um Gelassenheit. »Die Schneiderin ist gekommen, um mich abzumessen. Nach ihrer Aussage hast du ihren Meister beauftragt, mich auszustatten, und das war schon alles. Die Stoffe und den Zierrat hat der Schneider gewählt. Aber ist ja klar, dass du mal wieder das Schlimmste von mir denkst.«

Leo gibt nur ein Schnauben von sich und murmelt unverständliche italienische Worte, die sich ganz nach Verwünschungen anhören. Kopfschüttelnd wende ich mich ab und falte das Mieder vorsichtig zusammen. Die Freude über die schönen Kleidungsstücke ist mir gründlich vergangen.

»Ich esse heute Abend auswärts.« Mit diesen Worten setzt Leo sein Barett auf und verlässt die Kammer. Wütend starre ich ihm hinterher und hoffe, dass es im Wirtshaus nur noch Kutteln für ihn gibt.

# Kapitel 12

## *Gar garstige Gatten*

Leo ist gegangen, aber die Wut auf ihn dauert weiterhin an. Über eine Stunde lang laufe ich im Schlafzimmer auf und ab und bombardiere den Kleiderhaufen mit mörderischen Blicken. Ich kann mich einfach nicht beruhigen. Jedes Mal, wenn ich tief durchatme und auf den Boden der Tatsachen zurückzukommen versuche, wird es nur schlimmer. Als würden die tiefen Atemzüge meine Wut weiter anfachen wie ein Blasebalg. Ich verstehe Leo nicht. Absolut nicht.

Wie schafft er es bloß, jede Situation gegen mich auszulegen und einen Streit anzuzetteln? Allmählich kommt es mir so vor, als versuche er mit aller Macht, nur das Schlechte in mir herauszukehren. Der Schneider lässt bei meiner Garderobe alle Hemmungen fallen? Ich bin eine verschwenderische Luxuspuppe. Ich bin neugierig und möchte die Stadt erkunden? Ich begebe mich in Lebensgefahr und bringe wissentlich meinen Zodiakus in Gefahr.

Wütend stampfe ich mit dem Fuß auf. Wahrscheinlich würde er es sogar schaffen, einen Streit wegen meiner Frisur vom Zaun zu brechen. Was habe ich ihm getan? Meine Gedanken kreisen unaufhörlich um diese Frage, ohne dass ich eine befriedigende Antwort finde. Wie auch, er lässt mich ja keinen Millimeter hinter seine Fassade blicken.

Dass er mich so durch und durch furchtbar findet, kann ich nicht mehr glauben. Nicht, wenn er sich jede Nacht im Schlaf zu mir umdreht und mich an sich zieht. Sein Unterbewusstsein würde doch nie meine Nähe suchen, wenn ich ihm so zuwider wäre.

Verdammter Mist, das führt doch zu nichts! Ich brauche dringend frische Luft. Geladen, wie ich bin, schnappe ich mir blindlings ein Schultertuch von meinem Kleiderberg und stürme hinaus. Während ich die Treppe nach unten haste, werfe ich es über. In der Küche höre ich Gloria und Peppina, die sich unterhalten und wahrscheinlich geknickt sind, weil weder Leo noch ich das Abendessen angerührt haben. Doch ohne mich zu verabschieden, ziehe ich entschlossen die Tür hinter mir zu. Am Ende lasse ich nur meine schlechte Laune an den beiden aus. Ich will mich aber nicht auf das Niveau von Signor Ochsenfrosch von Mistkerl begeben.

In der milden Abendluft verharre ich einen Moment lang und lehne mich an die Haustür. Auf magische Weise schafft es die aufziehende Nacht, den Mief aus den Straßen zu vertreiben wie ein dunkles Parfum. Die Luft erscheint so viel klarer und verheißungsvoller. Ohne zu wissen, wohin ich eigentlich will, setze ich mich in Bewegung.

Nach einer Weile dämmert es mir, dass ich klugerweise eine Lampe hätte mitnehmen sollen. Ohne moderne Straßenbeleuchtung ist es in den engen Gassen stockfinster, und ich stolpere bei jedem Schritt. Schon bei Tageslicht sind die unbefestigten Straßen eine Herausforderung, bei Nacht werden sie zu einem echten Hindernisparcours. Fluchend taste ich mich über Schlaglöcher und Fahrrinnen hinweg, bis ich endlich eine offene Fläche erreiche, die Piazza di Santa Maria Novella. Das diffuse Zwielicht der Nacht genügt, um Unebenheiten im Boden zu erkennen. Also gehe ich weiter in die Richtung, in der ich den Dom vermute. So lange schon möchte ich mir das berühmteste Gotteshaus von Florenz ansehen. Inzwischen haben sich meine Augen so gut an die Dunkelheit gewöhnt, dass ich auch in den düsteren Gassen besser vorankomme.

Auf meinem Weg begegnen mir nur wenige Menschen, doch zur Sicherheit ziehe ich den Kopf ein, wenn mir jemand entgegenkommt. Ich möchte keine unnötige Aufmerksamkeit erregen und Leos Theorie über die gefährlichen Florentiner Straßen nicht bestätigen. Also ziehe ich mein Schultertuch bis über die Stirn und schleiche dicht an den Hauswänden entlang.

Gerade stehe ich an einer Straßenkreuzung und versuche zu entscheiden, welche Richtung ich nehmen soll, als ein Prickeln meinen rechten Arm durchströmt. Instinktiv fasse ich mir ans Handgelenk und ertaste das jähe Pulsieren meines Zodiakusmals. Es pocht wie ein zweiter Herzschlag in meinem Körper. Im nächsten Moment öffnet sich eine Tür schräg gegenüber, und warmes Licht flutet in die Gasse. Ich weiche zurück, als mehrere Gestalten nach draußen treten, den Stimmen nach junge Männer.

»Kein Wein mehr!«, blafft einer von ihnen. »Eine Unverschämtheit!«

»Das kommt davon, wenn man säuft wie ein Fass ohne Boden«, unkt ein anderer. »Ich möchte wetten, dass du allein diese Woche Carolinas Weinkeller leer gesoffen hast. Kein Wunder, dass sie uns hinauswirft!«

Seine Begleiter lachen. Und ich erkenne eine der Stimmen, ohne Zweifel. Mir gefriert das Blut in den Adern. Ich habe diesen Ausdruck schon unzählige Male in Büchern gelesen und bisher nur für eine Redewendung gehalten. Nichts, was ich wirklich selbst nachfühlen könnte. Aber der

Schock stellt genau das mit mir an – ich gefriere regelrecht von innen, als hätte jemand mein Blut durch flüssigen Stickstoff ersetzt. Unmöglich, mich auch nur einen Millimeter zu rühren und die Flucht zu ergreifen. Stattdessen starre ich wie ein verängstigtes Karnickel im Scheinwerferlicht zu den jungen Männern hinüber.

Dort drüben steht Leo, keine fünf Meter von mir entfernt auf der anderen Seite der Gasse und amüsiert sich mit diesen Männern. Und er reibt sich den Unterarm, als würde er, genau wie ich, das dringliche Pochen des Zodiakus fühlen. Während seine Begleiter weiter den Trunkenbold foppen, lässt er den Blick suchend durch die Gasse schweifen. Weiß er, dass ich hier bin? Haben zusammengehörige Zodiaki so etwas wie einen Sensor, der sie alarmiert, wenn sich ihr Gegenpart in der Nähe aufhält?

Ich will mich bewegen, weiter in die Schatten zurückweichen, kann mich aber immer noch nicht rühren. Ich bin völlig gebannt vor Furcht, Leo könne mich hier entdecken. Das Gefühl rieselt mir wie mit Eiskristallen das Rückgrat hinunter.

»He, wo wollt Ihr hin?« Einer der Männer packt Leo am Ärmel, als er sich in meine Richtung wendet.

»Ich habe etwas gesehen«, murmelt er fahrig und versucht den Griff am Arm abzuschütteln. »Gleich dort drüben. Ich will nur nachsehen.«

Jetzt ist die Aufmerksamkeit aller Männer auf die Stelle gerichtet, wo ich mich im Schatten an die Hauswand drücke. Hände legen sich an waffenbewehrte Gürtel, bereit, eine mögliche Gefahr abzuwehren.

*Nein, bitte nicht!* Was, wenn die Angetrunkenen meinen Schemen entdecken und gar nicht erst fragen, sondern mir gleich ihre Klingen in die Rippen stoßen? Sollte ich mich vielleicht doch bemerkbar machen? Lieber riskiere ich den größten Krach der Weltgeschichte mit Leo, als erdolcht zu werden.

Doch bevor ich mich entscheiden kann, höre ich Schritte hinter mir, und eine hochgewachsene Gestalt tritt an mich heran. Ich halte den Atem an. Mein Herz trommelt ohnehin so wild, dass man es vermutlich meilenweit hört.

»Ah, sieh an! Kein Grund zur Sorge, Orlandi. Es ist nur Maestro da Vinci.«

Die Männer entspannen sich sichtlich, und ich traue mich wieder zu atmen. Gleichzeitig bin ich wie elektrisiert.

»Tornabuoni«, grüßt der Mann vor mir verhalten. Aus seiner Stimme höre ich heraus, dass er über die Begegnung nicht gerade erfreut ist. Trotzdem deckt er mich nach wie vor mit seiner großen Gestalt.

»Wohin des Wegs so spät am Abend?«, fragt der Kerl, den er Tornabuoni genannt hat, und in seiner Stimme schwingt eine gewisse Herausforderung mit.

»Eingedenk unserer Erfahrungen sollten wir uns wohl beide nicht in die Angelegenheiten des anderen einmischen, meint Ihr nicht auch?«

Die Männer rings um Leo raunen halblaut. Ich habe keine Ahnung, worauf Maestro da Vinci anspielt, aber die anderen reagieren äußerst angespannt darauf. Plötzlich haben sie es eilig und gehen weiter. Nur Leo bleibt stehen und lässt die Stelle, an der ich stehe, immer noch nicht aus den Augen.

Einer seiner Kumpane hält inne und wendet sich zu ihm um. »Kommt, lasst uns weiterziehen. In der Schenke von Marcello gibt es Wein und Weiber. Bei denen vergesst Ihr Eure garstige Gemahlin, Orlandi.«

Mit einem letzten argwöhnischen Blick zu mir herüber

geht Leo seinen Zechgenossen endlich nach und lässt mich wütend zurück.

*Garstige Gemahlin?* Habe ich das gerade wirklich gehört? Dieser verdammte Heuchler! Plötzlich bin ich so geladen, dass ich ihm am liebsten hinterherlaufen möchte, um ihm eine zu kleben. Wein und *Weiber*, geht's noch? Und mir davon predigen, dass es einen schlechten Eindruck macht, wenn ich zu oft in Botticellis Werkstatt komme. Angesichts dieser Doppelmoral steigt mir die Galle hoch.

Eine Hand, die sich schwer auf meine Schulter legt, bringt mich zur Vernunft. Immerhin genug, um nicht auf der Stelle wie eine Furie loszustürmen.

»Lasst es gut sein!«

Ich balle die Hände zu Fäusten, unwillig, mich dem Rat zu beugen. Aber er hat ja recht. Am Ende benehme ich mich wirklich wie ein garstiges Weib und mache mich lächerlich.

Außerdem interessiert mich mein Gegenüber im Moment viel zu sehr.

»Woher wusstet Ihr, dass die Männer mich nicht entdecken durften?«, platze ich heraus.

»Ich beobachte die Menschen. Und Ihr habt ganz den Anschein erweckt, den jungen Herren nicht begegnen zu wollen.« Er neigt den Kopf. Obwohl es dunkel ist und ich sein Gesicht nicht sehen kann, weiß ich, dass er mich fragend mustert.

»Ja«, seufze ich schließlich und reibe mir mit den Händen über das Gesicht. Allmählich weicht die Anspannung in mir, und ich fühle mich zittrig.

»Sie haben Euch vorhin Maestro da Vinci genannt. Seid Ihr Leonardo da Vinci?«

Er deutet eine Verneigung an. »Ja, der bin ich. Und Ihr seid Monna Orlandi del Mazza, Sandros Nachbarin.«

Eigentlich überrascht es mich nicht, dass da Vinci weiß, wer ich bin. Der Mann ist ganz offensichtlich beeindruckend scharfsichtig.

»Erlaubt mir, Euch nach Hause zu begleiten«, bietet mir da Vinci an. »Um diese Zeit sollte eine junge Dame nicht allein auf den Straßen unterwegs sein. Die Nachtwachen könnten Euch aufgreifen, oder Euch könnte Schlimmeres widerfahren.«

Aber hallo! Von diesen Umgangsformen könnte sich Leo eine Scheibe abschneiden. Aus da Vincis höflicher Aufforderung spricht echte Besorgnis, und ich komme gar nicht auf den Gedanken, wie ein trotziges Kind zu widersprechen. Ich raffe meine Röcke, und nach einem letzten Blick in die Richtung, in die Leo verschwunden ist, schließe ich mich da Vinci an.

Er geht gemessenen Schrittes neben mir her, und ständig raschelt ein Bündel Pergament, das er unter den Arm geklemmt hält. Wohin er zu dieser Uhrzeit wohl unterwegs ist? Ob es etwas mit der geheimnisvollen Übersetzungsarbeit für Lorenzo de'Medici zu tun hat? Neugierig betrachte ich ihn von der Seite. Er ist sehr viel größer als die meisten Menschen seiner Zeit, das ist mir vorhin schon aufgefallen. Er misst bestimmt einen Meter neunzig. Sein gelocktes langes Haar schimmert blassgolden im Dunst der Nacht, genauso wie sein blonder Rauschebart. Er sieht aus wie der Zauberer Merlin. Dabei ist er jung, etwa Mitte zwanzig. Diese Tatsache verwirrt mich, denn das Bild, das ich bisher von Leonardo da Vinci hatte, zeigt ihn als weisen alten Mann. Dabei ist es bei ihm wohl unerheblich, ob er siebzig oder siebenundzwanzig Jahre alt ist. Ein brillanter Geist braucht kein Mindestalter.

»Wieso hat es Euch heute Nacht auf die Straßen verschlagen?«, fragt er schließlich, ohne mich anzusehen.

Ich schlucke und reiße mich von der Betrachtung seines Profils los. »Ich musste einen Spaziergang machen«, räume ich ein. »Ich hatte einen Streit mit meinem garstigen Gatten.« Ich rolle mit den Augen, und da Vinci atmet schnaubend durch die Nase aus.

»Ein junger Heißsporn ist er, nicht wahr?« Jetzt bin ich es, die laut durch die Nase atmet. »Wohl wahr. Aber sagt, weshalb seid *Ihr* noch so spät unterwegs?«

Ich halte den Atem an, während ich auf seine Antwort hoffe. Die Männer vor der Schänke hat er unmissverständlich abgewiesen. Wird er einer Fremden wie mir verraten, was er so spät noch zu unternehmen gedenkt?

Da Vinci seufzt. »Soll ich Euch einweihen und riskieren, dass mein Name schon wieder in einem der Briefkästen für anonyme Anschuldigungen landet?«

Überrascht sehe ich zu ihm hoch. Briefkästen für anonyme Anschuldigungen? Im fünfzehnten Jahrhundert? Das sind ja Stasimethoden!

»Ich verrate Euch auf gar keinen Fall. Außerdem wüsste ich überhaupt nicht, wo diese Briefkästen zu finden wären. Davon habe ich noch nie gehört.«

Der Blick aus hellblauen Augen, die selbst in der Dunkelheit erstaunlich gut zu erkennen sind, trifft mich. Ich fühle mich wie von Röntgenstrahlen durchbohrt. Dieser Blick hat etwas Analytisches, als würde er mich mit dem bloßen Auge vermessen und kartieren. Ich zwinge mich, nicht wegzusehen, weil ich das deutliche Gefühl habe, gerade einer Prüfung auf Herz und Nieren unterzogen zu werden, bei der ich nicht durchfallen möchte.

Nach einer Weile wendet da Vinci den Kopf wieder ab und schiebt die Pergamentrollen in seiner Armbeuge zurecht. »Ich war im Ospedale Santa Maria Nuova und habe die

Körper im dortigen Beinhaus aufgeschnitten und gezeichnet.«

»Nein!«, keuche ich.

Ich höre ihn regelrecht mit den Zähnen knirschen. »Ich wusste doch, dass Ihr mich anzeigen wollt.«

»Nein … ich, niemals!«, stammele ich und versuche mit ihm Schritt zu halten. »Das ist absolut faszinierend! Darf ich Eure Zeichnungen einmal sehen?«

Ich spüre, wie überrascht er ist. »Ihr wollt sie sehen?«

»Ja«, beteure ich eifrig. »Vielleicht nicht jetzt gleich … es ist zu dunkel, um sie zu würdigen. Aber möglicherweise in einigen Tagen.«

»Ihr seid eine höchst ungewöhnliche Frau, Madonna«, entgegnet er mit Verwunderung in der Stimme.

Ich lächele in mich hinein. Das höre ich nicht zum ersten Mal, aber im Gegensatz zu Leo kümmert es mich kein bisschen, dass mein Verhalten auf Verwunderung stößt. Ich verursache ja keinen Staatsstreich oder löse andere Ereignisse aus, die den Lauf der Zeit negativ beeinflussen. Wenn Leo zum Zweck unserer Mission mit seinen neuen Freunden auf Sauftour gehen darf, dann kann ich mir doch da Vincis anatomische Zeichnungen näher ansehen.

»Wir werden sehen«, entgegnet da Vinci unbestimmt.

Ich nehme ihm seine Zurückhaltung nicht übel, denn nachdem ich gerade von diesen Briefkästen erfahren habe, wäre er schön dumm, mir blindlings zu vertrauen. Aber ich bleibe am Ball.

Wir biegen um eine Ecke und haben die Via Nuova erreicht. Der Hinweg kam mir bedeutend länger vor. Ein bisschen enttäuscht, dass mein nächtlicher Spaziergang mit Leonardo da Vinci bereits zu Ende ist, krame ich den Hausschlüssel aus meiner Rocktasche.

Da Vinci wartet, ganz Gentleman, bis ich die Tür aufgeschlossen habe. Dann nimmt er sein Barett ab, hält es vor die Brust und verneigt sich vor mir.

»Monna Orlandi del Mazza.«

»Vielen Dank für alles! Und bis bald.«

»Ja«, murmelt er. »Bis bald.«

Im Haus tappe ich auf leisen Sohlen in die Küche. Nachdem das Abendessen ausgefallen ist, knurrt mir der Magen, und ich habe Appetit auf einen Mitternachtssnack. In der Speisekammer finde ich gebackene Pasteten, die ich im Stehen verspeise. Meine Güte, Gloria kocht wirklich fantastisch! Fehlt nur noch etwas Süßes zum Abschluss … Blind taste ich in der unbeleuchteten Kammer in den Regalen herum. Doch auf die Schnelle fördere ich nur einen schrumpeligen Apfel zutage. Missmutig beiße ich ein Stück ab und wünsche mir beim Kauen, es wäre Schokolade. Ein kleines Stück Vollmilchschokolade, dafür gäbe ich jetzt wirklich alles. Selbst der Verzicht auf Kaffee und elektrischen Strom fällt mir leichter als der Schokoladenentzug. Ich nage den Apfel ab, dann mache ich mich auf den Weg nach oben.

Die Glocken von San Paolino und Ognisanti läuten im Gleichklang, und ich liege noch immer wach und starre an die Decke. Stumm zähle ich die Schläge mit. Eins, zwei, drei, vier. Volle Stunde. Eins, zwei, drei. Drei Uhr nachts. Oje! Völlig genervt, weil ich endlich schlafen will, presse ich mir die Fäuste auf die Augen. Meine Gedanken fahren noch immer Achterbahn, und ich komme einfach nicht zur Ruhe.

Das war wirklich ein grandioser Einfall, spazieren zu gehen, um den Kopf frei zu bekommen. In Filmen wirken Spaziergänge bei Nacht immer so poetisch. Man hat die Stadt für sich allein und wandert wie ein einsamer Geist durch die Gassen. Aber erstens ist mein Leben kein Film, und zweitens sind die nächtlichen Gassen voller Müll und fieser Kerle. Ganz abgesehen davon, dass das Fehlen von elektrischer Straßenbeleuchtung den Großteil der romantischen Stimmung vernichtet. Frustriert drehe ich mich auf die andere Seite und ziehe mir die Decke über die Ohren.

Ich muss wirklich eingeknickt sein, denn ich schrecke hoch, als jemand das Zimmer betritt. Ein Rumpeln ist zu hören, und eine vertraute Stimme stößt einen Fluch aus. Leo. Er ist also zurück. Und den torkelnden Schritten zufolge total betrunken.

Mit einem stummen Seufzen sinke ich zurück in die Kissen und versuche, ihn nicht zu beachten und wieder einzuschlafen. Ein paar Minuten lang rumort er im Ankleidezimmer herum, dann senkt sich die Matratze auf seiner Seite des Betts.

»Rosalie«, flüstert Leo. »Bist du noch wach?«

Ich drehe den Kopf und sehe ihn an. Er hockt mit den Knien auf der Matratze, sein Gesicht dicht vor meinem Kopf. Das Zwielicht, das zum Fenster hereinfällt, erhellt sein Gesicht. Er sieht genauso erledigt aus, wie ich mich fühle.

Ungehalten runzele ich die Brauen. »Wonach sieht es denn aus? Nach dem Lärm, den du veranstaltet hast, bin ich natürlich wach.«

Leo seufzt theatralisch, und sein alkoholgeschwängerter Atem streift mein Gesicht. Ich drehe den Kopf weg und will mich abwenden, weil mir seine Fahne den Atem verschlägt.

»Nein, nicht!« Leos Hand umfasst plötzlich meinen Oberarm und hindert mich am Ausweichen. »Bleib hier!«

»Und ob ich bleibe! Falls du es noch nicht bemerkt hast – in diesem Haus gibt es nur dieses Bett, und *so* sauer könntest du mich gar nicht machen, dass ich freiwillig auf dieser Folterbank von Diwan im Salon schlafe.«

Leo blinzelt wie in Zeitlupe, während er meinen Redeschwall verarbeitet. Dann ändert sich seine Miene und wird düster.

»Niemand kann dich so sauer machen wie ich. Stimmt doch, nicht wahr, *micina*.« Träge grinsend lässt er sich auf seine Seite des Betts sinken und verschränkt die Arme hinter dem Kopf. Sinnend starrt er zum Betthimmel hinauf.

»Niemand kann dich so sehr verletzen wie ich«, fährt er fort. »Im Grunde genial, wenn es nicht so verdammt hart wäre.« Er sieht mich an, als müsse ich verstehen, was er da von sich gibt.

»Ich kenne auch ein paar wunderbare Arten, um dich zu verletzen, wenn du nicht endlich die Klappe hältst und mich schlafen lässt«, fauche ich. Deep Talk mit einem Betrunkenen ist nicht gerade das, worauf ich Lust habe. Vor allem, wenn er damit angibt, wie phänomenal er mich fertigmachen kann.

Endlich schaffe ich es, mich von ihm wegzudrehen. Wütend knülle ich das Kopfkissen zusammen. Mit offenen Augen starre ich den Streifen Nachthimmel über den Dächern der Nachbarhäuser an und warte auf den Schlaf.

# Kapitel 13

## *Der Schlangenträger*

Als ich am nächsten Morgen erwache, fühle ich mich wie gerädert. Die Augen brennen mir vor Müdigkeit, und mein Mund ist unangenehm trocken. So als ob *ich* auf Sauftour gewesen wäre und nicht Leo. Ächzend schwinge ich die Beine aus dem Bett, schlüpfe in meine weichen Halbschuhe, hülle mich in mein Schultertuch und begebe mich nach unten. Offenbar bin ich früher wach als üblich, denn sonst macht sich Peppina schon immer leise im Schlafzimmer zu schaffen, bevor ich aufstehe. Stattdessen treffe ich sie schnatternd mit Gloria in der Küche. Sie macht große Augen, als ich zur Tür hereinkomme.

»Guten Morgen, Herrin. Wollt Ihr Tee?«

Gähnend nicke ich und setze mich auf die Bank am Tisch. Inzwischen haben Gloria und Peppina nichts mehr dagegen, dass ich lieber bei ihnen in der Küche frühstücke, als oben allein im Speisezimmer zu sitzen. Statt mir fragende Blicke zuzuwerfen, brüht mir Gloria eine Tasse von dem Schwarztee auf, den sie extra für mich gekauft hat, und füllt mir eine Schüssel mit ihrem Reisbrei. Glücklich mit meinem Frühstück sitze ich am schartigen Holztisch und lausche dem Geplauder der Dienstboten.

Peppina ist an diesem Morgen besonders aufgekratzt, und

Gloria ermahnt sie ständig, nicht so viel zu schnattern. »Du bist ohnehin zu jung, um hinzugehen«, sagt sie streng. »Und jetzt putz die Rüben!«

Mit mürrischer Miene beugt sich Peppina über einen Bottich voller Wurzelgemüse und fährt mit dem Schrubben fort.

»Worüber sprecht ihr?«, frage ich neugierig.

Peppinas Kopf schnellt hoch. »Die Tochter von Messer Antonio Vespucci heiratet heute. Am Abend wird ein großes Fest veranstaltet. Das ganze Viertel wird dort sein.« Sie glüht förmlich vor Aufregung. Ihr flehentlicher Blick macht mir deutlich, dass sie sich in mir eine Fürsprecherin erhofft.

Ich wende mich an Gloria, die mit strenger Miene den Kopf schüttelt. »Ein Verlust von Sitte und Anstand ist das heutzutage. Ein Hochzeitsfest in der Fastenzeit veranstalten!« Missbilligend schnalzt sie mit der Zunge.

Peppina hebt den Blick von der Rübe in ihrer Hand. »Meine Schwester arbeitet im Haushalt der Braut, und es wird gemunkelt, dass die Hochzeit nicht aufgeschoben werden *kann*«, murmelt sie verschwörerisch. Sie macht eine eindeutige Geste über dem Bauch, wofür sie von Gloria einen Schlag auf den Hinterkopf kassiert.

»Hör auf zu tratschen, Mädchen!«

Mit roten Wangen senkt Peppina den Kopf wieder über ihre Arbeit, und einige Minuten lang herrscht Stille in der Küche. Allerdings nicht lange. Schweigen gehört nicht zu Peppinas Stärken, und nachdem Glorias ungnädige Miene sich wieder entspannt hat, beginnt sie munter von ihrer eigenen Familie zu erzählen. Ich nippe an meinem Tee und lausche entspannt ihrem Geplapper.

Sie hat zu Hause zehn Geschwister und träumt davon, bald selbst zu heiraten. Ich lächele über ihre Träumereien. Obwohl sie nur wenige Jahre jünger ist als ich, sieht ihr

Leben so viel anders aus als das meine. Sie ist siebzehn und macht sich Sorgen, bald als alte Jungfer zu gelten … eine ihrer Schwestern hat bereits mit fünfzehn geheiratet.

»Es ist sehr ungewöhnlich, dass der Herr so jung war, als er Euch geheiratet hat«, sagt sie gedankenverloren. »Die Männer in Florenz heiraten selten vor ihrem dreißigsten Lebensjahr.« Sie wirft mir einen Blick zu, der sagen soll: *Und man sieht ja, was dabei herauskommt, wenn sie vorher heiraten.*

Uff, so viel dazu.

Ich beschließe, nichts dazu zu sagen, und kratze den letzten Rest Reisbrei aus meiner Schüssel. Wenn ich wieder zu Hause bin, werde ich mein Frühstück auch mit Mandelmilch zubereiten. Ich lecke gerade genüsslich den Holzlöffel ab, als die Tür auffliegt und Leo hereinkommt. Er wirkt überrascht, mich zu sehen. Sein Blick bleibt an dem Löffel hängen, den ich nicht gerade damenhaft ablecke. Seine Augen werden dunkel, und ein hungriger Ausdruck huscht über sein Gesicht, der rein gar nichts mit Frühstück zu tun hat. Etwas lodert zwischen uns auf, kurz und hitzig wie ein Knallfrosch. Eilig ziehe ich den Löffel aus dem Mund, lecke mir die Lippen und nehme einen großen Schluck Tee.

»Domine.« Glorias respektvolle Begrüßung lässt den letzten Rest der flirrenden Hitze zwischen uns verpuffen, und Leo wendet den Blick von mir ab.

Er spaziert durch die Küche und lässt sich auf der Bank neben mir nieder. Dafür, dass er sich die halbe Nacht in Kneipen herumgetrieben hat, sieht er erstaunlich frisch aus. Mistkerl. Obwohl ich ihn nicht konfrontieren kann, ohne meinen eigenen nächtlichen Trip zu verraten, bin ich sauer auf ihn. Stellt er sich so die Umsetzung unserer Mission vor? Indem er sich bei seinen neuen Saufkumpanen über mich beklagt, um sich dann von anderen Frauen aufmuntern zu lassen? Kein Wunder, dass wir nicht vorankommen. Mit mehr Getöse als nötig stelle ich meinen Teebecher auf dem Tisch ab, und einige heiße Tropfen schwappen mir über die Finger. Fluchend ziehe ich die Hand zurück und wische sie am Nachthemd trocken.

»So gute Laune heute Morgen, wie?«, murmelt Leo und beugt sich zu mir herüber.

Ich funkele ihn nur böse an. Forschend lässt er den Blick über mein Gesicht wandern, dann zuckt er ratlos mit den Schultern und lehnt sich wieder zurück.

»Eigentlich habe ich gute Nachrichten zu überbringen.« Er hebt die Stimme und schaut zu den Dienstboten hinüber, die auffällig unauffällig unser Geplänkel verfolgen. »Heute Abend werden wir alle das Hochzeitsfest von Messer Vespuccis Tochter besuchen.«

Peppina stößt ein aufgeregtes Quieken aus, während Glorias Miene sich verdüstert wie ein aufziehendes Gewitter.

»Was sagst du dazu?«, raunt mir Leo zu. »Ich habe es geschafft, dass wir dabei sein dürfen. Über die Familie Vespucci und ihre Gäste können wir endlich die nötigen Kontakte zu den Medicikreisen knüpfen.«

Bei der Vorstellung, mit Leo auf diese Hochzeit zu gehen und ein glückliches Paar zu mimen, dreht sich mir förmlich der Magen um. Auch wenn er es nicht weiß – mit mir hat er es sich gründlich verscherzt.

»Viel Spaß dabei! Ich komme nicht mit«, erkläre ich kühl.

»Was?« Seine Munterkeit fällt in sich zusammen wie ein Kartenhaus.

»Du hast mich schon verstanden. Ich komme nicht mit.«

Mit einem Ruck stehe ich auf, um die Küche zu verlassen. Eilig gehe ich zur Treppe, um mich ins Ankleidezimmer zurückzuziehen, bis ich mich wieder beruhigt habe.

Ich höre, wie er aufspringt und mir hinterhereilt. Seufzend beschleunige ich meine Schritte, doch als ich das Schlafzimmer betrete, hat er mich eingeholt.

»Warte, Rosalie!« Er hält mich am Arm zurück.

Ich reiße mich von ihm los und drehe ihm den Rücken zu. Um Beherrschung ringend starre ich eine fadenscheinige Stelle des Teppichs zu meinen Füßen an.

»Wieso willst du nicht mitkommen?«, fragt er, und zum ersten Mal höre ich so etwas wie Unsicherheit in seiner Stimme. »Ich brauche dich dort.«

*Oh, dieser …* Das Blut rauscht mir wie ein Orkan in den Ohren, und ich sehe rot vor Wut. »Du brauchst mich dort?«, wiederhole ich mit schriller Stimme.

Leo scheint völlig überrumpelt von der Intensität meines Zorns.

»Wofür brauchst du mich, hm? Soll ich eins der verschwenderischen Kleider anziehen und mich herausputzen, damit du mich herumzeigen kannst? Bisher hast du doch auch alles ganz wunderbar ohne mich geschafft.«

Leo wird blass. Sein Mund öffnet sich ein paarmal, ohne ein Wort herauszubringen. Seine Sprachlosigkeit macht mich nur noch rasender. Wahllos greife ich nach einzelnen Kleidungsstücken, die noch immer gefaltet auf der Truhe liegen, und schleudere sie ihm entgegen. Blusen, Unterröcke und Mieder. Als Nächstes segelt ein Schuh durch die Luft, dem er um Haaresbreite ausweicht.

»Rosalie!«, knurrt er und wird allmählich selbst wütend. Doch das reizt mich nur noch mehr. Der Frust der letzten Tage kocht in mir hoch, und ich bebe am ganzen Körper.

»Glaubst du, es ist schön, von dir behandelt zu werden wie ein Fußabtreter? Nervige, unnütze Rosalie!«, schreie ich. Tränen brennen mir in den Augen, und ich beiße mir fest auf die Unterlippe, um sie zu unterdrücken. Alles, nur jetzt nicht losheulen!

Mit wenigen Schritten ist Leo bei mir. Er steht ganz dicht vor mir, berührt mich aber nicht. »Ich verhalte mich nicht so, weil es mir Spaß macht«, sagt er schließlich, und es klingt, als koste ihn dieses Geständnis größte Mühe.

»Was soll das bedeuten?«, zische ich.

»Du wirst es erfahren, wenn es so weit ist«, sagt er schlicht.

»Du glaubst doch wohl nicht ernsthaft, dass ich mich mit einer so fadenscheinigen Erklärung zufrieden gebe.«

»Du musst. Ich habe Stillschweigen gelobt und halte mich an meine Schwüre.«

»Wem hast du das geschworen?«

Statt zu antworten, hebt er nur müde die Brauen. »Am Ende wirst du dankbar sein, dass ich das alles für dich getan habe.«

»Weißt du, wofür ich dankbar wäre? Für ein bisschen mehr Respekt und Freundlichkeit. Ist das denn so schwer für dich?« Mir stehen schon wieder Tränen in den Augen, und diesmal gebe ich mir keine Mühe, sie aufzuhalten. Leo zermürbt mich einfach. Die ewigen Streitigkeiten und Diskussionen rauben mir den letzten Nerv.

Ich sehe ihm an, dass er mit sich uneins ist. Die kühle Herablassung kämpft gegen den Drang, mir entgegenzukommen. Sekunden, die sich wie eine Ewigkeit hinziehen, ringt er mit sich.

Schließlich drehe ich ihm den Rücken zu, um ihm die Entscheidung leichter zu machen. Ich will keine Freundlichkeit von jemandem, der sich dazu zwingen muss. Das Signal sollte eigentlich unmissverständlich sein: *Geh.*

Doch ich höre keine Schritte, die das Zimmer verlassen. Wie eine Statue verharre ich, angespannt bis in die letzte

Faser. Wenn er nicht gleich geht, breche ich hier und jetzt in die Knie und kann den Tränenstrom nicht mehr aufhalten.

Dann plötzlich packt er mich von hinten und dreht mich zu sich um. Als ich sein Gesicht sehe, läuft es mir siedend heiß über den Rücken. Da gibt es keine Mauern mehr, hinter denen sich seine Gefühle verbergen. Diesmal zeigt er mir mehr als das Glühen seiner Augen, das ihn gelegentlich verrät und das seine arrogante Maske Lügen straft. Diesmal lässt er mich in seiner Miene lesen, was er mit Worten nicht sagen kann. Ich muss blinzeln, weil es mir vorkommt, als würde ich ohne Vorwarnung direkt in die Sonne schauen. Schmerzhaft, aber auch unvergleichlich strahlend hell. Am liebsten würde ich ihn anfassen und die Untiefen nachfahren, die Kummer und Sehnsucht in seine Miene gegraben haben. Das Lächeln spüren, das in seinen Mundwinkeln für mich verborgen liegt.

Er presst die Lippen aufeinander und fährt mir hauchzart mit den Fingerspitzen über die Wange. »Es muss einen anderen Weg geben«, murmelt er.

Ich verstehe rein gar nichts mehr. »Was meinst du damit?«

Mit grimmiger Miene schüttelt er den Kopf. »Das alles, Rosalie, hat mit dem Kampf gegen Lucian Morell zu tun. Wir beide sind die einzige Möglichkeit für die Rubiner, ihm ein für alle Male das Handwerk zu legen. Aber sie verlangen einen hohen Preis, und ich habe eingewilligt, ihn zu zahlen, als ich noch keine Ahnung hatte, wer du bist. Mein Geminus.« Er lehnt den Kopf an meine Stirn. Überwältigt und aufs Höchste verwirrt schließe ich die Augen. Wo ist der Zorn geblieben, der mich gerade noch zur Weißglut getrieben hat? Verpufft in dem Moment, als ich hinter die Mauern seiner Abwehr blicken durfte.

»Dieser Preis …«, flüstere ich irgendwann. »Was verlangen sie?«

»Nichts, was ich anfangs für schwierig hielt«, seufzt Leo. »Dummerweise glaubte ich, dass ein Plan, der in der Theorie wie ein Kinderspiel aussieht, in der Realität genauso leicht umzusetzen ist. Glaub mir, ich hatte alles sorgfältig geplant und überlegt, aber mit einer Person hatte ich dabei nicht gerechnet – mit dir. Du bist die Variable, die ich bei der ganzen Sache am wenigsten bedacht hatte, und jetzt fliegt mir alles um die Ohren.«

Er klingt so niedergeschlagen, dass ich zusammenzucke. Gut, er will mir nichts Näheres verraten. Seine Andeutungen sind zu ungenau, als dass ich daraus schließen könnte, worum es bei seinem Pakt zur Bekämpfung von Lucian Morell geht. Nur eines hat er preisgegeben – ich bringe ihn aus dem Konzept. Und das gefällt mir besser, als ich eingestehen will. Denn es bestätigt meine Vermutung, dass er doch ein wenig für mich übrig hat. Zumindest ein bisschen Sympathie.

Wir stehen immer noch so dicht beieinander, dass ich seinen Atem auf dem Gesicht spüren kann. Ich atme tief ein und nehme seinen ganz eigenen Geruch in mich auf, der mir inzwischen so vertraut ist. Würzig wie Lorbeer und Thymian und unverkennbar Leo.

»Heißt das, du magst mich … ein wenig?«, raune ich, weil mir die Frage so sehr auf den Lippen brennt und ich es einfach nicht mehr aushalte.

Leo stößt ein heiseres Glucksen aus. »Ob ich dich mag? Verdammt, Rosalie, genau das ist ja das Problem. Ich mag dich mehr, als gut für mich ist … für uns beide. Aber ich darf nicht … ich meine … *oh porca miseria!*« Er rauft sich die Haare, die ihm inzwischen wie wild vom Kopf abstehen.

»Ich weiß, du fühlst dich an dieses Versprechen gebunden, das du geleistet hast, worum auch immer es dabei geht. Aber du hast selbst gesagt, dass es einen anderen Weg geben muss, denn den gibt es immer. Vielleicht wissen wir einfach noch nicht genug …« Unsicher zucke ich mit den Achseln.

Leo kaut auf der Unterlippe, was meinen Blick unwillkürlich auf seinen Mund lenkt. So nahe waren wir uns noch nie, zumindest im wachen Zustand nicht. Ich studiere den edlen Schwung seiner Lippen. Ein erster dunkler Schatten zeigt sich auf seinem Kinn, obwohl er sich am Morgen bestimmt rasiert hat. Unwillkürlich hebe ich die Hand und streiche mit den Fingern über die rauen Bartstoppeln.

»Hier in der Vergangenheit sind wir frei«, flüstere ich und wage nicht lauter zu sprechen, um den Zauber des Augenblicks nicht zu zerstören. »Wem auch immer du in der Gegenwart verpflichtet bist, hier hat niemand Zugriff auf uns.«

Bei meinen Worten spannt sich sein Kinn an. Im Bruchteil einer Sekunde wird seine Miene hart und abweisend. Ich möchte schreien, denn er sperrt mich wieder aus und weicht vor mir zurück, als wäre ihm gerade ein schwerwiegender Fehler bewusst geworden.

»Egal, in welcher Zeit, Rosalie, es macht keinen Unterschied. Nicht für mich.«

Ich werde nicht schlau aus seinen Worten, und seine plötzliche Kälte versetzt mir einen Stich. Es war wohl doch blöd zu glauben, dass es keine Mauern mehr zwischen uns gibt. Vor irgendetwas hat er höllische Angst. Und ich bin ein Teil davon.

Während ich ihn noch grüblerisch anstarre, wendet er sich zum Gehen. An der Tür blickt er noch einmal zurück.

»Kommst du mit zur Hochzeit? Bitte!«

Eigentlich bin ich noch immer nicht in der Stimmung, Leo zu begleiten. Sein Verhalten vom Abend zuvor stößt mir nach wie vor bitter auf. Aber ich will auch nicht kindisch sein, und so eine Hochzeit zur Zeit der Renaissance möchte ich mir eigentlich nicht entgehen lassen. Also nicke ich, die Arme vor der Brust verschränkt.

Ein winziges Lächeln huscht über Leos Gesicht, dann winkt er mir mit einer Hand zu und verlässt das Zimmer.

Den restlichen Tag ist Peppina in heller Aufregung und umflattert mich wie ein aufgeregtes Huhn. Sie besteht darauf, mir das Haar zu waschen und danach aufwendig zu Locken zu drehen. Ich nicke ein, während sie jede Strähne sorgfältig aufwickelt, bis ich aussehe wie eine alte Dame im Friseursalon. Danach schminke ich mich unter ihren staunenden Blicken. Sie ist noch immer fasziniert von den fremdartigen Schönheitsmitteln, die ich in meinem Umhängetäschchen aus der Gegenwart mitgebracht habe.

»Willst du auch ein wenig?«, frage ich, nachdem sie mein Rougedöschen begierig angestarrt hat. Ertappt zuckt sie zusammen und starrt mich mit großen Augen an.

»Nur ein wenig! Das kann nicht schaden. Wer weiß, vielleicht erregst du die Aufmerksamkeit eines jungen Galans.« Ich wackele mit den Augenbrauen, und schließlich nickt sie zögernd.

Sie hält mir ihr Gesicht hin und schließt die Augen, während ich etwas Rouge auf ihren Wangen verteile. Sie kichert, als die weichen Pinselhärchen ihre Nase kitzeln. Ich trage noch ein bisschen Lidschatten und einen Hauch Lippenstift auf, dann bin ich fertig.

»So, nun bist du fertig.« Zufrieden mit meinem Werk halte ich ihr den kleinen Spiegel in meiner Puderdose hin.

Sie mustert sich, ihre Augen werden immer größer, und sie wirkt regelrecht verängstigt. »Das ist wie Hexenwerk!«, stößt sie hervor.

»Quatsch«, winke ich ab. Ich halte ihr das Rouge unter die Nase. »Sieh mal, das ist Rouge, Wangenrot. Man muss nur wissen, wie man es richtig aufträgt. Ich habe nichts anderes getan als Maestro Botticelli. Nur dass meine Leinwand dein Gesicht ist.«

Ich zwinkere, und Peppina kichert verhalten. Sie betrachtet ihr Gesicht noch eine Weile aus allen Winkeln im Spiegel, dann klappt sie das Döschen zu.

»Ich muss Eure neuen Kleider aufbügeln«, erklärt sie schließlich und rafft die Röcke. »Sie lagen heute Morgen überall auf dem Boden verteilt und sind elendig zerknittert.« Ihr Blick verrät mir, dass sie genau weiß, wer die kostbaren Kreationen wie eine Furie durchs Zimmer geworfen hat.

Der Abend bricht an, und ich sitze fertig herausgeputzt in der Küche. Das Haar fällt mir wie gesponnenes Gold über die Schultern, zumindest Peppinas Worten zufolge. Zum ersten Mal trage ich eins meiner neuen Kleider. Nicht ohne Stolz streiche ich über den Stoff der rosaroten Robe. Er fühlt sich so anders an als das schlichte Tageskleid, das ich bisher getragen habe. Der Stoff ist schwer und hochwertig. Das Mieder fühlt sich enger an als alles, was ich je getragen habe – außer vielleicht mein blaues Lieblingsdirndl, das ähnlich knapp saß. Trotz der Stoffmassen, aus denen das Gewand besteht, zaubert es eine gute Figur und betont meine Taille. Als ich es mit Peppinas Hilfe anzog, konnte ich ein albernes Kichern nicht unterdrücken. Denn mal ehrlich – in diesem Kleid wirke ich wie eine Barbieprinzessin.

Die Tür fliegt auf, und Leo stürmt herein. Er ist außer Atem und hält einen Arm hinter dem Rücken, als wolle er etwas verstecken. Neugierig stehe ich auf, und unsere Blicke kreuzen sich. Leo mustert mich aufmerksam. Seine Blicke gleiten an meiner Gestalt auf und ab, aber ich kann nicht deuten, was er von meiner Erscheinung hält.

»Der Schneider … hat gute Arbeit geleistet«, sagt er schließlich so hastig, dass er dabei beinahe über die einzelnen Wörter stolpert. Dann tritt er einen Schritt vor. »Die habe ich auf dem Rückweg an einer Klostermauer wachsen sehen.« Er zieht die Hand hinter dem Rücken hervor und präsentiert mir ein Sträußchen weißer Rosen. Sprachlos starre ich auf die Blumen.

Ich habe in meinem Leben schon oft Rosen geschenkt bekommen, was zumeist an meinem Namen liegt. Großmutter hat mir immer welche geschenkt, einen besonders üppigen Strauß zu jedem Namenstag. Die meisten Menschen halten sich für originell, und das führt dazu, dass zu Geburtstagen und Feiern die Wohnung voller Rosensträuße steht. Dann wettert Paul, dass es bei uns wie in einem Schönheitssalon riecht.

Leos Sträußchen ist allerdings anders. Er hat fünf Blüten gepflückt, und sie haben es ihm nicht leicht gemacht. Seine Haut ist bis zu den Oberarmen zerkratzt. Eine solche Geste von Leo hat viel mehr Gewicht als jeder gekaufte Strauß. Er hat die Blumen dort wachsen sehen, an mich gedacht und sie für mich gepflückt. Ich bin so überrascht, dass ich die Blumen nur reglos anstarren kann.

»Hier bitte!« Ohne mich anzusehen, drückt mir Leo die Rosen in die Hand. Reflexartig greife ich zu, und die Dornen bohren sich in meine Handfläche.

»Ich … äh … ich mache mich kurz fertig.« Leo ist rot

angelaufen und erklimmt fluchtartig die Treppe. Noch immer sprachlos sehe ich ihm hinterher.

Gloria, die am Herd werkelt und sich standhaft weigert, die *lästerliche Hochzeit* mit uns zu besuchen, schnalzt mit der Zunge.

»Lasst mich Euer Haar mit den Rosen schmücken!«, schlägt Peppina vor und nimmt mir das Sträußchen vorsichtig aus den Händen. Als ich nicke, kürzt sie die Stiele mit einem Messer und steckt die Blumen auf meinem Kopf in den Haarreif, den sie mir geflochten hat.

»Sehr hübsch«, lobt sogar Gloria und schenkt mir ein grimmiges Lächeln.

»Jetzt seht Ihr wirklich aus wie diese Prinzessin, die Ihr vorhin erwähnt habt«, ergänzt Peppina. »Wie hieß sie noch gleich? Barbie?«

Ein Prusten ist von der Treppe zu hören. Leo ist wieder heruntergekommen und lacht.

»Bist du so weit?«

Ich nicke, und die Rosen auf meinem Kopf wippen mit.

Ich höre die Feierlichkeiten schon von Weitem. Das Haus der Vespucci liegt nur einen Katzensprung von unserer Unterkunft entfernt, am Borgo Ognisanti. Als wir um die Ecke biegen, wehen uns Fetzen von Gelächter und Musik entgegen, obwohl von der Straße aus nichts von der Feier zu sehen ist.

Peppina folgt uns aufgeregt tänzelnd durch das Portal ins Innere des Gebäudes. Hier nimmt der Lärm deutlich zu. Leo stellt uns bei einem Angestellten vor, der uns in den Innenhof führt. Der Hof ist viel größer, als ich erwartet hatte, und zu allen vier Seiten von offenen Arkadengängen gesäumt. In diesen Gängen sind lange Festtafeln aufgebaut, an denen noch einige Gäste sitzen und von den Resten des Festmahls naschen. Ich schaue mich nach dem Brautpaar um, kann es inmitten des Gästemeers aber nicht ausmachen. Es sind unglaublich viele Menschen gekommen! Die meisten tummeln sich auf der Tanzfläche in der Mitte des Innenhofs. Mit Leo im Schlepptau bahne ich mir einen Weg.

Eine Musikkapelle am Rand der Tanzfläche spielt eine flotte Melodie, bei der ich unwillkürlich mitwippe. Neugierig mustere ich die Instrumente. Eine runde Laute, die deutlich mehr Saiten hat als eine moderne Gitarre, aber ganz ähnlich klingt, mehrere Flöten und Blasinstrumente, Fiedeln und Trommeln. Zusammen schaffen sie einen Sound, der mich an die Mittelaltermärkte erinnert, die ich als Kind so oft besucht habe. Doch anders als die mittelalterlichen Tanzeinlagen, die ich bisher gesehen habe, geht es hier viel ausgelassener und freier zu.

Ein Paar führt einen beschwingten Hüpftanz auf, und die Zuschauer stehen ringsum und klatschen begeistert mit. Ich schiebe mich weiter nach vorn, um die Darbietung besser beobachten zu können. Ein Lächeln breitet sich auf meinem Gesicht aus. Der Mann springt wie ein Gockel mit geschwellter Brust um seine Tanzpartnerin herum, die ihre Röcke schwingt. Es ist eine sehr viel weniger steife Angelegenheit, als ich angenommen hatte. Ich lasse mich mitreißen von der Freude der Umstehenden und klatsche im Takt mit. Immer rascher, bis die Tänzer so schnell herumwirbeln, dass sie zu bunten Farbfetzen verschwimmen. Lachend hopse ich auf der Stelle.

»Signora, darf ich bitten?«, spricht mich ein junger Mann an und verneigt sich anmutig. Ich komme zu keiner Erwiderung, da hat er schon meine Hand ergriffen und zieht mich mit sich. Inzwischen haben sich aus dem Kreis der Umstehenden mehrere Tanzpaare zusammengefunden und fegen über den Hof. Es ist ein Vergnügen ohne komplizierte Tanzschritte oder Figuren. Nur wehende Röcke und tänzelnde Füße.

Mein unbekannter Tanzpartner führt mich geschickt im Takt der Musik, und bald bin ich völlig außer Atem. Er lässt mich nicht aus den Augen, während wir wilde Kreise drehen. Sein Gesicht ist hübsch, auch wenn er mit dem ausgeprägten Kinn und dem blonden Pagenschnitt wie Barbies Freund Ken aussieht. Aber damit passen wir an diesem Abend ja hervorragend zusammen. Bei diesem Gedanken kichere ich leise vor mich hin.

Er neigt den Kopf und erwidert mein Lächeln. »Ihr seid schöner als die Rosen, die Euer Haupt krönen«, murmelt er, und ich bin beeindruckt, dass er trotz des wilden Tanzes noch zu Atem kommt. Gleichzeitig fühle ich mich immer unbehaglicher, denn der Ausdruck in seinen Augen gefällt mir nicht, obwohl er mir scheinbar harmlos schmeichelt. Der Blick ist zu hungrig, zu berechnend.

Wir beschreiben eine Drehung, und mein Tanzpartner nutzt die Gelegenheit, um seinen Arm fester um meine Taille zu legen, wodurch er mich der Länge nach an seinen Körper presst.

Er senkt den Kopf, bis seine Lippen mein Ohr berühren. »Ich erkenne eine unglückliche Ehefrau, wenn ich sie sehe, Madonna. Euer Mann zollt Euch keine Beachtung, nicht wahr? Schenkt Euch nicht die Aufmerksamkeit, die Euch zusteht«, raunt er an meiner Haut.

Ich werfe den Kopf herum und versuche mich von ihm loszureißen.

»Ihr irrt Euch«, presse ich zwischen zusammengebissenen Zähnen hervor. »Und jetzt lasst mich gefälligst los!«

Doch er lacht nur träge. »Wehrt Euch nur! Aber ich weiß, dass Ihr es wollt. Ich erkenne es in Euren Augen.«

Er senkt den Kopf und ist gerade dabei, seine Lippen auf meinen Hals zu pressen, da tritt jemand so unversehens an uns heran, dass mein Partner stolpert und um ein Haar der Länge nach hinknallt. Er will nach meiner Taille greifen, um sich zu fangen, doch zwei Hände haben sich bereits besitzergreifend um mich gelegt und ziehen mich weg.

»Das Recht des ersten Tanzen gehört für gewöhnlich dem Ehemann«, grollt Leo und funkelt den Unbekannten böse an. Der hat sich schon wieder gefangen und drückt die Brust heraus.

»Die Dame hätte mich ja abweisen können«, knurrt er.

Ich runzele die Stirn. Hätte ich nicht, so wie er mich überrumpelt hat.

Bebend vor kaum verhohlener Wut tritt Leo meinem Tanzpartner entgegen.

»Ich würde Euch raten, rasch zu verschwinden, Albizzi.«

Sie starren sich noch eine geschlagene Minute lang finster an, dann wendeten sich Albizzi mit einem letzten glühenden Blick auf mich ab und schlendert davon.

Im nächsten Moment umfasst Leo meinen Oberarm und zieht mich mit einem Ruck in die Menge der Tänzer. Kaum sind wir in das Gewimmel eingetaucht, durchbohrt er mich mit zornglühendem Blick.

»Na? Hattest du Spaß?«

Meine Augenbrauen schießen nach oben. »Sah es für dich danach aus?«

Wenn überhaupt möglich, wird Leos Miene noch düsterer, doch er erwidert nichts.

»Aha, ich merke schon, du ziehst mal wieder deine eigenen Schlüsse. Und egal, was ich sage, du lässt dich nicht davon abbringen.«

Ich versuche Leo mit Absicht auf die Füße zu treten, doch er ahnt meine Versuche im Voraus und weicht mir geschickt aus.

»Das war Giacomo Albizzi, der berüchtigtste Schürzenjäger der Stadt. Er hat eine Vorliebe für verheiratete Frauen«, grollt Leo.

Ich stoße ein abfälliges Schnauben aus. »Glaubst du, ich habe dem Kerl Avancen gemacht? Vielleicht hast du es nicht bemerkt, aber er hat mich einfach gepackt und auf die Tanzfläche gezerrt.«

»Ja, ich habe dir angesehen, wie zuwider er dir war«, ätzt Leo.

Alle Leichtigkeit des Tanzens ist längst verpufft, und inzwischen fühlen sich unsere Bewegungen auf dem Tanzboden wie der körperliche Ausdruck unseres Streits an. Leo hält mich fester als nötig und versucht mich in eine Richtung zu manövrieren, während ich in eine andere strebe.

»Weißt du was?«, fauche ich angriffslustig. »Es hat wirklich Spaß gemacht, mit diesem Albizzi zu tanzen. Schließlich hat er mich nicht mit jedem zweiten Satz beleidigt.«

Bei meinen Worten gefrieren Leos Augen zu meergrünem Eis. Aber er macht noch immer keine Anstalten, mich loszulassen. Stattdessen bohren sich seine Finger schmerzhaft in meine Taille.

»Nur zu, wenn du Albizzis neue Eroberung werden willst! Aber komm danach nicht zu mir!« Unvermittelt lässt er mich los und marschiert über die Tanzfläche davon.

Was … was war das denn gerade? Sprachlos starre ich ihm hinterher. Von allen Seiten werde ich von Tänzern angerempelt, die mir fragende Blicke zuwerfen, weil ich so ganz allein dastehe. Schließlich schaffe ich es, meine Füße vorwärtszubewegen und den Tanzboden zu verlassen.

Ich kann Leo nirgends entdecken, was ganz gut ist, weil ich ihm sonst vor versammelter Mannschaft eine Ohrfeige verpasst hätte. Wie kann man sich nur so idiotisch benehmen? Es ist so typisch für ihn, dass er mich mitten auf der Tanzfläche stehen lässt wie die letzte Vollidiotin.

Kochend vor Zorn und Kränkung steuere ich auf einen Diener zu, der gerade Wein in Kelche gießt. Ich schnappe mir einen davon und suche mir eine ruhige Ecke im Innenhof, um meiner Wut zu frönen. Dieses elende Fest! Gloria hatte von Anfang an recht. Wir hätten nie herkommen dürfen. Ich genehmige mir einen großen Schluck und genieße die Wärme, die sich gleich darauf in meinem Innern ausbreitet.

*Alkohol ist keine Lösung. Milch aber auch nicht.* Lara hat ein Blechschild mit diesem Spruch in ihrer Küche hängen. Während ich mich an meinem Weinkelch festklammere, muss ich mit Wehmut daran denken. Wie gern würde ich jetzt zu ihr radeln, um an ihrem winzigen Küchentisch über alles zu sprechen. Allein dieser Tag würde uns Gesprächsstoff für eine ganze Nacht liefern. Seufzend lehne ich mich an die Wand hinter mir und blinzele zum Nachthimmel hinauf. Meine beste Freundin würde mir bestimmt raten, mir diesen Giacomo Albizzi noch einmal zu schnappen und Leo einen echten Anlass zur Eifersucht zu bieten. Bei dieser Vorstellung kichere ich müde. Das ist doch völlig absurd.

*Ob ich dich mag? Verdammt, Rosalie, genau das ist ja das Problem. Ich mag dich mehr, als gut für mich ist.*

Das hat Leo heute Nachmittag gesagt, auch wenn es mir inzwischen wie bloße Einbildung vorkommt. Für kurze Zeit dachte ich wirklich, wir kämen jetzt besser miteinander aus. Er hat immerhin zugegeben, dass er mich mag.

Ich bin völlig vertieft in meine Grübeleien und schrecke

erst durch ein vernehmliches Räuspern neben mir auf. Als ich den Kopf hebe, blicke ich in zwei kühle hellblaue Augen, die mich mit messerscharfer Intelligenz und abwartender Nüchternheit mustern. Leonardo da Vinci.

»Darf ich Euch stören?«, fragt er höflich.

Ich nicke, froh über das Auftauchen des großen Meisters.

»Es freut mich, Euch hier zu treffen. Unsere Unterhaltung letzte Nacht ist mir nicht mehr aus dem Kopf gegangen. Vor allem, da noch keine Büttel vor meiner Tür erschienen sind.«

Gespielt empört blitze ich ihn an. »Ich hatte Euch mein Wort gegeben.«

»Ja, ich bin wohl krankhaft misstrauisch.«

Wir verfallen in einvernehmliches Schweigen, während wir Seite an Seite das Getümmel der Feiernden beobachten. Noch immer versuche ich das Brautpaar zu entdecken, aber das ist schwieriger, als ich dachte. Die Tradition, dass die Braut Weiß trägt, gibt es in dieser Zeit noch nicht, und so ist die frisch Vermählte kaum von den übrigen Damen in ihren prächtigen Roben zu unterscheiden. Stattdessen fällt mein Blick unwillkürlich auf Leo, der bei einer Gruppe junger Männer steht und sich offenbar prächtig unterhält. Ein Schluck Wein schwappt mir über die Finger, weil meine Hand ins Zittern geraten ist.

»Wo viel Gefühl ist, da ist auch viel Leid«, murmelt da Vinci.

Überrascht wende ich mich zu ihm um. Seine Miene zeigt ein geheimnisvolles Lächeln, das mich frappierend an den Ausdruck seiner Mona Lisa erinnert. Bei seinen Worten wird mir die Kehle so eng, dass ich nach Luft ringe. Woher weiß er …

»Ich beobachte die Menschen, Madonna«, sagt er und richtet den Blick in die Ferne. »Ihr und Euer Gatte umkreist Euch wie Wildtiere, denen ein Stachel in der Pfote steckt.«

Mehrmals öffne ich den Mund, um etwas zu erwidern, doch ich bringe kein Wort hervor. Stumm wie ein Karpfen starre ich zu Leo hinüber, der nicht im Geringsten den Eindruck macht, als schmerze ihn irgendwo ein Stachel. Ganz im Gegenteil. Gerade begrüßt er eine Frau, die geschminkt ist wie ein Clown – kalkweißer Teint, den üppigen Mund mit Lippenrot bemalt, die Augen dick mit Kohle umrahmt. Ein Look, der mich stark an Amy Winehouse erinnert. Es fehlt nur die überdimensionale Bienenkorbfrisur. Allerdings macht sie das fehlende Haarvolumen mit einem Dekolleté wett, das selbst für moderne Verhältnisse mehr als freizügig ist.

Kommt es mir nur so vor, oder wirken die beiden ziemlich vertraut miteinander? Ist sie vielleicht eine der Frauen aus der Schenke, von der Leos Begleiter letzte Nacht gesprochen hat? Als Leo den Kopf in meine Richtung dreht, wende ich den Blick rasch ab und nehme einen weiteren großen Schluck Wein.

»Kommt, ich bringe Euch an einen Ort, an dem wir uns in Ruhe unterhalten können! Was sagt Ihr dazu?«

Ich nehme da Vincis Angebot dankbar an und lasse mich von ihm durch den belebten Arkadengang führen. Wir betreten das Innere des Hauses und ich folge ihm mehrere Treppen hinauf, bis wir unter dem Dach ankommen. In den oberen Stockwerken ist es ruhig, und der Lärm der Festlichkeit dringt nur als fernes Raunen zu uns herauf. Wir betreten eine düstere Dachkammer, in die durch ein kleines Dachfenster Licht hereinfällt. Der hochgewachsene da Vinci reckt sich hinauf und drückt es nach außen auf. Dann zieht er sich eine Kiste heran und ist im nächsten Moment nach draußen auf das Dach verschwunden.

»Kommt Ihr?«, ruft er zu mir herunter.

Ich klettere auf die Kiste und spähe aufs Dach hinaus. Da Vinci hat sich bereits neben der Luke niedergelassen und sieht mir erwartungsvoll entgegen. Wortlos streckt er die Hand nach mir aus, und ich ergreife sie. Mit seiner Hilfe klettere ich durch die Dachluke nach draußen. Auf alle viere abgestützt, setze ich mich aufs Dach und arbeite mich von der Luke weg, bis ich einen bequemen Platz gefunden habe. Die Dachziegel unter mir haben die Wärme des Tages gespeichert, sodass ich trotz der kühlen Temperaturen nicht fröstele. Ich lasse den Blick schweifen und halte unwillkürlich den Atem an. Die Nacht ist viel dunkler als zu meiner Zeit. Aus wenigen Fenstern dringt so spät noch Licht, und kaum eine Straße wird von Fackeln beleuchtet. Nur allmählich schälen sich die Umrisse der Stadt aus der Dunkelheit. Häuserdächer, Schornsteine und Kirchtürme, die sich von der makellosen Schwärze abheben. Es ist eine erhabene, magische Welt.

Seufzend lehne ich mich zurück und blicke zum Himmel hinauf. Wow! Die schlafende Stadt zu meinen Füßen ist vergessen, als ich den Sternenhimmel spähe. Die pure Masse funkelnder Lichter ist überwältigend. Sie sind so hell und zahlreich, wie ich es in zu meiner Zeit noch nie gesehen habe. Der finsterste Ort des einundzwanzigsten Jahrhunderts ist nicht dunkel genug, um die Sterne mit dieser Strahlkraft leuchten zu lassen. Was ich kenne, ist nichts als ein blasser Abklatsch dieses überwältigenden Anblicks. Mehrere Minuten lang versinke ich in andächtiger Betrachtung des Firmaments.

»Alles, was wir wissen müssen, steht in den Sternen«, sagt da Vinci, der sich genauso wie ich nach hinten gelehnt hat und nach oben späht. Ich reiße meinen Blick vom Himmel los und betrachte sein Profil.

»Wie meint Ihr das? Glaubt Ihr an Sterndeutung?«

Leonardo stößt ein Schnauben aus. »Nicht, wenn Ihr damit Firlefanz wie Orakelsprüche, Horoskope und Hieromantie meint. Aus einer Hühnerleber kann man genauso wenig die Zukunft lesen wie aus einem vollen Nachttopf.«

Ich pruste los, und Leonardo seufzt. »Glaubt *Ihr* denn daran?«

Ich denke eine Weile über seine Frage nach. Glaube ich an Sterndeutung? Lara ist eine leidenschaftliche Liebhaberin der Tageshoroskope in der Zeitung. Immer, wenn ich sie im *Café Adelheid* besuche, blättert sie in den dort ausliegenden Zeitschriften, um mit Inbrunst unsere jeweiligen Horoskope vorzulesen. Sie nimmt die Vorhersagen immer ernst, während ich mich darüber lustig mache. Bisher waren Horoskope für mich nicht mehr als esoterischer Aberglaube. Seit das Zodiakusmal an meinem Handgelenk erschienen ist, denke ich allerdings ein wenig anders darüber. Okay, den *Kosmischen Tipp* in der Tageszeitung, der mir umwerfendes Charisma attestiert und rät, meine Finanzen im Blick zu behalten, halte ich noch immer für Blödsinn. Aber das Symbol an meinem Handgelenk kann ich nicht leugnen. Der Wassermann, Aquarius, Leos Sternzeichen. Unschlüssig nage ich an der Unterlippe.

»Mir geht es wie Euch«, antworte ich schließlich. »An Horoskope glaube ich auch nicht. Ich kann mir einfach nicht vorstellen, dass Sterne das Leben jedes einzelnen Menschen bestimmen. Als hätte das Universum nichts Besseres zu tun.«

Jetzt ist es Leonardo, der leise kichert. »Ein bemerkenswerter Blickwinkel. Das Universum als denkendes Wesen.«

Wenn er wüsste, dass es Menschen gibt, die ihre Wünsche voller Überzeugung ans Universum senden wie an einen kosmischen Lieferdienst, würde er sich wahrscheinlich vor Lachen kugeln.

»Auch wenn ich nicht an Weissagungen glaube, ziehen mich die Geheimnisse des Himmels in ihren Bann. Planeten und Sterne, deren Bewegungen am Nachthimmel die Menschen seit Jahrtausenden beobachten und deuten. Sie sind Wegweiser, Zeitmesser und Geschichtenerzähler. Der Himmel kennt die wunderbarsten Geschichten.«

Den Blick wieder nach oben gerichtet, suche ich den funkelnden Sternenhimmel ab. Bisher habe ich es noch nie geschafft, die Sternbilder zu unterscheiden und die Formen nachzuvollziehen, die sie darstellen sollen.

»Könnt Ihr mir eine Geschichte erzählen?«, bitte ich.

Gedankenverloren krault sich Leonardo den Bart. »Kennt Ihr die Sage von Asklepios, dem Schlangenträger?«

Ich schüttele den Kopf.

»Asklepios war der größte Heiler aller Zeiten, so mächtig, dass er zum Gott aller Heiler wurde. Seine Mutter betrog ihren Liebhaber Apollon, worüber dieser so erbost war, dass er seine Schwester Artemis schickte, um sie zu töten. Allerdings wurde Koronis' ungeborener Sohn gerettet und von dem weisen Kentauren Cheiron aufgezogen, der ihn in der Heilkunst unterrichtete. Asklepios war ein begabter Schüler und brachte es in der Heilkunst irgendwann so weit, dass er Tote zum Leben zu erwecken vermochte. Er war zum Meister über Leben und Tod geworden. Asklepios hütete seine geheimen Fähigkeiten und wendete sie nicht an, um den Zorn der Götter nicht zu erwecken. Eines Tages aber kam der junge Hippolytos ums Leben, als Seeungeheuer die Pferde seines Wagens erschreckten. Asklepios, der dies zufällig sah, hatte

Mitleid und erweckte den verunglückten Hippolytos zum Leben. Hades war außer sich, als ihm die Seele, die er schon sein Eigen wähnte, wieder genommen wurde. Er suchte seinen Bruder Zeus auf und forderte Asklepios' Tod, da er um seine Macht als Herr über die Toten fürchtete. Welche Seele würde noch in den Hades gelangen, wenn Asklepios sie alle wieder zum Leben erweckte? Auch Zeus fürchtete die Unsterblichkeit der Menschen. Er schleuderte seinen Blitz auf Asklepios und tötete ihn.«

Gebannt hänge ich an Leonardos Lippen und lausche seiner Erzählung. Griechische Sagen mochte ich schon immer, und diese höre ich zum ersten Mal.

»Als Lohn für seine Verdienste wurde Asklepios zum Gott der Heiler erhoben und zusammen mit seiner Schlange unter die Sterne versetzt. Er ist das Sternbild Schlangenträger«, fährt Leonardo fort und deutet zum Nachthimmel hinauf. »Irgendwo dort oben ist er, umschlungen von seiner treuen Schlange.«

Ich kneife die Augen zusammen und starre angestrengt hinauf. Tausende Lichtpunkte funkeln am samtigen Nachthimmel. Doch gleichgültig, wie viele Verbindungslinien ich zwischen ihnen ziehe, nichts ähnelt im Entferntesten einer männlichen Gestalt, geschweige denn einer Schlange.

»Wo genau befindet sich der Schlangenträger?«, will ich wissen.

Leonardo seufzt tief auf. »Das weiß niemand.«

Als ich ungläubig schnaufe, zucken seine Lippen. »Der Schlangenträger ist das größte Mysterium überhaupt. Seit Jahrhunderten suchen die Menschen den Nachthimmel ab, um ihn zu entdecken. In alten Aufzeichnungen wird das Sternbild in allen Einzelheiten beschrieben, es gibt sogar Zeichnungen. Aber noch ist es niemandem je gelungen, den Schlangenträger am Himmel zu entdecken. Unzählige Mythen und Legenden ranken sich darum.«

Ich stütze mich auf die Ellbogen und starre Leonardo mit geweiteten Augen an. Ich kann es mir nicht erklären, aber mein Herz klopft wie verrückt, und eine fiebrige Aufregung durchströmt mein Inneres. Irgendetwas in mir reagiert auf diese Geschichte, mit einer Macht, bei der ich erzittere.

»Welche Legenden sind das?«, will ich wissen. Meine Stimme klingt rau vor Anspannung.

Leonardo mustert mich mit unergründlicher Miene. Schließlich hebt er die Schultern. »Wie gesagt, es sind Legenden und Mutmaßungen. Niemand weiß, wo sie ihren Ursprung haben und ob ihnen überhaupt ein Fünkchen Wahrheit innewohnt.«

Ich nicke, ungeduldig zu erfahren, worum es in diesen Erzählungen geht.

»Viele glauben, dass Asklepios' Macht zurückkehrt, sobald sein Sternbild am Firmament erscheint. Und dass es einen Auserwählten geben wird, einen neuen Schlangenträger, der wie Asklepios zum Herrscher über Leben und Tod wird.«

*Herrscher über Leben und Tod.* Mich fröstelt, obwohl die Dachziegel unter mir noch immer die Wärme des Tages abgeben wie eine Fußbodenheizung.

»Weiß man etwas darüber, wann das Sternbild erscheinen soll?«

»Ja«, sagt Leonardo. »Hades Pantamegistos hat eine ganze Abhandlung über Asklepios verfasst. Er hat … Stimmt etwas nicht, Madonna?«

Als Leonardo den Namen Hades Pantamegistos erwähnt, zucke ich so heftig zusammen, dass ich fast den Halt auf dem schrägen Dach verliere. Im letzten Moment stemme ich die Füße gegen die Neigung und fange mich. Ich muss mich räuspern, bevor ich antworten kann. »Ihr kennt Hades Pantamegistos?«

»Oh ja. Und so aufmerksam, wie Ihr meine Kenntnis von ihm aufnehmt, bemerke ich Euer Wissen. Pantamegistos befasste sich eingehend mit Asklepios und den Gestirnen. In seinen Schriften werden alle Mutmaßungen und Mythen zusammengefasst. Wenn der Schlangenträger am Himmel erscheint, wird er seinen Platz zwischen den zwölf Tierkreiszeichen einnehmen, und das dreizehnte Sternzeichen geht auf. Es wird die Macht aller Himmelsgestirne in sich vereinigen, alles Dagewesene und Kommende beherrschen. Das alles ist bekannt, allerdings weiß niemand, was geschehen muss, damit der Schlangenträger am Himmel erscheint.«

Völlig gefesselt starre ich blicklos geradeaus. Das klingt so esoterisch und obskur. In meinem Kopf kollidieren die Gedanken wie wild gewordene Autoscooter, während ich das eben Gehörte einzuordnen versuche. Nie im Leben kann ein Sternbild einem die Macht über Leben und Tod verleihen. Haben wir nicht gerade noch darüber gesprochen, dass Astrologie nichts als Humbug ist? An den Zauber der Sternzeichen kann ich einfach nicht glauben. Gleichzeitig befindet sich das Zodiakusmal an meinem Handgelenk und warnt mich, die unbekannten Mächte nicht zu unterschätzen, deren Spielball ich geworden bin. Ich fühle den Wassermann wie einen zweiten Pulsschlag auf meiner Haut pochen. Ein schnelles Klopfen, als wäre auch der Zodiakus aufgeregt über meine Entdeckung.

Wahrscheinlich ist es an der Zeit, endlich mehr darüber herauszufinden. Über die Zeitreisen, Hades Pantamegistos, die Rubintafel und wie das alles mit den Sternzeichen zusammenhängt.

# Kapitel 14

## *Basilias Kunde*

Am Morgen nach den Hochzeitsfeierlichkeiten erwache ich allein im Bett. Gähnend rolle ich mich herum und nutze die gesamte Breite des Lagers, um mich ausgiebig zu strecken.

Als ich am Abend zuvor zurückkam, schnarchte Leo bereits in tiefstem Schlaf. Eigentlich hatte ich erwartet, dass er noch mit seiner Partybekanntschaft unterwegs war, aber er schlief wie ein Toter. Ich dagegen lag noch eine ganze Weile mit rotierenden Gedanken wach. Es war einfach zu viel passiert, als dass ich zur Ruhe kommen konnte.

Auch jetzt, während ich dösend zum Betthimmel hochblinzele, kehren meine Gedanken zu dem Gespräch auf dem Dach zurück. Bei Tageslicht betrachtet, kommt es mir beinahe wie ein Traum vor. Zumindest ähnelt es nichts, was mir in der Realität jemals passiert ist. Ich meine, ich hing mit Leonardo da Vinci auf einem Hausdach ab und konnte die Sterne beobachten. Schwer vorstellbar, dass irgendetwas in nächster Zeit dieses Erlebnis toppen kann.

Nachdem ich mich aus dem Bett gehievt habe, schlurfe ich in die Küche. Dort erwarten mich eine unausgeschlafene Peppina und die Köchin Gloria, die mir knurriger denn je mein Frühstück vorsetzt. Den Teebecher knallt sie mit solcher Wucht auf die Tischplatte, dass mich einige Spritzer heißer Flüssigkeit treffen. Ich schlinge meinen Brei hinunter und verabschiede mich so schnell wie möglich, um in Botticellis Werkstatt Zuflucht zu suchen.

Viel Betrieb herrscht nicht, als ich dort ankomme, doch aus dem hinteren Teil des Hauses dringen lebhafte Stimmen. Neugierig folge ich ihnen durch einen niedrigen Flur und gelange in den Hinterhof des Hauses, wo sich der Großteil der Belegschaft um einen dampfenden Kessel versammelt hat. Zwischen ihnen tollen Botticellis zahlreiche Nichten und Neffen herum und müssen immer wieder von der Feuerstelle vertrieben werden. Als ich näher trete, erreicht mich eine Dampfschwade aus dem Kessel, und der Magen dreht sich mir um. Mit einem würgenden Geräusch schlage ich die Hände vor Mund und Nase. Einige der Umstehenden werden auf mich aufmerksam, und Filippo kommt auf mich zu.

»Was ist das für ein Gestank?«, frage ich voller Ekel.

Filippo grinst. »Wir kochen Leim.«

Uargh. Die Hand noch immer vor die Nase gepresst, nähere ich mich dem Kessel und luge argwöhnisch hinein. Eine zäh blubbernde Masse befindet sich darin, von der ein stechender Geruch nach Fäulnis und verwesendem Fleisch aufsteigt.

Corinno rührt mit einem Stock darin herum, und ich erkenne schleimige Bröckchen und Teile, die wie Tierfelle aussehen. Mein Magen rebelliert noch heftiger.

»Sagt mir, ist das zu viel für Euer empfindliches Näschen?«, fragt er hämisch grinsend. »Frauen haben eben nichts in einer *Bottega* verloren.« Sein Grinsen verzerrt sich zu einem bösartigen Zähnefletschen.

Ich erwidere seinen herausfordernden Blick und funkele ihn an. Dann, unter Aufwendung meiner ganzen Willenskraft, nehme ich die Hand vom Gesicht und stelle mich dem Gestank. Gott, das ist übel! Corinno beobachtet mich feixend.

»Wie stellt man diesen Leim her?«, bringe ich hervor und versuche mir nicht anmerken zu lassen, dass ich am liebsten in eine Papiertüte atmen würde.

Filippo tritt neben mich und klärt mich auf. »Der Vorgang ist denkbar einfach. Man benötigt Papierreste und alte Ziegenfelle – je älter die Felle sind, desto besser. Mit voranschreitender Verwesung erhöht sich die Weichheit des Leims. Dann werden die Felle und das Papier über Nacht in Wasser eingeweicht, und man lässt das Gemisch anschließend so lange auf dem Feuer sieden, bis es auf etwa ein Drittel eingedickt ist. Das ergibt den besten Leim für die Fertigung der Leinwände.«

*Je verwester, desto besser also.* Jetzt wird mir klar, warum die Masse in dem Kessel so bestialisch stinkt. Es fasziniert mich aber auch zu sehen, was hinter den Kulissen passieren muss, bevor die Künstler zum Pinsel greifen können. Alles ist mühselige Handarbeit, von der Herstellung der Pinsel bis zum Zermahlen der Farbpigmente. Anderes als in meiner Zeit, in der man sich bequem in Fachgeschäften mit Künstlerbedarf eindecken kann.

Filippo erlöst mich schließlich von meinem Platz am Leimkessel, den ich freiwillig nicht so schnell verlassen hätte, weil ich Corinno die Genugtuung nicht gönne.

»Wollt Ihr mir helfen, das gekochte Öl herzustellen?«, schlägt Filippo mir vor.

Zum ersten Mal fordert mich in der Werkstatt jemand zum Mitmachen auf, und ich stimme begeistert zu, selbst wenn es bedeutet, dass ich mit vermoderten Ziegenfellen hantieren muss.

Doch meine Sorgen sind unbegründet. Filippo führt mich in eine Ecke des Hofs, wo die Ausdünstungen des Leimkessels kaum noch wahrzunehmen sind. Er kniet auf dem Boden nieder, wo Lehnziegel zu einem einfachen Ofen aufgeschichtet sind. Daneben liegt ein Häufchen grober Sägespäne und Feuerholz.

»Wir müssen das Öl hier draußen über dem Feuer sieden. Im Haus wäre es zu gefährlich, es gab einfach schon zu viele Brände in Malerwerkstätten«, erklärt mir Filippo und reicht mir einen glühenden Span, den er zuvor am Feuer des Kessels entzündet hat. »Könnt Ihr das Feuer im Ofen in Gang bringen? Ich hole derweil das Leinsamenöl.«

Ich nicke und bin fest entschlossen, meine erste Aufgabe in der Bottega Botticelli zur allgemeinen Zufriedenheit auszuführen. Dieses Feuer zu entzünden, kann nicht schwieriger sein, als einen Grill anzufachen, und das schaffe ich garantiert.

Den qualmenden Holzspan stecke ich in den Boden, bevor ich Holz und Sägespänen sorgsam in den Brennraum schichte. Dann halte ich die Glut an die Späne und beobachte zufrieden, wie die Flammen sich allmählich ausbreiten.

Jacopo, der Lehrling, streift wie eine neugierige Katze um mich herum und beobachtet jeden meiner Handgriffe. Aber ich lasse mich nicht aus der Ruhe bringen. Jahrelanges Freiluftgrillen an der Isar muss ja für irgendetwas gut sein. Als Filippo zurückkommt, knistert im Ofen ein munteres Feuer, und Qualm dringt aus dem Abzug.

»Wunderbar«, lobt er. »Ich wusste doch, dass Euch diese Arbeit keine Mühe bereitet.« Über die Schulter wirft er einen Blick zu Corinno hinüber, der uns mit zusammengekniffenen Augen beobachtet. Ich winke ihm fröhlich zu.

»Also, wie geht es jetzt weiter?«, frage ich tatendurstig.

»Hier haben wir drei Pfund Leinöl. Das sieden wir in einer glasierten Pfanne langsam über dem Feuer, bis es zur Hälfte eingekocht ist. In der Sonne eingedampftes Öl wäre für die Malerei besser geeignet, aber heute ist es zu wolkig.« Mit gerunzelter Stirn späht Filippo zum Himmel hinauf, und auch ich entdecke nur tief hängende Wolken. Alles klar, drei Pfund Leinöl also. Gemeinsam gießen wir es in die tiefe Pfanne und setzen diese behutsam auf den Ofen.

»Die Flammen sollen nicht an den Seiten hochzüngeln«, erklärt Filippo ernst. »Das Öl darf sich nicht entzünden. Unzählige Häuser haben schon Feuer gefangen. Deshalb kochen wir das Öl ja auch im Hof. Das ist sicherer.«

Nebeneinander hocken wir uns vor den Ofen und beobachten mit Argusaugen die Glut im Innern. Die Pfanne sitzt so gut auf der Feuerstelle auf, dass eigentlich kein Funke entweichen sollte, aber man weiß ja nie.

Filippo rührt eine Weile in der Pfanne, und schnell hüllt uns der charakteristische würzige Geruch des Leinöls ein. Mir wird leicht schummerig davon, aber alles ist besser als der Gestank aus dem Leimkessel.

»Ah, hier seid ihr also!«

Filippo und ich heben gleichzeitig die Köpfe, als uns jemand von hinten anspricht. Botticelli ist zu uns getreten und schiebt sich eine blonde Locke aus der schweißglänzenden Stirn.

»Es wundert mich, dich heute hier zu sehen«, sagt er zu mir. »Ich war fest davon ausgegangen, dass alle Nachbarn in weitem Umkreis vor dem Gestank Reißaus genommen haben.«

Seit Kurzem sind Botticelli und ich wie von selbst zum vertrauten Du übergegangen, und ich bin immer noch ganz entzückt über diesen Freundschaftsbeweis.

Ich zucke mit den Achseln. »Wenn ich die Wahl zwischen einer missgelaunten Gloria und bestialischem Gestank habe, wähle ich auf jeden Fall Letzteres.«

Botticelli stößt ein Glucksen aus und lässt sich neben mich auf den Boden sinken. »Gloria ist verärgert? Dann Gnade uns Gott!«

Selbst Filippo reißt die Augen auf und schlägt prompt ein Kreuzzeichen.

Ich kichere. »Sie nimmt es uns übel, dass wir gestern die Hochzeit bei den Vespucci besucht haben.«

»Ah.« Sandro nickt verstehend. »Weder Feste noch Tanzveranstaltungen während der Fastenzeit. Die Vespucci haben eine Sondergenehmigung erhalten.«

»Die bestimmt nicht billig war«, murmelt Filippo halblaut.

Botticelli grinst. »Nichts als Vermutungen, mein lieber Freund. Aber sag, Rosalia, hat dir das Fest gefallen?«

Ich beiße mir auf die Unterlippe und versuche, die richtigen Worte zu finden, um den gestrigen Abend zu beschreiben, ohne es nach einer totalen Katastrophe klingen zu lassen. Ich meine, ja, ich hatte Spaß. Für vielleicht fünfzehn Minuten. Und mein Ausflug aufs Dach mit Leonardo da Vinci war auch einmalig. Abgesehen davon habe ich von der Hochzeit herzlich wenig mitbekommen. Ich hätte gerne die Speisen probiert oder noch eine Runde getanzt. Zumindest aber das Brautpaar gesehen.

»Es war … nun … ein einmaliges Erlebnis. Ich hatte …«

»Du *hättest* unglaublichen Spaß haben können, wenn ich nicht alles ruiniert hätte.«

Als ich Leos Stimme so unvermittelt hinter mir höre, fahre ich herum. Er steht einige Schritte entfernt und hat die Hände in den Taschen seines Rocks vergraben. Ihn hier zu sehen, ist das Letzte, womit ich gerechnet habe. Es verschlägt mir regelrecht die Sprache.

Ich kann ihn nur stumm anstarren, überrumpelt von seinem plötzlichen Auftauchen. Während sich unser Schweigen immer qualvoller in die Länge zieht, tritt Botticelli auf Leo zu.

»Welche Überraschung, Euch hier zu sehen, Messer Leopoldo!« Damit spricht er aus, wie wohl alle hier die Situation empfinden, Leo eingeschlossen.

»Ich möchte nicht lange stören, denn ich sehe, Ihr seid beschäftigt. Aber ich muss mit Rosalie reden, dringend.«

Noch während Leo spricht, stehe ich auf und klopfe mir den Staub vom Rock. Wie ich die Gespräche zwischen Leo und mir kenne, wird unsere Unterhaltung früher oder später in einen Streit ausarten, und den möchte ich nicht vor Botticelli und seiner Werkstatt austragen.

»Danke, dass ich helfen durfte«, sage ich zum Abschied.

Filippo lächelt von seinem Platz an der Ölpfanne zu mir hoch, Botticelli hebt die Hand zum Gruß.

Schweigend gehen wir durch die Werkstatt und die wenigen Meter bis zu unserem Haus. Ich versuche immer noch, die Überraschung zu verdauen, dass Leo in Botticellis Werkstatt aufgetaucht ist. Damit hat er mich kalt erwischt. Der Schock währt allerdings nicht lange. Schon während wir die Stufen in den Wohnraum hinaufsteigen, geraten meine Gefühle wieder in Wallung. Der vergangene Abend tobt wie ein wilder Strudel durch meinen Kopf, und Erinnerungsfetzen überschlagen sich wie wild hinter meiner Stirn.

Leo lässt sich auf einen Lehnstuhl fallen, doch ich bin viel zu aufgewühlt, um mich ebenfalls zu setzen. Stattdessen beobachte ich ihn, wie er sich vorbeugt und sich mit gespreizten Fingern durch das Haar fährt.

»Gestern … ich weiß gar nicht, wo ich anfangen soll«, sagt er schließlich, den Blick zu Boden gerichtet. »Ich habe überreagiert, als ich dich mit Albizzi sah. Zu beobachten, wie viel Spaß du hattest … Mit ihm zusammen hast du so glücklich gewirkt, das hat mich rasend gemacht. Glaub mir, Rosalie, ich habe nicht übertrieben, als ich dich vor ihm gewarnt habe. Dieser Kerl verbirgt etwas.«

Er blickt zu mir auf, und ich lese ihm die widersprüchlichen Empfindungen vom Gesicht ab.

»Es war nur ein Tanz, Leo. Deine Reaktion war völlig überzogen.«

Leo nickt. »Ja, das ist mir später auch klar geworden, aber da warst du schon verschwunden. Albizzi habe ich noch gesehen, aber dich konnte ich nirgends finden.« Er neigt den Kopf und sieht mich fragend an.

»Ich hatte genug gesehen.«

Leo runzelt die Stirn und scheint nicht zu begreifen, worauf ich hinauswill.

Ärgerlich fuchtele ich mit den Händen durch die Luft. »Diese Frau. Jede Menge Make-up, extra tiefer Ausschnitt, erinnerst du dich? Sah nicht so aus, als würdest du meine Gesellschaft vermissen.«

Er steht vom Lehnstuhl auf und verschränkt die Arme vor der Brust. Jetzt bin *ich* es, die den Kopf heben muss, um zu ihm aufzublicken, und diese Verschiebung der Verhältnisse gefällt mir ganz und gar nicht. Sein Mund verzieht sich zu einem Lächeln, bei dem sich meine Hände zu Fäusten ballen. Wenn er jetzt einen herablassenden Kommentar abgibt, soll er mich kennenlernen!

»Basilia ist eine stadtbekannte Kurtisane.«

Das … ist … wie bitte?

Leo lässt mich nicht aus den Augen und scheint es zu

genießen, wie ich vor Entsetzen rot anlaufe wie ein gekochter Hummer.

»Sie war überraschend hilfreich, was meine Nachforschungen angeht. Eigentlich wollte ich bei ihr nur etwas mehr über Lorenzos Bruder Giuliano erfahren, der kein Kind von Traurigkeit ist. Letztendlich fand ich aber etwas viel Interessanteres heraus. Zufällig kamen wir darauf zu sprechen, dass du Deutsche bist, und da erwähnte sie, dass sie sich gerade einen sehr spendablen Gönner aus deutschen Landen geangelt hat.«

Endlich finde ich die Sprache wieder. »Du hast mit dieser Basilikumtussi über mich gesprochen?«

Leo runzelt die Stirn. »Sie wollte eine Erklärung, warum ich ihre Dienste nicht in Anspruch nehme. Aber das ist doch völlig egal. Viel wichtiger ist das, was sie über diesen Kunden erzählte. Hör zu! Er wollte ihr seinen Namen nicht verraten, aber seine Beschreibung traf überraschend genau auf Lucian Morell zu.«

»Lucian Morell?«, hauche ich verblüfft. »Was wissen wir denn überhaupt über ihn?«

So wie ich das verstanden habe, ist er ein geheimnisvolles Phantom, dem die Rubiner vergeblich hinterherjagen. Da er schon seit Jahrhunderten in der Vergangenheit herumspukt, kann er in meinen Augen nicht frischer aussehen als eine Moorleiche.

»Wärst du schon länger bei den Rubinern, würdest du das Porträt der Morellbrüder kennen. Frederick und Lucian sehen sich sehr ähnlich. Glattes schwarzes Haar, blasser Teint, doch am bemerkenswertesten sind ihre Augen. Die werden in den Aufzeichnungen immer wieder erwähnt, und auch Basilia ist es aufgefallen – ein Grau, so metallisch wie Quecksilber. Als sie dieses Detail erwähnte, war ich mir sicher. Lucian Morell ist hier und hat bei dem Attentat seine Finger im Spiel.«

Mein Herzschlag setzt für den Bruchteil einer Sekunde aus und hämmert dann mit doppelter Geschwindigkeit weiter.

»Das kann ich nicht glauben«, raune ich und muss schwer schlucken. »Ich weiß, wir sind hier, um Lucian aufzuhalten. Aber die Vorstellung, dass er wirklich in der Nähe ist, finde ich beängstigend.«

Leos Miene wird weicher, und er kommt einen Schritt auf mich zu. »Mach dir keine Sorgen! Basilia gibt mir Bescheid, sobald sie wieder von ihm hört.« Mit ernstem Ausdruck blickt er mir in die Augen. »Es ist wichtig, dass du kein unnötiges Aufsehen erregst, um Lucian nicht auf dich aufmerksam zu machen. Im Gegensatz zu den Menschen ringsum wird er dich als Zeitreisende erkennen und nicht zögern, dir etwas anzutun. Deswegen wollte ich, dass du so wenig wie möglich mit der Mission zu tun hast und hierbleibst.«

Mit den Fingerspitzen berührt er ganz leicht meine Wange.

»Das hättest du mir … von Anfang an … so erklären können«, stammele ich und spüre, wie mir seine Berührung einen Schauer über den Rücken jagt.

»Das hätte ich getan«, räumt Leo ein. »Aber ich hatte nicht die beste Meinung von dir und habe dir zu jenem Zeitpunkt noch nicht wirklich vertraut.«

»Und das hat sich inzwischen geändert?«

Er seufzt. »Du weißt, dass es so ist.«

Ich bin machtlos gegen das Lächeln, das sich auf meine Lippen stiehlt. Ich weiß nicht, warum mich dieses Eingeständnis so fröhlich stimmt, aber ich fühle mich regelrecht elektrisiert. Mutig geworden, hebe ich die Hand und schiebe ihm eine dunkle Strähne aus dem Gesicht.

»Du musst dir dringend die Haare schneiden lassen«, bemerke ich. »Wo lässt man das in dieser Zeit machen? Beim Barbier?«

Leo wirft mir einen fuchsigen Blick zu. »Hier lasse ich mir ganz sicher nicht die Haare schneiden. Du hast doch gesehen, mit welchen Frisuren die Leute zu dieser Zeit herumlaufen. Da verwandle ich mich lieber in einen Yeti.«

»Ich könnte sie dir schneiden«, schlage ich vor und betrachte betont desinteressiert meine Fingernägel, von denen die letzten Reste Nagellack abblättern.

»Ich soll dich auf meine Haare loslassen?« Leo hört sich unverschämt skeptisch an. Pff, er klingt ja beinahe, als hätte er Angst.

Ich mustere ihn mit einem offenen Lächeln. »Ich habe zufällig eine kleine Schere dabei und schneide meinem Bruder seit Jahren die Haare.«

Leo runzelt die Stirn. »Na ja, ich könnte wirklich einen Schnitt vertragen, und Paul sieht tatsächlich vorzeigbar aus. Und das warst wirklich du?«

Ich schnaube empört. »Na klar! Ich habe jahrelange Erfahrung. Seitdem eine Friseurin ihm einmal gegen seinen Willen eine Justin-Bieber-Frisur verpasst hat, vertraut er nur noch mir.«

Leos Mundwinkel zucken, wie so oft, wenn er gegen seinen Willen grinsen muss. »Na gut, *micina*, du darfst mir die Haare schneiden.«

Freudig klatsche ich in die Hände. »Wunderbar. Hilft mir mal, den Stuhl vors Fenster zu schieben! Ja genau so, hier ist das Licht am besten.«

Mit sanfter Gewalt schiebe ich Leo auf den Polsterstuhl

und eile nach nebenan ins Schlafzimmer. Gleich darauf kehre ich mit einem Leinentuch, der kleinen Schere aus meinem Handgepäck und einem Schüsselchen Wasser zurück. Ich lege Leo das Tuch um die Schultern und befeuchte sein Haar mit dem Wasser. Er zuckt leicht zusammen, als meine Finger über seinen Kopf gleiten und sein feuchtes Haar kämmen. Ein Kribbeln schießt mir an den Armen herauf, direkt in den Bauch, wo es sich zu einem warmen Glühen zusammenballt. Langsam umrunde ich Leo und versuche mich ausschließlich darauf zu konzentrieren, welche Frisur ich ihm am besten verpassen soll. Er gefällt mir ganz gut mit längeren Haaren, aber der Schnitt muss in Form gebracht werden. Leo hebt den Blick, und das intensive Glühen seiner Augen trifft mich völlig unvermittelt. Die Wärme in meinem Innern explodiert zu einem Flächenbrand. Er schließt die Augen, und mein rasender Puls beruhigt sich ein wenig.

Während ich noch immer nachdenke, wie ich am besten schneide, bekomme ich Gelegenheit, mir sein Gesicht in Ruhe anzusehen. Es juckt mich in den Fingern, jede Kontur und Linie nachzufahren. Seinen Kiefer entlang bis zu den markanten Wangenknochen und der aristokratischen Nase, die insgesamt ein wenig zu groß ist. Den Schwung seiner Lippen nachzuziehen und den Bartschatten zu spüren, der sich im Lauf des Tages auf seinen Wangen bildet. Ich erschrecke über meine eigenen Gedanken und ziehe mich schnell zurück. Es ist komplett falsch, so an Leo zu denken. Ausgerechnet an Leo, der mich meistens mies behandelt. Ich trete wieder hinter ihn und konzentriere mich auf meine eigentliche Aufgabe. Vorsichtig, dann immer mutiger stutze ich ihm das Haar über den Ohren. Sein Haar ist schon fast wieder trocken, und unwillkürlich fahre ich mit den Fingern durch seine Locken … um ein Gefühl für die Struktur zu bekommen, wie ich mir einrede. Immer wieder setze ich dazwischen die Schere an und kürze hier und dort, wo ich es für nötig halte.

»Weißt du, ich war nicht immer so, wie du mich kennengelernt hast«, sagt Leo plötzlich in die Stille hinein, und seine Stimme ist nur ein Flüstern.

Ich fahre weiter mit den Fingern durch sein Haar, mehr aus Genuss als aus irgendeinem anderen Grund. Seidig und glatt gleiten mir die Strähnen durch die Finger. Ich schließe die Augen und atme zittrig ein. Da ist es schon wieder. Dasselbe Gefühl, bei dem meine Brust eng wird, so wie jede Nacht im Bett, wenn er sich zu mir umdreht. So nahe, so intim. Zu nahe? Ich weiß nur, dass ich es allmählich genieße.

»Ich war nie ein besonders netter Kerl«, fährt Leo fort. Auch seine Stimme hat ein seltsames Timbre. Fast so, als wäre meine Beklemmung auf ihn übergegangen. Ich stutze ihm die Haare im Nacken, während er weiterspricht.

»Ich bin bei meinem Großvater aufgewachsen, Ser Leone Orlandi del Mazza von Castelfalfi. Nonno Leone entstammte noch einer völlig anderen Zeit. Er war der Herr über das Castello und damit Herrscher über das gesamte Dorf. Sein Wort war Gesetz. Und in diesem Geist hat er mich erzogen. Er hat mich geliebt, aber er war auch erzkonservativ und verdammt stolz auf unseren Namen und unsere Stellung. Er hat mich gelehrt, auf andere hinabzublicken, die nicht unseren Status besitzen, während unser Name edel und unser Geblüt rein ist. Einem Orlandi del Mazza liegt die Welt zu Füßen und nicht umgekehrt. Vor allem als ich zum Studium nach Mailand ging, stieg mir diese Einstellung zu Kopf. Ich fand bald einen Freundeskreis aus der jungen Elite der Stadt und wurde ein echter Kotzbrocken. Bis ich Chiara traf.«

Ah, höchstwahrscheinlich die Ex-Freundin. Während ich ihm zuhöre und konzentriert mit seinem Haar beschäftigt bin, bildet sich in meinem Magen ein merkwürdig schmerzhafter Knoten.

»Sie hat mich in ein Scheusal verwandelt.« Leo lässt den Kopf sinken, und ich schneide ihm beinahe ins Ohr. Doch ich sage nichts. Ich will diesen Moment um keinen Preis zerstören, denn zum allerersten Mal erzählt er von sich selbst. Also warte ich ab, bis er von allein fortfährt.

»Chiara liebte alles, was schön, teuer und schick war. Zu spät begriff ich, dass sie immer nur nahm, aber da war ich ihr längst hoffnungslos verfallen. Sie brachte meine schlimmsten Seiten zum Vorschein. Und ich Idiot legte ihr die Welt zu Füßen. Ich wurde unerträglich arrogant, geltungssüchtig und verschwenderisch. Sie bestärkte mich in dem Glauben, allem und jedem überlegen zu sein. Mein Großvater hätte sie geliebt. Ich habe sie auch geliebt, bis ich das Gute in mir fast zugrunde gerichtet hätte. In dieser Zeit begannen die Zeitreisen. Ich fiel durch das erste Gemälde, und was ich in der jenseitigen Welt erlebte, hat mich verändert. Chiara gefiel die neue Seite an mir überhaupt nicht, und nach einigen Wochen ließ sie mich fallen. Es war wie ein kalter Entzug für mich, und manchmal kommt es mir so vor, als fiele ich noch immer.«

Er klingt so niedergeschlagen, dass sich der Knoten in meinem Magen noch fester zusammenzieht. Ich bin mir nicht ganz sicher, was er mir mit seinem Geständnis erklären will. Ist es eine Rechtfertigung? Eine Entschuldigung? Oder hat er nur das Bedürfnis, einen Seelenstriptease hinzulegen? Ratlos umrunde ich ihn. Als ich dicht vor ihm stehe, greift er plötzlich nach meiner Hand. Er schaut zu mir auf, und wieder entdecke ich dieses fremde, versengende Glühen in seinen meergrünen Augen.

»Es tut mir leid, dass ich dir nur die Seite von mir gezeigt habe, die meine Ex aus mir gemacht hat. Du hast es nicht verdient, so behandelt zu werden.« Ganz langsam hebt er meine Hand und drückt einen Kuss auf die Handfläche. Ich breche beinahe in die Knie. Die sanfte Berührung seiner Lippen, während er meinen Blick nicht loslässt, jagt mir einen Stromstoß durch den Arm. Ich schlucke schwer und versuche mich zu fangen.

»Ich bin … fertig«, stottere ich und schiebe mir die Haare hinter die Ohren. Leo macht die Geste nach und fährt sich prüfend über die neue Frisur.

»So viel hast du gar nicht abgeschnitten«, stellt er fest.

»Ich finde, dass dir längere Haare gut stehen, aber der Schnitt musste in Form gebracht werden.«

Leo lässt mich nicht aus den Augen und lächelt. Das ist der echte Leo, hinter all den Mauern, die er zwischen uns errichtet hat. Er ist so schön, dass mir das Herz wehtut. Wie könnte ich mir jemals Hoffnungen machen … Er nimmt wieder meine Hand und zieht mich so dicht zu sich heran, bis ich zwischen seinen gespreizten Knien stehe. Ganz langsam hebt er die Hände und streicht an meinen Armen entlang, bis er meine Taille umfasst. Das Mieder ist so eng geschnürt, dass seine langen Finger die schmalste Stelle beinahe ganz umschließen. Seine Daumen kreisen über meinem Bauch, und ein beinahe schmerzhaftes Kribbeln breitet sich in mir aus.

»Ich kann verstehen, wenn du mich verachtest. Ich habe dir jeden Grund gegeben, mich zu hassen, aber ich würde mir wünschen … ich bin so selbstsüchtig …« Er vollendet sein Gestammel nicht und zieht mich mit einem Ruck zu sich hinunter, bis ich auf seinem Schoß sitze. Meine Lippen teilen sich vor Überraschung, und ich keuche erschrocken auf. Im nächsten Moment beugt er sich zu mir vor und küsst mich. In seinem Kuss steckt keinerlei Raffinesse oder bewusste Verführung. Sein Kuss ist hungrig, drängend und wirft mich völlig aus der Bahn. Ich stöhne vor Erregung, und er umfasst mich noch fester, küsst mich tiefer. Ungestüm und angefacht von seiner Leidenschaft, erwidere ich den Kuss.

Als er sich von mir löst, ringe ich nach Luft, und er legt mir eine Hand an die Wange. Seine Augen sind ernst, die Pupillen geweitet.

»Ich bringe uns nach Hause, Rosalie, das verspreche ich dir«, raunt er.

Während mein Herz noch wie wild klopft, beschleicht mich bei seinen Worten ein beklemmender Gedanke. Es hat sich nichts geändert, in seinen Augen sind wir noch immer kein Team.

# Kapitel 15

## *Signor Brighella*

*Was tue ich hier?*

Diese Frage stelle ich mir zum wiederholten Mal an diesem Morgen, während ohrenbetäubendes Glockengeläut einsetzt und die Pforten der Kirche Ognisanti geöffnet werden, um uns nach dem Gottesdienst endlich zu entlassen. Es ist Sonntag, und ich verstehe immer noch nicht, warum ich freiwillig hier bin. Das sollte Paul mal sehen, dass ich mich an einem Sonntagmorgen aus dem Bett quäle, um die Messe zu besuchen.

Gähnend und gegen das helle Tageslicht blinzelnd lasse ich mich im Strom der Kirchgänger nach draußen treiben. Eine Hand umfasst meinen Oberarm. Es ist Leo, der mich im Gedränge an seine Seite zieht. Als er mich gähnen sieht, zieht er eine Grimasse.

Anfangs hatte er sich um den sonntäglichen Kirchgang gedrückt, doch nachdem ihn ein neuer Bekannter mit wichtigen Kontakten persönlich zum Messbesuch eingeladen hatte, konnte er sich nicht mehr herausreden. Mir ist schnell klar geworden, dass die Kirchenbesuche keine rein christliche Funktion, sondern einen hohen Stellenwert im Sozialleben der Menschen dieser Zeit haben. Für Ehefrauen wie mich sind sie eine der wenigen Möglichkeiten, das Haus zu verlassen. Mir wird klar, warum alle Frauen jede Gelegenheit ergreifen, um eine Kirche aufzusuchen. Hier trifft man alle Nachbarn und Bekannten aus dem Viertel, plaudert, tauscht Neuigkeiten aus und kann das andere Geschlecht abchecken. Oh ja, der Messbesuch ist vor allem seitens der unverheirateten jungen, Mädchen die reinste Fleischbeschau. Aufgetakelt und meist nicht gerade züchtig gekleidet, stolzieren sie zur Hostienvergabe und taxieren potenzielle Junggesellen mit Argusaugen. Viel Wimperngeklimper und tiefe Blicke von allen Seiten. Begleitet werden sie dabei von ihren Mamas, die das Ganze mit Strenge überwachen. Ich habe es mir bei den Kirchgängen mit Leo angewöhnt, mich stets deutlich sichtbar bei ihm unterzuhaken. Es kann nur in seinem Interesse sein, dass ihn Fünfzehnjährige mit Ausschnitten bis zum Bauchnabel in Ruhe lassen, weil er offensichtlich nicht mehr zu haben ist.

Als wir wieder zu Hause sind, machen wir es uns im Wohnraum bequem. Nach der Messe haben wir noch eine halbe Ewigkeit vor der Kirche gestanden und Schwätzchen gehalten. Oder besser gesagt – Leo ist um alles herumscharwenzelt, was Rang und Namen hat, während mich niemand zur Kenntnis nahm. Gegen meinen Willen bin ich beeindruckt, wie geschickt Leo seinen Charme spielen lässt, um zu bekommen, was er will. Allerdings konnte ich auch beobachten, wie er unter der lächelnden, redseligen Fassade immer gereizter wurde, weil seine Gesprächspartner ziemlich zögernd auf seine Bitte reagierten, ihre Kontakte zu seinen Gunsten einzusetzen.

»Meinst du wirklich, dass uns diese Typen von der Kirche weiterhelfen können?«, gebe ich zu bedenken und strecke mich auf dem Lehnstuhl aus.

Leo, der es sich auf dem Stuhl neben mir bequem gemacht hat, hebt mokant die Augenbrauen. »Diese *Typen* gehören zu den einflussreichsten Familien dieser Stadt. Natürlich können sie uns weiterhelfen.«

Bei seinem herrischen Unterton runzele ich unwillkürlich die Stirn. »Ich meine, uns sitzt die Zeit im Nacken. Es kann bestimmt nicht schaden, wenn ich Botticelli frage, ob er uns hilft. Außerdem habe ich etwas Interessantes über Leonardo da Vinci erfahren, worüber ich schon eine ganze Weile nachdenke und …«

»Mutierst du jetzt zu einem Groupie, oder was? Wer steht denn als Nächster auf deiner Liste? Donatello? Michelangelo?«

»Klar!«, fauche ich. »Mein oberstes Ziel ist es, alle Namensvetter der Ninja Turtles kennenzulernen. Bin ein riesiger Fan.«

Als Leo so entnervt seufzt, als hätte er es mit einem Kleinkind zu tun, rolle ich mit den Augen.

»Ich meine es völlig ernst, was Leonardo angeht«, beharre ich stur. Ich finde es unerträglich, dass er sich meine Sicht der Dinge nicht einmal anhören will. Schließlich ist das hier keine Leo-One-Man-Show.

»Vergiss da Vinci!«, platzt es aus Leo heraus. »Ich habe einen viel besseren Kontakt gefunden.«

»Ach ja? Und welchen?«

»Einen Mann namens Brighella.«

Ich erkenne ein manisches Glimmen in seinen Augen, das mich beunruhigt. Er scheint so restlos überzeugt, dass es wahrscheinlich aussichtslos ist, ihn umstimmen zu wollen. Ich versuche es trotzdem. Sein neuer Kontakt klingt nämlich nicht gerade seriös, und ich rümpfe die Nase. »Brighella, was ist das denn für ein Name?« Ich weiß nicht genau, woher meine Vorbehalte kommen, aber bei mir schrillen alle Alarmglocken. Irgendwo habe ich diesen Namen doch schon einmal gehört …

Leo rollt mit den Augen. »Das tut doch hier nichts zur Sache.«

»Eben doch! Er klingt zwielichtig. Wer ist der Kerl?«

»Ob du es mir glaubst oder nicht, ich habe ihn in der Kirche kennengelernt.«

Er sagt das mit einer Überzeugung, als wären alle Leute, die man in einer Kirche trifft, ganz automatisch auch Heilige.

»In der Kirche?« Das klingt tatsächlich abenteuerlich … und unglaubwürdig.

»*Davvero*. Ich war in der Nähe von Orsanmichele und ging spontan hinein, um mich ein bisschen vor das Madonnenbild zu setzen. Es soll bekanntlich Wunder wirken. Na ja, dann bin ich eben mit einem Mitglied der Compagnia dell'Orsanmichele ins Gespräch gekommen, und bei dieser Gelegenheit wurde mir Signor Brighella vorgestellt.« Um Zustimmung heischend starrt er mich an. Na ja.

Was Compagnie sind, weiß ich inzwischen, natürlich von Peppina. Sie verabschiedet sich jeden Abend um dieselbe Zeit, und irgendwann habe ich nachgefragt, wohin sie denn geht. Als alte Romantikerin habe ich natürlich auf heiße Dates mit ihrem Schwarm getippt, aber da lag ich meilenweit daneben. Eine Compagnia ist eine Bruderschaft frommer Bürger, die sich in benachbarten Kirchen zum Gebet treffen, weil ihnen die Messen nicht genügen, um ihren Glauben auszuleben. Zurzeit gibt es rund siebzig solcher Klubs in der Stadt, die die Gläubigen jeden Abend besuchen können. Die Zusammenkünfte sind offen für Bürger aller Schichten der Stadt. Manche wie jene, die Peppina besucht, nehmen sogar Frauen auf. Neben der ganzen Beterei betätigen sich die meisten auch karitativ und betreuen Arme und Kranke.

»Und wer genau ist dieser Signor Brighella?«, erkundige ich mich weiter.

»Er ist Tuchhändler und Mitglied der Compagnia dell' Orsanmichele. Obwohl ich davon ausgehe, dass Brighella nicht sein wahrer Name ist. So weit ich weiß ist es eine Figur aus der Commedia dell'Arte.«

»Und wie genau kann er uns helfen, Lorenzo kennenzulernen?«, frage ich skeptisch.

»Er gehört nicht nur zu den Betbrüdern von Orsanmichele, sondern auch zu einem okkulten Geheimzirkel. Sie benutzen dort alle Decknamen.«

»Okkulter Geheimzirkel?«, blöke ich.

»Reg dich nicht auf! Das ist wirklich harmlos.

»Und das weißt du woher?«, verlange ich zu wissen.

»Brighella hat mich eingeladen, und ich war als Beobachter dabei«, räumt Leo schließlich ein.

»Und, wie ist es da so?«, frage ich herausfordernd. Leo zieht die Brauen zusammen. Dann hebt er die Schultern. Er will nicht damit herausrücken, aber da kennt er mich schlecht.

»Wenn diese Leute uns helfen sollen, dann kannst du mir doch auch verraten, was sie so treiben.«

»Natürlich! Ich bin überzeugt, dass das der Durchbruch ist, auf den wir warten. Ich weiß einfach, dass etwas passieren wird.« Er holt tief Luft und geht ein paar Schritte im Zimmer auf und ab. »Brighellas Gruppe ist eine Vereinigung, die den frühen Formen des Rubinerordens ähnelt. Sie sind allerdings nicht wie wir an der Alchemie und den Gesetzen der Zeit interessiert, sondern an dunkleren Aspekten des Okkultismus. Alte Kulte und Riten sind für die Menschen dieser Zeit noch sehr neu und dementsprechend faszinierend. Vor allem für jene, die von der Weltsicht der katholischen Kirche enttäuscht sind.« Er fährt sich mit einer Hand durchs Haar und zerzaust es.

Ich runzele die Stirn. Das klingt ja wie ein rebellischer vorgezogener Lutheranerklub. Allerdings bezweifle ich, dass es sich bei dieser Gruppe um einen frommen Gebetstreff handelt, der alternative Glaubensmodelle diskutiert. Sonst würde Leo nicht so ausweichend reagieren.

»Und?«, will ich weiter wissen. Bis jetzt kenne ich noch immer keine nennenswerten Details.

»Du wirst keine Ruhe geben, bis ich dir etwas erzählt habe, stimmt's?« Er mustert mich und wirkt leicht resigniert.

»Oh ja«, sage ich und lächele.

Er seufzt. »Der Begriff, der ihren Feiern am nächsten kommt, ist Schwarze Messe. Sie haben sich ein Ritual aus mehreren antiken Quellen zusammengeschustert, Elemente aus ägyptischen Riten, altrömischen Strömungen wie dem Mithraskult und anderen heidnischen Bräuchen. Vermischt mit Auszügen aus katholischen Messfeiern.«

Misstrauisch runzele ich die Stirn.

»Sieh mich nicht so an, Rosalie!«, ächzt Leo und fährt sich erneut durch die Haare, gröber diesmal. »Sie tun nichts Verbotenes. Der Reiz besteht für sie am Mysteriösen und an den Geheimnissen antiker Magie und Riten. Das ist nichts weiter als ein alter Keller voller Kerzen. Sie lesen Mirakelschriften und führen Rituale durch. Dabei hoffen sie, zu höherer Weisheit zu gelangen.«

»Was sind das für Rituale?«

»Ich konnte nicht alles sehen, weil ich nur am Rand dabei war, aber sie haben einen Kelch mit Tierblut herumgereicht und daraus getrunken. Unter anderem.«

»Unter anderem?«, wiederhole ich schrill und kann mich nur mit Mühe zurückhalten. Beim bloßen Gedanken an das Trinken von Tierblut aus Kelchen dreht sich mir der Magen um. Und Leo denkt allen Ernstes, dass solche Leute uns Lorenzo näherbringen können?

»Leo, das sind Verrückte!«, platzt es aus mir heraus. »Nur Freaks feiern Schwarze Messen und trinken Tierblut.« Bei der bloßen Vorstellung schüttelt es mich. Wi…der…lich. Ich kann es nicht oft genug betonen.

»Das sind keine Verrückten! Vielmehr ebnen sie uns den Weg in Lorenzos Dunstkreis. Brighella erzählt, dass der Principe sich seit einiger Zeit sehr für das Okkulte begeistert.«

Ich bin nicht überzeugt, überhaupt nicht. »Trotzdem finde ich, dass wir den Kontakt zu Leonardo da Vinci intensivieren sollten. Sandro Botticelli hilft uns bestimmt, ihn näher kennenzulernen«, halte ich dagegen.

Leo verengt die Augen zu Schlitzen. »Ich weiß, dass du begeistert bist, dein Idol zu treffen, aber du bist auf dem Holzweg.« Er geht ein paar Schritte auf und ab, bleibt unvermittelt stehen und dreht sich zu mir um. »Außerdem bin ich mir nicht sicher, was Botticelli angeht.«

»Was?«, frage ich spöttisch nach. »Nur weil er der einzige Mann in dieser lausigen Stadt ist, der etwas auf mich gibt, misstraust du ihm?«

Leos Miene wird noch finsterer. Er muss gar nichts sagen, sein Blick spricht Bände und treibt mir die Zornesröte ins Gesicht.

»Er mag mich eben! Nur weil das für dich so unvorstellbar ist, heißt das nicht, dass er deswegen etwas im Schilde führt. Sandro ist mein Freund, und du bist nicht mein Ehemann, kannst mir also nichts vorschreiben.«

»Hier bin ich es, und die Leute werden reden, wenn

du dich weiterhin mit diesem Maler und seinem Gesinde herumtreibst. Wir können lange darauf warten, dass uns jemand in den Kreis um Lorenzo einführt, wenn meine Ehefrau einen Ruf als Flittchen weg hat.« Er kommt noch näher. »Und außerdem halte ich es für gut möglich, dass dein geliebter Botticelli etwas im Schilde führt, wie du so schön sagst. Woher wusste er von unserer Ankunft? Warum war er bereit, für Wildfremde ein Haus zu besorgen?«

Unter seinem Blick gefriert alles in mir zu Eis. Auf keinen Fall darf ich ihm verraten, dass Sandro von da Vinci über unsere Ankunft informiert wurde. »Du vertraust mir noch immer nicht«, starte ich den Gegenangriff.

»Ganz genau! Du verbirgst jede Menge vor mir, und das schon, bevor wir hergekommen sind.«

»Du leidest ja unter Verfolgungswahn!«, schreie ich und kann mich nicht länger zusammenreißen. Wie habe ich auch nur eine Sekunde lang glauben könne, dass er doch ein netter Kerl ist? Dass er mich inzwischen anders sieht, nur weil wir uns geküsst haben?

Er unterstellt mir, ein Flittchen zu sein, weil ich mit Sandro befreundet bin. Mit Sandro Botticelli! Hat er denn nicht verstanden, wie viel mir das bedeutet? Ich kann in der Werkstatt eines der größten Künstler aller Zeiten sitzen und ihm beim Arbeiten zusehen. Oft rede ich den ganzen Tag nicht, weil alle ringsum zu beschäftigt sind und ich nur stumm dasitze und alles bewundere. Verdammt, ich bin noch nicht einmal ein Modell! Meist werde ich gar nicht beachtet. Und Leo treibt sich den ganzen Tag in der Stadt herum und macht einen auf mysteriös. *Ich* sollte misstrauisch sein und ihn mit Vorwürfen überhäufen. Immerhin sollen wir ein Team bilden und zusammenarbeiten. Stattdessen tut er alles, um mich aus der Sache herauszuhalten, und verbannt mich lieber wie eine brave Ehefrau ins Haus. Meint er wirklich, damit gebe ich mich zufrieden?

»Vielleicht solltest du überlegen, ganz nach nebenan zu ziehen. Dann steht dir und Sandro nichts mehr im Weg. Oder bist du doch an dem jungen Filippo interessiert?«, ätzt Leo angriffslustig.

Sein Zynismus bringt bei mir das Fass zum Überlaufen. Das Blut pocht mir wild in den Schläfen, und ich möchte mit Gegenständen um mich werfen. Nein, am liebsten würde ich ihm eine Ohrfeige verpassen. »Verschwinde!«, schreie ich. »Scher dich zum Teufel!«

Einen Moment lang starren wir uns an, ich brodelnd vor Zorn, er höhnisch und voll kalter Herablassung. Schließlich macht er auf dem Absatz kehrt und verlässt ohne ein weiteres Wort das Zimmer. Sekunden später höre ich die Haustür krachend ins Schloss fallen.

# Kapitel 16

## *Ketzer & Zeloten*

Unser Zusammenleben in der nächsten Woche ist geprägt von gegenseitiger Verachtung und eisigem Schweigen. Wir gehen uns aus dem Weg, so gut es möglich ist. Zwar liegen wir aus Mangel an Alternativen noch immer in einem Bett, nur schlafe ich längst, wenn er sich hinlegt, und rühre mich nicht, wenn er morgens das Schlafzimmer verlässt. Es kommt nicht mehr vor, dass er sich nachts zu mir umdreht und sich an mich kuschelt. Tagsüber ist er nie zu Hause, trifft sich wahrscheinlich mit Brighella und hofft, in dessen schwarze Bruderschaft aufgenommen zu werden. Die nötige schwarze Seele dafür hat er auf jeden Fall.

Ich bin überrascht, als mir auffällt, dass wir nun bereits über zwei Wochen im Quattrocento leben. Die Zeit vergeht wie im Flug, und langsam, aber sicher wird mir mulmig zumute. Die Hälfte der Zeit ist um, und wir haben Lorenzo de'Medici weder zu Gesicht bekommen noch seinen Umkreis in irgendeiner Weise unterwandert. Wir wissen lediglich, dass sich Lucian Morell höchstwahrscheinlich hier aufhält … wenn der Personenbeschreibung der Kurtisane Basilia Glauben zu schenken ist. Allerdings sind wir keinen Schritt weitergekommen bei der Frage, was er vorhat oder wie genau er Lorenzo zu vernichten gedenkt. Wird er ihm selbst auflauern? Oder schickt er einen Helfershelfer? Und wenn ja, wer wird es sein?

Leo setzt seine gesamte Hoffnung auf Brighellas okkulte Bruderschaft und lässt sich nicht von seiner Überzeugung abbringen, dass er auf dem richtigen Weg ist. Ich hadere derzeit noch damit, ob ich Sandro um Hilfe bitten soll. Er ist quasi der Hofkünstler der Medici und kann uns vielleicht als Begleiter zu einem der Feste im Palazzo Medici mitnehmen.

Alles in allem läuft uns die Zeit davon. Seit einigen Tagen macht sich das Zodiakusmal an meinem Handgelenk bemerkbar. Es juckt und kribbelt ständig und scheint mich zur Eile anzutreiben. Wenn wir es nicht schaffen, Lorenzo bis zum Tag unserer geplanten Rückreise zu retten, stecken wir wahrscheinlich für immer in diesem Jahrhundert fest. Die bloße Vorstellung ist so gruselig, dass mich Panik überfällt, sobald ich daran denke.

Es passiert am Freitag vor Palmsonntag, fast genau eine Woche vor dem Pazzi-Attentat. Ich habe schlecht geschlafen, weil gerade Vollmond ist und Leo am Abend nicht wie üblich nach Hause kam. Das ist an sich nicht ungewöhnlich. Seit unserem großen Streit zieht er mit Brighellas Teufelsanbeter-Clique oder sonst wem durch die Nächte. Trotz meiner Wut auf ihn mache ich mir allmählich Sorgen, weil er so wenig schläft und ständig auf Achse ist. Das Zodiakusmal pocht wie eine Mahnung an meinem Handgelenk. Es erinnert mich unablässig daran, dass die Zeit abläuft.

Peppina bemerkt meine gedrückte Stimmung am Morgen natürlich sofort und versucht mich aufzuheitern. Sie bringt mir eins der köstlichen Honigküchlein, die Gloria zum nahenden Ende der Fastenzeit gebacken hat. Dann erzählt sie mir ein paar Episoden aus der Passionsgeschichte

Christi, während sie meine Haare frisiert. Sie scheint es sich auf die Fahne geschrieben zu haben, mich zu einem religiösen Menschen zu machen, weswegen sie mir jeden Morgen eine neue Heiligengeschichte vorträgt. Obwohl es vergebliche Liebesmüh ist, höre ich immer aufmerksam zu, weil manche Geschichten ziemlich spannend sind … andere aber auch total schräg und blutrünstig. Kaum eine Heiligenvita kommt ohne Folter und mindestens eine missglückte Hinrichtung aus. Meistens quälen sich die Folterknechte mit allen möglichen, zum Teil höchst kreativen Peinigungen ab, die der Heilige in der Regel aber unversehrt übersteht, und greifen am Ende auf das einzig probate Mittel zurück – auf die Enthauptung. Das funktioniert immer.

Peppina glaubt an alle diese Legenden und ist schon ganz hibbelig, weil Ostern bevorsteht. Sie geht in jeder freien Minute in die Kirche und liegt mir schon seit Tagen in den Ohren, dass ich vor dem höchsten Fest der Christenheit unbedingt die Beichte ablegen soll. Bisher konnte ich ihr noch immer ausweichen, denn in Wahrheit habe ich ziemliche Angst davor, einem mittelalterlichen Pater meine Sünden zu beichten. Mit fünf Ave Maria wie vor der Firmung ist es beim Beichtgespräch in diesen Zeiten bestimmt nicht getan. Ich lecke mir die letzten Krümel des köstlichen Honigkuchens von den Fingern und stehe auf, um Peppinas Redeflut zu entkommen. »Ich zünde jeden Abend eine Kerze für Euch an und spreche ein Gebet an die Heilige Anna, dass Ihr Eurem Gatten einen Erben schenkt. Bestimmt ist er Euch dann wieder gewogen!«, ruft sie mir noch hinterher.

Um Himmels willen! Ich presse mir die Handflächen auf die Ohren, während ich die Treppe hinunterhaste. Bin ich hier wirklich inmitten von lauter Verrückten gelandet?

Ein Kind mit Leo steht auf meiner To-do-Liste direkt hinter einer Wurzelbehandlung ohne Betäubung und dem Schicksal des Heiligen Erasmus. Ihm wurden die Eingeweide mit einer Seilwinde herausgezogen … und er hat's überlebt.

Gerade als ich im Erdgeschoss ankomme, klopft es heftig an der Haustür. Ich gehe selbst hin und öffne. Bestimmt ist es Leo, der übermüdet von seinen nächtlichen Abenteuern zurückkehrt. Ich bin gerade genau in der richtigen Stimmung, um mein strafendes Schweigen zu brechen und ihn mal so richtig runterzuputzen. Doch jemand völlig anderes steht vor der Tür – ein wutschnaubender Sandro Botticelli, der den Hofzwerg Dolomino am Ohr gepackt hält wie ein ungezogenes Kind. Ohne ein Wort drängt sich Sandro an mir vorbei ins Haus, den wüst fluchenden Zwerg unbarmherzig hinter sich herziehend. Ich folge den beiden mit offenem Mund in die Küche.

»Was hat das zu bedeuten?«, dröhnt Gloria, bedrohlich mit einem Kochlöffel fuchtelnd, und klaut mir damit meinen Text. Schließlich lässt Sandro Dolominos Ohr los, der sich wütend den Kopf reibt.

»Dolomino hat Neuigkeiten für dich, Rosalia. Und ihm ist sehr daran gelegen, sie dir so schnell wie möglich mitzuteilen, anstatt wie ein Narr über die Piazza della Signoria zu hüpfen und einen Spottgesang daraus zu dichten.«

Dolomino funkelt Sandro bitterböse an. »Es ist meine Pflicht, der Bevölkerung von Florenz das Neueste zu berichten. Und ein Scharlatan, der Götzen anbetet und unseren Principe mit seinen Gotteslästerungen verführen will, hat nichts anderes verdient, als vor der ganzen Stadt bloßgestellt zu werden.«

Bei den trotzigen Worten des Hofzwergs stellen sich mir die Nackenhaare auf. Scharlatan, Götzenanbetung. Das klingt verdächtig nach Brighella und seinem okkulten Zirkel. Und Leo ist nach wie vor nicht aufgetaucht …

Ich gehe in die Hocke und blicke Dolomino unverwandt in die funkelnden Käferaugen. »Sagt mir, was geschehen ist!«

Der Zwerg grinst gemein und bleckt zwei Reihen winziger nadelspitzer Zähne. »Sie mussten ja unbedingt einen Hexensabbat feiern, ausgerechnet in der heiligen Vollmondnacht vor Ostern. Geschieht ihnen recht, was ihnen widerfahren ist.«

Mir reißt der Geduldsfaden, und ich packe Dolomino am weißen Spitzenkragen seines Wamses. Ich halte ihn so fest, dass sein Kopf rot anläuft. »Du sagt mir jetzt sofort, was geschehen ist, oder ich ertränke dich höchstpersönlich in der Sickergrube!« (Wie ich herausgefunden habe, ist die Sickergrube ein Loch unter dem Abritt, in dem sich sämtliche Fäkalien sammeln und langsam versickern.)

Erschrocken reißt Dolomino die Augen auf. Offenbar nimmt er meine Drohung ernst und hat wenig Lust, mit der stinkenden Grube im Hof Bekanntschaft zu schließen. »Sie haben sie festgenommen, die ganze Bande«, krächzt er schließlich und windet sich in meinem Griff. »Euren Gatten haben sie nach *Le Stinche* gebracht.«

Ich lasse den Zwerg so unvermittelt los, dass er nach hinten stolpert. Sandro wirft ihm einen abfälligen Blick zu. »Ist das wahr?«, frage ich schwach. Mir dröhnt der Kopf, und ich versuche zu begreifen, was passiert ist.

Sandro nickt ernst. »Die *Ufficiali di Notte* haben gestern Abend eine Versammlung dieser Vereinigung gestürmt und alle festgenommen, derer sie habhaft werden konnten. Darunter auch deinen Gatten. Ich glaube, ich muss dir nicht erklären, wie ernst die Lage ist.«

Ich nicke lahm, während ich mich auf einen Stuhl am

Tisch fallen lasse. Mir ist schlecht, und in meinen Ohren saust es. »Was wird ihm vorgeworfen?«

»Gotteslästerung. Darauf steht die Todesstrafe.«

Ich sacke endgültig in mich zusammen. Todesstrafe. Das darf einfach nicht wahr sein! Ich habe Leo so oft gesagt, dass ich Brighella und seiner okkulten Bruderschaft nicht traue. Und jetzt sitzt er im Gefängnis. Dieser kolossale Volltrottel!

»Diese Ketzer haben schwarze Magie betrieben, um unseren noblen Stadtherrn zu verhexen. Man wird sie ihrer gerechten Strafe zuführen und sie beim Torre della Zecca hinrichten«, kräht Dolomino.

Ich funkele ihn wütend an. »Das ist nicht wahr.« Hilfesuchend wende ich mich an Sandro. »Leo ist kein Ketzer! Er hat nur den falschen Weg eingeschlagen und den falschen Leuten vertraut. Wir haben hier eine Aufgabe zu erfüllen, es geht um Leben und Tod. Uns läuft die Zeit davon.«

Wie aufs Stichwort meldet sich mein Zodiakusmal mit schmerzhaftem Prickeln. Es sticht und pocht schon seit dem Aufwachen, als wolle es mich über Leos Notlage informieren. Böse starre ich auf mein Handgelenk, weil es wirklich keine große Hilfe ist. Ein prophetischer Traum, der mich zum Aufbruch gemahnt hätte, damit ich Leo vor der nahenden Gefahr einer Verhaftung warne, wäre nützlicher gewesen.

»Was können wir tun?«, frage ich schließlich mit zitternder Stimme.

Inzwischen ist Peppina an der Treppe aufgetaucht und ringt nervös die Hände. Sie sieht so erschüttert aus, wie ich mich fühle.

Sandro räuspert sich, bevor er spricht. »Ich sehe nur eine Möglichkeit, deinen Gemahl vor der Hinrichtung zu bewahren … eine Begnadigung durch *Il Magnifico*.«

Angst liegt mir wie ein Bleigewicht im Magen. Irgendwie habe ich bereits geahnt, dass er so etwas sagen würde, und doch wirft mich seine Antwort völlig aus der Bahn. Das ist eine Aufgabe, die mir unmöglich erscheint. Ich wünsche mir eine Horde Anwälte, ein Schwurgericht und am besten einen Videobeweis, der Leo entlastet. Doch nichts davon ist im Florenz des fünfzehnten Jahrhunderts denkbar. Wir sind gefangen in einer Zeit, in der die Menschen wirklich noch an Hexen und Magie glauben. Wenn ich versage, endet Leo am Galgen. Entweder ich befreie ihn aus dem Gefängnis, oder ich schaffe es allein, unsere Mission zu erfüllen, damit er sich in seiner Zelle förmlich in Luft auflösen kann. Genau das wird doch hoffentlich passieren, wenn es mir gelingt, das Portalgemälde zu heilen, oder? Bei meiner ersten Zeitreise bin ich auch draußen auf der Straße zurückgesprungen, ohne das Gemälde noch einmal berührt zu haben.

»Wo befindet sich dieses Gefängnis?«, will ich schließlich wissen.

Sandro wirft mir einen prüfenden Blick zu. »Der *carcere delle Stinche* liegt in der Via Ghibellina, unweit von Santa Croce.«

»Wie ausbruchsicher ist das Gefängnis? Können wir Leo befreien?«

Sowohl Sandro als auch Gloria und Peppina starren mich an, als hätte ich eine Schraube locker. Dolomino stößt ein meckerndes Lachen aus. »Der Herrgott bringt immer die Richtigen zusammen … der Mann ein Schwarzkünstler, das Weib eine Wahnsinnige«, spottet er.

Ich balle die Hände zu Fäusten und habe nicht übel Lust, dem Zwerg eine reinzuhauen. Ich weiß selbst, dass ein solcher Plan wahnwitzig ist, aber in meiner Verzweiflung fällt mir nichts Besseres ein. Eine Begnadigung durch Lorenzo de'Medici persönlich zu erlangen, erscheint mir dagegen nahezu aussichtslos.

Sandros Miene ist sorgenvoll und mitleidig zugleich. »Bedaure, eine Befreiung kommt überhaupt nicht infrage. Es gibt nur einen einzigen Eingang, die Porta della miseria. Unbemerkt dort einzudringen, ist völlig ausgeschlossen, selbst in finsterster Nacht. Eine Begnadigung durch Lorenzo wäre die einzige Rettung.«

Wie ein nasser Sack sinke ich auf einen Schemel. Mir steigen Tränen in die Augen, und meine Fingernägel bohren sich schmerzhaft in die Handflächen.

»Dann sind wir verloren«, schluchze ich. Leo ist so ein elendiger, stolzer Idiot! Konnte er nicht ein einziges Mal auf mich hören? Was diesen Brighella betrifft, hatte ich von Anfang an ein schlechtes Gefühl. Und der ist sicher daran schuld, dass Leo eingekerkert wurde.

Sandro kniet sich vor mich auf den Schemel. »Die Lage ist denkbar schlecht, aber nicht völlig aussichtslos. Ich kenne dich, Rosalia, und bisher konntest du noch jedermann mit deiner Klugheit und Anmut bezaubern. Lorenzo ist auch nur ein Mann, und einer schönen Bittstellerin, die verzweifelt um das Leben ihres geliebten Gatten fleht, kann er bestimmt nicht widerstehen.«

Oh Gott, was denkt er von mir? Ich bin doch keine Femme fatale! Ich kann weder flirten noch Männer umschmeicheln. Das beweist doch allein schon die Tatsache, wie fabelhaft ich mit Leo zurechtkomme. Bisher habe ich die Leute hier nur mit meiner Wimperntusche und meinem Concealer beeindruckt. Ich bezweifle, dass eine Extraschicht Rouge genügt, um Leo vom Vorwurf der Ketzerei reinzuwaschen. Oder ein besonders tiefer Ausschnitt. Lorenzo de'Medici ist sicherlich ein völlig anderes Kaliber.

»Es gibt regelmäßig die Möglichkeit, dass die Bürger der Stadt vor dem Rat der Hundert ihre Anliegen vortragen«, schlägt Peppina mit naivem Eifer vor.

»Ja, genau! Und wenn ich mich dort als Rosalia Orlandi del Mazza vorstelle, wird man mir bestimmt unvoreingenommen zuhören!«, fauche ich in übertrieben scharfem Ton. Peppina zuckt zusammen und zieht schuldbewusst den Kopf ein. Sofort fühle ich mich mies, weil ich sie so angefahren habe, aber meine Nerven liegen gerade völlig blank. Ich zittere am ganzen Körper, und mir ist schlecht.

»Dolomino!«, sagt Sandro streng. »Du könntest dein liederliches Verhalten wiedergutmachen und uns helfen.«

Entsetzt starrt ihn der Zwerg an. »Helfen? Für diesen lästerlichen Häretiker rühre ich keinen Finger.«

»Du ärgerlicher Gnom! Hast du vergessen, was ich für dich getan habe? Der Tag ist gekommen, an dem du deine Schuld begleichen kannst.« Sandros sonst so ruhige, freundliche Stimme schwillt zu einem bedrohlichen Grollen an, und selbst ich ducke mich.

Alle aufgeblasene Häme fällt von Dolomino ab, und mit einer undeutbaren Miene blickt er zu dem Maler auf. »Ihr verlangt von mir, das Leben meines Herrn bewusst in Gefahr zu bringen.«

»Ich verlange von dir, das Leben eines Unschuldigen zu retten«, hält Sandro dagegen. Ohne näher mit mir darüber gesprochen zu haben, vertraut er mir, wenn ich sage, dass Leo unschuldig ist. Sein blindes Vertrauen treibt mir wieder Tränen in die Augen.

Stur verschränkt Dolomino die Arme vor der Brust. »Was, wenn dieses Weib nur an *Il Magnifico* herankommen will, um zu vollenden, wozu ihr Gatte nicht mehr fähig war? Womöglich belegt sie ihn aus nächster Nähe mit einer Verwünschung.«

»Halt ein, du unverschämter Geck! Oder ich sehe mich gezwungen, vor dem Rat Beschwerde wegen Verleumdung und übler Nachrede gegen dich einzulegen. Du sorgst jetzt unverzüglich dafür, dass Rosalia bei deinem Herrn vorgelassen wird, und zwar noch heute!«

Eine Weile fechten die beiden einen stummen Kampf mit Blicken aus, dann gibt sich Dolomino geschlagen. Mit stiller Wut rückt er sich das Barett auf dem Kopf zurecht.

Als er gerade gehen will, hält Sandro ihn noch einmal zurück. »Und Peppina kommt mit«, gebietet er und wendet sich mit ernster Miene an meine Hausmagd. »Du begleitest ihn und legst Zeugnis über alles ab, was er sagt und tut. Und wehe, er will den Principe gegen Leopoldo beeinflussen!«

Peppina nickt ängstlich und schlingt sich rasch ein Tuch um den Kopf. Zaudernd sucht sie meinen Blick, doch ich nicke ernst. Ich vertraue ihr und bin überzeugt, dass sie ihre Aufgabe ernst nimmt. Sie wird dafür sorgen, dass sich Dolomino angemessen verhält.

Als die Tür hinter den beiden ins Schloss gefallen ist, sinke ich wieder wie ein Häuflein Elend auf meinem Schemel zusammen. Die Verzweiflung hält mich gepackt wie die Faust eines Riesen.

»Sie werden nicht lange brauchen«, versucht mich Sandro aufzumuntern, während er selbst sorgenvoll auf und ab geht.

»Meiner Seel', dieser junge Heißsporn!«, schimpft Gloria und wedelt drohend mit dem Kochlöffel. »Für jede Träne, die unsere Monna Rosalia für ihn vergießt, bekommt er eine hintendrauf, sobald er zurück ist.«

Unter Tränen muss ich lachen. Wenigstens sie glaubt daran, Leo lebend wiederzusehen. Schimpfend verschwindet sie in der Speisekammer, und ich höre es klappern. Kurz darauf stellt sie einen irdenen Krug und drei Becher auf dem

Tisch neben mir ab. Stumm gießt sie uns ein, und mir fällt auf, dass ihr eigener Becher am vollsten ist. Mit energischem Nicken fordert sie uns zum Trinken auf. Sandro greift ohne Zögern zu, und wir stoßen mit düsteren Mienen an. Ich schnüffele vorsichtig, bevor ich trinke. Ein strenger Kräuterduft steigt mir in die Nase, zusammen mit dem stechenden Geruch nach purem Ethanol. Trotzdem trinke ich den Becher mit einem beherzten Zug aus. Mein Körper zuckt bei der plötzlichen Alkoholzufuhr zusammen, und meine Mimik entgleist mir komplett. Wi…der…lich. Im nächsten Moment aber durchflutet mich eine tröstliche Wärme. Sandro setzt sich zu mir an den Tisch, während Gloria uns ein einfaches Frühstück aus Brot, Käse und eingelegtem Gemüse serviert. Sie selbst setzt sich zu uns und schneidet sich großzügige Scheiben von dem großen Käselaib ab, der intensiv nach alten Stinkesocken riecht. Ich bin kein großer Fan davon, und seit Gloria das weiß, nimmt sie das als Freifahrtschein, den Käse selbst zu essen.

Während wir auf die Rückkehr von Dolomino und Peppina warten, fahren meine Gedanken munter weiter Achterbahn. Das scharfe Getränk war wirklich eine gute Idee von Gloria, schafft es aber nicht, meine nagende Angst zu vertreiben. Ich mache mir fürchterliche Sorgen um Leo. Ich bete, dass ihm nichts angetan wird und dass es ihm einigermaßen gut geht. Hoffentlich hat der Hitzkopf sich nicht gegen den Zugriff der Büttel gewehrt. Furchtbare Bilder ziehen vor meinem inneren Auge vorbei. Leo, der blutend und verprügelt in Ketten hängt, weggesperrt in einem feuchten Kellerverlies. Sein lebloser Körper, der am Galgen baumelt. Ratten, die an seinem Leichnam nagen.

Die Glocken schlagen, und Dolomino und Peppina sind schon seit über einer Stunde fort. Stumm schenkt uns Gloria eine weitere Runde Schnaps ein, und ich trinke ohne Widerrede. Von dem Imbiss bekomme ich so gut wie nichts hinunter, doch Alkohol tut es auch.

»Was ist mit deiner Werkstatt …?«, frage ich Sandro irgendwann mit schwerer Zunge. Da fällt mir nämlich ein, dass er mir zuliebe seine Arbeit vernachlässigt. Mann, ist dieses Gesöff stark!

Sandro winkt ab. »Da wird die Arbeit auch ohne mich fortgeführt. Mein Neffe Benincasa hat ein Auge darauf. Außerdem lasse ich mir doch um nichts in der Welt die Gelegenheit entgehen, mich am helllichten Tag mit dir zu betrinken.« Er prostet mir zu und kippt den letzten Schluck aus seinem Becher hinunter.

Bevor unser Beisammensein in ein heilloses Besäufnis ausartet, entschuldige ich mich, um mich frisch zu machen. Wenn alles gut läuft, werde ich heute immerhin noch eine Audienz beim Stadtherrn von Florenz persönlich bekommen. Ich wasche mir das Gesicht und versuche mich in der Abgeschiedenheit des Schlafgemachs zu sammeln. Dann schminke ich mich akkurat und gebe mir dabei mehr Mühe als sonst, denn Sandros Worte geistern mir durch den Kopf. Die Leute halten mich hier für außerordentlich schön? Dann will ich Lorenzo de'Medici gefälligst ein gottverdammtes Topmodel präsentieren. Ich schminke mich mit der militärischen Entschlossenheit eines Generals, zupfe die Brauen in Form und tusche die Wimpern extra dunkel und lang. Ich nehme den Lidschatten und betone meine Augen, bis sie riesig aussehen und funkeln. Rouge kann ich mir sparen, weil der Schnaps mir rote Wangen gezaubert hat. Als ich fertig bin, blicke ich mir mit stählerner Entschlossenheit in die Augen. Da ist kein Platz für Angst und Zaudern. Mein altes, zaghaftes Ich hat ab sofort endgültig ausgedient. Voller Entschlossenheit marschiere ich wieder nach unten.

Keine halbe Stunde später kehren Dolomino und Peppina zurück. Der Zwerg wirkt noch immer unzufrieden, aber immerhin bezeichnet er Leo und mich nicht mehr als verrückte Schwarzmagier. »Mein Herr freut sich, Monna Rosalia umgehend zu empfangen«, erklärt er jovial, und der Blick aus seinen glänzenden Käferaugen durchbohrt mich. Peppina neben ihm nickt bekräftigend. Vor Aufregung sind ihre Wangen knallrot angelaufen, und ihr Gesichtsausdruck ist schwärmerisch.

Blitzschnell bin ich auf den Füßen. Bevor ich mich auf den Weg mache, genehmige ich mir noch einen kräftigen Schluck von Glorias Kräuterschnaps. Es kann nicht schaden, wenn ich mir ein bisschen zusätzlichen Mut antrinke.

Sandro empfiehlt mir dringend, das Haus voll verschleiert und mit einem unauffälligen Mantel zu verlassen. »Du bist inzwischen stadtbekannt in Florenz. Messer Leopoldos Verhaftung ist in aller Munde, und man erkennt dich als seine Gattin auf der Straße«, erklärt er mir.

Vor Verblüffung klappt mir die Kinnlade herunter. Wie kann es sein, dass wir nach drei Wochen schon solch lokale Berühmtheiten geworden sind?

# Kapitel 17

*Lorenzo de'Medici*

Als wir aufbrechen, bringe ich das Thema Popularität wieder zur Sprache. Durch das hauchdünne Gewebe des Schleiers, den mir Peppina vor dem Aufbruch übergeworfen hat, sehe ich Sandro schmunzeln.

»Ich habe genau gemerkt, dass du mir nicht geglaubt hast, als ich sagte, du könntest jeden Mann bezirzen«, sagt er. »Deine aufsehenerregende Schönheit ist *das* Stadtgespräch, seit man dich beim Kirchgang gesehen hat.«

Mir verschlägt es die Sprache. War ich am Sonntagmorgen wirklich so geistesabwesend, dass mir das nicht aufgefallen ist? Ich versuche mich zu erinnern, ob irgendwer mir besondere Aufmerksamkeit geschenkt hat. Aber ich muss mir eingestehen, dass eher die heiratswilligen Damen auf Brautschau den Großteil meiner Aufmerksamkeit beansprucht haben. Die meiste Zeit habe ich eifersüchtig über Leo gewacht, wofür ich mir jetzt einen Tritt in den Hintern verpassen könnte.

»Ich sehe, das überrascht dich. Aber allein deine Haarfarbe ist so auffällig, dass du aus der Masse herausstichst. Blondes Haar ist in Florenz eine Seltenheit, und äußerst begehrt noch dazu«, sagt Sandro launig. »Ich wollte es dir längst erzählen, aber Lorenzo äußerte unlängst den Wunsch, deine Bekanntschaft zu machen. Er weiß, dass wir befreundet sind, und möchte die Frau kennenlernen, die so unerschrocken meine Nähe sucht.« Selbstironisch kräuselt er die Lippen, während er die Bombe platzen lässt.

Ein Ruck geht durch meinen Körper. »Und trotzdem hast du Dolomino genötigt, dir zu helfen.«

Sandor seufzt. »Was Dolomino angeht, hege ich meine Zweifel. Nicht ohne Grund bedeutet sein Name *der Arglistige.* Ein Herrscher wie Lorenzo kann sich nie sicher sein, vor allem in Bezug auf Personen aus seinem engsten Umkreis. Ich hielt es für angebracht, Dolomino an seine Ergebenheit zu erinnern.«

Wir passieren das quirlige Geschäftsviertel von Florenz und kommen an der Kirche Orsanmichele vorbei. Das Gebäude ist ein dreistöckiger Kasten, dem man seine Vergangenheit als Getreidespeicher noch ansieht. Am liebsten würde ich ausspucken, weil hier das ganze Unheil für Leo seinen Anfang nahm. Wäre er nur Brighella nie begegnet …

Doch ich weiß, dass dieser Gedanke unnütz ist. Wie ich das Schicksal kenne, hätte er ihn in jedem Fall auf dem einen oder anderen Weg getroffen. Es ist wie in den antiken Sagen. Egal, wie sehr sich der Held abmüht, das Schicksal holt ihn immer wieder ein. Und Leo war wohl von vornherein dazu bestimmt, von der eigenen Hybris zu Fall gebracht zu werden. Ein paar Hundert Meter weiter taucht schließlich ein Gebäude auf, nach dessen Anblick ich mich seit meiner Ankunft in Florenz sehne. Wie eine gigantische Kappe, die ein Riese vergessen hat, erhebt sich die Kuppel von Santa Maria del Fiore über den Dächern. Filippo Brunelleschis architektonisches Meisterwerk ist stolze hundertvierzehn Meter hoch und wird für Jahrhunderte der größte Kuppelbau der Welt sein. Die Kuppel thront im Osten über der Kathedrale, und ich werde immer langsamer, während ich fasziniert den Kopf in den Nacken lege. Natürlich sehe ich sie nicht zum ersten Mal, aber ich bin fasziniert davon, sie vierundvierzig Jahre nach ihrer Fertigstellung in ihrem ursprünglichen Habitat zu sehen. Die Wirkung ist erstaunlich. Inmitten der teils baufälligen mittelalterlichen Häuser, die sie mit ihren Anbauten abenteuerlich krumm und schief umwachsen, wirkt die Kuppel wie herausgelöst aus der Zeit. Die Perfektion und Symmetrie des Baus werden im Kontrast zur bunt gewachsenen Baugestalt der restlichen Stadt besonders deutlich.

Sandro lächelt über meine offenkundige Bewunderung und mahnt mich gleichzeitig zur Eile. Ich verstehe – Lorenzo de'Medici lässt man nicht warten.

Sehnsüchtig schaue ich im Vorbeigehen das achteckige Baptisterium auf dem Platz vor dem Dom an. Ghibertis bronzene Paradiespforte schimmert verheißungsvoll und zieht mich magisch an. Mit purer Willenskraft wende ich mich ab und folge Sandro. In flottem Tempo lassen wir den Domplatz hinter uns, und schon sind wir da. Der Palazzo liegt nur einen Steinwurf vom pulsierenden geistlichen Zentrum der Stadt entfernt. Beste Lage, würde ich sagen.

Der Palazzo Medici ist ein trutziger dreigeschossiger Bau, der einen recht schmucklosen Eindruck macht. Berühmt ist er als erster Profanbau der Frührenaissance. Vor allem die markante Untergliederung der drei Geschosse ist beispielhaft. Im Erdgeschoss besteht das Mauerwerk aus grob behauenen Quadersteinen, der sogenannten Rustika. Im ersten Stock wird die Struktur der Steine feiner, sie sind geglättet und regelmäßig. Im dritten Segment schließlich ist die Wand nahezu glatt und am schlichtesten. Ich muss kichern, weil Professor Kipping sicher stolz über meine

Architekturbeschreibung wäre. So etwas lernt man bei ihm bis zum Abwinken.

Wir gehen an der Längsseite des Gebäudes entlang und erreichen den Eingang. Meine alberne Laune verfliegt so schnell, wie sie über mich gekommen ist. Jetzt, da wir vor dem Palazzo Medici stehen, fällt mir ein, dass ich überhaupt nicht weiß, wie ich vorgehen soll. Ich war so beschäftigt mit meiner Angst um Leo und dem Bemühen, bei Lorenzo vorgelassen zu werden, dass alles andere in den Hintergrund trat. Aber ich brauche doch eine Strategie!

Noch immer bin ich leicht angeschickert, was mir aber einen Teil meiner Angst nimmt. Vielleicht kitzelt der Schnaps am Morgen ja meine innere Femme fatale heraus. Zumindest kann ich es versuchen. Für Leo. Mir wird schon wieder ganz bänglich zumute, wenn ich an ihn denke. Gleichzeitig bin ich aber auch richtig sauer. Sollte er jemals wieder einen Fuß aus diesem Gefängnis setzen, bekommt er als Allererstes eine Ohrfeige von mir. Danach kann er sich bei Gloria seine Prügel abholen. Die Schultern gestrafft, betrete ich den Palazzo mit mehr Unerschrockenheit, als ich je zu träumen gewagt hätte. Hinter Sandro gelange ich in einen wunderschönen quadratischen Innenhof, der zu allen vier Seiten von säulengestützten Arkaden umgeben ist. Hier ist es so friedlich, dass ich mich dem Trubel der Stadt wenige Meter weiter völlig entrückt fühle. Es geht weiter in den ersten Stock, in das *Piano nobile.* Im Erdgeschoss sind Stallungen, Wirtschaftsräume und Kammern für Bedienstete untergebracht, während der erste Stock als Wohn- und Repräsentationsraum dient.

Der Palast summt vor Betriebsamkeit, aber niemand hält Sandro und mich auf, während wir durch die prächtigen Gänge eilen. Manche Männer nicken dem Maler sogar grüßend zu – offenbar kennt man in hier. Meine Nervosität steigert sich mit jedem Schritt, aber ich bin froh, einen Freund an meiner Seite zu haben.

Plötzlich tritt aus einer Nische ein junger Bediensteter hervor und nimmt Sandro zur Seite, um ihm etwas zuzuraunen. Dessen Miene erhellt sich augenblicklich, und voller Eifer greift er nach meinem Arm. »Lorenzo wird uns in seinem *Studiolo* empfangen.«

Als *Studiolo* wird in jener Zeit ein kleiner Raum bezeichnet, eine Mischung aus Rückzugsort, Arbeitszimmer und Kuriositätenkabinett. In ein paar Jahrzehnten wird es ziemlich angesagt sein, und jeder Herrscher, der etwa auf sich hält, wird sich ein solches Zimmer einrichten. Meist sind diese *Studioli* nicht größer als eine Schlafkammer und bis oben hin vollgepackt mit Büchern, seltsamen, ausgefallenen Artefakten und anderem Nippes. Und die Wände und Decken sind bis in die letzte Ecke mit Gemälden tapeziert, die eigens für diesen Zweck gesammelt und in Auftrag gegeben werden.

Lorenzos bescheidenes *Studiolo* ist noch weit entfernt von den Exzessen künftiger Generationen. Es hat tatsächlich Ähnlichkeit mit einem Büro. Es gibt einen hübschen geschnitzten Kabinettschrank, und in die Wände sind ringsum Schränke und Nischen eingebaut, die herrliche Schnitzarbeiten zieren. Dazwischen finden gerade einmal zwei Gemälde Platz – ein eher unspektakulärer Ausblick auf eine Toskanalandschaft und ein Bild mit antikem Thema, das zweifelsfrei von Sandro Botticelli stammt. Mir stockt für einen Moment der Atem, und ich trete näher an das Kunstwerk heran. Es ist verhältnismäßig klein, wenn ich es mit *La Primavera* oder *Die Geburt der Venus* vergleiche. Dargestellt ist eine kleine Jagdszene, ein muskulöser Gott, der Pfeil und Bogen spannt, daneben eine Frau und Hirsche. Ich kenne jedes im einundzwanzigsten Jahrhundert existierende Botticelli-Gemälde, doch dieses Bild sehe ich zum ersten Mal. Mir wird das Herz schwer, wenn ich daran denke, dass es wahrscheinlich zu Sandros Werken gehört, die in der Zukunft verschollen oder unwiederbringlich verloren sein werden.

»Giuliano als Apoll auf der Jagd mit Diana«, sagt Sandro, der dicht neben mir steht, mit Stolz in der Stimme.

Ich trete noch einen Schritt näher. Der Mann mit den edlen, beinahe herrischen Gesichtszügen ist also Giuliano de'Medici, Lorenzos jüngerer Bruder und seine rechte Hand. Wehmut packt mich bei dem Gedanken, dass er in einer Woche sterben wird und ich es nicht verhindern kann. Ich wende mich von dem Bild ab und begegne dem Blick eines Mannes, dessen Anwesenheit ich bisher noch nicht bemerkt habe. Im selben Moment frage ich mich schon, wie dies möglich war. Seine Präsenz erfüllt den Raum mit einer fast greifbaren Aura von stiller Autorität und unvergleichlichem Charisma. Ich spüre instinktiv, dass dies ein Mann von ungeheurer Machtfülle ist, und betrachte ihn staunend.

Lorenzo de'Medici ist eine stattliche Erscheinung, wenn auch kein sonderlich schöner Anblick. Alles an seinem Gesicht wirkt sonderbar krumm und eingedrückt. Die Nase ist breit, der Nasenrücken dabei platt und die Spitze vorspringend. Schmale Lippen kräuseln sich mit der Andeutung eines Lächelns, und seine Augen sind von düsteren Brauen überschattet. Er trägt einen jener Pagenhaarschnitte, vor denen es Leo so gegruselt hat, und eine Kopfbedeckung Modell Zipfelmütze. Dennoch strahlt er eine unerschütterliche Würde aus. Als ich mich ihm nähere, betrachtet er mich mit unverhohlener Neugier. Über seinem tief violetten Gewand aus prächtig durchwirktem Seidenbrokat trägt er eine schwere goldene Amtskette quer über der Brust.

Sandro tritt neben mich und legt die Hand aufs Herz. »Euer Gnaden, die außerordentliche Rosalia Orlandi del Mazza«, stellt er mich salbungsvoll vor. Sandro trägt ordentlich dick auf. Aus seinem Mund hört es sich so an, als wäre ich eine hochwohlgeborene Prinzessin aus einem fernen Land, die sich dazu herablässt, den Palazzo Medici mit ihrem Besuch zu beehren. Keine verzweifelte Bittstellerin, die ihren eingekerkerten Zeitreisepartner befreien will. Habe ich schon erwähnt, dass ich irre nervös bin?

Lorenzo umgibt eine ungreifbare Attraktivität, die ich nicht recht begründen kann. Von seinem Gesicht geht sie nicht aus, und innerlich verpasse ich mir einen Tritt für diesen oberflächlichen Gedanken. Aber dennoch … es zieht mich so eindeutig zu ihm hin wie zu Sandro Botticelli. Es ist, als hätte mein Unterbewusstsein während dieser kuriosen Reise ein unfehlbares Barometer entwickelt, das je nach Berührung mit Freund oder Feind ausschlägt. Diese Erkenntnis ändert allerdings nichts daran, dass mein Herz immer noch vor Angst wie wild klopft. Trotz des eng geschnürten Mieders versuche ich tief und regelmäßig zu atmen, aber das ist gar nicht so einfach.

Lorenzo mustert mich nach wie vor eingehend, und mir fällt siedend heiß ein, dass ich ihn noch nicht begrüßt habe. Stattdessen stehe ich gaffend und wie angewurzelt da. Hitze steigt mir in die Wangen, und ich vollführe ungelenk eine Mischung aus Hofknicks und Verbeugung. Dabei muss ich höllisch aufpassen, das Gleichgewicht zu halten. Blöder Schnaps. Ich hoffe, dass Lorenzo meine merkwürdigen Verrenkungen für eine fremdartige Begrüßung aus nördlichen Landen hält und sich nicht wundert. Bestimmt mache ich den Eindruck, nicht ganz bei Trost zu sein.

Lorenzo tritt einen Schritt auf mich zu und musterte

mich unter seinen dichten Augenbrauen hervor. »Madonna Rosalia. Mein Freund Sandro ist voll des Lobes über Euch, und ich muss sagen – er hat nicht übertrieben.« Ein hintergründiges Lächeln verzieht seine Mundwinkel. Mit einer Geste bittet er Sandro und mich zu einer kleinen Sitzgruppe aus breiten Scherenstühlen, die den Raum fast ausfüllt. Die aufgelegten Polster sind üppig und weich, und ich sinke ein wenig erleichtert darin ein.

»Ich bin wirklich sehr dankbar, dass Ihr heute noch Zeit für mich gefunden habt«, sage ich.

Lorenzo neigt gutmütig den Kopf. »Diese Gelegenheit durfte ich mir nicht entgehen lassen. Euch mit eigenen Augen zu sehen ...«

Er mustert mich voller Faszination, und ich komme mir vor wie eine Kuriosität im Zirkus. Sandro hatte wohl recht, dass ich zum Stadtgespräch schlechthin geworden bin. Es gefällt mir gar nicht, dass es nur daran liegt, weil sie Leute mich für eine ungewöhnliche Schönheit halten. Dabei ist alles nur falscher Zauber. Ich führe sie mit modernem Makeup hinters Licht. Niemand von denen kennt mich wirklich, niemand interessiert sich für den Menschen, der ich bin. Ich könnte die dümmste Bohne am Strauch sein, und es wäre ihnen egal, solange ich dabei ein hübsches Gesicht zeige.

»Sandro sollte mich porträtieren, dann könnt Ihr mich nach Lust und Laune anstarren«, sage ich impulsiv. Hoppla! Das wäre mir sicher nicht herausgerutscht, wenn ich keinen Schnaps vor dem Frühstück getrunken hätte.

Sandro zuckt auf seinem Sitz zusammen. *Bist du jetzt völlig übergeschnappt?*, sagt sein Blick. Lorenzos Miene kann ich nicht deuten, zumindest scheint er nicht wütend zu sein.

Da mich niemand bremsen kann, purzeln mir die Worte nur so aus dem Mund. Der ganze Frust über die Behandlung der Frauen, der sich in mir aufgestaut hat. »Ich habe es satt«, erkläre ich hitzig. »Hier interessiert sich jeder nur für mein Gesicht und meine Haare. Die makellos polierte Fassade. Aber ich bin keine Puppe, sondern ein Mensch, auch wenn ich das Pech habe, eine Frau zu sein. Ich kann sprechen und sogar denken! Ich habe Ansichten mitzuteilen, und man kann mir zuhören, ohne dabei einzuschlafen. Aber das kümmert natürlich niemanden. Mein Mann hält mich für dumm und hört nicht auf meinen Rat. Und was hat es ihm gebracht? Er schmort im Kerker.« Inzwischen brennen mir heiße Tränen in den Augen, und ich muss mir die Hand vor den Mund pressen, um ein Schluchzen zu unterdrücken. Aber verdammt, ich bin so wütend! Das alles hätte ich schon vor einer ganzen Weile sagen wollen. Aber jetzt, nach allem, was mit Leo passiert ist, kann ich mich nicht mehr zurückhalten. Ich habe solche Angst um ihn, dass es mir den Atem verschlägt. Und gleichzeitig bin ich so sauer, dass ich ihn erwürgen möchte, wenn ich ihn das nächste Mal sehe. Er hat mich verdammt noch mal im Stich gelassen! Ich bin verängstigt und fühle keinen inneren Halt mehr. Und ich habe gerade den einzigen Mann angeschrien, der mir in meiner Lage helfen könnte. Lorenzo de'Medici, auf dessen Gnade ich angewiesen bin.

Nur ganz langsam legt sich die Wut, die förmlich in meinem Körper wummert. Die Hitze lässt nach, und die Erkenntnis flutet kühl und ernüchternd meinen Geist. Sogar die Wirkung des Alkohols scheint verflogen zu sein. Um Himmels willen, was habe ich getan? Ich habe Lorenzo de'Medici angeschrien wie eine Wahnsinnige. Wahrscheinlich baumele ich am Ende noch schneller am Galgen als Leo.

Das Schweigen liegt bleischwer auf uns dreien. Am liebsten spränge ich sofort auf, um zu flüchten. Ich linse zu Sandro hinüber. Er ist kalkweiß unter seinen weizenblonden Locken und sieht so entsetzt aus, als könne er jeden Moment in Tränen ausbrechen.

Ich senke den Blick und blinzele vorsichtig unter meinen Wimpern hervor zu Lorenzo hinüber. Seine Miene ist nicht zu deuten. Das Kinn in die Hand gestützt, betrachtet er mich, und es ist nicht zu erkennen, was er denkt.

»Man hat mich vor Euch gewarnt, Madonna, und das sehr eindringlich. Ihr seid sowohl bekannt für Eure Schönheit als auch für Eure Kühnheit. Beides habt Ihr anschaulich unter Beweis gestellt.«

Lorenzos Tonfall klingt streng, aber nicht wütend, doch was weiß ich schon? Vielleicht brodelt unter der Oberfläche der Gelassenheit ein Vulkan, der jeden Moment in Form einer Schimpfkanonade ausbrechen kann. Dann spricht er weiter. »Lasst mich unter Beweis stellen, dass es in dieser Stadt sehr wohl Männer gibt, die gewogen sind, den Worten einer klugen Frau zu lauschen.«

Sehe ich da Belustigung in Lorenzos dunklen Augen aufblitzen? Auf jeden Fall haben mir seine Worte gehörig die Sprache verschlagen. Nachdem ich eine ganze Weile verlegen geschwiegen habe, schaffe ich es endlich, etwas zu sagen.

»Zu freundlich«, krächze ich. »Wollt Ihr ein Thema wählen?« Ich beglückwünsche mich selbst zu diesem Einfall. Da in meinem Kopf vor lauter Aufregung und Scham noch immer gähnende Leere herrscht, soll er entscheiden, worüber wir uns unterhalten. Hoffentlich fällt mir dann etwas dazu ein.

Lorenzo legt die Stirn in Falten, wodurch sein missmutiges, dunkles Gesicht noch finsterer wirkt. »Ich hege eine große Leidenschaft für die Poesie«, erklärt er schließlich nachdrücklich.

Ich nicke interessiert. Poesie, okay. Dazu sollte mir etwas einfallen, oder? Andererseits kann ich weder Dante noch Petrarca zitieren, um Eindruck zu schinden.

Meine Hände werden schwitzig. Worauf will er überhaupt hinaus? Ich habe das Gefühl, dass diese Unterhaltung nichts weiter als Geplänkel ist, bevor er verkündet, mich wegen meiner Dreistigkeiten unverzüglich auf dem Domplatz steinigen zu lassen.

»Poesie ist die Nahrung der Seele, nicht wahr?«, beginne ich und lache nervös. Oh mein Gott, was treibe ich hier eigentlich? Ich bin mir ziemlich sicher, dass das ein Zitat aus einem Glückskeks ist, aber das weiß hoffentlich niemand.

Lorenzo zumindest nickt anerkennend, und Sandro macht große Augen.

»Dann schenkt uns etwas Freude und tragt etwas vor, Madonna! Erquickt unsere Seelen!« Ich muss mir wirklich auf die Innenseiten meiner Wangen beißen, um nicht loszuprusten. *Erquickt unsere Seelen*, so was Schwülstiges habe ich noch nie gehört. Das Lachen bleibt mir allerdings gehörig im Hals stecken, als sich die Blicke der beiden Männer neugierig auf mich richten. Sie erwarten tatsächlich, dass ich aus dem Stand ein Gedicht rezitiere! Gehört das in dieser Zeit zum Standard? Allzeit bereit und so? Nervös fingere ich an meinen Röcken herum, während mein Verstand wie verrückt arbeitet. *Gedicht*, sage ich mir, *irgendein Gedicht.* Ein paar italienische Worte tauchen in meinem Kopf auf, und ich lege los, bevor sie mir wieder entgleiten können.

*Se bastasse una buona canzone a far dare una mano*
*Si potrebbe trovarla nel cuore, senza andare lontano*
*Bastasse già, bastasse già*
*Non ci sarebbe bisogno di chiedere la carità*

Wenn ein schönes Lied genügen würde,
um zu helfen,
könnte man es im Herzen finden,
ohne lange zu suchen.
Wenn das schon genügen würde,
bräuchte man nicht zu betteln.

Die Worte fließen von ganz allein aus meinem Mund, sie fühlen sich so herrlich vertraut an. Mein Puls flattert aufgeregt, doch meine Stimme ist sicher und meine Aussprache akkurat.

Als ich ende, hängen Lorenzo und Sandro an meinen Lippen. Einen Moment lang sonne ich mich in ihrer offensichtlichen Bewunderung, dann dringt wie durch einen dichten Nebel zu mir durch, was ich da gerade von mir gegeben habe. Ganz langsam, Wort für Wort, wiederhole ich den italienischen Text im Geist. Mein Unterbewusstsein tut mir den Gefallen und steuert von selbst eine Melodie bei. Stumm singe ich den Text dazu. Kein Zweifel. Nicht der geringste. Ich laufe knallrot an. Ich habe gerade einen Songtext von Eros Ramazzotti als Gedicht vorgetragen. *Se bastasse una canzone*, eine der größten Schnulzen überhaupt. Am liebsten möchte ich mit dem Kopf gegen die Wand schlagen. Wie zum Teufel kommt mein Gehirn auf so etwas? WARUM?

»Das war wunderschön«, sagt Lorenzo sichtlich bewegt. »Es scheint geradewegs aus dem Herzen zu kommen.«

Ich blinzele perplex, aber er scheint es tatsächlich ernst zu meinen. Ihm gefällt das wirklich!

Vielleicht komme ich eines Tages dazu, Eros Ramazzotti persönlich zu sagen, dass seine Texte in der Vergangenheit überaus geschätzt wurden. Inzwischen scheint mir in meinem Leben alles möglich zu sein.

»Verratet mir, wer diese Verse verfasst hat!«, bittet Lorenzo. »Ich will den Dichter kommen lassen und ihm die Huld erweisen, die ihm gebührt.«

Mein Lächeln verrutscht zu einer Grimasse. »Oh, das ist leider nicht möglich.«

Lorenzos Miene verdüstert sich, und sofort bin ich alarmiert. Mist! Nach meinem Ausbruch vorhin war er überraschend nachsichtig, aber ich darf es nicht riskieren, ihn noch einmal zu verärgern.

»Nun, es ist so …« Händeringend suche ich nach einer geeigneten Erklärung. »Er weilt nicht unter den Lebenden.«

Ha! Wenn das keine meisterhafte Reaktion ist! Es ist nicht einmal eine Lüge, denn genaugenommen weilt Eros Ramazzotti in jener Zeit nicht unter den Lebenden. Schließlich ist er noch gar nicht geboren. Wenn es sich für Lorenzo so anhört, als wäre der mysteriöse Dichter bereits verstorben, ist das nur seine eigene Interpretation meiner Worte.

Sandro und Lorenzo wechseln einen enttäuschten Blick.

»Welche Schande!«, murmelt der Principe. »Gibt es noch andere Werke von ihm, die Euch geläufig sind?«

Oh, hoppla! Sein Blick ist so offen und fragend. Ich will ihn nicht enttäuschen. Gleichzeitig möchte ich es vermeiden, noch mehr Wissen aus dem einundzwanzigsten Jahrhundert auszubreiten. »Leider nein. Ich habe nur dieses eine Gedicht von ihm gelernt.«

Lorenzo brummt und bittet mich, den Text noch einmal aufzusagen. Während ich das Lied mit klopfendem Herzen wiederhole, ruht sein grüblerischer Blick auf mir.

»Wenn eine schöne Stanze genügen würde, um zu helfen … bräuchte man nicht zu betteln«, sagt Lorenzo anschließend vor sich hin. Plötzlich verändert sich seine Miene. »Ich hielt Euch für schön und für kühn, aber jetzt weiß ich auch, dass Ihr nicht dumm seid, Madonna. Seid Ihr etwa gekommen, um für Euren Gemahl zu bitten?«

Alle Verlegenheit fällt von mir ab. Die eiskalte Angst um Leo hat mich wieder fest im Griff. Das Geplänkel ist vorbei.

»Schickt er Euch, mich zu bezirzen und zu verhexen?«

*Dolominos Worte.*

»Ich bin aus eigenen Stücken gekommen, um Euch von der Unschuld meines Gemahls zu überzeugen und um seine Freilassung zu bitten. Falls Ihr das wünscht, flehe ich Euch auf Knien an.«

Lorenzo sieht mir prüfend in die Augen, und ich weigere mich, den Blick abzuwenden.

»Mein Gemahl ist kein Schwarzmagier, er ist an einen Scharlatan geraten, der ihn mit Unwahrheiten gelockt hat«, erkläre ich in voller Überzeugung. »Wir sind gekommen, um Euch zu beschützen, Domine. Dunkle Ereignisse überschatten Eure Stadt«, fahre ich fort und lehne mich dabei ziemlich weit aus dem Fenster.

Lorenzo neigt den Kopf und scheint zu überlegen. »Ich hatte nie vor, Euren Gemahl lange gefangen zu halten, geschweige denn hinrichten zu lassen«, sagt er ruhig. »Aber Ihr habt mir meine Entscheidung erleichtert und mein Urteil bestätigt, Madonna Rosalia.«

Mein Herz klopft vor Schreck wie wild, während ich seine Worte einzuordnen versuche.

»Heute Morgen hat man mich bereits von allen Seiten bestürmt, den jungen Narren wieder laufen zu lassen. Allen voran Messer Botticelli, der erstaunlich gut über die Aktivitäten meiner *Ufficiali di Notte* Bescheid weiß und sofort zur Stelle war.« Er zwinkert Sandro wissend zu. »Ihr müsst verstehen, Madonna Rosalia, dass ich vorsichtig sein muss.

Euer Gemahl hat sich überall nach mir erkundigt und nicht gerade unauffällig meine Nähe gesucht. Das ist äußerst verdächtig. Natürlich schmeichelt es mir, doch vor allem muss ich vor Angriffen auf der Hut sein. Die Stimmung in der Stadt ist gerade alles andere als friedfertig, wie Ihr bereits so treffend angedeutet habt.«

Wie recht er doch hat! Am liebsten gäbe ich ihm hier und jetzt einen Tipp, damit er diejenigen einsperrt, die den Anschlag auf ihn und seinen Bruder anzetteln. Stattdessen nicke ich nur brav und falte die Hände im Schoß. In meinem Innern indes sieht es völlig anders aus. Ich sterbe. Jetzt hier und gleich. Das hält mein Herz nicht aus. Vor Erleichterung wird mir ganz schwindelig, und ich bin froh, dass ich sitze. Er lässt Leo laufen! Gerade eben war ich noch bereit, mich vor ihm auf den Boden zu werfen und darum zu betteln. Jetzt möchte ich es tun, um ihm die Füße zu küssen.

»Ich weiß nicht, was ich sagen soll, Euer Gnaden«, stammele ich.

Lorenzo lächelt gnädig, und zum ersten Mal erkenne ich eine Ähnlichkeit zu seinem jüngeren Bruder Giuliano in ihm. Diese herablassende Arroganz scheint angeboren … er könnte sich prächtig mit Leo verstehen.

»Wann kann Leopoldo gehen? Noch heute?«

Lorenzo schmunzelt über meinen Eifer. »Ich tue mein Möglichstes, ihn so bald wie möglich in Eure liebenden Arme zurückzuschicken. Allerdings müsst Ihr verstehen, dass er nicht sofort gehen kann. Auch wenn er unschuldig ist, so wurde er doch bei einer verbotenen Zusammenkunft dieser Teufelsanbeter aufgegriffen, und der Gerechtigkeit muss Genüge getan werden.«

Bei mir schrillen alle Alarmglocken. Am liebsten möchte ich Leo sofort persönlich abholen und am Ohr nach Hause zerren. Wir haben nur noch eine Woche Zeit bis zum Pazzi-Attentat. Es gibt noch so viel zu erledigen.

Sandro wirft mir einen warnenden Blick zu, als ich den Mund öffnen will, und ich verzichte darauf, Lorenzo weiter zu bestürmen. Wer weiß schon, was ihn dazu bewogen hat, mich nicht auf der Stelle hinauszuwerfen, als ich vorhin so aufbrausend war. Ich sollte mein Glück wirklich nicht überstrapazieren.

»Ich hoffe, Euer junger Gatte erweist sich Eurer Liebe als würdig«, sagt Lorenzo und erhebt sich. Für uns offensichtlich das Zeichen, dass wir entlassen sind.

*Meiner Liebe*, denke ich, als ich mich ungeschickt erhebe. *Wenn er wüsste!* Im Moment bin ich zwar von Erleichterung erfüllt, aber ganz hinten in meinem Bewusstsein regt sich ein unbändiger Zorn, der sich allmählich Bahn bricht. Leo kann etwas erleben, wenn er wiederkommt!

Lorenzo verneigt sich zum Abschied vor mir, und ich improvisiere einen weiteren Knicks. Dann fasst mich Sandro am Arm und führt mich zitternd aus dem *Studiolo*.

# Kapitel 18

## *Galgenfrist*

Es ist Dienstagvormittag, und Leo sitzt seit fünf Tagen im Gefängnis. Noch immer gibt es keinen Hinweis, wann er entlassen wird. Langsam, aber sicher verwandele ich mich in ein nägelkauendes Nervenbündel. Was, wenn Lorenzo de'Medici seine Meinung geändert hat und ihn doch nicht laufen lässt? Hat er womöglich nur geblufft, um mich schnell wieder loszuwerden? Diese Gedanken lassen mich einfach nicht los. Egal, womit ich mich beschäftige, ich drifte ständig ab und kann keine Minute lang still sitzen. Unaufhörlich wirbeln mir die wildesten Emotionen durch den Körper, unberechenbar und zerstörerisch wie ein Hurrikan. Im einen Moment möchte ich weinen vor Erleichterung und Glück, im nächsten schon plane ich, wie ich Leo zur Schnecke mache. Mann, bin ich sauer! Ganz eindeutig überwiegt der Zorn im Wechselbad der Gefühle und hilft mir, nicht vollends durchzudrehen. Ich plane akribisch Bestrafungen für Leo, verliere mich in Einzelheiten und verwerfe sie wieder.

Peppina, die meine Unruhe spürt, umflattert mich die ganze Zeit wie eine besorgte Glucke. Sie bringt mir Häppchen, kämmt mir das Haar und nutzt jede Gelegenheit, um mir Gesellschaft zu leisten. Gloria schimpft bereits, dass sie ihre Pflichten als Hausmagd vernachlässigt, drückt aber trotzdem beide Augen zu, wenn die Arbeit liegen bleibt, weil Peppina mit mir beschäftigt ist.

Peppinas Bemühungen gipfeln darin, dass sie mich überredet, sie zum Vespergebet in die Kirche zu begleiten. In zwei Tagen ist Gründonnerstag, und in San Paolino finden besonders viele Zusammenkünfte statt, um den Beginn der österlichen Tage zu feiern.

Als ich auf dem Weg nach draußen durch die Küche laufe, weht mir eine Wolke intensiver Düfte entgegen. Gloria ist schon den ganzen Tag mit den Vorbereitungen der Speisen für das Osterfest beschäftigt. Mit hochgekrempelten Ärmeln beugt sie sich über eine große Schüssel und knetet Teig. Über dem Feuer köchelt es in mehreren Töpfen, die köstliche Düfte verströmen. Mir läuft das Wasser im Mund zusammen. Im Vorbeigehen stibitze ich ein winziges Küchlein, das nach Orangen schmeckt und förmlich auf der Zunge zergeht.

Gloria schlägt mit dem Kochlöffel nach meinen Fingern. »Lasst das, Herrin! Die gibt es erst am Ostersonntag, wenn sie in Sirup getränkt und durchgezogen sind. Wenn Ihr aus der Kirche zurück seid, gibt es frisches Fladenbrot.«

Draußen auf der Straße werfe ich mir sofort den Schleier über das Gesicht. Seitdem ich weiß, wie sehr sich die Leute über mich das Maul zerreißen, nehme ich meine öffentlichen Auftritte sehr ernst. Unter dem Gewebe des Schleiers fühle ich mich sicher vor den Blicken der Gaffer.

In der Kirche lüfte ich den Schleier nur widerwillig und richte den Blick starr auf meinen Schoß. Vor dem Altar beginnt die Litanei, aber davon bekomme ich nicht viel mit. Das Zodiakusmal unter meiner Haut hat zu glühen begonnen und beansprucht meine ganze Aufmerksamkeit. Es ist heiß und pocht unaufhörlich. Ich drücke die Finger darauf, doch das heiße Pulsieren strahlt bis zur Brust herauf. Eine unerklärliche Unruhe packt mich, und am liebsten würde ich auf der Stelle nach draußen rennen. Doch ich sitze eingezwängt zwischen Peppina und einer alten Frau, die ergriffen und mit Tränen in den Augen der Messe lauscht.

Der Gottesdienst zieht sich ewig hin, während ich mich zwinge, so still wie mögliche sitzen zu bleiben. In meiner Brust hockt ein kleiner Hampelmann, der herumzappelt, und meine Füße zucken unruhig. Es kostet mich größte Selbstbeherrschung, auf der harten Bank nicht unentwegt herumzurutschen.

Ich merke erst auf, als mir ein intensiver Geruch in die Nase steigt. Am Altar hat sich eine Prozession gebildet, die gewunden durch den Chorraum der Kirche zieht und sich dann langsam durch den Mittelgang nach draußen bewegt. Mehrere Messdiener schwenken Weihrauchfässchen, und die purpurnen Schwaden erfüllen den ganzen Raum. Oh nein! Was Weihrauch angeht, bin ich schon immer empfindlich gewesen. Zum Glück ist das Duftharz in jener Zeit unschätzbar teuer und kostbar, weil es aus dem Orient importiert werden muss und dementsprechend sparsam verwendet wird. Offenbar ist Ostern aber ein Anlass, um es so richtig krachen zu lassen. Mein Magen reagiert nervös, und ich wende den Kopf zur Seite, als der Priester, begleitet von einem besonders eifrigen Weihrauchschwenker, an mir vorbeischreitet. Doch ich kann es nicht verhindern, dass er den qualmenden Behälter mit rasselnden Ketten genau in meine Richtung schwenkt und mich in eine dicke Rauchwolke einhüllt. Keuchend ringe ich nach Atem, während mir der Weihrauch in die Lungen dringt. Jähe Übelkeit überfällt mich, und ich krümme mich zusammen, um den erstickenden Schwaden zu entkommen. So schlimm war es noch nie. Schon als Kind wurde mir in verräucherten Kirchen schlecht, und am schlimmsten war es bei meiner Kommunion, als ich fast in Ohnmacht gefallen wäre. Zum Glück konnte ich mich damals im letzten Moment in die Sakristei retten. Diesmal jedoch sitze ich fest. Mir dröhnen die Ohren, meine Lungen scheinen sich zusammenzufalten und zu versiegeln. Verstopft von dem Weihrauch, der jeden Atemzug zur Qual macht.

Wie aus weiter Ferne höre ich Peppinas aufgeregte Stimme. Die Ränder meines Sichtfelds werden schwarz, es zieht sich zusammen wie durch einen dunklen Vorhang verengt. Ich spüre, wie die Kraft mich verlässt und ich nach vorn kippe. Schmerz flammt irgendwo in weiter Ferne auf, als meine Stirn auf die hölzerne Bank kracht. Verzweifelt will ich Luft holen. Dann wird alles still.

Jemand will mir Arme und Beine ausreißen. Ganz allmählich komme ich wieder zu mir. Alles ringsum wankt und schaukelt, doch gleichzeitig zerrt jemand unerbittlich an meinen Gliedmaßen. Wurde ich auf eine Streckbank gespannt? Bin ich etwa auch verhaftet worden und werde jetzt gefoltert? Ganz allmählich dringt aufgeregtes Stimmengewirr zu mir durch. Leute quasseln laut und aufgeregt durcheinander, und ich verstehe kein einziges Wort. Woher kommen die vielen Menschen? Gibt es Schaulustige, die meiner Folterung beiwohnen wollen?

Unter größter Anstrengung schaffe ich es, die Augen zu öffnen. Der Abend ist bereits hereingebrochen, und meine Umgebung schwankt hin und her, als befände ich mich bei starkem Seegang auf einem Boot. Aber nein, ich sitze oder liege nirgends, ich schwebe. Auch falsch, dämmert es mir im nächsten Moment. Ich werde getragen. Jemand hat mich an Armen und Beinen gepackt und schleppt mich davon wie einen Mehlsack. Es sind sogar zwei Personen, die mich tragen. Einer geht voraus und hält meine Füße, ein anderer hält meine Hände, die ich nach hinten über den Kopf ausgestreckt habe. Deswegen fühlt es sich so an, als wolle man mir die Arme auskugeln und die Oberschenkel aus den Gelenkpfannen reißen. Endlich, nach qualvollen Minuten, werde ich auf dem Boden abgesetzt. Mein Kopf knallt aufs Pflaster, und ich sehe Sterne. Ächzend rappele ich mich auf, damit ich nicht schon wieder das Bewusstsein verliere. Blinzelnd sehe ich mich um. Eine Menschentraube hat sich um mich versammelt. Alle betrachten mich mit unverhohlener Faszination und Neugier. Einige wenige wirken ehrlich besorgt.

»Herrin!« Peppinas aufgeregte Rufe dringen durch die Menge. »Herrin!« Energisch bahnt sich die Hausmagd mit den Ellbogen einen Weg zu mir und fällt neben mir auf die Knie. Sie ist kalkweiß im Gesicht, und in ihren großen Augen stehen Tränen.

»Oh Herrin!«, schluchzt sie und umklammert meine Hand so fest wie ein Schraubstock. »Ihr seid zusammengebrochen und habt Euch nicht mehr gerührt. Ich hatte solche Angst! Die Männer mussten Euch nach draußen tragen.«

Oh ja, denke ich genervt. Über diese zartfühlende Behandlung bin ich wirklich mehr als dankbar. Trotzdem bin ich froh, wieder an der frischen Luft zu sein. Mir ist immer noch ein bisschen schwindelig, und die Übelkeit ist noch nicht ganz abgeklungen. Verdammter Weihrauch! Die Kirchenleute sollten wirklich sparsamer damit umgehen.

»Es war der Weihrauch, er vernebelt mir die Sinne«, erwidere ich schnell und so laut, dass mich auch alle hören. Mir sind die argwöhnischen Blicke einiger Umstehenden sehr wohl bewusst. Ich will nicht, dass sie ihre Mistgabeln zücken und mich als Hexe brandmarken, weil ich in einer Kirche in Ohnmacht gefallen bin. Inzwischen kenne ich die Florentiner gut genug, um zu wissen, wie sie solche Vorfälle deuten.

»Empfindliche Weibsbilder«, höre ich einen bulligen Mann murmeln, bevor er sich umdreht und davoneilt.

»Rosalie!« Der markerschütternde Schrei eines Mannes übertönt das Gemurmel der sich auflösenden Versammlung.

Ich sehe mich nach dem Rufer um. Vielleicht ist es Botticelli, der den Aufruhr in der Nähe seiner Werkstatt beobachtet hat. Aber seit wann nennt er mich Rosalie? Es gibt weit und breit nur einen Menschen, der meinen deutschen Namen kennt.

Und dann sehe ich ihn, und alle Geräusche verstummen. Die Welt wird ganz still und fokussiert sich nur auf einen Punkt. Leo rennt auf mich zu. Beim Näherkommen fallen mir die unterschiedlichsten Einzelheiten auf. Er ist unrasiert, ein dunkler Bart bedeckt sein Gesicht und kann doch nicht verbergen, wie eingefallen seine Wangen sind. Seine Haut hat den goldenen Schimmer verloren, er sieht grau und ungesund aus. Aber er lebt und ist offenbar unverletzt. Mein forschender Blick sucht seine Gestalt nach Spuren von Folter und Verletzungen ab, doch auf den ersten Blick scheint er unversehrt zu sein. Dann erreicht er mich, kommt schlitternd vor mir zum Stehen und sieht auf mich herab. Im nächsten Moment zieht er mich auf die Beine und umarmt mich stürmisch.

Ich kann nicht behaupten, dass er duftet wie frisch gebadet und gepudert. Mehrere Tage spätmittelalterlicher Kerker liegen hinter ihm. Aber er ist immer noch Leo. Lebendig, aus Fleisch und Blut. In Freiheit. Ich vergrabe das Gesicht an seinem Hals und schließe die Augen. Eine Welle der Erleichterung erfasst mich, und meine ohnehin wackeligen Knie verwandeln sich vollends in Pudding.

»Die Kirche«, stammelt er zusammenhanglos in mein Haar. »Sie haben dich aus der Kirche geschleppt wie eine Tote, und ich dachte … ich dachte …« Er unterbricht sich, und seine Arme umschließen mich noch fester. Bis mein Kopf schon wieder zu schwirren beginnt, weil er mir die Luft abdrückt. Doch das ist mir einerlei. Alles ist mir einerlei. Für mich zählt nur, dass er zurück und am Leben ist.

»Ich dachte, ich komme zu spät«, murmelt er kaum hörbar in mein Haar.

»Ich bin zusammengeklappt, weil in der Kirche zu viel Weihrauch geschwenkt wurde. Da bin ich einfach empfindlich«, erkläre ich leise.

Leo stößt ein heiseres Lachen aus, das wie ein erleichterter Stoßseufzer klingt. »Du hast mir einen Riesenschreck eingejagt.« Er lehnt den Kopf an meine Stirn.

Einen Moment lang genieße ich seine unerwartete Nähe und das Glücksgefühl, das mich durchströmt. Dann erinnere ich mich daran, dass ich Leo eigentlich einen völlig anderen Empfang bereiten wollte. Der Zorn übermannt mich mit erschreckender Wucht, und ich schlage mit den Fäusten auf ihn ein.

»Du Idiot!«, schluchze ich mit dem Gesicht an seiner Brust. »Du hirnverbrannter Vollidiot!«

Ich kann nicht damit aufhören, ihn mit den Fäusten zu traktieren, auch wenn es ihm überhaupt nichts auszumachen scheint. Ganz sanft schiebt er mir eine verirrte Haarsträhne hinters Ohr und hebt mein Kinn an. Ich bin so verheult, dass ich ihn nur unscharf erkenne.

»Ist das alles, was ich zu hören bekomme?«, spottet er sanft und lächelt reumütig.

»Nein!«, fauche ich, doch es hört sich eher an wie ein verweintes Schnüffeln. So viel dazu, dass ich ihm die Hölle heiß machen will. »Gib mir zehn Minuten, dann bin ich wieder fit.«

Leo legt mir den Arm um die Schultern, und gemeinsam gehen wir das kurze Stück zu unserem Haus. Es sind noch einige Schaulustige in der Nähe, die uns anstarren wie eine Zirkuskompanie. Peppina wuselt hinter uns her. Unablässig bekreuzigt sie sich und dankt dem Herrgott für Leos Freilassung.

Gloria straft Leo bei unserer Rückkehr mit ungnädiger Nichtachtung, lässt sich aber schließlich von mir dazu überreden, ihm eine Wanne mit Wasser heiß zu machen. Ich lasse ihn allein, während er badet und sich rasiert, und tigere unruhig im Wohnraum auf und ab. Meine Gefühle sind ein einziges Chaos. Unsere stürmische Begrüßung und der unselige Zwischenfall mit dem Weihrauch beschäftigen mich.

Als Leo fertig ist und zu mir kommt, wirkt er deutlich zerknirscht. Ich quittiere seinen reumütigen Blick mit einem Gesichtsausdruck, der ihm klar machen soll, was ihm noch alles blüht. Er nimmt Platz und reibt sich das frisch rasierte Kinn. »Bist du sehr sauer?«

Ich nicke.

»Auf einer Skala von eins bis zehn ...«

Ich unterbreche ihn. »Wäre ich ein Thermometer, hätte ich die Skala längst gesprengt, und das Quecksilber wäre oben herausgespritzt.«

»Oh«, sagt er tonlos. Er reibt sich weiter das Kinn, bis die Haut ganz rot wird. »Ich bin nicht gut in so was. Wo soll ich nur anfangen?«

Ich hebe die Brauen. »Ach? Ich hätte ein paar Vorschläge für dich«, bemerke ich spitz. »Du könntest zum Beispiel folgendermaßen beginnen: *Entschuldige bitte, Rosalie. Ich weiß, ich war ein Blödmann und habe mich falsch verhalten.* Oder: *Tut mir leid, dass ich dir nie vertraut habe und stattdessen alle Hoffnungen auf einen Kerl gesetzt habe, der schwachsinnige, brandgefährliche Riten vollführt.*« Meine Stimme wird mit jedem Wort lauter und schriller.

Jetzt sieht Leo vollends aus wie ein begossener Pudel und kaut auf seinem Daumennagel herum. »Du hast recht«, seufzt er schließlich. »Das wusste ich schon eine ganze Weile. Aber ich war überzeugt, das Risiko eingehen zu müssen. Ich stand mit dem Rücken zur Wand, und uns läuft die Zeit davon.«

»Aber wir sind gemeinsam hier, Leo! Die ganze Zeit hast du alles zu deiner alleinigen Aufgabe gemacht und mich immer wieder weggestoßen, wenn ich dir helfen wollte. Wir schaffen es nur als Team.« Ich bin noch nicht bereit, sein Gewissen zu beruhigen.

»Ich sagte doch, ich bin nicht gut in so was«, sagt er noch einmal. Seine Stimme klingt tonlos und lahm. Sein Blick ist auf mein Gesicht gerichtet, doch ich habe den Verdacht, dass er durch mich hindurchschaut.

»Ich dachte, das bezieht sich nur auf Entschuldigungen.«

Sein Blick heftet sich auf einen Punkt über meinem Kinn, und ein verräterisches warmes Prickeln durchfährt mich.

»Ich bin nicht gut in Teamwork, und ich bin nicht gut in Entschuldigungen. Aber am verdammt schlechtesten bin ich im Umgang mit dir. Alles an dir ist anders, als ich es erwartet hatte, und ständig mache ich etwas falsch.« Er steht auf und kommt zu mir. Kniet neben meinem Sessel nieder, und ich beuge unwillkürlich den Kopf in seine Richtung. Wie eine Blume, die zum Sonnenlicht strebt.

»Deine Stärke ist bewundernswert, Rosalie, dein Mut und

dein Verstand. Keinem außer dir wäre es gelungen, mich frei zu bekommen. Das kann ich dir nie genug danken.«

Und dann umfasst er mein Kinn, zieht mich zu sich hinunter und küsst mich. Mich durchströmt dieselbe schwindelerregende Hitze wie beim letzten Mal. Alles in mir wird zu Feuer, sobald er mich küsst. Lava, die durch meine Adern rinnt und sich tief in meinem Innern zu einem pulsierenden Hitzeball zusammenballt. Seine Zunge schlüpft in meinen Mund, und ich packe sein Haar, um ihn näher heranzuziehen.

Irgendwann, als die Zeit längst an Bedeutung verloren hat, dämmert mir, was er da eigentlich gerade macht. Wenn er mich küsst, schmelze ich dahin, und das weiß er genau. Jäh reiße ich mich los und richte mich auf. Leo stehen die Haare zu Berge, und er sieht auf hinreißende Weise verwirrt aus.

Ich bemühe mich um eine strenge Miene. »Lass das! Du kannst mich nicht ständig küssen, wenn es dir gerade passt.«

»Ständig?« Seine Lippen zucken, vergeblich versucht er sein Lächeln zu unterdrücken. »Das ist gerade das zweite Mal.«

»Glaub ja nicht, dass du das jetzt immer so machen kannst, um deinen Willen durchzusetzen«, fauche ich.

»Hm, mir eröffnen sich völlig neue Möglichkeiten.« In seine Augen tritt ein durchtriebener Glanz, der mir ganz und gar nicht gefällt.

Demonstrativ verschränke ich die Arme vor der Brust, um ihn auf Abstand zu halten. Schließlich erhebt er sich und setzt sich wieder auf seinen Stuhl. Ich bin verärgert, aber auch verwirrt. Meine Reaktion auf seine Küsse missfällt mir. Das kann ich doch nicht jedes Mal mit mir machen lassen!

Es klopft, und Peppina betritt mit gesenktem Kopf das

Zimmer. Ihr folgt ein junger Mann, der sich neugierig umsieht.

»Ein Bote aus dem Palazzo Medici«, kündigt ihn Peppina an.

Leo steht sofort auf und nimmt dem Boten ein versiegeltes Kuvert ab. Gespannt beobachte ich, wie er das Wachssiegel bricht und das Schreiben liest. Offenbar hat der Bote den Auftrag, die Antwort sogleich wieder entgegenzunehmen, denn er wartet geduldig.

Mit dem Brief in der Hand dreht er sich zu mir um und wirkt verblüfft. »Eine Einladung zum Festbankett im Palazzo Medici für morgen Abend. Eine Agape anlässlich des Gründonnerstags. Von Lorenzo höchstpersönlich.«

Ich habe zwar keine Ahnung, was eine Agape ist, aber der Rest ist unmissverständlich. Wir sind in den Palazzo Medici eingeladen. Das kommt Leos öffentlicher Rehabilitierung gleich. Ich bin völlig aus dem Häuschen, reiße mich in Gegenwart des Boten und Peppinas aber zusammen. Strahlend nicke ich.

»Richtet Euren Herren aus, dass meine Gattin und ich mit der größten Freude teilnehmen werden. Wir fühlen uns zutiefst geehrt.«

Der Bote nickt und verlässt mit förmlicher Verbeugung das Zimmer. Als wir wieder allein sind, nehme ich Leo den Brief aus der Hand und lese ihn selbst, denn ich muss mich mit eigenen Augen von der Einladung überzeugen. Und da steht es tatsächlich in antiquierter, schwer lesbarer Handschrift. Wir sind Gäste im Palazzo Medici! Ich stoße einen freudigen Jauchzer aus und presse das schwere Pergament an die Brust. Endlich! Endlich haben wir den Durchbruch erreicht. Ich hebe den Blick und begegne Leos Augen, der breit grinst. Er kommt auf mich zu und bleibt dicht vor mir stehen. Sein Grinsen verschwindet allmählich, und er sieht mir nachdenklich in die Augen.

»Ich würde dich jetzt wirklich sehr gern küssen«, sagt er, und seine Stimme klingt rau. »Aber da ich gerade eben herausgefunden habe, welchen Einfluss das auf dich hat, bin ich lieber vorsichtig. Zwar muss ich zugeben, dass mir diese neue Erkenntnis sehr gefällt, doch ich mag auch deine Widerspenstigkeit.«

Ich versetze ihm einen spielerischen Boxhieb gegen den Oberkörper. Dann umfasse ich sein Gesicht mit beiden Händen und ziehe ihn zu mir heran.

»Überschätz dich mal nicht!«, murmele ich an seinen Lippen und beiße ihm ganz sacht in die Unterlippe. Ich spüre, wie er erschauert, und diesmal halte ich das Heft in der Hand. Gerade als er seine Hand an meinem Kreuz nach unten wandern lässt und den Kuss vertiefen will, mache ich mich von ihm los.

»He!«, protestiert er und sieht aus wie ein begossener Pudel. Er will wieder nach mir greifen, aber ich bin schon auf dem Weg zur Tür.

»Tut mir leid, aber ich muss jetzt wirklich dringend los und herausfinden, was man zu einer Agape anzieht. Und ich muss herausfinden, was eine Agape überhaupt ist. Wir sehen uns später.«

Ich werfe einen Blick über die Schulter zurück. Leo steht noch immer in unveränderter Haltung da und starrt mir mit offenem Mund hinterher.

Eins zu null für mich, Orlandi del Mazza!

# Kapitel 19

*Von Schlangen und Nattern*

Es ist der Abend des Gründonnerstags, und ich sitze auf dem Schemel vor dem Schminktisch im Schlafzimmer. Obwohl Leo ständig heraufruft, ich solle mich gefälligst beeilen, kann ich den Blick nicht von meinem Spiegelbild losreißen. An diesem Abend hat sich Peppina wieder einmal selbst übertroffen und mir eine weitere Variation aus ihrem unerschöpflichen Fundus meiner heiß geliebten Botticelli-Frisuren gezaubert. Weil der heutige Abend ungeheuer wichtig für unsere Mission ist, habe ich beschlossen, möglichst viel Eindruck zu machen. Verschleiert und in Begleitung von Peppina habe ich mich heute Morgen auf den Weg in die Gegend zwischen der Via dei Calzaiuoli und der Via dell'Arte della Lana gemacht, wo es jede Menge Strumpfwarenhändler und Stoffgeschäfte gibt. Dort habe ich gefunden, was ich mir vorgestellt habe, hauchfeine, lebensechte Seidenblüten. Sie waren nicht gerade billig, aber mein Motto lautet: nicht kleckern, sondern klotzen.

Inspiriert zu diesem Look, hat mich die Flora aus *La Primavera,* was sonst. Mit Haarnadeln hat Peppina die Blüten sorgfältig auf meinem Kopf befestigt. Dazu trage ich das verschwenderisch prächtige Kleid aus Seidenbrokat in Pfauenblau und Gold. Ich bin dezent geschminkt, nur Mascara,

Foundation und ein bisschen Schimmerpuder, aber das sollte seine Wirkung erzielen.

Leo fallen fast die Augen aus dem Kopf, als er mich in dieser Aufmachung sieht. Er selbst trägt an diesem Abend eine taillierte Jacke aus Silberbrokat über einem weißen Seidenhemd, kombiniert mit blauen Beinlingen. Noch vor wenigen Wochen wäre ich angesichts dieses Outfits vor Lachen zusammengebrochen, doch inzwischen habe ich mich an die Mode der Zeit gewöhnt. Und ich habe Leos Anblick in solch enger Bekleidung schätzen gelernt.

Ich muss schon sagen, dass wir zusammen richtig was hermachen. Ich vermisse den großen Spiegel, der bei mir zu Hause im Flur hängt und in dem ich uns gern ausgiebig nebeneinander betrachtet hätte. Eine Kamera wäre auch nicht schlecht, um ein wirkungsvolles Erinnerungsfoto zu knipsen.

Jetzt sind wir auf dem Weg zum Palazzo Medici, und mein Hochgefühl ist längst verflogen. Ich bin irre nervös. Es gibt so viele Fettnäpfchen, in die ich treten kann. Ständig gehe ich in Gedanken durch, worauf ich achten muss. Einen Ratgeber für angemessenes Verhalten im späten fünfzehnten Jahrhundert gibt es leider nicht. Argh.

Mein Herz rast vor Aufregung, und dieses verdammte Mieder ist so eng, dass ich gleich in Ohnmacht falle. Eine Frau, die vor Aufregung fast explodiert, muss atmen können, verdammt noch mal! Aber das interessiert die Mode der Frührenaissance herzlich wenig. Mein Kleid ist so vielschichtig und schwer, dass sich das Gewicht der Stoffe wie eine Bleiweste anfühlt. Immerhin werde ich eine schöne Leiche sein, und Lorenzo kann ein Gedicht über meinen tragischen Tod verfassen. Ich glaube, das würde ihm Vergnügen bereiten.

Sandro hat mir schon viel über die Bankette von Lorenzo de'Medici erzählt. Immer wieder hat er betont, wie zwanglos es dabei im Palazzo Medici zugeht. Der mächtigste Patrizier von Florenz versammelt gern Gäste aus den verschiedensten Gesellschaftsschichten, und allein der Zeitpunkt der Ankunft bestimmt, wo jeder sitzt. Keine Ahnung, ob mich das beruhigt, aber immerhin nimmt es mir ein bisschen die Angst, wie ein Tollpatsch über die Regeln der Etikette hinwegzutrampeln, nachdem Lorenzo diese selbst gelockert hat.

Ermutigend drückt mir Leo die Hand. »Es wir schon alles gut gehen. Du siehst wunderschön aus« Offenbar muss ich Gedankenlesen zur endlosen Liste seiner geheimen Fähigkeiten hinzufügen.

Ich stoße ein Schnauben aus. »Als würde mich mein Aussehen allein durch den Abend retten, wenn ich etwas Dummes sage.«

Er wirft mir einen Blick mit hochgezogenen Brauen zu, und ich rolle mit den Augen.

»Ich habe es satt, das dumme Blondchen zu spielen«, meckere ich. »Immerhin habe ich es geschafft, dich aus dem Gefängnis zu quatschen.«

»Wofür ich dir auch unendlich dankbar bin ... immer. Aber nicht alle Gäste sind wie Lorenzo und könnten befremdet sein über so viel Grips in einem hübschen Köpfchen.«

»Jetzt hör aber auf mit dem Süßholzgeraspel!«, begehre ich halb ärgerlich, halb verlegen auf.

Entschuldigend hebt er die Schultern. »Ich wollte dir die Nervosität nehmen, wenn ich dir sage, wie umwerfend du aussiehst. Was du da mit deinem Haar angestellt hast ... und dieses Kleid ... Ich entschuldige mich nochmals in aller Förmlichkeit, dass ich wegen der Rechnung so aus der Haut gefahren bin.«

»Eine Rechnung, für die du höchstpersönlich verantwortlich warst. Du hast bei Peppina die volle Ausstattung einer *Nobildonna* bestellt«, erinnere ich ihn freundlich.

»Was im Nachhinein betrachtet blanker Irrsinn war. Es hätte völlig genügt, wenn ich in meinen Strumpfhosen Eindruck gemacht hätte.«

Ich lache und gerate wegen des Mieders völlig außer Atem. Aber Leo hat geschafft, was er wollte – ich fühle mich schon viel besser. Noch immer zittrig und aufgeregt, aber wenigstens hat sich die blanke Panik verflüchtigt.

Als wir eintreffen, ist die Festtafel bereits gut besetzt. Der riesige Tisch ist blütenweiß eingedeckt. Teller und Kelche aus blank poliertem Silber und geschliffenem Glas funkeln im Kerzenlicht. Ein Orchester sitzt am Kopfende der Tafel und spielt eine beschwingte Melodie. Die Musik erinnert mich an die Vespucci-Hochzeit, und auch die Instrumente sind dieselben. Laute, Fiedel, Flöten und Harfe. Die Atmosphäre wirkt so gesellig und anheimelnd, dass ich aufatme. Aber nur ganz kurz. Denn zu meinem Entsetzen bekomme ich keinen Platz neben Leo. Ein Mann, den ich nicht kenne, winkt ihn begeistert zu sich und bietet ihm den Platz neben sich an, der natürlich der letzte an dieser Seite des Tischs ist. Mit Blicken versuche ich ihm zu verstehen zu geben, dass er mich auf keinen Fall bei diesem Bankett alleinlassen darf, doch er zuckt hilflos mit den Schultern und gesellt sich zu dem fremden Herrn. Ich dagegen lande zwei Plätze weiter unten an der Tafel. Ein Diener rückt mir den Stuhl zurecht und serviert mir im nächsten Augenblick einen Kelch mit Rotwein. Meine Hände zittern so heftig, dass ich mich nicht traue, einen Schluck zu trinken. Peppina wird mich lynchen, wenn ich mit Rotweinflecken auf dem Seidenbrokat zurückkomme.

Ich sitze neben einer jungen Frau, die mir als Eleonora Brandini dei Baroncelli vorgestellt wird. Sie ist ungeheuer hübsch und sieht ungeheuer gelangweilt aus. Ihr Gesicht ist oval, und ihr Teint hat diese cremige Blässe, auf die alle hier so abfahren. Dazu riesige blaue Augen und glattes nachtschwarzes Haar, das aufwendig mit Silberspangen geschmückt ist. Ihr blasierter Blick streift mich, als ich mich neben sie setze. Doch im nächsten Moment wendet sie den Kopf und begafft mit aufgerissenen Augen meine Frisur. Ich spüre einen Anflug von Stolz, als ihre Miene immer verzückter wird. Ich wusste einfach, dass diese Seidenblumen eine lohnende Ausgabe waren. Mit einem begierigen Funkeln in den Augen neigt sie sich zu mir herüber.

»Verratet mir Euer Geheimnis!«

»Mein Geheimnis?«, frage ich scheinbar überrascht.

»Euer Antlitz.« Sie seufzt schwer. »Was tut Ihr, um bei solch hellem Haar derart geschwärzte Wimpern zu bekommen? Und Euer Gesicht wirkt wie mit flüssigem Perlmutt bestäubt.«

Ich beiße mir fest auf die Zunge, um nicht zu kichern. Wenn die Make-up-Hersteller wüssten, wie begeistert die Menschen dieser Epoche auf ihre Produkte reagieren! In meinem Kopf ploppt für einen wahnwitzigen Moment der Plan auf, mir eine goldene Nase mit dem Import moderner Schminke ins fünfzehnte Jahrhundert zu verdienen.

»Das ist ein wohlgehütetes Geheimnis aus meiner Heimat«, sage ich schließlich möglichst diplomatisch.

Eleonora nickt eifrig, zieht aber eine enttäuschte Schnute, als ich nicht wie erhofft fortfahre.

»Verratet Ihr es mir?« Sie senkt die Stimme zu einem einschmeichelnden Schnurren, das bei Männern wahrscheinlich bestens funktioniert, ich aber zucke mit keiner meiner Satin-Volume-Mascara-Wimpern.

»Ihr habt keins meiner Schönheitsmittelchen nötig. Euer Teint strahlt auch so wie reinster Alabaster.«

Eleonora wirkt weiterhin nicht ganz zufrieden, doch mein Kompliment scheint ihr zu gefallen. Sie seufzt noch einmal schwer. »Die Schönheit ist ein elendes Schlachtfeld, und jede Frau muss sehen, wo sie bleibt, habe ich recht?« Sie mustert mich mit verschwörerischer Miene, und ich lächele.

»Ihr seid die Ehefrau von Messer Orlandi del Mazza, nicht wahr?«

Ich senke den Blick auf das blütenweiße Tischtuch, damit sie nicht sieht, wie überrascht ich bin. Ich habe das Gefühl, dass ich mir vor ihr keine Blöße geben darf.

»Ja, die bin ich. Woher wisst Ihr das?«

Sie kichert leise. »Oh, ich denke, die ganze Stadt weiß von Euch und Eurem abenteuerlustigen Gatten. Es ist uns nicht verborgen geblieben, welche Mühen Ihr auf Euch genommen habt, um Euren Liebsten aus *Le Stinche* zu befreien.« Sie sagt das mit leisem Spott in der Stimme, und ihr Lächeln wirkt belustigt. »Und auch Eure ungewöhnliche Freundschaft mit Maestro Botticelli ist in aller Munde, Monna Rosalia.«

Dann hatte Leo also recht, und die Leute tratschen wirklich über meine Freundschaft mit Sandro. Ich bin tatsächlich leicht schockiert, dass wir Stadtgespräch sind.

»Nun, das überrascht mich«, gebe ich freimütig zu.

Eleonora zuckt nur leicht mit den Achseln. »Ihr seid Fremde, und über die munkelt man bekanntlich am liebsten. Und man kann es den Leuten nicht verdenken. Sogar *Il Magnifico* lädt euch an seine Tafel, obwohl Euer Gatte vor wenigen Tagen noch als Ketzer und Teufelsdiener im Kerker schmachtete. Offenbar zählt nicht nur Maestro Botticelli zu Euren Verehrern.«

Ich lasse den Blick an der voll besetzten Tafel entlanggleiten, bis zum Kopfende, wo Lorenzo sitzt. Er nimmt gerade einen Schluck aus seinem Kelch, neigt den Kopf und lauscht den Ausführungen des Mannes zu seiner Rechten. Schnell schaue ich wieder weg, damit er nicht bemerkt, dass ich ihn anstarre.

»Ich würde *Il Magnifico* kaum als meinen Verehrer bezeichnen. Ich hatte andere Argumente, um ihn von der Unschuld meines Gatten zu überzeugen.«

Über Eleonoras glatte Miene huscht ein Schatten, und sie wirkt verblüfft.

»Aber da Ihr so viel von mir zu wissen scheint, Monna Eleonora, erzählt mir ein wenig von Euch! Das scheint mir nur gerecht zu sein«, bitte ich im Plauderton.

Der Schleier der Langeweile legt sich wieder über Eleonoras Züge. »Ich stamme aus der Linie von Lorenzos Mutter, wir sind entfernte Verwandte. Ich kam als junges Mädchen nach Florenz, als man mich mit meinem Gatten Guido vermählte. Er weilt gerade in Pisa, aber ich wollte ihn nicht begleiten.« Ihr katzenhaftes Lächeln flackert wieder auf, und sie senkt die Stimme. »Giuliano hat darauf bestanden, dass ich bleibe.«

Es ist leicht, eins und eins zusammenzuzählen. Sieh einer an! Eleonora ist also die Geliebte von Giuliano de'Medici. Prompt fährt mir ein Stich ins Herz, als ich daran denke, dass Giuliano das Attentat nicht überleben wird. Möglicherweise ist Eleonora in ihn verliebt, und er wird in wenigen Tagen sterben. Ich würde sie zu gern warnen, aber das darf ich nicht. Das würde das Kontinuum und die elementaren Regeln der Zeit verletzen. Stattdessen greife ich nach dem Kelch, den ich seit meiner Ankunft noch nicht angerührt habe. Jetzt nehme ich einen kräftigen Schluck. Es ist ein erstaunlich vollmundiger, schwerer Roter, und er schmeckt mir spontan so gut, dass ich gleich noch einmal trinke.

Eleonoras Aufmerksamkeit wird indes von einem Neuankömmling in Anspruch genommen.

»Oh, Giacomo ist hier, endlich!« Sie richtet sich auf ihrem Platz auf und winkt mit einem gezierten kleinen Wackeln der Finger einem jungen Mann, der gerade den Saal betreten hat. Ich folge ihrem Blick und versteife mich auf meinem Sitzplatz. Giacomo ist kein anderer anders als mein Tanzpartner auf der Hochzeit bei den Vespucci. Kein Zweifel. Ich erkenne seinen kantigen Kiefer und die eng zusammenstehenden Augen. Während er mit großen Schritten auf uns zukommt, lasse ich den Blick über seine Kleidung gleiten. In seinem prächtigen hellblauen Wams ist er schick herausgeputzt und die zweifarbigen Strümpfe, ein Bein rot, das andere grün, sind bestimmt der letzte Schrei. Für mich sieht er aber aus wie Bräutigam-Ken. Alles an ihm ist gepflegt und aalglatt.

»Eleonora!«, ruft er euphorisch, ergreift ihre Hand und verneigt sich ehrerbietig. Im nächsten Moment erkennt er mich.

»Wen haben wir denn da?«, fragt er und setzt ein charmantes Lächeln auf. »Wie schön, Euch wiederzusehen!«

Eleonora legt ihm lächelnd eine Hand auf den Arm, doch in ihren Augen sehe ich ein gefährliches Funkeln. »Ihr beide kennt Euch bereits?«

Giacomo lässt sich auf den freien Platz rechts von mir fallen. An mir vorbei lehnt er sich nach vorn, um mit Eleonora zu sprechen. »Ja, wir sind uns auf der Vespucci-Hochzeit begegnet. Bedauerlicherweise konnten wir unsere Bekanntschaft nicht vertiefen.«

Giacomo wirft einen eindeutig gereizten Blick in Leos

Richtung, und mir läuft ein Schauer über den Rücken. Ich für meinen Teil bin froh, dass sich unsere Bekanntschaft nicht vertieft hat. Über den Tisch hinweg sieht Leo zu mir herüber und scheint über meinen neuen Sitznachbarn nicht sonderlich glücklich zu sein. Sehr gut, dann sind wir schon zu zweit. Fürs Erste ist Giacomo allerdings vollends mit Eleonora beschäftigt. Er überhäuft sie mit Komplimenten und Schmeicheleien.

»Ihr wisst, dass ich Euch lieber heute als morgen zur Meinen mache, Madonna, würde nicht ein anderer Eure Gunst beanspruchen«, raunt er.

Eleonora errötet und prostet Giacomo mit ihrem Kelch zu. »Davon will ich nichts hören«, sagt sie kokett und trinkt, ohne ihn aus den Augen zu lassen. Zwischen den beiden fühle ich mich eingesperrt in einem knisternden Spannungsfeld sexueller Anziehung. Keine Frage, die beiden fahren aufeinander ab, aber Eleonora will ihren prominenten Liebhaber wohl nicht aufgeben. Interessant. Dreiecksbeziehungen gab es in diesen Zeiten also auch schon.

Ich lausche dem Geplänkel, während ringsum eine Schar von Bediensteten mit dem Auftragen der Speisen beginnt. Ich bin schon den ganzen Tag gespannt, was es wohl zu essen gibt. Die Fastenzeit endet erst nach Ostern, und ich kann mir nicht vorstellen, dass bei einem Festbankett nur Milchsuppe und Stockfisch gereicht werden. Und so ist es auch. Ich bemerke schnell, dass in noblen Kreisen die strengen Fastenregeln sehr großzügig ausgelegt werden. Geflügel und Fisch sind erlaubt, und demzufolge biegt sich die Festtafel bald unter der Masse fantasievoller Gerichte. Auf riesigen Platten werden wahre Berge an Köstlichkeiten aufgetragen, gebratene Hühner und Wachteln, Rebhuhn in Zitronensoße, Fasan und als Höhepunkt ein üppig garnierter Kapaun.

Daneben Aal in Weinsud, Kürbispasteten, Platten mit gebratenem Fisch und Schüsseln, aus denen es verführerisch duftet. Dazu gibt es *Schicciate*, dicke Weißbrotfladen, die mich an Focaccia erinnern. Gabeln finde ich nicht, sondern nur Messer. Unsicher sehe ich mich am Tisch um. Es ist ziemlich gewöhnungsbedürftig, diese herausgeputzten Menschen ihr Fleisch mit den Fingern essen zu sehen, doch niemanden außer mir scheint das zu stören. Es geht tatsächlich so ungezwungen zu, wie mir Sandro versichert hat. Alle amüsieren sich prächtig und verschlingen gewaltige Portionen. Ständig wird nachgelegt, und der Wein fließt in Strömen. Ich trinke einen Schluck, und im nächsten Moment ist schon ein Diener da und schenkt mir nach. Der Wein erfüllt mich mit angenehm schwerer Wärme, die mir meine Schüchternheit nimmt.

»Der Tropfen mundet köstlich, nicht wahr? Ein Aleatico aus Elba.« Giacomo neben mir gibt ganz den aufmerksamen Tischherrn und lässt mich kaum aus den Augen. Ich nicke und sehe mich auf der Tafel nach einem Gericht um, das ich risikolos probieren kann. Dicht vor meiner Nase steht ein Topf mit Aal, auf den ich gern verzichte.

Giacomo bemerkt mein Zögern angesichts der vielen fremden Speisen und versucht mich zu überreden, Kalbsbries mit Zucker und Zimt zu kosten, anscheinend eine begehrte Delikatesse. Mein Zögern begreift er als Aufforderung und lädt mir prompt einen Löffel voll Bries auf den Teller. Zum Glück beugt sich Eleonora genau in diesem Moment weit vor, um nach dem Salztöpfchen zu greifen, und Giacomo wird von dem tiefen Einblick in ihr Dekolleté abgelenkt. Unauffällig lasse ich den Happen unter dem Tisch verschwinden.

Nach den Hauptspeisen folgt eine wahre Flut an Desserts. Süße Zuckermandeln, Fruchtgelees, Waffeln, reichhaltige

Puddingcreme aus Ei und Unmengen von Kuchen. Eleonora drängt mich, von einem Nachtisch namens *Biancomangiare* zu probieren, ein weiches Dessert aus Mandelmilch, Mandeln, Zucker, Zitrone und Zimt. Die Masse ist schneeweiß und schmeckt köstlich. Am Ende bin ich so satt, dass ich in meinem Korsett ernsthafte Atemnot bekomme.

Eleonora knabbert an einer kandierten Orangenschale und lauscht Giacomo, der langatmig von seiner jüngsten Jagdpartie erzählt. Ab und zu linse ich verstohlen zu Leo hinüber, doch immer, wenn ich hinsehe, ist er in ein Gespräch vertieft. Inzwischen fühle ich mich pudelwohl und es macht mir überhaupt nichts mehr aus, dass er nicht mein Tischherr ist. Ich amüsiere mich prächtig. Warum hatte ich jemals Angst vor diesem Bankett?

Giacomo ist der perfekte Alleinunterhalter, und je mehr Wein ich trinke, desto besser verstehe ich mich mit Eleonora. Die beiden löchern mich über mein Leben jenseits der Alpen, und ermutigt von dem süffigen Rotwein, schmücke ich meine Vita nach Herzenslust aus. Natürlich halte ich mich an die groben Fakten, aber niemand muss wissen, dass mein Bruder kein Markgraf ist, oder? Oder dass der Überfall spanischer Söldner auf unseren Familiensitz Greifenberg nie stattgefunden hat. Und erst recht nicht, dass es diesen Familiensitz überhaupt nicht gibt.

Mir gegenüber sitzt ein junger Mann, der meinen Erzählungen mit unaufdringlicher Neugier lauscht. Er hat eine markante Adlernase und kluge dunkle Augen. Als er meinen Blick auf sich bemerkt, lächelt er leicht.

»Erlaubt mir, mich vorzustellen, Madonna. Angelo Poliziano. Wie ich hörte, seid Ihr mit Maestro Botticelli bekannt.«

Interessiert neige ich mich vor. Poliziano, der Name sagt

mir etwas. »Ja, das ist richtig«, sage ich. »Er ist seit Kurzem mein Nachbar.«

»Sagt, was haltet Ihr von seinem neuesten Werk, dem Frühling? Ich durfte einen Blick auf das unfertige Bild werfen.«

»Ein Meisterwerk!«, rufe ich spontan und voller Überzeugung aus.

Poliziano wirkt ein wenig verdattert, dann lächelt er mit Stolz im Blick. »Ich habe Sandro hinsichtlich der antiken Schriftquellen beraten, denen sein Werk zugrunde liegt.«

Endlich fällt bei mir der Groschen. Jetzt weiß ich, woher ich seinen Namen kenne. In einem staubtrockenen Seminar über antike Quellenforschung haben wir an der Uni einen seiner Texte durchgearbeitet.

»Angelo Poliziano! Ihr seid einer der wichtigsten Dichter und humanistischen Denker dieser Epoche.«

Ich sehe Poliziano an, wie sehr er sich über meine Bewunderung freut.

»Ihr sprecht von mir, als wäre ich bereits ein *uomo universale.* Als wüsstet Ihr bereits alles über mich.« In seinen Augen funkelt die Neugier.

»Ich habe Euren *Triumph Cupidos* gelesen.«

*Puh, Rosalie, gerade noch die Kurve gekratzt!* Jetzt bin ich froh, dass ich mich durch das Seminar über antike Quellenarbeit gequält habe. Ein wenig ist immerhin hängen geblieben.

Poliziano fallen fast die Augen aus dem Kopf. »*Ihr* habt meine Schriften gelesen? Das ist wirklich bemerkenswert.«

Über sein Erstaunen, dass es einer Frau überhaupt möglich war, seine Arbeiten zu lesen, gehe ich großzügig hinweg. Er verstrickt mich in ein angeregtes Gespräch über eins meiner Lieblingsthemen, über die *Metamorphosen,* eine Sammlung mythologischer Erzählungen des römischen Dichters Ovid. Hauptsächlich geht es in den Geschichten darum, wie sich Menschen oder Götter in alle möglichen Gestalten verwandeln.

Irgendwann, wie aus dem Nichts, steht plötzlich Leo hinter mir und legt mir die Hände auf die Schultern. Hoppla, ich habe vollkommen vergessen, dass er auch noch hier ist! Ich kichere weinselig und lehne mich zurück, um den Kopf an seine Brust zu lehnen. Sanft streichelt er mir über die Schläfe und schiebt mir eine Haarsträhne hinters Ohr.

»Liebes, es ist Zeit, um aufzubrechen.«

Seine warme Stimme geht mir runter wie Butter. Ehrlich, ich bekomme sogar im Sitzen weiche Knie.

»Orlandi del Mazza«, lallt Giacomo mit trunkenem Grinsen. »Wollt Ihr tatsächlich Eure reizende Gattin entführen? Entreißt sie uns noch nicht! Ich persönlich bürge dafür, dass sie sicher nach Hause kommt.«

»Oh, das glaube ich sofort«, knurrt Leo und umfasst meine Schultern mit festem Griff. »Ich muss darauf bestehen, dass wir gehen. Rosa ist erschöpft.«

Ach was, überhaupt nicht! Ich bin so fit, ich könnte auf den Tischen tanzen!

»Sei kein Spielverderber Leo! Ich habe Spaß«, protestiere ich. Schnell drücke ich ihm einen Kuss auf die Hand, die noch immer an meiner Wange liegt.

»Du bist betrunken«, sagt er ganz dicht an meinem Ohr. Sein warmer Atem streift meine Haut, und ich erschauere. Die Erinnerung daran, wie er mich geküsst hat, überschwemmt mich wie eine Flutwelle.

»Signor, verzeiht!«, meldet sich Poliziano zu Wort. »Ich hatte das Vergnügen, mit Eurer Gattin zu sprechen, und kann Euch nur beglückwünschen. Niemals habe ich eine

Frau von vergleichbarer Grazie und solch wachem Geist getroffen. Sie muss kein Mensch, sondern ein Fabelwesen sein. Eine neue Venus.«

Ich laufe knallrot an und verberge ein albernes Kichern hinter meiner Hand.

»Und ein weiterer Mann dieser Stadt fällt Eurem Bann anheim, Monna Rosalia.« Ohne Vorwarnung ist Lorenzo de'Medici hinter Poliziano aufgetaucht. Aus seiner Stimme spricht Belustigung, und er zwinkert mir freundlich zu. Ich spüre, wie Leo sich angespannt aufrichtet. Richtig, es waren ja Lorenzos *Ufficiali di Notte*, die ihn in den Kerker geworfen haben. Ich greife hinter mich nach Leos Hand und drücke sie ermutigend. Von Lorenzo hat er nichts zu befürchten.

Indes strahle ich den Stadtherrn von Florenz voller Wiedersehensfreude an. »Habt aufrichtigen Dank für die großzügige Einladung an Eure Tafel, Euer Gnaden.«

»Ich habe Euch heute Abend beobachtet, und wie ich sehe, bereitet Ihr meinen Gästen dasselbe Vergnügen wie mir. Ihr seid in meinem Hause immer herzlich willkommen. Und dasselbe gilt für Euren Gemahl.«

Ich linse nach oben und sehe, dass Leo vor Staunen der Mund offen steht. Er stottert einige Worte des Danks und verneigt sich respektvoll.

Unsere kleine Unterhaltung wird jäh von plötzlicher Musik unterbrochen. Die Musiker haben sich erhoben und stimmen ein beschwingtes Stück an. Die Gäste jubeln und applaudieren. Im nächsten Moment wird die Tafel von lautem Getöse erschüttert, und ich erkenne Dolomino, der auf den Tisch gesprungen ist. Der Zwerg ist in schillernd bunte Seide gekleidet und tanzt einen Saltarello mit vielen Hüpfern. Eine Kristallvase schwankt bedrohlich, und die Kerzen in den Kandelabern flackern. Mit seinen spitzen Schuhen schleudert Dolomino die Reste der Speisen auf die Gäste ringsum und kommentiert sein Verhalten mit gackerndem Gelächter. Die Menschen kreischen und johlen, als sie von Apfelsinen und Brotrinden getroffen werden. Ich ducke mich sicherheitshalber und gehe in Deckung. Über die fröhliche Musik hinweg gibt Dolomino schließlich Verse zum Besten. Es sind witzige Reime über Liebespaare und Götter. Mit der Zeit werden die Texte immer anzüglicher und schlüpfriger, und die Zuhörer geraten völlig außer sich. Schließlich erreicht sein Tanz unseren Teil der Tafel, und er verneigt sich zunächst tief vor Lorenzo, dann vor mir. Er räuspert sich und trägt seine Verse mit Pathos vor.

*Oh, Liebchen, der die Lilien blühn'*
*in deinem edlen Schoße.*
*Verzehr dich nicht und hege sie,*
*bis mein Schwert sie all zerstoße.*

Er grinst mich durchtrieben an und wackelt mit den Augenbrauen. Ich lache und klatsche, während ich mir überdeutlich bewusst bin, dass mich alle anstarren. Dolomino beobachtet die Begeisterung des Publikums mit Genugtuung. Blitzschnell greift er nach meiner Hand und reckt sie in die Höhe.

»Madonna Rosalia Orlandi del Mazza stammt von weit her, aus dem kalten Norden jenseits der Alpen. Eine Dame, meine lieben Freunde, nicht nur von außerordentlicher Schönheit und Grazie, sondern überdies eine neue Sappho von Lesbos! Es ist der ausdrückliche Wunsch unseres verehrten Patrons an sie, uns allen heute Abend eine weitere Kostprobe ihres Könnens zu bieten«, krakeelt er.

Die Leute jubeln und applaudieren, und ehe ich mich versehe, stehe ich auf der Festtafel. Ich werfe einen kurzen Blick zu Leo hinunter, der vergeblich versucht, mich festzuhalten. Auf seiner Miene zeichnen sich Entsetzen und Panik ab. Aber natürlich kann er nicht eingreifen und verhindern, dass ich ein Ständchen zum Besten gebe. Nicht, nachdem Lorenzo so ausdrücklich darauf gepocht hat. Ein kleiner, gemeiner Teil in mir jauchzt vor Freude. Ich amüsiere mich köstlich, dass sich Leo vor Verlegenheit windet. Er, der immer so großen Wert auf das richtige Benehmen legt, kann mich jetzt nicht aufhalten.

Die Blicke aller Anwesenden sind inzwischen auf mich gerichtet. Mehrere Dutzend Augenpaare, die mich teils weinselig, teils unverhohlen begierig mustern. Alle scheinen den Atem anzuhalten.

Im Gegensatz zur Darbietung in Lorenzos *Studiolo* fällt mir diesmal tatsächlich echte Dichtung ein.

*»Du, mit den Rosen im Korb, was, rosiges Mädchen, verkaufst du? Rosen? – Dich selbst? – O, sprich! – Oder auch beides zugleich?«*, beginne ich mit einem kurzen Vers von Dionysios.

Ich halte es für einen gelungenen Konter zu Dolominos Versen über die Lilien in meinem Schoß. Einen kurzen Moment lang ist es still, dann erschüttert ein dröhnendes Gelächter den Raum. Lorenzo, der ans Kopfende der Tafel zurückgekehrt ist, klatscht begeistert in die Hände und lacht aus voller Kehle. Die übrigen Gäste scheinen nur auf seine Reaktion gewartet zu haben, denn augenblicklich brechen auch sie in tosenden Beifall aus. Vor Stolz schwillt mir die Brust, und ich durchforste mein Gehirn fieberhaft nach weiterem Vortragsgut. Leider ist mein Fundus höchst begrenzt, ich kenne noch ein paar Bruchstücke von Ovid, aber das meiste sind Metamorphosen, nichts Witziges. Aber es ist der Wein, der mir Worte und Reime einflüstert. Aus Mangel an

Gedichten und Sonetten, die ich auswendig kenne, improvisiere ich einfach munter selbst. Plötzlich ist es ganz einfach.

*Einst traf ich einen Rittersmann*
*mit stolzem, starkem Haupte.*
*Er kämpfte wohl im Heilgen Land,*
*sein Schwert bei mir nichts taugte.*

*Sein Säbel hieb den Heiden all*
*die Köpfe ab vom Rumpf,*
*doch hat er wohl zu viel getan,*
*denn die Klinge, sie war stumpf.*

*So gräm dich nicht, mein Rittersmann,*
*nach Rom reis auf den Wegen,*
*dort gibt es Pfaffen, sagt man sich,*
*die deine Lanze pflegen.*

Wieder setzt für einen kurzen Augenblick Stille ein. Ich blinzele nicht, wage nicht einmal zu atmen. Dann bricht dröhnendes Gelächter über mir zusammen. Von meinem Platz auf der Tafel blicke ich reihum in hochrot angelaufene Gesichter, die vor Vergnügen verzerrt sind. Ich bade in der Begeisterung und verbeuge mich leicht. Meine Güte, macht das Spaß! Das ist der beste Abend meines Lebens. Ich werfe einen Blick zu Leo hinunter, der mit nachsichtigem Lächeln den Kopf schüttelt. In seinen Augen glimmt ein Hauch Bewunderung. Er streckt mir die Hand entgegen und hilft mir vom Tisch. Ich strahle ihn an, weiche einem Kandelaber aus und gerate dabei ins Straucheln. Mein Fuß tritt ins Leere, und einen beängstigenden Moment lang dreht sich die Welt um mich. Ich falle und habe keine Möglichkeit, den Sturz aufzuhalten. Doch bevor ich auf den Steinboden prallen kann, fangen mich starke Arme auf. Meine Beine geben nach, sind plötzlich weich wie Pudding, doch ich lande in Leos Armen. Sofort entspanne ich mich wieder und schmiege das Gesicht an seinen Hals.

»Bin ich zu schwer?«, murmele ich noch halb benommen. Dennoch ist es mir unangenehm, dass er mich trägt.

»Du nicht, aber dein Kleid. Wie viele Ballen Stoff hat dieser vermaledeite Schneider dafür verwendet?«

Ich merke, dass wir den Festsaal verlassen haben. Das Stimmengewirr, über das sich wieder Dolominos vorlaute Stimme erhebt, wird leiser.

»Ich hätte gern noch mehr aufgeführt. Warum müssen wir gehen? Die Menge liebt mich«, maule ich statt einer Antwort.

»Willst du gelten, mach dich selten«, murmelt Leo und entringt mir ein erbostes Schnauben. Mit mir auf den Armen tritt er ins Freie und stellt mich vorsichtig auf die Füße.

»Kannst du allein stehen?«

»Jawohl.« Ich nicke hoheitsvoll. Leo legt mir einen Arm um die Taille, und wir gehen los. Hoppla, das ist eine ziemlich wackelige Angelegenheit! Dabei bin ich aber froh, wieder durchatmen zu können. Die Luft im Saal war zum Schneiden dick vom Qualm der Kerzen und von den Speisegerüchen.

»Man kann dich keine Sekunde lang aus den Augen lassen, ohne dass du Dummheiten machst«, schimpft Leo.

Ich torkele neben ihm her und versuche auf dem unebenen Boden das Gleichgewicht zu halten.

»Warum denn Dummheiten?«, beschwere ich mich und kralle mich fester an seinen Arm, weil die Straße plötzlich absinkt. Warum ist mir bisher nie aufgefallen, welche Höhenunterschiede die Straßen hier haben?

»Ich habe keine Dummheiten gemacht«, fahre ich mit Verzögerung fort, nachdem ich mich wieder gefangen habe. »Ich habe Konversation betrieben und Kontakte geknüpft, das predigst du doch ständig, oder? Giulianos Geliebte ist jetzt meine Busen... hicks ... Busenfreundin.«

Die kalte Luft tut mir gut, und ich spüre etwas mehr Klarheit im Kopf.

Leo stößt ein dunkles Grollen aus. »Apropos Busen! Nächstes Mal legst du bei diesem Kleid gefälligst ein Tuch um. Der schmierige Albizzi hat dir den ganzen Abend in den Ausschnitt geglotzt.«

Das ist doch lächerlich. Ich verwerfe seine absurde Behauptung mit einer verächtlichen Handbewegung. »Von Bräutigam-Ken droht dir keine Gefahr, Leo. Er hat so gemeine Augen, die gefallen mir nicht.«

»Wie meinst du das?«, fragt Leo und klingt plötzlich wachsam.

Ich hebe die Schultern. Bisher hat er auf meine Menschenkenntnis keinen großen Wert gelegt. »Wie gesagt, rein äußerlich sieht er aus wie ein geschniegelter Playboy, aber sein Blick ist der eines hungrigen Wolfs. Verschlagen, gefährlich. Ich bin froh, dass ich verheiratet bin und er mich in Ruhe lassen muss.«

Leo sagt dazu erst einmal nichts. Als ich einen Blick in sein Gesicht werfe, wirkt er nachdenklich.

»Interessant«, murmelt er dann. »Wusstest du, dass die Familie Albizzi noch unter Lorenzos Großvater Cosimo der erbittertste Gegner der Medici war? Ich kann mich nicht erinnern, dass sie ihre Finger bei der Pazzi-Verschwörung im Spiel gehabt haben, aber Giacomo hätte eindeutig ein Motiv. Seine Familie hat damals die Stadtherrschaft an die Medici verloren. Sie wurden sogar aus Florenz vertrieben, und vielleicht sinnt er auf Rache. Er könnte ein Handlanger unseres Saboteurs sein.«

Mir läuft eine Gänsehaut über die Arme. Ich habe ein ungutes Gefühl bei Giacomo, und Leo glaubt mir. Zum ersten Mal haben wir einen ernsthaften Verdächtigen. Ich spüre es einfach, dass Giacomo Dreck am Stecken hat. Plötzlich noch besser gelaunt als ohnehin schon, hopse ich im Gehen auf und ab. Das ist so ein schöner Abend! Endlich einmal scheine ich alles richtig gemacht zu haben. Ich bin immer noch voller Adrenalin nach meiner Darbietung auf der Festtafel. Getragen von diesem Hochgefühl, kommt meine Fantasie erst so richtig in Fahrt. Ich kichere. »Ich könnte Giacomo bespitzeln. Du weißt schon, ihn verführen und ihm dann zwischen den Bettlacken seine mörderischen Geheimnisse entlocken.«

Ich gerate ins Wanken, als Leo unvermittelt stehen bleibt. Einen Moment lang verharrt er auf der Stelle, dann wirbelt er mich herum und presst mich gegen die nächste Hauswand. In den letzten Stunden habe ich die Enge meines Mieders beinahe vergessen, doch plötzlich spüre ich mehr denn je, wie es mir die Luft abschnürt. Oder ist es Leo, der mich an die Wand drückt? Wenn ich seinen Gesichtsausdruck richtig deute, dann ist er fuchsteufelswild. Mir wird flau im Magen und auch ein bisschen schwindelig. Oh, oh! Selbst mein weinseliger Verstand erkennt, dass ich es offensichtlich mit ihm verscherzt habe.

»Das wirst du ganz bestimmt nicht tun!«, stößt er hervor. Seine Stimme ist ganz tief und bebt, so als könne er sich nur mit Mühe beherrschen. Hm, nicht übel. Ganz und gar nicht übel.

»Wieso? Dir sind doch auch alle Mittel recht, damit wir wieder nach Hause kommen. Giacomo ist ein Weiberheld, es wäre bestimmt nicht schwierig, ihn um den Finger zu wickeln. Ein wenig roter Lippenstift …«

»Rosalie!«, grollt er warnend.

Ich zucke lässig mit den Achseln, was gar nicht so einfach ist, wenn ich bedenke, dass ich zwischen einer Mauer und einem wütenden Mann eingezwängt bin. Aber allmählich genieße ich es, ihn zu reizen. Endlich kann ich den Spieß mal umdrehen.

»Wir sollten die Möglichkeit zumindest in Betracht ziehen«, sage ich in betont geschäftsmäßigem Ton.

Leo atmet tief ein. »Sprich nie wieder darüber, hörst du?«

»Du hast mir nichts zu befehlen«, halte ich stur dagegen. Himmel, schon wieder dieses elende Thema! Wann hört er endlich auf, mich herumzukommandieren?

Er seufzt resigniert. »Was muss ich tun, damit du dir diese Schnapsidee aus dem Kopf schlägst?«

Schmollend schürze ich die Lippen und erwidere herausfordernd seinen Blick.

»Du lässt mir keine andere Wahl«, murmelt er und packt mich fester um die Taille. Und dann küsst er mich. Augenblicklich schließe ich die Augen, und mein Kopf sinkt nach hinten gegen die Wand. Weich und warm pressen sich seine Lippen auf meinen Mund, und er schiebt die Finger in mein Haar. Sein Kuss ist hungrig und herrisch. Doch ich halte dagegen. Ich packe ihn an seinem Wams und erwidere den Kuss voller Leidenschaft.

Als er sich von mir löst, klingt er kurzatmig. »Versprichst du mir, dass du dich von … wie hieß er noch gleich … fernhältst?«

»Gia… Giacomo«, japse ich. Seine Lippen streichen an meinem Kinn entlang, und sein warmer Atem streift meinen

Hals. Meine Zehen krümmen sich in den Schuhen, und ich bin mir sicher, gleich in Ohnmacht zu fallen.

»Ah, du weißt noch seinen Namen, ich war wohl nicht gründlich genug.« Er beugt sich wieder zu mir herunter, und diesmal hört er nicht mehr auf, mich zu küssen. Es fühlt sich an wie der mächtige Sog eines Portalgemäldes … überirdisch und unwiderstehlich.

Und ich will mehr, immer mehr.

# Kapitel 20

*Venerdì Santo*

Im Nachhinein habe ich keine Ahnung, wie ich nach Hause gekommen bin. Es würde mich nicht wundern, wenn Leo mich getragen hätte. Als er irgendwann doch mit dem Küssen aufgehört hatte, war von meinem Verstand und erst recht von meiner Motorik nichts mehr übrig. Ich schwaches, schwaches Geschöpf! Das muss wohl die Wirkung der Erbsünde bei den Frauen sein, von der die Pater in Santa Croce so gern predigen. Als Strafe für meine Charakterschwäche wache ich am nächsten Morgen mit einem monströsen Kater auf. Das Glockenkonzert zur Laudes habe ich wie durch ein Wunder verschlafen, doch das Terzgebimmel dröhnt in meinem Schädel, als wäre auch ich eine Glocke.

Zu meiner Überraschung liegt Leo auch noch im Bett. In die Kissen gelehnt sitzt er neben mir und betrachtet mich amüsiert. Mein Mund wird ganz wässerig, als ich seine kräftigen nackten Schultern betrachte. Doch im nächsten Moment dreht sich mein Magen um, und ich sinke stöhnend in die Kissen.

»Na, du Schnapsdrossel, gut geschlafen?«

Ich ziehe mir die Decke bis zum Kinn hoch. »Das war bloß Wein gestern Abend, das weißt du ganz genau. Ich trinke sonst nie so viel.«

»Dein Tischherr hat dich ordentlich abgefüllt, das ist mir nicht entgangen. Ich sollte ihn mir vorknöpfen. Wie hieß er noch gleich?«

»Kann mich nicht an seinen Namen erinnern«, grummele ich, und Leo lacht.

Er klettert aus dem Bett, und ich riskiere einen Blick. Wie immer trägt er die langen Unterhosen aus Baumwolle. Ultrasexy. Dafür kein Oberteil, wodurch ich mir in Ruhe seinen Oberkörper ansehen kann. Seine Muskulatur ist schlank und geschmeidig, und er bewegt sich mit der Anmut einer Raubkatze.

»Wenn du mich weiter so anstarrst, kann ich für nichts garantieren«, brummt er.

Erschrocken, weil er mich ertappt hat, ziehe ich mir die Decke über den Kopf. Ich höre nicht, wie er näher kommt, doch plötzlich senkt sich die Matratze neben mir, und Leo zieht mir die Bettdecke vom Gesicht. Meine Wangen glühen heiß, und seine Finger streicheln sanft an meiner Kinnlinie entlang. Nachdenklich mustert er mein Gesicht.

»Im Gefängnis ist mir aufgefallen, wie sehr ich mich daran gewöhnt habe, neben dir aufzuwachen. Das hat mir am meisten gefehlt.«

Ich schlucke schwer und winde mich innerlich. »Bist du dir sicher, dass es nicht das Tageslicht war oder ein warmes, trockenes Bett?«, versuche ich zu scherzen.

Mit ernster Miene schüttelt er den Kopf. »Ich war so lange ein solcher Idiot.« Er beugt sich zu mir herüber und küsst mich sanft.

»Kannst du das noch mal sagen?«, murmele ich an seinen Lippen. Ich spüre, wie er lächelt.

»Macht dich das an?«

»Mhm«, murmele ich.

Mit einem Ächzen drückt er mich tiefer in die Matratze. Ich schlinge ihm die Arme um den Nacken und öffne den Mund, als der Kuss sich vertieft, hungriger wird, fordernder. Mein Kater ist wie weggeblasen, als er sanft mein Bein streichelt. Das Nachthemd ist mir im Schlaf bis zum Bauchnabel hochgerutscht, und er umfasst meine Wade. Ein Grollen dringt tief aus seiner Kehle, und auch der letzte Rest Zurückhaltung verpufft in mir. Was auch immer das zwischen uns ist, ich will es. Ich bin nicht so dumm, es mit tiefen Gefühlen zu verwechseln, aber was seine körperliche Nähe mit mir anstellt, das genügt, um mich zu den Sternen zu katapultieren. Leo scheint es genauso zu gehen. Seine Hände sind überall, und wo er mich berührt, lodert ein Flammenmeer auf. Ich fahre mit den Fingern an seiner Wirbelsäule hinab bis zum Steißbein und weiter, über den Bund der langen Unterhose hinaus. Leo rollt sich über mich. Schwer und warm drückt er sich an mich und stützt sich auf die Arme, um mich nicht unter sich zu zerquetschen. Seine Augen sind ganz glasig, und das heiße Glühen von der Nacht zuvor ist zurückgekehrt.

»Verdammt, Rosalie.«

Er küsst meinen Hals, den Ansatz meiner Brust. Die Hitze in mir wird unerträglich, und unruhig winde ich mich unter ihm.

»Du musst mir sagen, wenn ich aufhören soll«, stößt Leo zwischen zusammengebissenen Zähnen hervor. Seine Hüften zucken unruhig gegen meinen Körper. »Ich höre sofort auf.«

Statt einer Antwort winde ich mich aus meinem Nachthemd. Bis auf das Höschen bin ich nackt, und es macht mir nicht das Geringste aus. Leo starrt mich an und ächzt gequält. Es macht Spaß, ihn aus der Reserve zu locken. Ich recke mich und küsse ihn, und die Hitze zwischen uns entlädt sich wie ein Feuerwerk. Ich höre auf zu denken, lasse mich völlig fallen. Leos Hose segelt aus dem Bett.

Stunden später wache ich auf. Behaglich döse ich in einem warmen, glücklichen Kokon, irgendwo zwischen Schlafen und Wachen. Mhhh. Mir geht's verdammt gut. Sanfte Finger malen Muster auf meinen nackten Rücken. Kreise und Wellen vom Nacken bis hinunter zu den Grübchen am Steißbein. Irgendwo in weiter Ferne lauern Kopfschmerzen und ungemütliche Probleme, aber für den Moment bin ich einfach nur zufrieden.

Ein einziger Gedanke dringt langsam zu mir durch ... Ich habe mit Leo geschlafen. Eine wohlige Gänsehaut läuft mir über den Körper. Gleichzeitig bin ich immer noch erstaunt. Denn ich meine ... Hallo! Jedes Mädchen, das so etwas wie Selbstachtung besitzt, hätte ihn abblitzen lassen. Nachdem, wie er mich die meiste Zeit behandelt hat ... Mein Gehirn beglückt mich mit einer Abfolge von glasklaren Momentaufnahmen, die Leos Gemeinheiten illustrieren. *Ja, gut, du hast schon recht*, versuche ich meinen eigenen Kopf zu beschwichtigen. Und ja, ich weiß, wie schizophren sich das anhört.

Aber irgendwie, klammheimlich, habe ich begonnen, ihn zu mögen. Den Jungen hinter der arroganten, engstirnigen Fassade, hinter dem Schutzpanzer, mit dem er sich umgibt. Denn es steckt mehr dahinter. Wäre er nur ein aufgeblasener Hohlkopf, hätte ich ihn weiterhin verachtet. Aber inzwischen kenne ich ihn ganz gut, und meine Einstellung hat sich geändert.

Ich genieße das Gefühl seiner Hand auf meiner Haut und drifte in Gedanken wieder in die Glückseligkeit ab. Was ich heute Morgen mit Leo erlebt habe, war so unbeschreiblich … So kenne ich mich nicht. Und doch hat es sich so richtig angefühlt. Alles. Auch jetzt noch.

Langsam öffne ich die Augen und begegne Leos Blick. Er liegt neben mir, das Laken nur nachlässig über die Beine geschlungen. Und er lächelt. Mir wird ganz heiß, und mein Magen flattert. Dieses Lächeln gilt ganz allein mir und strahlt aus seinen Augen wie eine Liebkosung. Meine Güte, dieser Mann ist zu schön, um wahr zu sein! Und ich bin mit ihm im Bett gelandet. Damit hätte ich im Leben nicht gerechnet.

Während ich noch in seine Augen vertieft bin, will sich eine leise, drängende Stimme in meinem Hinterkopf Gehör verschaffen. Sie wird immer aufdringlicher, und ich kann sie nicht mehr ausblenden. Wie mit einem Vorschlaghammer zertrümmert sie mein Paradies. Mein innerer Dialog hört sich in etwa so an.

*»Erde an Rosalie! Träumst du noch?«*

*»Natürlich nicht.«* Dämliche Stimme.

*»Ich vertreibe dich ja nur ungern aus deiner rosaroten Zuckerwattewelt, aber darf ich dich daran erinnern, dass du gerade Sex hattest?«*

*»Danke, das weiß ich selbst.«*

*»Und weißt du auch, dass du seit über drei Wochen die Pille nicht mehr genommen hast? Und hier gibt es weit und breit keine Verhütungsmittel, auch keine Pille danach.«*

*»!!!«*

*»Dachte ich mir's doch. Also, ich will dich nicht länger stören, ich dachte nur, das sollte ich erwähnen. Man hört sich!«*

Ich fahre im Bett hoch wie eine Sprungfeder. Leo erschreckt sich fürchterlich, während ich erst einmal vor Panik wie gelähmt bin. Oh Mist! Verdammter, verdammter Mist!

Leo richtet sich auf und mustert mich mit besorgter Miene. »Alles in Ordnung?«

Ich wende ihm den Kopf zu, doch ich sehe ihn nicht wirklich, ich starre durch ihn hindurch. Meine Aufmerksamkeit ist völlig nach innen gekehrt, wo eine Hölle losbricht. Meine Gedanken laufen Amok, und ich bin wie versteinert. Leo fasst mich an der Schulter, und seinem festen Griff gelingt es, dass ich mich aus der Schockstarre löse. Mit weit aufgerissenen Augen sehe ich ihn an.

»Wir haben miteinander geschlafen.« Ich höre selbst, wie hysterisch ich klinge. Leo runzelt die Stirn. »Ja, und bis gerade eben schien auch noch alles in Ordnung zu sein. Oder irre ich mich? *Merda!* Rosalie, wenn du es nicht gewollt hast, hättest du es mich bremsen müssen! Ich habe dir doch gesagt, dass ich sofort aufhöre ...«

Ich lasse ihn nicht ausreden. »Ich habe es gewollt und es war unglaublich schön, ABER WIR HABEN NICHT VERHÜTET.« Mit ungeplanter Heftigkeit platzen die Worte aus mir heraus.

Er sieht erstaunt aus. »Das ist dein Problem?«

Ich nicke. Vor Panik steigen mir Tränen in die Augen. Ich bin so dumm, so unfassbar dumm und verantwortungslos. Wie konnte das passieren? Wie konnte ich es vergessen?

Peppina und ihre dämlichen Gebete an die Heilige Anna kommen mir in den Sinn. Was, wenn die jetzt Wirkung zeigen? Ob es einen Heiligen der Empfängnisverhütung gibt, den ich als Nothelfer anbeten kann?

»Rosalie.« Leo hebt die Hand und streichelt vorsichtig meine Wange. »Beruhige dich! Es wird schon alles gut. Ich gebe zu, das war gedankenlos von uns beiden.« Er schluckt. »Und selbst wenn etwas passiert sein sollte, bin ich für dich da.«

Ich schniefe. »Aber was, wenn wir die Mission vermasseln? Wenn wir es nicht schaffen, Lorenzo zu retten, und für immer hier feststecken? Ich kann kein Kind im fünfzehnten Jahrhundert bekommen!« Jetzt schluchze ich bitterlich, und er nimmt mich in die Arme.

»Rosalie, ich verspreche dir, dass wir wieder nach Hause kommen. Über alles andere machen wir uns Gedanken, wenn wir wieder zurück sind, ja?«

Ich schniefe an seiner Schulter und muss noch eine Weile weinen, bis ich mich zusammenreiße und eine Entscheidung treffen kann. Im Moment bin ich zu schockiert über mich selbst. Wie konnte ich nur so dämlich sein? Das ist alle seine Schuld, beschließe ich. Seine Küsse rauben mir den Verstand, in seiner Gegenwart kann ich nicht mehr klar denken. Warum mussten wir es so vermasseln? Es ist ja nicht so, dass ich es nicht besser wüsste. Aber es hat mich total umgehauen. Ich war noch nie *so* mit einem Jungen zusammen. Es hat sich besonders und total außergewöhnlich angefühlt, und jetzt ist es der blanke Horror.

»He, sieh mich mal an!« Leo streichelt meine tränennasse Wange, und ich schaue mit verheulten Augen zu ihm auf. »Gib dir nicht die Schuld dafür, ja? Ich hätte auch mitdenken können, aber sobald du mich küsst, scheint die Schwerkraft an Bedeutung zu verlieren. Bei mir legt sich irgendein Schalter um, und mein Gehirn verwandelt sich in Wackelpudding.«

Er lehnt den Kopf an meine Stirn. »Was ich zu dir gesagt habe, meine ich wirklich ehrlich. Egal, was auch passiert, ich bin für dich da. Du hast alles für mich riskiert, indem du mich aus dem Gefängnis geholt hast, obwohl ich mich wie das größte Arschloch benommen habe. Ich habe dich überhaupt nicht verdient, und es tut mir leid, dass ich so widerlich zu dir war.«

Seine Worte bringen die bange Furcht in mir nicht gänzlich zum Schweigen, aber für den Moment erfüllen sie mich mit tröstlicher Wärme.

Es ist früher Nachmittag, als Leo mich zum Aufstehen überredet. Er will mit mir einen Ausflug durch die Stadt unternehmen. Ich lasse die Haare zur Abwechslung offen, und er bietet mir galant seinen Arm an, als wir aufbrechen. Zum ersten Mal seit Tagen gehe ich ohne Verschleierung auf die Straße, und es tut unendlich gut, die Sonne und den lauen Wind auf dem Gesicht zu spüren. Jeder darf sehen, dass Monna Orlandi del Mazza heute zur Abwechslung mit ihrem Gemahl unterwegs ist.

In einträchtigem Schweigen spazieren wir durch unser Viertel Ognisanti, überqueren den Borgo Ognisanti und erreichen die gleichnamige Kirche.

»Bald wird Botticelli den Auftrag erhalten, hier das Fresko des Heiligen Augustinus zu malen«, sagt Leo.

Ich sehe ihn von der Seite an und ziehe überrascht die Augenbrauen hoch. Er hat noch nie einfach so über Sandro gesprochen und erst recht nicht in versöhnlichem Ton. Misstrauisch mustere ich ihn.

»He, was soll dieser Gesichtsausdruck?« Er lacht voller Unbehagen. Als ich nichts sage, seufzt er resigniert. »Okay, okay, ich weiß schon, was du meinst. Ich habe dir und Botticelli unrecht getan, das tut mir leid. Ich neige zu vorgefassten Meinungen.«

»Na, so was«, murmele ich und verkneife mir ein Lächeln. Es gefällt mir, dass Leo Abbitte leistet.

Wir erreichen die Uferpromenade des Arno. Die Sonne tanzt in glitzernden Prismen auf der trägen Wasseroberfläche. Drüben, auf der anderen Seite, wo sich das Armenviertel Drago Verde befindet, sind Frauen am Wasser mit dem Waschen von Wolle beschäftigt. Aus unzähligen Kaminen der Häuser hinter ihnen ziehen kohlschwarze Rauchschwaden in den Himmel. Schon von Weitem wirkt die Gegend heruntergekommen und wenig einladend. Unwillkürlich rücke ich näher an Leo heran. Er legt mir eine Hand auf den Arm.

»Vielleicht war ich eifersüchtig«, sagt er völlig unvermittelt.

Einen Moment lang bin ich verwirrt, bis ich begreife, dass er den Gesprächsfaden wieder aufgreift.

»Eifersüchtig auf Sandro?«

Leo wirkt peinlich berührt, nickt aber. »Ihr beide hattet sofort eine Verbindung, das war nicht zu übersehen. Wahrscheinlich wirke ich heuchlerisch, weil ich mich die meiste Zeit wie der letzte Idiot verhalten habe, aber eigentlich wollte ich etwas ganz anderes. Es fällt mir noch immer schwer, es einzugestehen, aber ich wollte immer diese Innigkeit, die zwischen Sandro und dir herrscht.«

Seine Worte verschlagen mir die Sprache. Er hat schon ein paarmal angedeutet, dass er mich mag, doch bisher gab es immer diese Barriere zwischen uns. Es gab immer ein *Aber*.

*Ich mag dich,* aber *eigentlich sollte ich das nicht.*

*Ich würde ja gern,* aber *ich habe einen Schwur geleistet.*

Dass es nicht mehr so sein soll, verwirrt mich. Ich traue dem plötzlichen Sinneswandel nicht.

»Wieso bist du plötzlich anderer Meinung? Hat es etwas damit zu tun, dass wir heute Morgen …«

»Meine Güte, nein!«, ruft Leo. »Es geht mir schon länger so, aber ich habe es nie geschafft, über meinen Schatten zu springen. Ich hatte wohl Angst, es schon zu weit getrieben zu haben und dass du mich zutiefst verabscheust. Aber nachdem du mich aus dem Gefängnis befreit hattest, dachte ich, dass es vielleicht noch nicht zu spät ist.«

»Du solltest doch längst wissen, dass es nicht so ist«, seufze ich. »Wahrscheinlich leide ich an einer üblen Form von Masochismus. Oder ich habe das Stockholm-Syndrom.«

Leo gluckst. »Du betrachtest mich als Geiselnehmer?«

»Sieh dir unsere Situation doch mal aus der Distanz an! Ich stecke auf Gedeih und Verderb mit dir im Florenz des fünfzehnten Jahrhunderts fest, es gibt keinen Ausweg. Und am liebsten würdest du mich die ganze Zeit im Haus einsperren.«

Mokant hebe ich die Brauen, doch Leo grinst nur und kommt mir noch näher. »Wärst du meine Geisel, würde ich dich ans Bett fesseln und dir einen Knebel verpassen«, raunt er mir ins Ohr. »*Davvero*, so ein Knebel wäre wirklich eine gute Sache.«

Ich knuffe ihn in die Seite, und er lacht. Es tut so gut, dass wir jetzt freundschaftlich miteinander umgehen. Okay, was es zu bedeuten hat, dass wir heute Vormittag miteinander geschlafen haben, müssen wir noch genauer klären, aber schon jetzt ist unser Verhältnis sehr viel entspannter. Vielleicht gab es die ganze Zeit schon diese aufgestauten Gefühle von Begehren und Anziehung, die sich endlich entladen haben. Ich wollte es nur nicht wahrhaben.

Vor uns taucht der Ponte Vecchio auf, die berühmte Brücke von Florenz. Ich war so in unser Gespräch vertieft, dass ich gar nicht gemerkt habe, wie weit wir schon gegangen sind. Als ockerfarbener Gigant spannt sich die Brücke in drei behäbigen Bögen über den Arno und wirkt wie Puppenhaus und Trutzburg zugleich. Wie in unserer Zeit gibt es auch jetzt schon die kleinen Häuser, die sich seitlich entlang der Brücke aneinanderreihen. Sie scheinen mit dem massiven steinernen Bauwerk verwachsen zu sein wie Miesmuscheln an einem Felsen im Meer. Wortlos schlagen wir den Weg zur Brücke ein, und ich nähere mich ihr voller Vorfreude. Hier verdichtet sich das Getümmel merklich. Das Wiehern von Eseln und Gäulen vermischt sich mit dem Stimmengewirr der Händler und Passanten. Nach wenigen Metern bleibe ich allerdings unvermittelt stehen. Ein atemberaubender, absolut bestialischer Gestank schlägt mir entgegen. Instinktiv presse ich die Hand vors Gesicht und taumele einige Schritte zurück. Dabei pralle ich mit einer Frau zusammen, die beinahe ihren Korb mit Eiern fallen lässt und mich wüst beschimpft.

»Was ist das?«, frage ich Leo keuchend. Es riecht, als läge irgendwo ein Tier in der Sonne und würde verwesen, vermischt mit dem ranzigen Geruch nach altem Fett und Urin.

Leo verzieht selbst angeekelt das Gesicht, muss aber trotzdem schmunzeln. »Dies ist die Brücke der Metzger und Gerber. Die Juweliere aus unserer Gegenwart siedeln sich erst seit einem Dekret von Großherzog Cosimo dem Ersten hier an. Der ertrug den Gestank auf seinem täglichen Gang über die Brücke in die Stadt nicht länger.«

Warum ist Lorenzo de'Medici nicht längst auf diese glorreiche Idee gekommen? Der Gestank raubt mir wirklich den Atem. Über die Köpfe der Menschen hinweg spähe ich auf das Getümmel, das auf der Brücke herrscht. Reihen von dicken Würsten und Schinken hängen an Balken über den Köpfen der Passanten. In gezimmerten Verschlägen tummeln sich grunzende Schweine, und hinter mir bahnt sich gerade ein Handkarren, beladen mit ungegerbten Tierhäuten, seinen Weg durch die Menge. Von meinem Standort aus wirkt der Ponte Vecchio nicht wie eine Brücke, sondern wie jede andere quirlige Häusergasse. Der bestialische Gestank hält mich jedoch davon ab, meiner Neugier nachzugeben und die Brücke genauer zu erkunden. Ich wende dem Ponte Vecchio den Rücken zu und lasse mich von Leo wegführen. Wir kommen an dem Straßenzug vorbei, an dem später die Uffizien stehen werden. Der ursprünglich als Verwaltungsgebäude gebaute Komplex wird einmal zu den bedeutendsten Museen der Welt zählen. Zu dieser Zeit ist von Giorgio Vasaris riesiger Anlage noch nichts zu sehen. Es ist ein ganz gewöhnliches Stadtviertel, das in einigen Jahrzehnten dem Neubau weichen muss ... natürlich nur, wenn wir es schaffen, Lorenzo zu retten. Ansonsten werden die Uffizien wohl nie gebaut werden und in der Zukunft vom Stadtplan verschwinden.

Leo zeigt mir im Vorbeigehen die Zecca, die Münzprägewerkstatt, in der die goldenen Florine gefertigt werden, mit denen man hier bezahlt. Ich hätte gern einen Blick hineingeworfen, aber Fremden ist der Zutritt verboten. Absolute Geheimhaltung, und schließlich könnten wir ja Spitzel aus Siena sein.

Meine Enttäuschung währt aber nicht lange. An der Uferstraße wimmelt es von Händlern und Verkäufern mit Bauchläden, die meine Aufmerksamkeit fesseln. Ich kann mich gar nicht sattsehen an dem Kram, den sie verkaufen. Dicke Ketten aus polierten Korallen, Naturperlen und Bernstein. Geschnitzte Heiligenfigürchen aus Elfenbein, schillerndes Muranoglas und winzige Reliquien aus Jerusalem, die unter der Hand gehandelt werden. Alle diese Produkte zeugen von den regen Handelsbeziehungen der Florentiner in alle Welt. Sie stehen für den Wohlstand und den Erfolg der Republik.

Inmitten des Gewimmels hält mich Leo fest an der Hand und steuert zielsicher einen Stand an, an dem ofenfrisches

Gebäck verkauft wird. Er drückt mir die warmen Päckchen in die Hand und kauft uns zwei Becher Rotwein bei einem Verkäufer mit Bauchladen. Dann steigen wir hinunter auf den schmalen grünen Uferstreifen des Arno. Beladen mit unserem Proviant, lassen wir uns in der Nachmittagssonne nieder. Kähne dümpeln träge auf dem Fluss, und die Fährleute rufen sich gegenseitig Kommandos zu. Überall am Ufer sind Gerber- und Wollwäscherbetriebe angesiedelt, die den Fluss für ihre Arbeit nutzen. Immer wieder treibt der Wind Schwaden von beißendem Seifen- und Bleichegeruch zu uns herüber. Es ist ein emsiges, chaotisches Treiben. Kauend beobachte ich die Frauen am Ufer, die beisammensitzen und die Rohwolle durch unablässiges Kneten und Rollen im Wasser walken.

Als wir aufgegessen haben, streckt sich Leo neben mir im Gras aus und stützt den Kopf auf den rechten Arm. Ich muss lächeln, weil er da liegt wie ein griechischer Gott, der während eines besonders wilden Gelages gerade rastet. Das satte Gold der spätnachmittäglichen Sonne überzieht ihn mit einem Bronzeschimmer und bringt seine Augen zum Glühen. Seine Wimpern werfen lange Schatten auf die Wangen. Ich drehe mich weg und halte das Gesicht in die Sonne, bevor er mich dabei ertappt, wie ich ihn anschmachte. Es ist mir immer noch ein bisschen unangenehm, dass ich bei Leo so dahinschmelze. Wenn ich nicht aufpasse, hat er mich bald in der Hand wie ein dressiertes Hündchen. Vor meinem inneren Auge taucht Lara auf, die mir rät, mir nicht immer so viele Gedanken zu machen und mich fallen zu lassen.

Ich vermisse meine beste Freundin schrecklich und würde so gern mit ihr über alles reden. Über das Verhütungsdesaster, Leos Entschuldigungen und sein Bemühen um Besserung. Über das, was er über sich und seine Ex-Freundin erzählt hat. Alles braust mir wie ein Tornado durch den Kopf und verwirrt mich total. Und irgendwie weiß ich genau, was Lara am Ende meiner Offenbarungen sagen würde: »Nun sag schon! Magst du ihn? Bist du in ihn verliebt?«

Alles in mir verkrampft sich bei diesem Gedanken, und ich lasse mich nach hinten sinken. Dann beschatte ich die Augen mit der Hand und blinzele hinauf in den makellos blauen Himmel. Eine Frage zumindest kann ich mit Ja beantworten – ich mag Leo. Inzwischen. Über den Rest muss ich mir noch klar werden. Außerdem könnte er sich auch mal äußern. Bin ich nur eine Bettgeschichte für ihn? Ist jemand wie ich überhaupt reizvoll für ihn? Liebe auf den ersten Blick war es immerhin nicht, aber das beruht auf Gegenseitigkeit. Argh. Das bringt doch nichts! Ich weiß genau, dass ich nicht den Mut habe, den Mund aufzumachen und ihn einfach zu fragen.

»Weißt du, was ich mich schon seit einer Weile frage?«

Bei Leos Frage schrecke ich hoch und befürchte schon fast, dass er meine Gedanken gelesen hat und über Gefühle sprechen will.

»Äh … ja?«

»Wohin bist du auf der Vespucci-Hochzeit verschwunden? Ich war ziemlich besorgt.«

Ich öffne ein Auge und schiele zu ihm hinüber. Er hat sich zu mir umgedreht und mustert mich neugierig.

»Ich wollte es dir erzählen, aber du hast nicht zugehört.«

Leo stößt ein Grollen aus. »Aber jetzt wüsste ich es gern.«

»Zu spät«, flöte ich.

Wohlig strecke ich die Arme über den Kopf und genieße es, ihn ein bisschen hinzuhalten. Ohne es zu wissen, hat er mir seit heute Morgen eine völlig neue Macht über sich in die Hände gelegt, und ich bin gerade dabei, die Situation auszukosten. Allmählich komme ich auf den Geschmack.

»Rosalie«, brummt er. »Raus damit!«

Ich lächele nur und blinzele ihn an, als er sich über mich beugt.

»Na gut, du willst es wohl nicht anders.«

Bevor ich begreife, was er vorhat, kitzelt er mich. Hilfe! Habe ich schon einmal erwähnt, dass ich unglaublich kitzelig bin? Auf der Stelle kreische und zappele ich.

»Na?«, fragt Leo und macht ungerührt weiter. Meine Qualen lassen ihn völlig kalt.

»Möglicherweise habe ich ein paar interessante neue Erkenntnisse gewonnen«, keuche ich und winde mich, um seinen Fingern zu entkommen.

Endlich zeigt er Gnade und lässt von mir ab. Schwer atmend liege ich neben ihm und versuche böse zu gucken.

»Also?« Er wackelt bedrohlich mit den Fingern.

»Leonardo da Vinci und ich sind aufs Dach gestiegen, um uns in Ruhe unterhalten zu können.«

Leo wirkt erstaunt, nickt aber, damit ich fortfahre. Also erzähle ich ihm von unserer Unterhaltung über die Sterne und die Erzählung über Asklepios und das dreizehnte Sternzeichen.

»Hast du davon schon mal gehört?«, frage ich Leo, als ich meinen Bericht beendet habe.

Er nickt, zuckt aber gleichzeitig mit den Achseln. »Die Asklepiossage kenne ich, habe aber noch nie etwas von diesem dreizehnten Sternzeichen gehört. Wir sollten Professor Kipping fragen, sobald wir wieder zu Hause sind. Wenn jemand etwas darüber weiß, dann er.«

Ich nicke zustimmend, aber meine Gedanken sind schon

wieder abgeschweift. »Ich frage mich, ob Lucian Morell davon weiß.«

Leo runzelt die Stirn. »Warum sollte er?«

»Weil diese Geschichte so klingt, als könne ein Oberschurke wie er daran interessiert sein. Wenn das dreizehnte Sternzeichen erscheint, wird es einen neuen Asklepios geben, der die Macht über Leben und Tod besitzt und über das All herrscht. Dieses ganze Blabla meine ich.«

Leo liegt lange stumm neben mir, so lange, dass ich schon befürchte, keine Antwort mehr zu bekommen. Doch dann dreht er den Kopf in meine Richtung, und seine Pupillen sind vor Aufregung geweitet.

»Das könnte die Antwort sein.« Unvermittelt setzt er sich auf und trommelt mit den Fingern auf die angewinkelten Knie. »Niemand hat die geringste Ahnung, warum Lucian in der Vergangenheit herumspukt und Portalgemälde zerstört. Angeblich hatte er einen Streit mit seinem Bruder Frederick und tauchte daraufhin ab. Das letzte Mal wurde er vor über neunzig Jahren gesichtet. Seit seinem Verschwinden scheint niemand mit ihm gesprochen zu haben. Ergo haben wir keine Ahnung, was Lucian eigentlich vorhat.«

Er fasst nach meiner Hand und drückt sie fest. »Aber ich stimme dir vollkommen zu, dass er sich für die Legende rund um Asklepios interessieren könnte. Wenn wir davon erfahren haben, wird er in über vierhundert Jahren auch davon gehört haben. Professor Kipping wäre höchst erfreut.«

Mein Herzschlag beschleunigt sich merklich. Wir sind ganz dicht dran, das spüre ich. Wir müssen nur die Hand in die richtige Richtung ausstrecken und nach dem fehlenden Puzzlestück greifen. Dann wird hoffentlich alles klar. Und wir können zurück nach Hause.

Obwohl … Ich strecke mich wieder auf den Uferstreifen aus und genieße die Wärme der Sonne auf dem Gesicht.

So euphorisch wie bei meiner Ankunft stimmt mich die Aussicht, nach Hause zurückzukehren, gar nicht mehr. Ich habe mich an mein Leben in Florenz gewöhnt. Daran, dass es keine Zentralheizung gibt und die Böden eisig kalt sind. Daran, dass die Kirchenglocken den Takt der Zeit angeben und der Glaube den Alltag der Menschen bestimmt. Ich habe gelernt, mit viel weniger Komfort auszukommen, auf Annehmlichkeiten zu verzichten, die mir früher selbstverständlich und unverzichtbar waren. Das Leben hier ist einfach und urtümlich, aber es schärft den Blick darauf, was wirklich wichtig ist.

Okay, den Abtritt im Hinterhof werde ich wohl nicht vermissen, dafür aber die Menschen. Ich habe mich so an ihre Anwesenheit gewöhnt, dass ich nur ungern Lebewohl sagen werde. Zumal sie in keiner Zeit leben, in die ich für einen kurzen Abstecher zurückkehren könnte, wenn mich die Sehnsucht überkommt. In meiner Gegenwart sind sie alle schon so lange tot, dass nur noch schemenhafte Erinnerungen an die einstigen Persönlichkeiten überdauert haben. Selbstporträts und Schriftquellen, die nichts weiter sind als ein schaler Abklatsch tatsächlich lebender Menschen.

Niemand weiß, wie Sandro Botticellis Gesicht sich vor Konzentration und Hingabe verzerrt, wenn er an einem seiner Gemälde arbeitet. Keiner hat je in Lorenzo de'Medicis Augen geblickt und den wachen Geist in ihnen funkeln gesehen. Keiner kann berichten, wie es ist, mit Leonardo da Vinci die Sterne zu beobachten und uralten Geheimnissen auf den Grund zu gehen. Was überdauert, sind ihre Werke und Taten, doch die lassen kaum auf den echten Menschen schließen, und ich bin unfassbar dankbar, sie alle kennengelernt zu haben. Menschen, die atmen, lachen, schwitzen, rülpsen und essen. Die auf keinem goldenen Podest stehen, sondern Arbeiter und Handwerker sind wie alle anderen auch.

*Möglicherweise,* überlege ich mir, während ich dösig in der schwindenden Nachmittagssonne liege, *schreibe ich eines Tages alles auf und verwandle es in einen Roman. Denn mal ehrlich! Niemand würde mir glauben, wenn ich es als Tatsachenbericht verkaufen wollte.*

# Kapitel 21

## *Lo Scoppio del Carro*

Im Nachhinein sind die Ostertage meine schönste Zeit in Florenz. Das Verhältnis zwischen Leo und mir befindet sich nach wie vor in der Schwebe, aber das ist mir ausnahmsweise völlig gleichgültig. Ich genieße diesen federleichten Zustand von Waffenruhe viel zu sehr, um mir Gedanken zu machen. Außerdem beschäftigen mich ganz andere Dinge.

Am Samstag gibt mir Leo ein knappes Briefing über den Ablauf des Attentats. »Francesco de'Pazzi ersticht Giuliano. Ihm dürfen wir also nicht in die Quere kommen, wenn wir wollen, dass die historisch richtige Abfolge der Geschehnisse gewährleistet bleibt«, erklärt er und wirft mir einen Seitenblick zu, als ich gequält das Gesicht verziehe.

»Am gefährlichsten ist Bernardo Bandini Baroncelli, ein Gefolgsmann der Pazzi. Über ihn wird in der Stadt so einiges gemunkelt. Angeblich befehligt er eine eigene Truppe von Meuchelmördern. Er wird aber auch gern selbst aktiv und tötet gegen Bezahlung. Er hat es auf Lorenzo abgesehen, und es schadet nicht, ihn frühzeitig auszuschalten.«

Ich schaudere angesichts der kalten Entschlossenheit in Leos Stimme. Eins ist klar – am Sonntag wird Blut fließen. Ich selbst habe noch nie einen Menschen absichtlich verletzt. Einmal habe ich aus Versehen die Hand meines Bruders in der Autotür eingeklemmt und mich eine Woche lang furchtbar schuldig gefühlt. Ich kann mir absolut nicht vorstellen, jemanden mit einer Waffe anzugreifen, um ihn zu verletzen oder gar zu töten. Schon bei der Vorstellung dreht sich mir der Magen um.

Leo nimmt meine Hand und drückt sie ermutigend. »Es wird alles gut gehen! Gemeinsam schaffen wir das. Außerdem habe ich schon jede Menge Pläne, sobald wir wieder zu Hause sind.«

Um seine Mundwinkel bildet sich ein verschmitztes Lächeln, als er eine Hand an die Lippen führt und einen Kuss auf meinen Zodiakus drückt. Die Berührung jagt mir einen Schauer über den Rücken.

Das Osterfest, bemerke ich schnell, ist in Florenz das reinste Spektakel. Das Ende der Fastenzeit wird hier so rauschend und frenetisch gefeiert, wie ich es nur vom Fasching kenne.

Peppina weckt mich früh am Ostersonntag, um mich hübsch zu machen. Meine am Vorabend frisch gewaschenen Haare werden aufwendiger und prächtiger frisiert als jemals zuvor. Auf meinem Kopf zaubert Peppina einen geflochtenen Reif, den sie mit Perlen verziert, bis es aussieht, als trüge ich ein Diadem. Am Hinterkopf schlingt sie einen Knoten, den sie mit einem perlenbesetzen Netz aus goldenem Garn zusammenfasst. Beeindruckt beobachte ich, wie Peppina das Haarnetz mit gefährlich aussehenden Nadeln feststeckt, die mich an Dolche erinnern. Das übrige Haar legt sie mit einem Brenneisen in Locken. Ein paar Strähnen werden lose über die Ohren nach hinten gesteckt, der Rest fällt mir offen über den Rücken. Einige vorwitzige Kringellöckchen umspielen mein Gesicht. Dazu trage ich wieder meine prächtige pfauenblaue Festrobe.

Als sie das Schlafzimmer verlässt, um das Brenneisen in die Küche zu bringen, kommt Leo herein. Zu meiner Überraschung hält er sein Handy in der Hand.

»Woher hast du das denn?«, frage ich völlig perplex.

Leo schmunzelt. »Bei meiner Ankunft hatte ich es in der Hosentasche, und seitdem lag es ausgeschaltet in der Truhe. Natürlich konnte ich es nicht benutzen. Aber mir kam die Idee, dass ich dich unbedingt fotografieren sollte. Du siehst nämlich atemberaubend aus. Das muss ich einfach festhalten.«

Was er sagt, trifft mich wie ein Schwall kaltes Wasser. Ich bin so blöd! Die ganze Zeit hatte ich mein Handy in meiner kleinen Handtasche, kam aber nicht darauf, die Fotofunktion zu benutzen. Es war die ganze Zeit angeschaltet, und inzwischen ist der Akku bestimmt leer.

Leo scheint mir meine Gedanken vom Gesicht abzulesen. »Glaub mir, es ist besser, dass wir nicht die ganze Zeit mit dem Handy in der Hand herumgelaufen sind. Erstens hätte der Akku niemals die ganze Zeit ausgehalten, und zweitens hättest du die Menschen hier zu Tode erschreckt.«

Da hat er recht, aber so richtig überzeugen mich seine Argumente auch nicht. Es wäre so toll gewesen, wenn ich ab und zu einige Menschen und Ansichten mit einem Foto festgehalten hätte. Als Beweis, dass ich das alles wirklich erlebt habe.

Jetzt posiere ich für Leo, der gefühlt hundert Fotos von mir schießt. Schließlich kommt er zu mir, legt mir einen Arm um die Schultern und hebt das Handy hoch, um ein Selfie von uns beiden zu schießen.

Als es zehn Uhr läutet, machen wir uns auf den Weg zur Piazza del Duomo. Uns begleitet die Familie Botticelli. Und mit Familie meine ich eine regelrechte Horde. Eigentlich sollte ich unglaublich nervös sein, denn an diesem Tag steht uns noch Schreckliches bevor. Inmitten des fröhlich lärmenden Haufens komme ich aber nicht dazu, mir Gedanken zu machen.

Obwohl ich so oft in der Werkstatt war, ist mir bisher nicht bewusst gewesen, wie viele Leute tatsächlich in dem Haus an der Via Nuova leben. In Sandros Werkstatt herrscht ein ständiges Kommen und Gehen, und ich habe schnell den Überblick über die zahlreichen Hausbewohner verloren. Der gesamte Haushalt besteht aus zwanzig Personen. Sandro ist der jüngste von vier Brüdern. Der älteste ist Giovanni, den ich schon kennengelernt habe, dann folgen Antonio und Simone. Letzterer lebt und arbeitet jedoch in Rom und Neapel. Giovanni und seine Frau Nera, die deutlich jünger aussieht als ihr Gatte, haben neun Kinder. Eine laute Schar und zu viele, um mir alle Namen auf einmal merken zu können.

Auch Sandros uralter Vater Mariano ist zur Feier des Tages auf dem Weg zum Domplatz. Er ist bestimmt weit über achtzig und lässt sich von zwei seiner Enkelinnen führen. Als Nera ihn fragt, ob er den Weg wirklich schafft, reagiert er knurrig. »Der Tag, an dem ich nicht zu Fuß zur Kirche gehe, ist der, an dem mich die Totengräber aus dem Haus tragen. Merk dir das!«

Nera schließt zu mir auf und rollt mit den Augen. »Ein alter Sturkopf, wie alle Filipepi-Männer«, sagt sie zu mir.

»Das habe ich gehört, Mädchen!«, ruft Mariano von hinten. Seine beiden Enkelinnen, die ihn führen, kichern laut. Die Mädchen haben sich zur Feier des Tages weiße und rote Bänder ins Haar geflochten. Weiß ist die Farbe für Ostern, Rot steht für die Lilie des Florentiner Stadtwappens.

Ein weiteres kleines Mädchen läuft zu uns nach vorn und

greift wie selbstverständlich nach meiner Hand. »Ich bin Nannina, ich habe dich schon oft hier gesehen«, plappert sie mit leichtem Lispeln, da ihr einige Milchzähne fehlen. »Deine Haare sind so schön wie auf den Bildern von Onkel Sandro.« Sie hopst beim Gehen, und die Bänder in ihrer Frisur flattern im Wind.

»Danke. Mir gefallen die Bänder in deinem Haar auch sehr gut.« Ich lächele zu ihr hinunter.

»Ist das Euer erster Scoppio del Carro?«, fragt Nera freundlich, und ich nicke.

Lo Scoppio del Carro – der explodierende Karren – ist das alljährliche österliche Spektakel, zu dem wir unterwegs sind. Leo hat mir alles darüber erzählt. Pünktlich um elf Uhr wird der mit Feuerwerkskörpern beladene Karren durch eine weiße Modelltaube entzündet, die *Colomba*, die auf einem Drahtseil hinabgleitet und die Explosion auslöst.

Nannina lässt meine Hand los und überredet einen ihrer Brüder, sie huckepack zu tragen.

Leo kommt auf mich zu und greift nach meiner Hand. Als Florentiner ist er noch aufgeregter als ich, dem Spektakel beizuwohnen.

»Das war schon als Kind mein absolutes Highlight! Mein Großvater fuhr nur selten mit mir von der Burg in die Stadt, und wenn, dann war es immer etwas ganz Besonderes für mich. Ach, ich wünschte, wir könnten hier auch die Feierlichkeiten zum Namenstag von Giovanni Battista miterleben …«

Ich mag es sehr gern, wenn er mir von sich und seiner Kindheit erzählt. Dann tritt ein Leuchten in seine Augen, das ich am liebsten immer dort sehen will.

»Früher trug man das Osterfeuer noch als Zeichen der religiösen Reinigung mit Fackeln von Haus zu Haus. Inzwischen hat sich aus diesem Brauch der Scoppio del Carro entwickelt. In Florenz hielt man noch nie viel von Understatement.« Er wirft mir einen amüsierten Blick zu und wackelt vielsagend mit den Augenbrauen. Ich muss laut lachen.

Wir biegen jetzt auf die Via delle Stelle ab, die uns auf geradem Weg direkt zur Piazza del Duomo führt. Ganz Florenz scheint auf den Beinen zu sein, und je näher wir dem Domplatz kommen, desto voller wird es. Noch nie habe ich die düsteren Gassen so voll erlebt. Von allen Seiten strömen die Menschen herbei, und ihre fröhlichen Stimmen erheben sich zum makellos blauen Himmel. Sie schwenken Fahnen auf hohen Stangen, auf die das Osterlamm gestickt ist, und immer wieder werden Gebete und Sprechgesänge laut. Man könnte meinen, wir sind auf dem Weg zu einem Fußballspiel. Aus den Verkaufsständen und Bauchläden der fliegenden Händler duftet es verführerischer denn je, und sie alle buhlen mit ihren Rufen um die Aufmerksamkeit möglicher Käufer.

Es ist ein strahlender Ostersonntag, und niemand ahnt etwas von den schlimmen Ereignissen, die kurz bevorstehen. Aber das ist wohl der Lauf des Schicksals. Und so lasse ich mich von der ansteckenden Euphorie der Menge mitreißen.

Die Piazza del Duomo, ohnehin ein Platz, der das mächtige Baptisterium in seiner Mitte aufnehmen muss, scheint förmlich überzuquellen. Von allen Seiten strömen die Menschen herbei und drängen sich auf dem viel zu engen Platz zwischen dem Battisterio di San Giovanni und dem Dom. Sandros Familie, Leo und ich versammeln sich am Ostportal des Baptisteriums, von wo aus wir einen guten Blick auf den Wagen haben werden. Leo steht neben mir und fasst mich am Oberarm. Er beugt sich dicht an mein Ohr und nickt mit dem Kinn in Richtung der Kathedrale, um meine Aufmerksamkeit auf eine Gruppe von Männern zu lenken.

»Diese Aasgeier!«, faucht er im Flüsterton. »Siehst du die Soldaten? Das sind Söldner des päpstlichen Heeres. Angeblich sind sie zum Schutz des Kardinals von Genua bestimmt, der zu Besuch in Florenz weilt. Wahrscheinlich aber lauern sie darauf, dass das Attentat glückt, um danach den Staatsstreich gewaltsam voranzutreiben.« Mit grimmiger Miene späht Leo zu den Bewaffneten hinüber. »Das sind mindesten fünfzig Fußsoldaten. Und noch mal dreißig Reiter mit Armbrüsten. Dass ich nicht lache.«

Der Anblick der schwer bewaffneten Soldaten bereitet mir ein mulmiges Gefühl. Niemand außer uns schenkt ihnen große Beachtung, doch mir kommen sie wie finstere Unglücksboten vor. Dieses Attentat ist kein abstraktes oder historisches Ereignis, das weit zurückliegt und über das ich in Büchern lesen kann. Es passiert. Heute. Es ist furchterregend. Und ich bin mittendrin.

Bevor meine panischen Gedanken mich vollends übermannen, bricht in der Menge plötzlich ein frenetischer Jubelsturm los. Ich recke den Hals und sehe, dass der feierliche Umzug den Platz erreicht hat. Weiße Ochsen ziehen den Karren in einem feierlichen Zug vom Piazzale del Prato bis hierher zur Kathedrale. Vornweg schreiten Lorenzo, Giuliano und ein schmächtiger Mann in golddurchwirktem weißem Gewand, der wohl der Kardinal von Genua ist. Begleitet werden die drei von Fahnenschwenkern, Musikern und anderen Würdenträgern der Stadt. Sie tragen farbenprächtige Uniformen in Blau Rot und Gelb und Hüte mit pompösen bunten Federn. Darin erinnern sie stark an die Kostümierung der Schweizer Garde in Rom. Überall sind die Flaggen von Florenz zu sehen, rote Lilien auf weißem Grund, ein regelrechtes Fahnenmeer.

»Da, Francesco de'Pazzi! Das ist der in dem grünen Gewand, siehst du ihn?« Leo deutet möglichst unauffällig auf einen Mann, der ein paar Meter hinter Lorenzo einherschreitet. Ich nicke und versuche mir sein Gesicht einzuprägen.

»In dem Versuch, seine Rivalen auszulöschen, wird er seine eigene Familie für immer zu Geächteten machen.«

Der Wagen hält auf dem kleinen Platz vor der Kathedrale. Die weißen Ochsen werden abgeschirrt und weggeführt. Die Anspannung der Menge steigt merklich. Alle fiebern danach, dass die *Colomba* gezündet wird und den Wagen zum Explodieren bringt. Es gilt als gutes Omen für das folgende Jahr, wenn das Entzünden des Wagens beim ersten Versuch gelingt.

»Sie spannen das Seil für die *Colomba* vom Chor in der Kathedrale bis nach hier draußen«, erklärt Leo. Inzwischen hat er seinen Arm wie selbstverständlich um meine Taille gelegt und deutet mit der freien Hand auf alles, was er mir erklären will. Ich habe mich noch immer nicht daran gewöhnt, dass er mich so selbstverständlich berührt, und es fällt mir schwer, seinen Ausführungen zu folgen. An der Stelle, an der ich seinen Arm spüre, wird mir ganz heiß. Auch meine Wangen glühen.

Und dann geht es los. Das Seil für die *Colomba* ist gespannt, und als die Glocken elf Uhr schlagen, wird die kleine Rakete an der Taube gezündet. Ehe ich mich versehe, zischen Rakete und Vogel qualmend hinunter auf die Piazza. Alle halten kollektiv den Atem an, als sie auf den prächtigen Holzkarren treffen. Im nächsten Augenblick setzt ein ohrenbetäubendes Getöse ein. Die Feuerwerkskörper explodieren. Funkenregen und dicker Qualm steigen in die Luft, und die *Colomba* flitzt durch den Rückstoß zurück in den Dom. Es hat geklappt! Die Florentiner jubeln, aber das geht in dem Krach des explodierenden Karrens beinahe unter. Der Lärm ist unbeschreiblich. Ich will Leos Hand festhalten, doch es herrscht ein solches Gedränge, dass er mich loslässt. Kaskaden aus weißen und roten Funkenschauern schießen aus dem Wagen, und einen Moment lang hüllt mich eine schwarze Rauchwolke ein. Hustend und prustend wedele ich mit der Hand vor dem Gesicht herum, und ich kann kaum atmen. Es ist ein Höllenspektakel, und selten habe ich so viel Spaß gehabt. Leo versucht mir etwas zuzurufen und sich wieder neben mich zu drängen, doch die Menge lässt es nicht zu. In diesem Moment bin ich heilfroh, dass ich nicht unter Klaustrophobie leide.

»Treffen uns ... am Dom!«, höre ich Leos Stimme zu mir durchdringen, doch dann trennt uns das Getümmel endgültig. Wie Nera in dieser Situation den Überblick über ihre Kinderschar und den alten Mariano behalten will, ist mir ein Rätsel.

Neben mir steht eine Frau, die einen etwa dreijährigen Jungen auf der Hüfte sitzen hat. Mit großen dunklen Augen verfolgt das Kind gespannt das Spektakel. Ich bin überrascht, dass ihm die Böller keine Angst zu machen scheinen. Ringsum heulen verängstigte Kinder, doch der Kleine wirkt absolut fasziniert. Ich lächele ihm zu, und im nächsten Augenblick hat er eine pummelige Hand ausgestreckt und packt eine meiner langen Haarsträhnen. Er zieht so fest daran, dass ich einen Schritt auf ihn und seine Mutter zustolpere und schmerzhaft das Gesicht verziehe. Autsch!

Die Mutter ist peinlich berührt und will mein Haar dem Klammergriff ihres Sohnes entreißen. »Oh, verzeiht Signora, der Junge ist der reinste Wildfang!«, japst sie. »Michelangelo, lass das Haar der Dame los!«

Ich stutze und betrachte das Kleinkind genauer. Dunkle Augen, schwarzes Haar und ein argloses Kindergesichtchen.

Das kann doch unmöglich sein … Nein!, rufe ich mich sofort zur Vernunft. Es gibt bestimmt Dutzende Kinder in Florenz, die Michelangelo heißen, denn in dieser Zeit ist das sicher kein ungewöhnlicher Name. Trotzdem werde ich den leisen Verdacht nicht los, der kleine Junge könnte tatsächlich der später weltberühmte Künstler sein.

Endlich gelingt es der Frau, meine Haare zu befreien, und ich versichere ihr, dass ich nicht böse bin. Ich sehe mich nach Leo um, damit ich ihn auf den kleinen Jungen aufmerksam machen und ihm von meinem Verdacht berichten kann, doch ich entdecke ihn nirgends. Alarmiert hebe ich den Blick und wende mich um. Gerade eben stand er noch wenige Meter von mir entfernt. Während ich mit der Frau und ihrem kleinen Sohn beschäftigt war, hat ihn die Menge aus meiner Nähe weggetragen. Wo steckt er nur? Hoffnungsvoll stelle ich mich auf die Zehenspitzen, doch ich kann ihn in der Masse der Schaulustigen nicht ausmachen. Ich bin umgeben von unzähligen Köpfen und Gesichtern. Bevor ich in Panik gerate, höre ich eine Stimme meinen Namen rufen. Zum Glück!

Doch als ich mich umwende, kommt nicht Leo, sondern Eleonora auf mich zu. Wie an dem Abend, an dem ich sie im Palazzo Medici kennenlernte, ist sie wunderschön herausgeputzt. Sie trägt eine blutrote Robe und hat ihr glattes offenes Haar mit einem edelsteinbesetzten funkelnden Band zurückgebunden.

»Rosalia, dem Himmel sei Dank!« Ihre Augen sind weit aufgerissen, und ihr schönes Gesicht wirkt bleich. Ich schaue mich noch einmal suchend nach Leo um, kann ihn aber in den Rauchschwaden nirgends entdecken. *Wir werden uns im Dom wieder treffen*, sage ich mir und eile auf Eleonora zu. Als ich sie erreiche, ergreift sie meine Hände.

»Wie froh ich bin, dich zu sehen! Ich brauche deine Hilfe!«, ruft sie.

»Was ist geschehen?«, frage ich aufgeregt. Sie sieht vollkommen verängstigt aus, und ich mache mir sofort Sorgen um sie.

Sie zieht mich näher zu sich heran und nestelt in einer kleinen Tasche, die sie am Gürtel trägt. Bevor ich reagieren kann, zieht sie ein Tuch hervor und drückt es mir über Mund und Nase. Ich atme reflexartig ein, und ein beißender, süßlicher Geruch steigt mir in die Nase. Im nächsten Moment beginnt alles ringsum zu summen und sich zu drehen. Eine eigenartig betäubende Schwere überkommt mich, und am liebsten würde ich mich auf der Stelle hinlegen und schlafen. Ich wanke auf der Stelle, und Eleonora schlingt mir entschlossen einen Arm um die Taille.

»Eleonora … was ist …«, nuschele ich undeutlich.

Sie steckt das Tuch wieder weg und lächelt mich an. »Keine Sorge! Das ist lediglich eine Opiumtinktur. Sie macht dich benommen und fügsam. Jetzt komm mit!«

Sie zieht mich mit sich, und ich folge ihr mit schleppenden, schweren Schritten. *Opiumtinktur,* geht es mir durch den Kopf. *Lediglich eine Opiumtinktur.* Ich versuche zu begreifen, was das bedeutet, aber meine Gedanken sind zäh wie Kaugummi. Bestimmt führt mich Eleonora durch die ausgelassene Menge auf dem Domplatz. Nach ein paar hundert Metern stellt sich uns ein lachender Mann in den Weg.

»He!«, spricht er Eleonora mit schwerem Zungenschlag an. »Gib mir doch deine Freundin, ich sorge dafür, dass sie wieder munter wird.« Mit einem obszönen Grinsen wackelt er mit den Augenbrauen.

Eleonora bedenkt ihn mit einem hochmütigen Blick.

»Scher dich fort! Sie hat lediglich zu viel getrunken, und ich sorge dafür, dass sie sich ausschlafen kann.«

Sie schubst mich weiter, und ich freue mich über die Aussicht, schlafen zu können. Oh ja, genau das will ich. Stolpernd und wankend gelange ich schließlich in eine Seitenstraße, wo Eleonora mich in ein Haus führt. Schattige Ruhe erwartet mich im Innern, und ich kann es kaum erwarten, mich endlich hinzulegen. In meinem Kopf rauscht und dröhnt es immer heftiger, und das Gehen fällt mir schwer.

Nachdem wir eine schier endlose Treppe erklommen haben, drückt mich Eleonora endlich in einen bequemen Polsterstuhl und wedelt noch einmal mit dem Tuch unter meiner Nase herum.

»Schlaf jetzt, Liebes!«, höre ich ihre Stimme wie aus weiter Ferne.

Ich bin schon fast weggedämmert und kann nur noch flüstern. »Weck mich bitte … bevor das Hochamt beginnt!« Ich gähne herzhaft. »Ich muss pünktlich dort sein.«

Ein geisterhaftes Kichern begleitet mich, als ich endgültig das Bewusstsein verliere.

Eine drängende Unruhe weckt mich Stunden später wieder auf. Zumindest fühlt es sich so an, als wäre ich stundenlang bewusstlos gewesen. Nein, geschlafen habe ich nicht, dafür ist die Benommenheit zu tief, aus der ich mich gerade hervorkämpfe. Mit aller Kraft versuche ich die Augen zu öffnen, doch meine Lider fühlen sich schwer wie Blei an. Verdammt, was ist nur passiert? Habe ich zu viel getrunken? Mit einiger Verzögerung wird mir klar, dass ich überhaupt keinen Alkohol zu mir genommen habe. Davon kommt das schwere, benommene Gefühl, das auf mir lastet, also gar nicht. Als ich das begreife, werde ich noch nervöser. Ich versuche mich aufzurichten, doch ich kann Arme und Beine nicht bewegen. Mit einem Schlag bin ich hellwach und reiße die Augen auf. Ich befinde mich in einem Gemach. Von draußen dringt helles Tageslicht durch die welligen Butzenglasfenster herein. Also ist es immer noch Tag … oder schon wieder. Es macht mir Angst, dass ich nicht mit Sicherheit sagen kann, welchen Tag wir haben und wie viele Stunden ich mich schon hier aufhalte.

Als Nächstes wird mir klar, warum ich mich nicht bewegen kann. An Händen und Füßen bin ich mit Tüchern an den Stuhl gefesselt, auf dem ich sitze. Mein Herz klopft wie wild, und es dröhnt mir in den Ohren. Ich zappele und reiße an meinen Fesseln. Irgendwie hoffe ich noch immer, dass ich nur einem dummen Scherz aufgesessen und gar nicht wirklich gefesselt bin. Doch es hilft nichts. Die Tücher halten unnachgiebig fest.

»Hallo! Ist hier jemand? Hilfe!«, rufe ich. Möglicherweise ist jemand in der Nähe, der mir helfen kann. Oder meine Stimme dringt bis nach draußen auf die Straße. Tatsächlich höre ich nach kurzer Zeit Schritte. Eine Tür hinter mir öffnet sich knarrend, und jemand betritt das Zimmer. Ich recke und drehe den Kopf, um zu erkennen, wer da hereingekommen ist. Als Erstes erkenne ich einen raschelnden Rocksaum aus blutrotem Stoff. Meine träge Erinnerung schickt mir ein Bild. Eleonora auf dem Domplatz. Sie hat … sie hat … Aber nein, der Gedanke ist zu ungeheuerlich.

Jetzt tritt sie in mein Blickfeld, und sofort wird mir klar, dass irgendetwas nicht stimmt. Es ist der Ausdruck in ihren Augen, als sie mich ansieht.

»So, du bist wach«, stellt sie sachlich fest.

»Eleonora, weißt du, wie ich hierhergekommen bin? Bitte, binde mich los!« Ich habe noch diesen Funken Hoffnung, dass sie mir hilft, doch der erstirbt, als ich den kalten Ausdruck in ihren Augen entdecke.

»Ich hatte nicht geplant, dass du so schnell wieder zu dir kommst. Aber der Apotheker meinte, zu viel von der Tinktur könne dich auf der Stelle töten, und das wollte ich nun auch wieder nicht.«

Mit einem Schlag erinnere ich mich. *Opiumtinktur!* Sie hat mir auf dem Domplatz ein Tuch vor Mund und Nase gehalten, und dieser widerlich süße Geruch liegt mir noch auf der Zunge. Sie hat mich betäubt und hergebracht! Sie ...

»Eleonora«, raune ich heiser. »Was soll das?«

Sie mustert mich weiterhin kühl. »Wonach sieht es denn aus?«

Angesichts der Absurdität dieser Situation versuche ich einen kühlen Kopf zu behalten. Entführt von einer Florentiner Edeldame. Das ist doch ein Scherz!

»Ich weiß nicht, was du vorhast, aber bitte, bitte, mach mich los! Wie spät ist es? Ich muss unverzüglich in den Dom, sonst passiert ein Unglück.«

»Oh, ich glaube, das musst du nicht, Rosalia. Es ist besser, wenn du hierbleibst und noch ein Stündchen schläfst.«

»Du verstehst mich nicht, Eleonora! Ich muss zum Dom, sonst wird Giuliano sterben.« Hoffentlich kapiert sie es endlich! Schließlich geht es um ihren Liebhaber.

Ein grausames kleines Lächeln tritt auf ihr Gesicht. »Sie werden beide sterben.«

Meine entsetzte Miene scheint sie zu belustigen.

»Ja, liebe Freundin, das weiß ich. Es ist alles geplant, und noch bevor dieser Tag zur Neige geht, wird die Herrschaft dieser verkommenen Medici-Sippe ein für alle Mal vorüber sein. Die Streitkräfte des Erzbischofs von Pisa und des Herzogs von Urbino stehen schon vor den Toren der Stadt bereit, damit die rechtmäßigen Herrscher von Florenz die Macht übernehmen können.«

Ich falle aus allen Wolken und kann nicht glauben, was ich da höre. Eleonora? Ausgerechnet die oberflächliche, eitle Eleonora ist eine Mitverschwörerin?

»Was hast du mit dieser Verschwörung zu tun?«, frage ich völlig verdattert. Ich kann es kaum glauben, dass ein Mann aus jener Zeit eine Frau mit ins Boot holt. Keiner von ihnen traut doch einer Frau zu, weiter als bis drei zählen zu können, geschweige denn, einen mörderischen Staatsstreich zu verüben.

Eleonora richtet sich stolz auf. »Ich, Rosalia, bin das Zünglein an der Waage. Ich bin die Einzige, die von deiner Existenz weiß und den Auftrag zunichte machen kann, dessentwegen du hier bist. Auch dein feiner Gemahl ist durchschaut.« Ihr Lächeln wird noch fieser. »Während der Papst in Rom sitzt und darauf wartet, dass Pazzi und die anderen Narren die Medici-Brüder meucheln, hat keiner die geringste Ahnung, dass du und dein Mann geschickt wurden, um das Ganze zu vereiteln. Aber er hat mich allein ins Vertrauen gezogen, euch aufzuhalten, weil er weiß, dass in meinem Herzen der Wunsch brennt, die Medici ein für alle Male zu vernichten.«

»Aber warum, Eleonora? Welchen Vorteil erhoffst du dir davon? Und wer hat dich mit hineingezogen?«

Sie lächelt stolz und hochmütig. »Ich bin eine Bandini dei Baroncelli, ich habe nie den Namen meines Gatten getragen. Und in genau diesem Moment ist mein Onkel Bernardo auf dem Weg zum Dom, um das zu vollenden, worauf meine Familie schon so lange hinarbeitet.«

Ich bin vollkommen verwirrt. »Ich dachte, du bist Giulianos Geliebte. Ich hatte den Eindruck, dir liegt etwas an ihm.«

Einen kurzen Moment lang flackert ihr Blick. »Er war ein Mittel zum Zweck. Er gab mir Geld und Geschenke und verlieh mir ein gewisses Ansehen. Ohne ihn wäre ich in Florenz nie so weit nach oben gelangt. Niemand ist so nahe an Giuliano und Lorenzo herangekommen wie ich, und niemand wird mich im Dom aufhalten, wenn ich mich ihnen nähere. Du bist nicht dumm, Rosalia. Du weißt, dass man einen Mann in der Hand hat, sobald man ihn ins Bett gelockt hat.«

Verzweifelt versuche ich, weitere Informationen aus ihr herauszubekommen, bevor sie mich wieder mit dem Opium betäubt. »Wer ist nun dieser Mann, der dich mit einer solchen Aufgabe betraut hat? Wer ist *er*?«

Mir kommt es so vor, als spräche sie seinen Namen bewusst nicht aus. Vielleicht kennt sie ihn auch gar nicht.

»Er ist der große Geheimnisbewahrer, der mächtigste Mann zwischen Himmel und Erde. Er kennt die Geheimnisse des Ursprungs, und ich folge ihm blind.«

Ich runzele die Stirn, weil sich das mal wieder verdächtig nach dem esoterischen Kauderwelsch anhört, den die Rubiner verbreiten.

»Der Geheimnisbewahrer … nennt er sich selbst so?«, will ich wissen.

Angriffslustig kneift Eleonora die Augen zusammen, scheint aber nicht gewillt, mir mehr über den mysteriösen Auftraggebers zu verraten.

»Und er hat dir etwas über mich und Leo erzählt?«, hake ich nach. Es beunruhigt mich sehr, dass es dort draußen jemanden gibt, das über den Sinn und Zweck unseres Aufenthalts offenbar genau Bescheid weiß und uns aktiv aufzuhalten versucht.

»Allerdings. Ich weiß genau, wer du bist«, speit sie mir

hasserfüllt entgegen. »Ein Dämon, getarnt in dieser lieblichen fleischlichen Hülle. Ich wusste schon vom ersten Moment an, dass du mit dem Teufel im Bunde bist. Ein Sukkubus, der den Männern mit seinem Liebreiz den Kopf verdreht, um sie dann genüsslich auszuweiden. Aber mich kannst du nicht täuschen! Du trägst sein Mal!«

Mit ausgestreckter Hand deutet sie auf das Zodiakusmal auf meinem Handgelenk, das so schmerzhaft brennt, als wäre es mir mit einem glühenden Eisen in die Haut gedrückt worden. Vehement schüttele ich den Kopf. »Nein, Eleonora, das ist nicht wahr! Ich will es dir erklären, aber die Wahrheit ist schwer zu glauben.«

Eleonora runzelt die Stirn. »Du denkst, ich bin zu dumm, um es zu verstehen, nicht wahr? Aber ich habe dich längst durchschaut. Du kannst dir deine Lügen sparen. Du und dein teufelanbetender Gemahl.«

Als sie Leo erwähnt, fährt mir der Schreck in die Glieder. Ich habe gar nicht mehr an ihn denken können. Wie ist es ihm in der Zwischenzeit ergangen? Sucht er mich?

»Keine Sorge, Giacomo kümmert sich um ihn«, schnurrt Eleonora, die genau zu wissen scheint, dass meine Gedanken um Leo kreisen. Ihre Worte bewirken, dass ich mich heftig gegen meine Fesseln wehre. Ich zerre und reiße, aber es nützt rein gar nichts, und ich erreiche eher das Gegenteil. Mir scheint, als zögen sich die Knoten der Seidentücher nur noch fester zu.

Innerlich bebe ich, und alles in mir schreit danach, Leo zu Hilfe zu eilen. Ich kann es nicht ertragen, an diesen Stuhl gefesselt zu sein, während ich nicht weiß, was ihm gerade widerfährt. Hilfloser Zorn kocht in mir hoch. Das Adrenalin verzehrt die letzten Reste von Benommenheit wie eine hungrige Flamme. Mein Geist wird klarer. Ich muss Eleonora irgendwie entkommen und gleichzeitig mehr über diesen Mann herausfinden, ihren Auftraggeber. Jemand, der genau über uns Bescheid weiß. Der weiß, warum wir hier sind, und unser Vorhaben mit allen Mitteln vereiteln will. Das kann nur …

Ich habe das Bedürfnis, mir die flache Hand vor die Stirn zu schlagen, als mich die Erkenntnis mit voller Wucht trifft. Mein Arm zuckt. »Lucian Morell.«

Eleonora bekommt große Augen, als ich den Namen ausspreche. *Volltreffer.*

Also ist er tatsächlich hier. Der Tipp der Kurtisane, mit der Leo geschäkert hat, war tatsächlich richtig.

Mein Herz klopft inzwischen wie wild, und das Zodiakusmal scheint sich bis in mein tiefstes Inneres zu brennen. Ich beiße die Zähne zusammen und habe das Gefühl, jeden Moment zu explodieren. Ich muss … ich kann nicht …

Da höre ich ein Geräusch an der Tür und zucke so heftig zusammen, dass mir die Fesseln wie mit Messern in die Gelenke schneiden. Was als Nächstes passiert, geschieht so schnell, dass ich kaum blinzeln kann. Die Tür fliegt krachend auf, Eleonora entfährt ein überraschtes Quieken, und Schritte trampeln über den Boden. Wieder verrenke ich mir den Kopf, kann aber nicht erkennen, wer da ins Zimmer gekommen ist. Vielleicht Giacomo, nachdem er Leo erfolgreich aus dem Weg geschafft hat …

Eleonora weicht zurück, dann stürzt sich ein kompakter kleiner Körper auf sie. Sie stolpert unter der Wucht des Aufpralls und fällt nach hinten. Dolominos kleinwüchsige Gestalt hockt sich auf ihre Brust, und er drückt ihr mit beiden Händen die Kehle zu. Wie paralysiert beobachte ich die Szene. Eleonoras Arme rudern wild durch die Luft, versuchen den Hals ihres Angreifers zu erwischen, doch es ist nur ein klägliches Herumgefuchtel. Sie ist ihm hoffnungslos ausgeliefert. Als ihre Gegenwehr allmählich erlahmt, finde ich endlich meine Stimme wieder.

»Halt, Dolomino, du bringst sie ja um!«

Der Hofzwerg blickt über die Schulter zu mir zurück und bleckt die Zähne. »Das verräterische Miststück hat nichts anderes verdient.«

Dennoch lockert er seinen Griff, aber soweit ich sehe, zeigt Eleonora kein Lebenszeichen mehr. Er klettert von ihr herunter und wischt sich die Hände an den Hosenbeinen ab, als hätte er sich gerade mit Schmutz besudelt. Entsetzt starre ich auf den leblosen Körper und bin fassungslos angesichts dessen, was ich da gerade mit angesehen habe.

Breitbeinig, die Hände in die Hüften gestemmt, richtet sich Dolomino vor mir auf. »Ein schöner Schlamassel, in den Ihr Euch da gebracht habt«, sagt er und mustert mich spöttisch.

Ungeduldig werfe ich den Kopf hin und her. »Für eine Gardinenpredigt ist später noch Zeit. Ich muss jetzt so schnell wie möglich zum Dom. Das Hochamt hat doch noch nicht begonnen, oder?«

Dolomino mustert mich nachdenklich. »Gardinenpredigt? Beim besten Willen weiß ich nicht, was Ihr damit sagen wollt.«

Ich rolle mit den Augen. »Das erkläre ich dir ein andermal.« Demonstrativ ziehe und zerre ich an meinen Fesseln, und endlich macht sich Dolomino daran, mich loszubinden. Die seidenen Tücher sind inzwischen so festgezurrt, dass er sie mit seinem Dolch auftrennen muss.

»Da habt Ihr Euch ja ordentlich gewehrt«, brummt Dolomino beim Blick auf die tiefroten Striemen, die sich in meine Hand- und Fußgelenke gescheuert haben.

Ich stehe vorsichtig auf. Nach dem langen Verharren in derselben Haltung schießt mir das Blut mit schmerzhaftem Prickeln in die Beine zurück.

»Wann beginnt die Messe?«, frage ich.

Dolomino hebt die Brauen. »In Kürze. Aber warum wollt Ihr so dringend daran teilnehmen? In Anbetracht dessen, was Euch widerfahren ist …«

»Ich habe keine Zeit, es dir zu erklären. Später wirst du es mit eigenen Augen sehen und verstehen.«

Ich blicke in seine dunkel funkelnden Augen, und noch immer weiß ich nicht, wie ich den Zwerg einschätzen soll.

Schicksalsergeben zuckt er mit den Achseln. »Nun gut. Folgt mir, ich führe Euch zum Dom.«

Nach einem letzten Blick auf die am Boden liegende Eleonora verlasse ich hinter Dolomino das Zimmer.

Eleonora hat mich in ein vornehmes Stadthaus gebracht. Es ist bei Weitem nicht so prächtig wie der Palazzo Medici, aber ein Palast im Vergleich zu unserem Mietshaus in der Via Nuova. Gemeinsam stemmen Dolomino und ich die schwere Eichentür auf und treten hinaus auf die Gasse. Ich habe keine Ahnung, in welchem Stadtteil ich mich befinde. Dolomino hingegen kennt sich bestens aus. Im Gehen deutet er auf ein tropfenförmiges Wappen an der gegenüberliegenden Hauswand. Es zeigt eine geringelte Schlange.

»Sie hat Euch in das Haus ihres Mannes im Gonfalone *Vipera* gebracht. Überaus passend, findet Ihr nicht auch?«

Gonfalone *Vipera,* das Viertel der Schlange im Quartier Santa Maria Novella. Sandro hat mir davon erzählt, dass die fünf Stadtteile jeweils in diese sogenannten Gonfaloni unterteilt sind, benannt nach ihren jeweiligen Wappen. Er selbst und seine Familie gehören von jeher zum *Unicorno*, dem Einhorn.

Dolomino indes grummelt unentwegt weiter. »Hat mich Stunden gekostet, Euch aufzuspüren, nachdem ich beobachtet hatte, wie sie Euch auf der Piazza del Duomo betäubte.«

Wir biegen auf die Via Por Santa Maria ab, die uns immer geradeaus führt, auf kürzestem Weg zurück zum Dom. Das Laufen tut mir gut und hilft mir, meine Gedanken zu ordnen.

»Warum hast du mich und Eleonora überhaupt auf dem Domplatz beobachtet? Und warum hast du dir die Mühe gemacht, uns aufzuspüren?«, will ich wissen. Dolominos Verhalten gibt mir Rätsel auf.

Er stößt sein meckerndes Lachen aus. »Ihr glaubt doch wohl selbst nicht, dass Seine Gnaden Euch auch nur eine Sekunde lang aus den Augen lässt. Gerade jetzt, da der Papst alles daransetzt, die Familie zu vernichten. Da taucht Ihr mit Eurem sauberen Gemahl auf und bringt noch mehr Unruhe in die Stadt, als ohnehin schon herrscht.«

»Er hat dich auf mich angesetzt«, stelle ich verblüfft fest. Also wirklich, ich war davon überzeugt, Lorenzo für mich gewonnen zu haben und sein Vertrauen zu genießen.

»Auch wenn es den Anschein hat, dass Ihr dem Principe gewogen seid, konnte er Eure Motive und Beweggründe nie nachvollziehen. Daher kam es für ihn nicht infrage, Euch aus den Augen zu verlieren«, erklärt Dolomino mit Nachdruck.

Fassungslos schüttele ich den Kopf. Lorenzos Misstrauen hat mir das Leben gerettet. Hätte er Dolomino nicht auf mich angesetzt, wäre ich Eleonora auf Gedeih und Verderb ausgeliefert gewesen. Lorenzo kann nicht ahnen, dass er dadurch nicht nur mich, sondern auch das eigene Leben gerettet hat, im Erfolgsfall, versteht sich. Ich bin mir immer noch nicht sicher, ob ich es schaffe, ihn im Dom vor den Attentätern zu beschützen.

Nun aber gilt meine größte Sorge Leo. Mit ihrer Äußerung, Giacomo kümmere sich um ihn, hat Eleonora bestimmt nicht geblufft. Dass er nur ihr höriger Handlanger und sie die große Unbekannte in dieser Verschwörung ist, kann ich immer noch nicht ganz begreifen. Aber es passt alles. Eine Frau verdächtigt in dieser Zeit sowieso niemand. Sogar ich war so blind, diese Möglichkeit überhaupt nicht in Betracht zu ziehen.

*Geschlagen mit den eigenen Waffen, Rosalie.*

»Wir müssen Giacomo Albizzi und Leo finden. Vielleicht ist es noch nicht zu spät.«

Dolomino beschleunigt seine Schritte und läuft jetzt im Joggingtempo neben mir her, während ich kaum schneller werde. Die Festrobe schränkt meine Beweglichkeit erheblich ein.

»Giacomo hast du nicht zufällig auch observiert?«, frage ich hoffnungsvoll.

Der Zwerg zieht eine griesgrämige Miene. »Sollte ich meine kostbare Zeit etwa auf einen weiteren Nichtsnutz verschwenden? Reicht es nicht, dass ich an Eurem Rockzipfel hänge?«

Ich verdrehe die Augen und seufze enttäuscht. Super, keinerlei Anhaltspunkte, wo Leo stecken könnte.

Wir kommen an der Piazza della Repubblica vorbei. Hier treffen sich die Via Roma, die Via Calimala und die Via Por Santa Maria, auf der wir unterwegs sind. Der Mercato Vecchio ist heillos überfüllt. Auch im Schatten der Colonna dell'Abbondanza, die als Nabel der Stadt gilt, tummeln sich Menschenmengen. Dolomino und ich kämpfen uns mit den Ellbogen durch das feierwütige Volk von Florenz.

Während ich weitereile, fühlt es sich an, als würden die

Straßen immer schmaler werden und die Häuserreihen unheilvoll näher rücken. Ein beklemmendes Gefühl von Enge überkommt mich und verschlägt mir den Atem.

Jetzt erreichen wir den immer noch brechend vollen Domplatz, und ich kann die Panik nicht länger unterdrücken. Die ganze Stadt scheint auf den Beinen zu sein. Edelleute und Bauern, Geistliche und Tagelöhner. Das strahlend weiße Oktogon des Baptisteriums erhebt sich majestätisch über dem Gewimmel. Leo könnte überall sein, in einer der unzähligen Herbergen, in einem Keller, sogar als Wasserleiche im Arno. Die schlimmsten Bilder stürzen auf mich ein, während ich mich wie von Sinnen durch die Menge kämpfe. Ich weiß, wie hoffnungslos es ist, aber ich muss ihn finden.

Die Glocke von Giottos Glockenturm schlägt drei satte, schwere Töne. Mein Magen verkrampft sich. Viertel vor drei. In fünfzehn Minuten beginnt das Hochamt.

Ich muss in diese Kirche! Ich muss Leo finden!

Tränen steigen mir in die Augen, während ich durch eine Pfütze stapfe. Der Saum meines Gewands schleift über den mit Stroh und Unrat bedeckten Boden, doch das alles bemerke ich nur nebenbei. Die Hände neben dem Körper zu Fäusten geballt, bleibe ich vor den Stufen stehen, die zum Hauptportal des Doms hinaufführen. Ich komme keinen Schritt weiter. Hoffnungslosigkeit lähmt mich. Schlitternd kommt Dolomino neben mir zum Stehen und presst sich keuchend die Hände in die Seiten.

Mit dem Hemdsärmel wischt er sich über die verschwitzte Stirn, und plötzlich leuchten seine Augen auf. »Seht nur, wer da ist!« Dolominos pummelige Hand deutet nach vorn, und mein Herzschlag setzt kurz aus. Da, neben dem linken Kirchenportal, steht Leo und lässt den Blick suchend über die

Köpfe der Menschenmenge gleiten. Er wirkt völlig unverletzt, und mein Herz schlägt nun umso heftiger. Ohne zu zögern, renne ich los und lasse Dolomino hinter mir.

Im nächsten Moment falle ich Leo um den Hals. Er zuckt zusammen. Er sah mich nicht kommen und erwartete wahrscheinlich einen Angriff. Doch schon im nächsten Moment spüre ich, wie er meine stürmische Umarmung erwidert. Nur mit Mühe halte ich die Tränen zurück und unterdrücke ein erleichtertes Schluchzen. Welch ein Wunder, dass ich ihn wiedergefunden habe! Er hält mich so fest, dass ich kaum atmen kann, aber ich lasse ihn nicht los.

»Wo bist du gewesen? Was ist passiert?«, murmelt er dicht an meinem Ohr.

Stockend berichte ich ihm in kurzen Worten, wie ich Eleonora getroffen habe und was danach passiert ist. Ich zittere, es kommt mir immer noch unwirklich vor.

Leo ist ganz ruhig, während er mir zuhört. Doch ich spüre, dass es in ihm ganz anders aussieht. Er ist angespannt und steif wie ein Brett in meinen Armen.

»Ich bin fast verrückt geworden vor Sorge, als du plötzlich verschwunden warst. Wir haben uns im Getümmel kurz aus den Augen verloren, und plötzlich warst du wie vom Erdboden verschluckt.«

Ich mache mich von ihm los und sehe ihn an. »Ich dachte, dass sie dich auch geschnappt haben. Giacomo steckt mit Eleonora unter einer Decke, und sie meinte, dass er auf dich angesetzt wurde.«

Leos Gesicht verdüstert sich. »Ich habe tatsächlich beobachtet, wie er auf der Piazza herumschlich, als sich die Menge nach dem Feuerwerk gelichtet hatte. Ich dachte mir schon, dass er etwas mit deinem Verschwinden zu tun hatte. Bevor ich ihn mir aber schnappen konnte, griff ihn eine

Domwache auf. Er wollte in die Kirche, aber man nahm ihn fest, weil er bewaffnet war.«

Vor Verblüffung bleibt mir der Mund offen stehen. Sanft fasst mir Leo unter das Kinn und schließt mir den Mund. »Das war Glück im Unglück. Aber für mich zählt nur, dass du unverletzt bist. Über alles andere reden wir später; wir haben gerade dringendere Probleme.«

Keuchend und japsend kommt in diesem Moment Dolomino neben uns zum Stehen. »Da kann ich nur zustimmen, Orlandi del Mazza. Zum ersten Mal wohlgemerkt«, blökt er.

Leo wirkt überrascht, als der Zwerg so plötzlich auftaucht, und musterte ihn mit schief gelegtem Kopf.

»Er hat mich vor Eleonora gerettet«, erkläre ich knapp.

Jetzt ist Leo derjenige, dem vor Fassungslosigkeit der Mund offen steht.

»Ich habe mich vorhin auf die wichtigsten Punkte beschränkt. Daher muss ich noch ergänzen, dass Dolomino mich gerettet und dafür gesorgt hat, dass Eleonora keine Gefahr mehr darstellt«, sage ich beschwichtigend und greife nach seiner Hand. Dann schaue ich Dolomino in die Augen. »Kannst du uns hineinbringen? Wir müssen nach ganz vorn, in Lorenzos Nähe.«

Zu meiner Überraschung nickt der Zwerg sofort. Zu dritt schieben wir uns durch das Portal in den Dom.

# Kapitel 22

## *Das Pazzi-Attentat*

Überfüllt ist kein Wort dafür, wie proppenvoll der Dom von Florenz ist. Wenn es möglich wäre, würden sich die Leute bis unter die Decke der gewaltigen Kathedrale stapeln. Der Lärmpegel ist hoch, die Luft zum Schneiden dick.

In der Uni habe ich gelernt, dass das Hauptschiff dreißigtausend Menschen fasst, und diese Zahl hat mich so beeindruckt, dass ich sie im Gedächtnis behalten habe. Das ist fast ein Drittel der Einwohner, die Florenz zu dieser Zeit hat. Ein Drittel der Stadt hat sich gerade hier versammelt.

Während sich Dolomino mit Ellbogen und wüsten Beschimpfungen den Weg nach vorn erkämpft, lasse ich meinen Blick schweifen. Die Kathedrale ist gigantisch. Überwältigend in ihrer Schlichtheit. Rechts und links ragen mächtige Pfeiler auf, die das Kreuzgratgewölbe über unseren Köpfen stützen. Die gotische Ausstattung wirkt schlicht, Wände und Decken des Innenraums sind beinahe kahl, selbst das gewaltige Kuppelgewölbe wurde noch nicht ausgemalt. Und trotzdem ist der Dom überaus prächtig.

Die Menschen werfen uns neugierige Blicke zu, als wir uns immer weiter nach vorn durchschieben. Jetzt sehe ich den Altar, der für die Osterfeierlichkeiten üppig mit Blumen und Kerzen geschmückt ist. Und dann stehe ich direkt darunter.

Über mir erhebt sich die Kuppel des Doms neunzig Meter in die Höhe. Selbst ohne die Ausmalungen kann ich mir keinen fantastischeren Anblick vorstellen. Ein technisches Wunderwerk, Ausdruck des Selbstbewusstseins der Republik Florenz. Ein Gefühl von Stolz keimt in mir auf, auch wenn ich nur für kurze Zeit Gast dieser Stadt bin. In diesem Moment fühle ich mich wie eine echte Florentinerin, die voller Stolz zum weithin sichtbaren Wahrzeichen ihrer Stadt aufblickt.

Im nächsten Moment holt mich Leo, der mir eine Hand auf die Schulter legt, in die Realität zurück. Wir stehen weit vorn, dicht an den niedrigen Chorschranken, die den Altarraum vom Hauptschiff abgrenzen. Leos Berührung lenkt meinen Blick in Richtung Westen, und ich sehe, dass eine Prozession sich den Weg in die Kirche bahnt. Vornweg schreitet der Erzbischof von Florenz, Rinaldo Orsini. Ihm folgen Lorenzo und Giuliano in ihren prächtigen purpurroten Gewändern, gemeinsam mit dem Kardinal von Genua. Der schmächtige junge Mann sieht aus, als wäre ihm nicht ganz wohl. Die ganze Zeit huscht sein Blick unruhig umher, und ich weiß genau, warum er so nervös ist. Er gehört zum Kreis der Verschwörer und weiß sicherlich ganz genau, was heute gespielt wird.

Auch Leo hat den Kardinal im Blick. Abschätzig schnalzt er mit der Zunge. »Vor zwei Jahren hat ihn sein Großonkel zum Kardinal von Genua ernannt, da war er gerade siebzehn. Vetternwirtschaft vom Feinsten.«

»Aber er ist ungefährlich, oder?«, wispere ich.

Leo nickt. »Der Kerl hat Angst vor seinem eigenen Schatten.«

Die Prozession kommt nur langsam vorwärts, und ich werde immer ungeduldiger. Vor Anspannung kaue ich an den Fingernägeln.

»Also, Rosalie, hör mir zu!« Leos Griff um meine Schulter wird härter, und er blickt mir eindringlich in die Augen. »Du darfst jetzt nicht sauer werden, aber ich bitte dich, dass du dich zur Sakristei zurückziehst, sobald die Attentäter zuschlagen.«

Prompt öffne ich den Mund, um zu protestieren, doch er legt mir einen Finger auf die Lippen.

»Wenn ich dich beschützen wollte, habe ich es bisher immer falsch angestellt. Diesmal will ich es richtig machen, also lass mich bitte ausreden!« Er atmet tief durch und behält mich weiterhin im Blick. »Du bist unbewaffnet und obendrein unerfahren im Nahkampf. Die Attentäter sind bereit, zum Äußersten zu gehen, und werden auch vor dir nicht haltmachen, wenn du dich ihnen in den Weg stellst. So etwas wie Ehrgefühl oder Moral kennen diese Männer nicht. Ich weiß, du willst helfen, und ohne dich wäre diese Mission längst kläglich gescheitert, aber bitte! Du hilfst mir am besten, wenn du bei der Sakristei bleibst und Lorenzo in Sicherheit bringst. In den Aufzeichnungen steht, dass er sich mit einigen Gefolgsleuten dorthin zurückzieht, und da brauche ich dich.«

Sein Blick ist offen, ohne die üblichen Vorbehalte, und er lässt mich alles sehen – seine Anspannung, den Stress der letzten Stunden und die wilde Entschlossenheit, diesmal nicht zu versagen. Ich entdeckte aber auch einen weichen Ausdruck von Sorge und die stumme Bitte, auf ihn zu hören.

Meine neu erwachte Kühnheit will aufbegehren und sich keine Statistenrolle zuschieben lassen, doch auch meine innere Stimme der Vernunft wird lauter. Ich bin nicht gerade begeistert, aber ich sehe ein, dass Leo recht hat. Ich kann mich nicht gegen bewaffnete Männer behaupten, die um jeden Preis morden wollen.

»Versprich mir eins!«, bitte ich, und Leos Miene wird argwöhnisch. »Wenn wir hier heil herauskommen, bringst du mir das Kämpfen mit Waffen bei. Einverstanden?«

Ein leichtes Lächeln huscht über sein Gesicht, und er beugt sich vor, um mir einen Kuss auf die Lippen zu drücken. Vor Überraschung ringe ich nach Luft, aber Leo hat sich schon wieder zurückgezogen. Himmel, dieser Kerl bringt mich noch um den Verstand!

Mit heftig pochendem Herzen beobachte ich, wie Lorenzo und sein Gefolge ihre Plätze in der ersten Reihe einnehmen. Ich erkenne den Dichter Angelo Poliziano, den ich auf dem Fest am Gründonnerstag kennengelernt habe, und bin erleichtert, als ich zahlreiche Männer sehe, die offenbar eine Leibgarde bilden. Ich vermeide es, Giuliano anzusehen, weil das schlechte Gewissen mir ohnehin schon Bauchschmerzen bereitet.

*Ich kann nichts tun. Ich darf nichts tun.*

Lorenzos Blick huscht wachsam wie ein Falke umher, und als er mich und Leo mit Dolomino entdeckt, nickt er uns kurz zu. Ich richte mich kerzengerade auf und falte die Hände vor dem Körper. Am Altar beginnt der Bischof mit dem Rücken zum Volk mit der Messfeier. Bei der Hostienvergabe werden die Attentäter zuschlagen. Noch nie ist die Zeit in einer Kirche so quälend langsam vergangen. Ich wünsche mir eine Armbanduhr, um die verstreichenden Minuten im Blick zu behalten, denn ohne Zeitanzeige fühlt sich jeder Moment wie eine Ewigkeit an.

Ich sehe die Attentäter, Sekunden bevor sie zuschlagen. Unruhe kommt in den Reihen der Gläubigen auf, als sich mehrere Männer nach vorn drängen. Ob sie die ganze Zeit schon anwesend waren oder gerade erst hereingekommen sind und sich jetzt nach vorn kämpfen, kann ich nicht sagen.

Leo neben mir ist zum Zerreißen angespannt. Zwischen zusammengebissenen Zähnen raunt er mir die Namen der Attentäter zu, die ihm bekannt sind.

»Da, Francesco de'Pazzi!«, zischt er, und seine Hand wandert unter seinem Umhang zum Gürtel. Ich folge seinem Blick und entdecke einen Mann um die dreißig, der gerade ein Messer zieht. Er steht den Medici am nächsten, und ich weiß, was jetzt folgt. Am liebsten schlösse ich die Augen, doch wie versteinert starre ich weiterhin auf das Geschehen. Es herrscht Verwirrung, und noch begreift niemand, dass gerade etwas Schreckliches passiert. Das Überraschungsmoment ist aufseiten der Attentäter. Dann hebt Francesco de Pazzi seinen Dolch und versetzt Giuliano den ersten Stich. Ein Schrei erhebt sich. Das Chaos bricht los.

Obwohl es verboten ist, eine Kirche bewaffnet zu betreten, ziehen alle Männer um Lorenzo ihre Waffen. Dolche und Schwerter blitzen im Licht. Geschrei wird laut.

Leo versetzt mir einen Stoß, bevor er nach vorn stürzt, und ich taumele nach hinten in die Apsis. Die Stufen hinauf zum Altar. Zur Sakristei, wie er mich aufgefordert hat. Aber ich komme nicht weit. Wie hypnotisiert beobachte ich den Tumult, dem ich eigentlich den Rücken kehren sollte. Das Durcheinander ist unbeschreiblich. Das Klirren sich kreuzender Klingen vermischt sich mit den Schreien und Rufen von Männern. Der Bischof und seine Messdiener haben sich hinter dem Altar in Sicherheit gebracht. Die riesige Menschenmenge im Kirchenraum scheint wie ich vor Schreck zu erstarren.

Ich halte den Atem an, als ich Leo im Getümmel entdecke. Er kämpft mit einem Kurzschwert, und ich frage mich, wie er es so geschickt verbergen konnte. Der Gedanke verfliegt schon im nächsten Moment, als ich seine geschmeidigen Kampfbewegungen verfolge. Es sieht aus wie ein Tanz, die Klinge wie eine natürliche Verlängerung seines Arms. Mühelos, elegant. Selbst als er einen Mann am Arm verletzt und einen weiteren mit einem heftigen Schlag durch den Schwertknauf in die Knie zwingt.

Mein Blick schweift weiter umher. Es ist schwer zu sagen, wer Freund und wer Feind ist. Ich kenne nicht einmal eine Handvoll der Männer. Noch dazu sind die Attentäter in keiner einheitlichen Kleidung aufgetaucht, was mir die Unterscheidung erleichtert hätte. Leo allerdings scheint zu wissen, was er tut. Seite an Seite mit der Garde der Medici sorgt er dafür, dass Lorenzo abgeschirmt wird. Eine Zeit lang scheint es so, als würden sie die Oberhand gewinnen, doch dann tauchen weitere Männer auf, die sie attackieren, und plötzlich kämpft Leo allein gegen drei Angreifer. Er schlägt sich wacker, aber ich sehe mit plötzlichem Schrecken, dass sich eine Gestalt in einem schwarzen Kapuzenumhang von der Seite her nähert. Sie strebt geradewegs auf Lorenzo zu, der mit versteinerter Miene auf die Stelle blickt, wo vor wenigen Minuten noch sein Bruder stand. Ein schmerzhaftes Prickeln schießt mir den Arm herauf. Mit einer Mischung aus Entsetzen und Faszination beobachte ich, wie das Zodiakusmal unter meiner Haut pulsiert und von innen heraus glüht. Es ist ein gespenstisches, metallisch bläuliches Leuchten, das durch meine Haut dringt. Und es wird heftiger, je näher der Kapuzenmann kommt.

Hektisch schweift mein Blick über die Kämpfenden. Jeder Mann im Umkreis von Lorenzo ist mit mindestens einem Gegner beschäftigt. Niemandem fällt die Person auf, die sich unaufhaltsam dem Principe nähert. Mein Körper strebt nach vorn, angestachelt durch meinen Zodiakus, doch ich denke an das Wort, das ich Leo gegeben habe.

*Ich kann nichts ausrichten, ich habe keine Waffe.*

Innerlich kämpfe ich mit mir. Eindringlich hat mich Leo gebeten, mich aus dem Kampf herauszuhalten, und er schien sich ehrliche Sorgen um mich zu machen. In den letzten Tagen haben wir ein Vertrauensverhältnis aufgebaut, wie ich es nie für möglich gehalten hätte. Ich habe mehr über Leo gelernt, auch wenn ich noch längst nicht behaupten kann, ihn wirklich zu kennen. Aber wir sind zu einem Team geworden, wir sind keine Fremden mehr. Keine Feinde. Will ich das jetzt kaputt machen, indem ich mich kopflos in Gefahr begebe, nur um am Ende doch nichts ausrichten zu können?

Aber ich kann auch nicht tatenlos zusehen und zulassen, dass Lorenzo etwas geschieht, während Leo ihn zu verteidigen versucht. Ich habe meine Entscheidung getroffen. Mit allem anderen kann ich mich später auseinandersetzen.

Mein Verstand arbeitet rasend schnell – purer Instinkt, keine Gefühle. Ich raffe meinen Rock und eile die flachen Stufen wieder nach unten. Niemand nimmt Notiz von mir, und ich weiche den Duellanten aus. Fieberhaft überlege ich, wie ich den Mann aufhalten kann, der Lorenzo im Visier hat. Ich umrunde die Gruppe der Kämpfenden und nähere mich von hinten. *Ich habe keine Waffe.*

Wie eine Vision taucht ein Bild vor meinem inneren Auge auf – die langen, spitzen Nadeln, mit denen Peppina an diesem Morgen das Haarnetz an meinem Hinterkopf festgesteckt hat. Nadeln wie Dolche ...

Ohne weiter nachzudenken, gleite ich mit den Fingern über den Kopf und ertaste die perlenbesetzten Enden der Haarnadeln. Die beste Waffe, die ich gerade zur Hand habe. Ich ziehe die Nadel heraus, halte sie fest und hebe die Hand hoch über den Kopf. Bereit zum Zustechen. Just in diesem Moment wendet sich der Vermummte zu mir um. Unsere

Blicke treffen sich, und ich erstarre mitten in der Bewegung. Augen aus flüssigem Quecksilber, so spiegelblank, dass in ihnen das blaue Glühen meines Zodiakus reflektiert. Augen, in denen eine erbarmungslose Kälte glitzert. Lucian Morell.

Diese Erkenntnis sorgt wie ein Schwall Eiswasser dafür, dass mein Körper aus seiner Erstarrung erwacht. Ich denke nicht weiter nach, sondern sehe nur den Dolch, den er noch immer gegen Lorenzo erhoben hat.

Meine Hand mit der Nadel senkt sich, doch bevor ich zustechen kann, schießt Lucians Hand vor und umklammert mein Handgelenk. An der Stelle, an der er mich erfasst, explodiert der Schmerz wie mit tausend Stromschlägen. Mein ganzer Körper windet sich, will sich von ihm losreißen, doch Lucian hält mich mühelos mit einer Hand fest. Mein Handgelenk drückt er erbarmungslos zusammen, bis er meine Finger einen nach dem anderen aufzwingt und die Haarnadel zu Boden fällt. Noch immer hat er kein Wort zu mir gesagt, aber sein Lächeln spricht für sich. Es ist nicht mehr als ein sanftes Kräuseln seiner vollen Lippen, und doch trägt es alle Grausamkeit der Welt in sich.

Ein letzter Blick, dann lässt er mein Handgelenk los und versetzt mir einen heftigen Stoß vor die Brust, der mich beinahe zu Boden wirft. Ich stolpere mehrere Schritte rückwärts, während Lucian erneut seinen Dolch zückt. Der Anblick überkommt mich wie eine real gewordene Vision, der Moment vor Lorenzos Tod durch Lucians Klinge.

*Ich werde den Teufel tun, das zuzulassen!*

Zorn und Groll strömen wie ein tödlicher Cocktail durch meine Venen und schärfen meine Sinne. Rasch ziehe ich eine weitere Haarnadel aus meiner Frisur, und dann hält mich nichts mehr auf. Blindlings steche ich zu. Die Nadel überwindet den Widerstand von Haut und Sehnen, und ich drücke mit aller Kraft zu. Adrenalin flutet meinen Körper, ich fühle mich völlig klar und berauscht zugleich.

Lucian, in dessen Hals meine Haarnadel steckt, hält mitten in der Bewegung inne. Wie in Zeitlupe gleitet sein Arm nach unten. Sein Stich, der tödlichen Kraft beraubt, versetzt Lorenzo lediglich eine ungefährliche Schnittwunde am Hals, bevor ihm der Dolch aus den Fingern gleitet.

Einen Moment lang stehen wir wie erstarrt da – Lorenzo, Lucian und ich. Dann wankt Lucian und umklammert den Kopf der Haarnadel, die aus einer Seite seines Halses hervorragt. Blut sickert ihm zwischen den Fingern hindurch, und gurgelnd ringt er nach Atem.

»Dafür wirst du bezahlen!«, zischt er, wirft sich herum und taucht im heillosen Chaos unter.

Er verschwindet so plötzlich, dass ich nur verdattert blinzeln kann und erst nach einer Weile begreife, was gerade passiert ist. Eine köstliche Sekunde lang flutet mich das Hochgefühl, Lucian getrotzt und ihn in die Flucht geschlagen zu haben. Doch schon im nächsten Augenblick wird mir klar, dass die Gefahr längst noch nicht gebannt ist. Ein Mann bricht sich wie ein Berserker durch das Meer der Kämpfenden Bahn und will zu Lorenzo gelangen. In seinen tief liegenden, eng zusammenstehenden Augen glüht blanker Hass. Das muss Bernardo Bandini Baroncelli sein. Der Attentäter, der eigentlich auf Lorenzo angesetzt war, bevor Lucian sich eingemischt und die Geschichte verändert hat.

Er rempelt mich grob zur Seite und stürmt auf Lorenzo zu. Ich stolpere nach hinten, bevor ich mich im letzten Moment noch fangen kann. Inzwischen holt der Angreifer blitzschnell mit seinem Schwert aus. Das ist der tödliche Stoß, ich weiß es genau. Doch diesmal bin ich machtlos und kann den Mörder nicht schnell genug erreichen. Diesmal komme ich zu spät.

»Nein!«

Nicht nur ich schreie laut auf, sondern auch ein Mann, den ich für einen Verbündeten der Medici halte. Bevor ich blinzeln kann, wirft er sich zwischen Lorenzo und Baroncelli. Die Klinge stößt unbarmherzig zu und trifft ihn.

»Nori!«, brüllt Lorenzo.

Baroncelli sticht wie von Sinnen auf den Mann ein, den Lorenzo Nori genannt hat. Lange kann er ihn nicht mehr aufhalten. Ich handele instinktiv. So schnell es meine voluminösen Röcke erlauben, eile ich auf Lorenzo zu und packe ihn am Arm. Wie aus dem Nichts taucht Poliziano neben uns auf.

»Kommt mit!«, rufe ich voller Verzweiflung und ziehe Lorenzo hinter mir her. Poliziano folgt uns mit einigen Gefolgsleuten, die uns hoffentlich alle wohlgesinnt sind. Uns mit einem weiteren Mörder in der Sakristei einzuschließen, wäre eine Katastrophe.

»Schnell! Verschanzen wir uns in der Sakristei!«

Niemand widerspricht mir, was mich mit ungeahnter Genugtuung erfüllt. Ich laufe voraus und öffne die Bronzetüren. Die Männer, darunter Poliziano, führen den kalkweißen Lorenzo in die Sakristei. Ununterbrochen erkundigt er sich nach seinem Bruder.

»Giuliano, geht es ihm gut? Ist er verletzt?«

Ich presse die Lippen zusammen und begegne dem Blick eines jungen Mannes, der mich ernst ansieht und den Kopf schüttelt. Stumm kommen wir überein, nichts über Giulianos Schicksal zu verraten.

Ich betrete die Sakristei als Letzte. Bevor ich die schwere Bronzetür hinter mir zuziehe, werfe ich einen letzten Blick auf das Kampfgeschehen und entdecke Leo, der zu meiner

Erleichterung unverletzt zu sein scheint, sich aber nach wie vor duelliert.

Ich nähere mich Lorenzo. Er blutet aus der Wunde am Hals, ist offenbar jedoch nicht lebensgefährlich verletzt. Ein Kratzer, verglichen mit dem Schicksal, das ihm hätte widerfahren können. Ich bin unendlich erleichtert, dass wir hier fürs Erste in Sicherheit sind.

Gerade wollen die Männer den massiven Türriegel vorlegen, als von draußen ein verzweifeltes Rufen und Klopfen einsetzt. Sie halten inne und wechseln unschlüssige Blicke. Haben wir jemanden schutzlos draußen zurückgelassen? Etwa einen der Messdiener?

»Schnell, Sigismondo!«, befiehlt ein Mann, den ich nicht kenne. »Steig zur Orgel hinauf und sieh nach, ob es Freund oder Feind ist.«

Besorgt beobachte ich, wie der junge Mann eine Trittleiter emporklettert. Offenbar befindet sich dort oben ein Fenster oder ein Guckloch.

»Es ist eine Frau. Madonna Bandini dei Baroncelli!«, ruft er, als er wieder unten angekommen ist.

Mir gefriert das Blut in den Adern. Das kann doch nicht sein! Eleonora ist hier? Und ich dachte, Dolomino habe sie erwürgt. Ganz klar habe ich das Bild vor Augen, wie sie leblos am Boden liegt. Oder gibt es eine zweite Frau ihres Namens in Florenz?

Bevor ich etwas einwenden kann, wird die Tür der Sakristei einen Spaltbreit geöffnet, und eine weibliche Gestalt in einem blutroten Kleid huscht herein. Kein Zweifel, es ist Eleonora. Offenbar von den Toten auferstanden und mit einem mordlustigen Funkeln in den Augen. Hinter ihr fällt die bronzene Tür endgültig ins Schloss, und der Riegel wird vorgeschoben. Gefangen. Mit der Löwin im Käfig.

Ich hechte nach vorn und stelle mich ihr den Weg, bevor einer der Männer reagieren kann. Eleonoras Blick geistert über die Anwesenden hinweg, und als sie mich entdeckt, zucke ich zusammen. Ihre Augen sind blutunterlaufen, und das Weiße um ihre Iris ist beinahe vollständig rot verfärbt. Grauenvolle rot-violett verfärbte Würgemale prangen an ihrem schlanken Hals. Sie sieht aus wie ein geschundenes, rachedurstiges Gespenst.

Während sie mich unverwandt ansieht, greift sie in den Ausschnitt ihres Kleids und zieht einen kleinen silbernen Gegenstand aus ihrem Mieder. Ich blinzele mehrmals, bis ich begreife, was sie da gerade hervorgeholt hat – eine altmodische, aber offenbar funktionstüchtige Pistole. Ganz langsam streckt sie den Arm aus, und ich höre das charakteristische Klicken, als sie die Waffe entsichert. Vor Schreck bin ich wie erstarrt. Völlig, absolut unmöglich! Sie kann diese Waffe nicht besitzen.

Es sei denn … Ich denke an das Handy, mit dem mich Leo heute Morgen fotografiert hat. Er hat es ganz einfach aus der Gegenwart mitgebracht und kann es ohne Weiteres benutzen.

Dasselbe ist mit dieser Pistole passiert. Lucian muss sie Eleonora gegeben und ihr gezeigt haben, wie sie die Waffe abfeuern muss, um Lorenzo damit zu töten. Mit einer Schusswaffe ist sie selbst als Frau allen Männern überlegen, die sie sonst im Zweikampf mühelos besiegt hätten. Mir läuft ein eiskalter Schauer über den Rücken.

Zum ersten Mal, seit ich mich in der Kirche aufhalte, habe ich Angst. Keine Anspannung, keine Nervosität, sondern nackte, kalte Angst. Ich kann rein gar nichts gegen Eleonora ausrichten. Sie ist ganz ruhig, voller tödlicher Entschlossenheit, und so sicher, wie sie die Waffe in der Hand hält und zielt, weiß sie genau, was sie tut. Wenn ich versuche, ihr die Pistole zu entreißen, hat sie mich erschossen, noch ehe ich in ihre Nähe gelange.

Es bleibt mir nichts anderes übrig, als sie so lange aufzuhalten wie möglich, bis hoffentlich Hilfe kommt. Wäre nur Leo hier! Wenn er wüsste, was hinter den verschlossenen Türen der Sakristei passiert ... Dass ich nicht in Sicherheit bin, sondern in die Mündung einer Pistole blicke.

Ganz langsam breite ich die Arme aus und trete einen Schritt zur Seite, bis ich dicht vor Lorenzo stehe. Er darf nicht sterben. Nicht hier und nicht heute.

Eleonora stößt ein Glucksen aus, ihre Stimme klingt rau und kratzig. »Wie edelmütig von dir!«, krächzt sie.

Eine eigentümliche, endgültige Ruhe überkommt mich. Ich habe noch immer Angst, begreife aber, dass ich nichts ausrichten kann. Aber ich werde Lorenzo beschützen, und wenn das meine letzte Handlung in diesem Leben ist.

»Sie hat eine Armbrust aus Silber«, sage ich zu den übrigen Männern ringsum. »Sie schießt keine Pfeile ab, sondern winzige Bleikugeln, die sofort töten, wenn sie treffen. Es ist ein Gerät des Teufels, das sie bedient. Nur hinter dicken Mauern und Wänden seid ihr sicher. Die Kugeln durchschlagen Glas, Holz und den menschlichen Körper. Kämpft nicht gegen sie, sonst sterbt ihr!«

Ich höre entsetztes Japsen und atemloses Keuchen. Aber ich muss die Männer warnen, bevor sie Eleonora mit ihren Schwertern angreifen.

»Niemand bewegt sich!«, faucht Eleonora.

Warum kenne ich mich so wenig mit Waffen aus? Wie viele Schüsse kann sie mit einer solchen Pistole abgeben? Muss sie nachgeladen werden?

Mein Verstand arbeitet fieberhaft, angeheizt von Adrenalin, das meinen Körper wie eine Droge durchpulst. Ich scanne meine Umgebung. Überall im Raum befinden sich behelfsmäßige Waffen – ein Kruzifix aus Messing, ein massiver Kerzenständer, eine Monstranz mit scharfen Kanten. Aber alle Gegenstände befinden sich außerhalb meiner Reichweite. Wenn ich mich bewege, hat Eleonora mich schneller mit Schüssen durchsiebt, als ich blinzeln kann.

*Denk nach, Rosalie!*

Vielleicht ist es an der Zeit, meinen Wissensvorsprung auszunutzen. Wofür bin ich eine Zeitreisende, wenn ich meine Chance nicht nutze, Orakel zu spielen? Vielleicht kann ich Eleonora einschüchtern und ihr irgendwie die Waffe abnehmen. Einen Versuch ist es wert. Ewig wird Eleonora nicht mehr warten, bevor sie zur Tat schreitet.

Ohne zu blinzeln, sehe ich ihr unverwandt in die Augen. »Dieses Attentat wird scheitern«, sage ich mit fester Stimme. »Es ist bereits gescheitert. Noch in fünfhundert Jahren wird man die Pazzi und ihre Mitverschwörer als schändlichste Verräter aller Zeiten bezeichnen.«

Eleonora verengt die Augen zu Schlitzen. »Woher willst du das wissen? Du lügst, um mir Angst einzujagen.«

»Ach ja?«, entgegne ich cool. »Ich dachte, du weißt, wer ich bin.«

Ihre Wangen färben sich rot. Treffer. Versenkt. Ich erkenne es an ihren Augen, ein jähes Aufblitzen von Unsicherheit. Sie fragt sich bestimmt, ob sie wirklich alles über mich weiß. Ob mir bestimmte Kräfte und Fähigkeiten nicht erlauben, einen Blick in die Zukunft zu werfen. Sie ist davon überzeugt, dass ich ein Geschöpf des Teufels bin. Und wer, wenn nicht Satan könnte solche Kunststücke bewerkstelligen? Ich lasse sie gern in dem Glauben.

»Eure Versuche, die Macht an Euch zu reißen, werden

scheitern. Der Erzbischof und sein Gefolge versuchen gerade, den Palazzo Vecchio einzunehmen, vergeblich. Die Signoria setzt sich zur Wehr. Florenz steht hinter den Medici.«

Eleonora wirkt schockiert. »Woher weißt du das?«, flüstert sie mit einer Stimme, rau wie Sandpapier.

Ich überhöre ihre Frage und rede weiter. »Sie werden alle gefasst, jeder einzelne Mitverschwörer. Und weißt du, was mit ihnen geschehen wird? Man wird sie aufknüpfen, draußen an den Fenstern des Palazzo Vecchio, damit alle Welt ihre Schande sieht.«

Eleonora starrt mich an, als würden meine Worte sie hypnotisieren. Ganz langsam schüttelt sie den Kopf.

»Glaub es mir ruhig. Denn dies alles ist längst geschehen. Deinen Onkel Bernardo werden sie sich zu allerletzt vorknöpfen. Mit ihm passiert dasselbe. Für alle Augen sichtbar aufgehängt an der Fassade, entblößt, gebrandmarkt als Hochverräter. Und für alle Zeit wird sich die Welt an ihn erinnern als an den Mann, der es nicht schaffte, Lorenzo de'Medici zu töten.«

»Nein!«, kreischt sie, und ihre geschundene Stimme rasselt unter der Heftigkeit ihres Schreis. »Alles Lügen! Niemand kann das alles wissen!«

Die Waffe, die sie noch immer auf mich richtet, zittert in ihren Händen.

Ich zwinge meine tauben Lippen zu einem Lächeln und hoffe, dass ich überlegen und herablassend wirke. Eine Mischung, die bei Leo immer bestens funktioniert, wenn er mich aus der Reserve locken soll.

Angespannte Stille erfüllt die Sakristei, und ein leises Knarren ist zu hören. Ich will mich zu dem Geräusch umdrehen, doch Eleonoras Arm zuckt hoch wie eine angreifende Kobra. Der Lauf der Pistole ist jetzt auf mein Gesicht gerichtet. Irgendjemand keucht entsetzt auf. Vielleicht bin ich es selbst, keine Ahnung. Mein Herz pocht wilder als je zuvor, und ich befinde mich wie in einem Tunnel. Meine gesamte Aufmerksamkeit ist auf die Frau gerichtet, die mich mit einer Waffe bedroht. Fast wünsche ich mir, dass sie endlich handelt. Ich halte diese überreizte Spannung nicht länger aus. Es kommt mir so vor, als hielte ich die Luft an, seit ich diesen Raum betreten habe. Die Anspannung hält mich umklammert wie die Faust eines Riesen und droht mich jeden Moment zu zerquetschen.

Das Knarren erklingt erneut. Dann ein dumpfer Aufprall, als wäre etwas aus geringer Höhe auf dem Boden aufgekommen. Etwas … oder Jemand. Ich kann mich nicht schnell genug umdrehen. Ein Schemen huscht an mir vorbei und stößt mich zur Seite. Taumelnd versuche ich das Gleichgewicht zu halten.

»Alle auf den Boden!«, ruft eine schmerzlich bekannte Stimme. *Leo ist gekommen.*

Ich fahre zu Eleonora herum, die nicht zu begreifen scheint, was gerade passiert. Ihr Mund steht offen, als eine Klinge pfeilschnell auf sie zufliegt und oberhalb ihres Schlüsselbeins stecken bliebt, gefährlich dicht an ihrer Kehle. Sie zeigt keinerlei Regung, blinzelt mehrmals. Dann verzerrt sich ihr Gesicht vor Überraschung. Ein Knall ertönt, ohrenbetäubend laut in der Sakristei. Instinktiv will ich die Arme hochreißen und mir die Ohren zuhalten, vergeblich. Jäher Schmerz explodiert in meinem Körper, und ich kann nicht sagen, woher er überhaupt kommt. Er überflutet mich in einer einzigen großen Welle, und ich bemerke, wie ich zu Boden sinke. Mein Kopf knallt auf den Steinboden, und vor meinen Augen explodieren grelle Lichter. Ringsum bricht Chaos aus. Füße trampeln gefährlich dicht an meinem Kopf vorbei, und Männerstimmen rufen wild durcheinander. Das alles nehme ich durch einen roten Schleier aus Schmerz und Benommenheit wahr.

»Hat dieses *Ding* Rosalia verletzt?«, höre ich Lorenzo wie aus weiter Ferne rufen.

Leos vertraute Stimme antwortet ihm, doch ich verstehe nicht mehr, was er sagt. Hände berühren mich sanft. Der pochende Schmerz in meinem Körper trägt mich fort.

# Kapitel 23

## *Nemesis*

Die Fetzen eines Traums begleiten mich auf der Schwelle von Bewusstlosigkeit zum Erwachen.

Der Löwe und der Greif, einmal wieder.

*»Jetzt sieh dir an, was du angerichtet hast!«, schimpft der Greif mit seinem typischen Zungenschlag.*

*»Angerichtet? Ich habe sie gerettet«, entgegnet der Löwe blasiert, doch seine übliche Coolness klingt heute nicht sonderlich überzeugend. Unruhig tappt er auf und ab. Die dünne Kette, die an seiner Wappenkette befestigt ist, klirrt bei jedem Schritt wie ein Glockenspiel.*

*»Ich weiß, was du getan hast«, raunt der Greif.*

*»Nichts habe ich getan.«*

*Der Greif kichert. »Du hast deine eigenen Gebote gebrochen, und jetzt nimmt die Prophezeiung unaufhaltsam ihren Lauf.«*

*Der Löwe faucht böse. »Keineswegs, und kennst du auch den Grund? Weil diese Prophezeiung nichts weiter ist als bedeutungsloses Geschwafel. Nur wer daran glaubt, gibt den Worten Macht, und das ist bei mir bestimmt nicht der Fall. Außerdem befolge ich keine einzige Anweisung aus dieser angeblichen Weissagung.«*

*Der Greif klackert mit dem Schnabel. »Also magst du sie kein bisschen? Sie ist dir völlig gleichgültig? Das sah vorhin in der Kirche aber ganz anders aus. Und als ihr euch auf dem Domplatz verloren hattet, bist du ja fast zusammengebrochen … hm … hm … hm.«*

*Wütend holt der Löwe mit der Tatze aus, und zwischen den beiden bricht ein wildes Gerangel aus, während sich die Bilder verflüchtigen wie eine Rauchfahne im Wind.*

Etwas Kaltes berührt meine Wange, ich reiße erschrocken die Augen auf und blicke in Leos Gesicht, der sich über mich beugt. Im nächsten Moment erkenne ich die kalte Berührung als nasses Tuch, mit dem er mir über die Stirn fährt.

»Hallo«, murmelt er.

Ich mustere sein Gesicht, und mir fällt seine unnatürliche Blässe auf. Seine meergrünen Augen heben sich besonders auffällig von der kalkweißen Haut ab. Sorge zeichnet seine Züge, auch wenn er sich um ein Lächeln bemüht. Auf seinen Wangen entdecke ich getrocknetes Blut.

»Was ist passiert?«

Meine Kehle ist staubtrocken, und ich bringe lediglich ein heiseres Krächzen zustande.

Alles, woran ich mich noch erinnern kann, sind der ohrenbetäubende Knall und der Schmerz, der mich Sekunden später umgerissen hat. Dann wurde alles dunkel.

Ich schaue mich um und erkenne, dass ich nicht mehr im Dom bin. Stattdessen liege ich zu Hause im Bett. Zu Hause in der Via di San Paolino. Wie vertraut mir dieser Ort inzwischen geworden ist! Ich blicke zu dem verblassten Muster am Betthimmel hinauf, und mein Herz wird schwer. Unsere Zeit hier ist abgelaufen. Es sei denn …

»Was ist passiert?«, wiederhole ich.

Ich will mich aufsetzen, doch ein stechender Schmerz im linken Arm wirft mich zurück in die Kissen. Keuchend betrachte ich meinen Arm, der dick bandagiert ist.

»Lorenzo geht es gut, und die Unruhen legen sich bereits wieder.« Leo räuspert sich. »Eleonora hat einen Schuss abgefeuert, nachdem ich sie mit dem Dolch getroffen hatte. Sie hat auf dein Herz gezielt, aber dich hat nur ein Streifschuss am Arm erwischt. Eine harmlose Fleischwunde, die bald verheilt sein wird. Aber hätte ich sie verfehlt oder den Dolch nur einen Moment später geworfen …« Er fasst nach meiner rechten Hand und drückt sie fest. Seine Finger sind kalt und zittern.

In meinem Kopf dreht sich alles, und ich muss ein paarmal tief durchatmen, bevor ich ein Wort herausbekomme. Langsam setzen sich die Fetzen meiner Erinnerung wieder zusammen. Eleonora, die mit einer Pistole bewaffnet in die Sakristei kommt. Mein verzweifelter Versuch, sie aus der Reserve zu locken. Und dann Leo, der urplötzlich auftaucht und einen Dolch auf sie wirft. Am klarsten sehe ich dieses Bild vor Augen – den silbernen Knauf, der knapp über Eleonoras linkem Schlüsselbein in ihrem Körper steckt. Mein Magen krampft sich vor Übelkeit zusammen. Das Klicken des Abzugs und die Pistole, die herumgerissen wird, als Eleonora jäh von dem Wurfgeschoss getroffen wird. Ein Strudel grauenvoller, schmerzhafter Bilder. Mein Schmerz und der ihre.

»Aber wie wusstest du …? Wie bist du in die Sakristei gekommen?« Ich fühle mich vollkommen verwirrt und suche in Leos Augen nach Antworten. Das sonst so schillernde Meergrün ist umschattet und dunkel.

»Ich bin mitten im Kampf, als Eleonora an mir vorbeiläuft. Sie betritt die Sakristei, und ich folge ihr. Aber die Tür ist verriegelt und niemand öffnet. Doch dann sehe ich die Sängertribüne und die Orgel über dem Eingang.«

Der Mund steht mir vor Verblüffung offen. »Du bist nach oben geklettert?«

Ich habe die Örtlichkeit genau vor Augen. Rechts und links vom Altar befinden sich zwei balkonähnliche Brüstungen, über denen die Orgelpfeifen angebracht sind. Die Wände sind glatt, und lediglich die Halbsäulen, die die Empore stützen, könnten für einen Aufstieg genutzt werden … obwohl mir auch das wie ein halsbrecherisches Unterfangen vorkommt, außer man hat zufällig Steigeisen dabei.

Leo nickt ernst. »Es ist nicht einfach, dort hinaufzukommen. Die Wände bieten kaum Vorsprünge. Als ich es aber geschafft habe, krieche ich durch die Öffnung hinter den Orgelpfeifen und steige über die Leiter nach unten in die Sakristei.«

Ungläubig schüttele ich den Kopf. »Unfassbar.«

Leo beißt die Zähne zusammen. »Ehrlich gesagt habe ich in dieser Situation nicht nachgedacht, sondern nur gehandelt. Ich dachte nur daran, was mit dir geschehen könnte, Rosalie. Wenn ich dich verloren hätte …«

Die Tür öffnet sich, und Peppina tritt ein. Ich unterdrücke einen wütenden Aufschrei. *Was?* Was wollte er da gerade sagen? Warum muss uns Peppina ausgerechnet jetzt unterbrechen? Ich bin mir sicher, dass er irgendetwas Wichtiges offenbaren wollte, doch der Moment ist vorbei. Wütend starre ich die arglose Hausmagd an. Sie bleibt am Fußende des Betts stehen und bekreuzigt sich.

»Der Heiligen Veronika sei Dank, Ihr seid wieder wach«, sagt sie mit piepsiger Stimme und klingt, als wäre mir eine Wunderheilung widerfahren.

»Ich habe dir doch gesagt, dass sie nicht schwer verletzt ist und bald wieder zu sich kommt«, brummt Leo.

Peppina schluckt, doch in ihren Augen steht noch immer der andächtige Glanz. »Hier ist der Kräutersud, um den Ihr gebeten habt, Domine.«

Sie reicht Leo einen dampfenden Becher. Er sieht genauso verärgert aus, wie ich mich fühle. Peppina verlässt rückwärts das Zimmer und knickst auf der Türschwelle.

Dankbar nehme ich den Becher entgegen und trinke den Sud mit vorsichtigen Schlückchen. Die warme Flüssigkeit schmeckt unangenehm nach Lakritze, aber ich bin dankbar, dass sie die Trockenheit in meinem Hals mildert.

Eine Weile warte ich gespannt, ob Leo den Gesprächsfaden wieder aufgreift und dort weitermacht, wo wir unterbrochen wurden, doch er macht keinerlei Anstalten. Stattdessen fällt mir siedend heiß ein, was in dem ganzen Chaos in der Sakristei beinahe untergegangen ist.

»Lucian Morell wollte Lorenzo umbringen.«

Leo zuckt so heftig zusammen, dass er sich den Kopf am Bettpfosten anstößt. Fluchend reibt er sich den Hinterkopf.

»*Come*? Was sagst du da?«

»Lucian Morell ist während des Attentats im Dom aufgetaucht und wollte Lorenzo erstechen. Er war es. Hätten wir nicht eingegriffen, wäre Lorenzo durch ihn gestorben, und die Geschichte hätte sich für immer geändert.«

In Leos Augen steht das blanke Entsetzen. Zwar fand er bei seinen Nachforschungen selbst heraus, dass sich Lucian im Florenz des fünfzehnten Jahrhunderts aufhält, offenbar aber glaubte er als Letzter an dessen persönliches Erscheinen im Dom.

»Wie wurde er aufgehalten?«, fragt Leo.

Also erzähle ich ihm alles, von meinem Entschluss, mich einzumischen, bis zu meiner Attacke mit den Haarnadeln. An dieser Stelle muss Leo laut lachen.

»Die Waffen der Frau, hm?« Sanft zupft er an einer meiner Haarsträhnen. Ich will mich ihm ausweichen, doch er rollt sich die Locke um die Hand und zieht mein Gesicht sanft, aber bestimmt zu sich heran. In seinen Augen funkelt der Schalk.

»Das hätte ich zu gern gesehen. Lucian Morell, besiegt von einer Haarnadel.«

Ich kichere, und unsere Nasen stoßen zusammen.

Leo seufzt. »Das war unglaublich von dir. Total mutig. Und dumm. Versteh mich nicht falsch! Du hast die Mission gerettet, aber in erster Linie das denkbar Dümmste getan.«

Ich nicke und nage an in der Unterlippe, um mein Schmunzeln zu unterdrücken.

»Ich weiß, du hast mir versprochen, nichts zu unternehmen, aber ich bin heilfroh, dass du es doch getan hast. Mit einer Haarnadel … Also, den Unterricht im Schwertkampf kannst du dir sparen.«

Impulsiv überbrücke ich die wenigen Zentimeter zwischen uns und drücke ihm einen Kuss auf die Lippen. Ich bin müde, mein ganzer Körper schmerzt, und ich habe Furchtbares erlebt. Aber dieser kurze Kuss kommt mir wie Balsam vor.

Leo legt den Arm um mich, und ich kuschele den Kopf an seinen Hals.

»Erzähl mir, was passiert ist, nachdem Eleonora geschossen hat!«, bitte ich Leo.

»Die Ereignisse sind so geschehen, wie es in den Geschichtsbüchern steht. Der Truppe ist es nicht gelungen, den Palazzo Vecchio zu stürmen, und die Attentäter wurden gefangen genommen oder flüchteten. Allerdings …« Er unterbricht sich und mustert mich nachdenklich.

»Ja?«, hake ich nach.

»Ich habe den Verdacht, dass alles nur wegen dir so passiert ist.«

Verwundert runzele ich die Stirn. Ich verstehe nicht ganz, was er damit sagen will.

»Ich habe gehört, was du zu Eleonora gesagt hast, und das war in dieser Situation sehr klug. Schließlich hast du sie verunsichert, sonst hätte sie schon früher abgedrückt. Allerdings hast du damit eine elementare Regel der Zeit gebrochen – du hast Geschehnisse aus der Zukunft verraten. Du hast die Namen fast aller Attentäter genannt und die Art ihrer Hinrichtung beschrieben. Damit hast du die Ereignisse gelenkt, die im weiteren Verlauf des Tages und der nächsten Wochen passieren.«

Oh …

»Also habe ich den Medici quasi in den Kopf gepflanzt, was sie später tun würden«, folgere ich lahm.

Leo nickt.

»Aber ich habe das doch nur gesagt, weil es die geschichtlichen Überlieferungen sind«, halte ich dagegen. Mein Verstand arbeitet auf Hochtouren, während ich alle Irrungen und Wirrungen der Zeit zu überblicken versuche. »Hätte sich in der Vergangenheit etwas verändert, hätte ich es ja gar nicht wissen können, oder? Oje, jetzt bin ich verwirrt.«

Leo tätschelt mir aufmunternd die Hand. »Ob es dadurch Auswirkungen auf die Zukunft geben wird, zeigt sich erst, wenn wir in unsere Zeit zurückgekehrt sind. Ehrlich gesagt glaube ich aber, dass in diesem Fall die Geschichte von dir geschrieben wurde.«

Ich merke auf. »Apropos Rückkehr – wann ist es so weit? Wann können wir nach Hause?«

Leo hält mir sein Handgelenk unter die Nase. Der Löwe schimmert blass rötlich unter seiner Haut. »Wir könnten es jederzeit versuchen, aber wir sollten bis morgen warten. Du hast viel durchgemacht, und ein Sprung durch die Zeit soll dir nicht die letzte Kraft rauben.«

Sanft streichelt er mir über die Wange, und ich lasse mich tiefer in die Kissen sinken. Wir haben es also tatsächlich geschafft. Durch unser Eingreifen konnte Lorenzo gerettet und die alte Ordnung aufrechterhalten werden.

Aber Moment mal … unser Eingreifen …

»Was weißt du über die Aufzeichnungen des Pazzi-Attentats? Es gibt doch bestimmt einen Kommentar von irgendeinem Hofdichter.«

Leo neigt den Kopf und versucht mir zu folgen. »Es gibt sogar einen ganzen Gedichtband darüber. Von deinem Freund Angelo Poliziano. Allerfeinste Pro-Medici-Propaganda.«

»Aber dann werden wir darin auftauchen! Wir und eine Pistole, Hunderte von Jahren, bevor eine solche Waffe überhaupt existieren darf! Poliziano lässt das bestimmt nicht unter den Tisch fallen.«

Meine Gedanken überschlagen sich, denn Leo und ich dürfen nicht als Akteure des Pazzi-Attentats genannt werden. Wir haben ohnehin schon so massiv in die Vergangenheit eingegriffen, dass dies wohl kaum ohne Folgen bleibt.

»Keine Sorge! Lorenzo weiß Bescheid«, beruhigt mich Leo. »Ich konnte ihm nicht die Wahrheit offenbaren, aber verständlich machen, dass die Beteiligung von dir, Eleonora und mir komplett aus den Annalen getilgt werden muss. Poliziano wird es in seinen Aufzeichnungen nicht erwähnen.«

Mir fällt ein Stein vom Herz. Keine Ahnung, wie Leo das geschafft hat, aber ich bin zu erschöpft, um nachzubohren.

Es war ein schwerer Tag. Ich habe einen Streifschuss abbekommen und spüre noch die Nachwirkungen der betäubenden Opiumtinktur. Ich will nur noch schlafen und von zu Hause träumen.

Leo sieht, dass ich wegdämmere, und löscht das Öllämpchen neben dem Bett.

»Leo?«

»Hm?«

»Legst du dich zu mir? Ich will nicht allein sein.«

Ich kann die Augen schon nicht mehr offen halten. Doch ich höre, wie Leo das Bett umrundet. Kleidung raschelt, das hölzerne Bettgestellt knarrt, dann senkt sich die Matratze. Schließlich liegt er neben mir und zieht mich so vorsichtig an sich, als bestünde ich aus Glas. Mhhh, wie konnte es mir anfangs nur unangenehm sein, dass wir so dicht beieinanderliegen? Gerade jetzt kann ich mir nichts Schöneres vorstellen.

In der strahlend hellen Mittagssonne stehe ich auf der Via Nuova und werfe einen Blick zurück zum Haus an der Ecke zur Via di San Paolino. Peppina und Gloria fielen heute Morgen aus allen Wolken, als wir verkündeten, die Stadt verlassen zu wollen. Für immer. Zusammen mit den beiden musste ich Tränen verdrücken, und Peppina ließ sich sogar dazu hinreißen, mich schluchzend zu umarmen. Gloria packte uns einen Korb voller Köstlichkeiten, die am gestrigen Ostersonntag nicht verzehrt wurden. Sie konnte ja nicht wissen, dass wir für unsere Rückreise keine Wegzehrung brauchen. Es wird im Bruchteil eines Wimpernschlags vorbei sein.

Es tut mir furchtbar leid, die beiden zurücklassen zu müssen. Als Grund für unsere überstürzte Abreise hat Leo eine dringende Handelsreise vorgeschoben. Trotzdem fühle ich mich entsetzlich, weil die beiden jetzt ohne Arbeitgeber dastehen.

Als hätte er meine Gedanken erraten, lehnt sich Leo zu mir herüber und raunt mir ins Ohr. »Die Jahresmiete ist bereits gezahlt, und ich werde sie nicht von unserem Vermieter zurückverlangen. Die beiden können also dort bleiben, bis sich ein neuer Bewohner gefunden hat. Außerdem habe ich in ihren Kammern einen schönen Betrag an Goldflorinen für jede von ihnen hinterlassen. Peppina verfügt jetzt über eine ordentliche Mitgift, und Gloria kann sich zur Ruhe setzen.«

Mein Herz schlägt Loopings, und hätte Leo mich nicht längst für sich gewonnen, wäre es spätestens jetzt geschehen. Wie habe ich ihn nur so sehr verabscheuen können? Bei all seinen Fehlern schlägt doch ein weiches Herz in seiner Brust. Dankbar fasse ich nach seiner Hand und drücke sie fest.

Strahlend lächelt er mich an. »Bist du so weit?«

Die Finger noch immer fest mit seinen verschränkt, nicke ich. Wir gehen zum Haus der Botticellis, das mir heute außergewöhnlich ruhig vorkommt. Der gesamte Hausstand ist ausgeflogen. Nur Sandro und Filippo sind anwesend und erwarten uns bereits.

Sandro versucht wacker zu lächeln, während Filippo nervös seinen Hut zwischen den Fingern dreht. Bei ihrem Anblick werde ich noch wehmütiger. Der bevorstehende Abschied fällt uns allen schwer. Noch einmal schweift mein Blick durch die Werkstatt, zu der geschnitzten Truhe hinüber, auf der ich so oft gesessen und die Maler bei der Arbeit beobachtet habe. Zu den unfertigen Gemälden, deren stetige Entstehung ich mit eigenen Augen verfolgen durfte. Ich nehme den intensiven Geruch nach Terpentin, Leinöl und Holz in mich auf. Ich kann nicht glauben, dass meine Zeit im Florenz des fünfzehnten Jahrhunderts um ist. Dass ich vielleicht nie mehr zurückkehren werde. Wer weiß, ob sich jemals eine neue Gelegenheit ergeben wird?

Sandro tritt einen Schritt vor und räuspert sich. »Ich wusste, dass eure Zeit hier kurz bemessen ist. Aber das macht es nicht einfacher, dass ihr jetzt schon fort müsst.« In seinen hellen Augen schimmern Tränen, als er von Leo zu mir schaut. »Ihr sollt nur wissen, dass wir euer Andenken für immer bewahren werden. Es war uns eine große Ehre, euch beide Nachbarn und Freunde nennen zu dürfen. Man wird in Florenz nie vergessen, was ihr getan habt.«

Filippo mischt sich ein. »Oh ja! Die ganze Stadt ist in Aufruhr, und in den Straßen singt man euch Lieder. Die Retter der Republik!«

Ich wende mich zu Leo um, und er hebt die Schultern. Ja, im Moment mögen sich die Menschen an uns erinnern und begeisterte Lieder anstimmen, aber in wenigen Jahren wird das kollektive Gedächtnis uns vergessen haben. Dafür wird Poliziano sorgen, indem er uns aus den Annalen der Geschichte streicht. Aber das ist schon in Ordnung. Wir haben für genug Unruhe in Florenz gesorgt.

Ich suche gerade nach den richtigen Worten, als sich die Hintertür öffnet. Zu meiner Überraschung kommen Dolomino und Lorenzo de'Medici herein. Die beiden sehen erschöpft aus, als wären sie seit Tagen auf den Beinen. Dolomino lässt sich sofort ächzend auf einen niedrigen Schemel sinken und lupft müde sein Barett. »Gott zum Gruße.«

Völlig perplex vollführe ich einen halbwegs gelungenen Hofknicks. Was wollen die beiden hier? Ich suche Leos Blick, doch der verneigt sich gerade tief, das Barett vor die Brust gedrückt. Seine Körperhaltung wirkt angespannt, und offenbar ist er genauso überrascht wie ich.

Lorenzo reibt sich über das müde Gesicht und lächelt ein wenig schief. An der Stelle am Hals, wo ihn die Klinge getroffen hat, trägt er einen gut sichtbaren Verband.

»Wir haben von Euren Plänen erfahren, uns heute zu verlassen. Was ich zutiefst bedaure.«

Oh. Also … das ist ja sehr freundlich, dass er extra deswegen vorbeikommt.

»Ich muss zugeben, anfangs war ich mehr als skeptisch, was Euch angeht, Signori. Eure Motive waren mir schleierhaft. Zwei Fremde, die wie aus dem Nichts auftauchen und anscheinend genau wussten, was am gestrigen Tag Grauenvolles geschehen würde.«

Sein scharfer Blick trifft mich, und ich weiß, dass er meine akkuraten Vorhersagen in der Sakristei meint. Sie sind alle eingetroffen. Oder wie Leo meint – sie sind wegen mir so eingetroffen. Sei's drum, jetzt lässt es sich auch nicht mehr rückgängig machen.

»Und Ihr wart da. Zur rechten Zeit am rechten Ort. Ich mache Euch nicht zum Vorwurf, was meinem Bruder zustieß – der Herrgott hab ihn selig –, aber ich schwöre, dass ich ihm das Begräbnis eines Königs bereiten werde.« Er wirkt grimmig und tödlich entschlossen. Sicher ist auch, dass seine Rache blutig sein wird. Schließlich hebt er eine Hand und winkt Dolomino zu sich. Grummelnd stemmt sich der Zwerg von seinem Sitz hoch und reicht Lorenzo einen Umschlag.

»Dies hier«, sagt Lorenzo mit feierlichem Unterton, »ist eine Urkunde, die der Familie Orlandi del'Mazza das Lehen über Castelfalfi und die dazugehörigen Ländereien überträgt. Als Dank für die außerordentlichen Leistungen von Ser Leopoldo und seiner Gattin. Wir schicken das Dokument umgehend mit einem Boten nach Castelfalfi, wenn Ihr erlaubt.«

Leo bleibt der Mund offen stehen, und er sieht völlig geplättet aus. Das breiteste Lächeln aller Zeiten breitet sich auf meinem Gesicht aus. Na, da schau an!

Ich erinnere mich noch genau an Leos gebrummte Worte, nachdem er am Anfang unseres Aufenthalts herausstellte, dass seine Familie in dieser Zeit noch keine große Nummer ist. *Ich hatte gehofft, dass mir der Name meiner Familie hier ein paar Türen öffnet, aber offenbar sind wir in dieser Zeit nur unbedeutende Herren des Castellos in Castelfalfi. In der Familienchronik heißt es zwar, dass ein Mitglied meiner Familie durch besondere Verdienste um die Stadt Florenz von Lorenzo de'Medici die Hoheit über die Ländereien und das Dorf Castelfalfi erhält, doch das liegt von hier aus gesehen wohl noch in der Zukunft.*

Also ist es Leo gewesen … und ich als seine Ehefrau. Das Familienmitglied, das durch besondere Verdienste das Lehen gewinnt. Darauf fußt die zukünftige Macht der Familie.

Ich schlinge einen Arm um Leos Hüften, der noch immer wie versteinert dasteht. Im Augenblick ist er noch überwältigt, aber mit der Zeit wird er verstehen, was er geleistet hat. Er kann wirklich stolz auf sich sein.

»Ich wünsche Euch alles erdenklich Gute. In Florenz seid Ihr immer herzlich willkommen, nicht wahr, Maestro Botticelli?«

Sandro nickt strahlend, und in Lorenzos Augen blitzt es auf, als sei ihm gerade ein Gedanke gekommen. »Es trifft sich hervorragend, dass ich gerade hier bin. Ich möchte ein Gemälde in Auftrag geben.«

Sandros Augen weiten sich erfreut, und er lächelt geschäftstüchtig. »Euer Gnaden?«

Lorenzo reibt sich das Kinn. »Ja, ein Gemälde. Ein Sinnbild unseres Triumphs über die Pazzi und eine klare Warnung an alle Gegner, sich mit uns anzulegen. Es soll Monna Rosalia zeigen.«

»Was? Mich?« Jetzt bekomme ich den Mund vor Überraschung nicht mehr zu.

Lorenzos grobes Gesicht verzieht sich zu einem Lächeln. »Giuliano hatte seine Simonetta. Ich möchte meine Rosalia.« Er wendet sich an Botticelli. »Was könnt Ihr mir anbieten, Maestro?«

Sandro schiebt sich seine dunkelblonden Locken hinters Ohr und denkt offenbar angestrengt nach. Dann, ohne ein Wort zu sagen, eilt er zu seinem Zeichenpult und beginnt mit schnellen Strichen zu skizzieren. Gespannt warte ich, was er wohl zeichnet.

Er zeigt das Ergebnis Lorenzo, der das Blatt nachdenklich mustert und dann zustimmend nickt. Schließlich hält Sandro mir das Blatt hin.

Ich bin überrascht und gleichzeitig nicht. Mit schnellen Strichen hat Sandro seine Vorstellung skizziert – eine geflügelte Frau. Mit einer Hand hat sie drohend ein Schwert erhoben, in der anderen hält sie einen Olivenzweig. Hinter ihr die angedeuteten Schemen einer Landschaft. Und zu ihren Beinen bereits die Umrisse eines Löwen.

»Nemesis, die Göttin des gerechten Zorns und der Vergeltung«, erklärt Sandro voller Stolz. »Ihr eigentlicher Begleiter wäre der Greif, aber dein Gefährte ist der Löwe, nicht wahr?« Er zwinkert mir fröhlich zu.

»Bitte, setz auch einen Greifen dazu!«, schlage ich mit gesenkter Stimme vor. »Mein eigentlicher Name lautet nämlich Rosalie Gryphius.«

Sandro wirkt überrascht, nickt dann aber. »Der Betrachter wird sich fragen, was das soll, aber ich führe ihn gern in die Irre.« Er lacht schelmisch. Nun, seinen Humor werde ich bestimmt vermissen.

»Euer Gnaden!«, kräht Dolomino. »Ihr werdet im Palazzo Vecchio erwartet.«

»Wie immer hast du recht«, seufzt Lorenzo. »Gehabt Euch

wohl, Ser Leopoldo, Monna Rosalia.« Er neigt den Kopf und macht sich auf den Rückweg durch die Hintertür. Kurz bevor er hinausgeht, wendet er sich noch einmal um. »Ach, bevor ich es vergesse! Habt Ihr vielleicht noch einen klugen Rat für die Zukunft für mich?«

Zu meiner Überraschung ist es Leo, der die Sprache wiedergefunden hat. »Der König von Neapel weiß einen gewitzten Verhandlungspartner zu schätzen. Von Angesicht zu Angesicht«, sagt er schmunzelnd.

Lorenzo misst ihn mit durchdringendem Blick, dann nickt er und verlässt mit seinem Hofzwerg die Malerwerkstatt.

»Auf Wiedersehen, Dolomino! Und vielen Dank für alles!«, rufe ich ihnen noch hinterher. Als Antwort höre ich nur ein entferntes meckerndes Gelächter. Kaum zu glauben, aber auch diesen Giftzwerg werde ich vermissen.

Als die beiden weg sind, spüre ich, wie mein Zodiakus plötzlich heftig brennt. Das Prickeln vom Vortag hat sich in ein schmerzhaftes Glühen und Pochen verwandelt. Autsch! Es wird wohl wirklich Zeit.

Kurz entschlossen trete ich auf Filippo und Sandro zu und umarme beide. Tränen brennen mir in den Augen. Sandro streicht mir sanft über das Haar, so als wüsste er genau, dass er mich trösten muss. Als ich ihn loslasse, hat auch er feuchte Augen.

»Wir lassen euch jetzt allein. Viel Glück!«

Ein letztes Mal lächelt er mich an und legt Filippo eine Hand auf die Schulter. Die beiden verlassen die Werkstatt und begeben sich in den hinteren Teil des Hauses.

Ich drehe mich zu Leo um. Als ich es mit einem schiefen Lächeln versuche, kommt er auf mich zu.

»Es wird leichter«, ist alles, was er sagt.

Ich nicke und blinzele endgültig die Tränen weg. Dann fasse ich nach seiner Hand. Gemeinsam wenden wir uns der Staffelei zu, auf der *La Primavera* steht. Sandro hat große Fortschritte gemacht und wird es bestimmt fristgerecht fertigstellen. Ich trete noch einen Schritt näher. Die unwiderstehliche Anziehungskraft, die ich inzwischen schon gut kenne, überkommt mich stärker denn je. Die Präsenz des Gemäldes drängt Leos Anwesenheit neben mir vollkommen in den Schatten. Ich halte noch immer seine Hand, nehme es jedoch kaum noch wahr. Stattdessen erfüllt mich ein warmes Glühen, das von meinem rechten Handgelenk ausgeht. Wie ferngesteuert strecke ich den Arm aus. Als ich die Bildoberfläche berühre, überkommt mich ein jähes rauschhaftes Glücksgefühl, und ich versinke in hellem Licht. Das Portal funktioniert wieder, das weiß ich. Es wird mich nach Hause zurückbringen. Und trotz aller Wehmut darüber, dass ich meine neuen Freunde zurücklassen muss, gewinnt die Freude einer geglückten Rückkehr die Oberhand. Nach München. Zu meinem Bruder und zu Lara. In mein gewohntes Leben. Leos Hand noch immer fest umklammernd, stürze ich in das Gemälde, und ein Strudel aus Farben und Licht verschluckt mich.

# Kapitel 24

*München, 17. November 2018*

Anders als die Male zuvor werde ich diesmal während des Zeitsprungs nicht ohnmächtig. Zwar fühlt es sich so an, als wäre ich kurzzeitig weggetreten, aber bei unserer Landung in der Gegenwart bin ich bei vollem Bewusstsein. Es ist ein seltsames Gefühl. Wie der kurze Schreckmoment, wenn man auf einer Treppe eine Stufe übersieht und ins Leere tritt. Der Magen sackt ab, und man hat das Gefühl, gleich zu stürzen, bevor man sich doch noch fängt. So ähnlich fühlt es sich an, aus einem Portalgemälde herauszutreten. Einen Moment lang befinde ich mich noch an einem luftleeren Ort ohne Raum und Zeit, im nächsten hat mich die Schwerkraft wieder. Meine Füße krachen wie Betonpfeiler auf den Boden, und ein Ruck geht durch meinen Körper, sodass ich das Gleichgewicht verliere und stolpere. Ungebremst schlage ich auf dem Boden auf. Uff! Es ist hartes, poliertes Parkett, und mein Aufprall tut ziemlich weh. Okay, es wäre mir fast lieber gewesen, die Prozedur ohnmächtig durchzustehen. Nach Atem ringend verharre ich und wage keinen Finger zu rühren.

Als ich endlich das Gefühl habe, wieder Luft zu bekommen, höre ich Stimmen. Sie klingen aufgeregt, und es sind viele. Ich bewege mich noch immer nicht. Stattdessen lausche ich auf meine Umgebung. Obwohl ich die Augen geschlossen halte, spüre ich, dass Leo ganz nahe bei mir ist. Aber genau wie ich gibt auch er kein Lebenszeichen von sich.

Langsam und zögernd hebe ich den Kopf, öffne die Augen. Ich bin in einem großen Raum gelandet und kauere auf allen vieren auf dem Boden. Die Wände sind bis zu den Decken mit hölzernen Bücherregalen bedeckt. Reihen von Buchrücken erstrecken sich, so weit das Auge reicht.

*Eine Bibliothek.* Aber wo bin ich? Ein Blick über die Schulter zeigt mir, dass *La Primavera* in ungebrochener Schönheit hinter mir auf einer Staffelei steht. Fast so, wie ich das Gemälde in Sandros Werkstatt verlassen habe. Aber das hier ist eindeutig nicht der karge Kellerraum in der Alten Pinakothek, von wo aus ich meine Reise ins Jahr 1478 begonnen habe. Das Bild wurde also in der Zwischenzeit hierhergebracht.

Leo ist ein Stück hinter mir gelandet. Ächzend rappelt er sich auf und reicht mir anschließend die Hand, um mir aufzuhelfen.

»Geht's dir gut?« Aufmerksam betrachtet er mich.

»Ja.« Meine Glieder pochen zwar noch von dem harten Aufprall auf dem Holzboden, ansonsten fühle ich mich aber gut.

»Und deine Wunde?« Mit den Fingerspitzen berührt er die Stelle, an der sich der Verband unter dem Ärmel meines linken Arms verbirgt.

»Ziept ein bisschen, ist aber kaum der Rede wert.« Ich schließe die Augen, als er seine Finger weiterwandern lässt, über meinen Hals bis hinauf zur Wange. Ich strebe der Berührung entgegen und schmiege das Gesicht in seine Handfläche.

»Wir haben es geschafft, Rosalie«, flüstert Leo. Die raue

Kuppe seines Daumens streicht mir über die Unterlippe, und ich erzittere. Ich bin froh, dass dieses *Etwas* zwischen uns noch immer da ist und sich nicht als Trugbild erweist, das nur in der Vergangenheit Bestand hatte.

»Vielleicht …«, beginne ich schleppend. »Vielleicht sollten wir nachsehen, ob eins dieser Bücher ein Geschichtsband ist, und sichergehen, dass sich die Geschichtsschreibung wieder korrigiert hat. Das wäre der ultimative Beweis.«

Leo seufzt. »Du hast recht. Dies ist übrigens die Bibliothek im Hauptquartier der Rubiner, und wenn ich mich nicht irre, befindet sich die Abteilung über die Medici dort hinten.«

Er führt mich zu einer Regalwand am gegenüberliegenden Ende des Raumes. Mit dem Zeigefinger fährt er suchend über die Reihen der ledernen Buchrücken, bis er einen dicken Wälzer herauszieht. Er wuchtet ihn auf ein Lesepult am Fenster und blättert durch die vergilbten Seiten.

»Das ist ein Exemplar der Enzyklopädie, die Viktor im Keller der Pinakothek hergezeigt hat«, erklärt er mit konzentriert gerunzelten Brauen. »Wenn wir hier nichts finden, dann nirgends.«

Ich sehe, dass seine Finger leicht zittern, als er durch die vergilbten Seiten blättert. Schließlich schlägt er den richtigen Eintrag auf, und wir beugen uns gemeinsam über das Buch.

**Lorenzo de'Medici** (der Prächtige, *Il Magnifico),* geboren am 1. Januar 1449 in Florenz, gestorben am 8. April 1492 in der Villa Medici in Careggi, Florenz, war ein Bankier und Politiker in Florenz. Von seinem Vater Piero de'Medici übernahm er die Leitung der Medici-Bank und gemeinsam mit seinem Bruder Giuliano das Prinzipat über die Republik Florenz. Am 26. April 1478 kam Giuliano de'Medici bei einem Attentat im Dom von Florenz ums Leben *[siehe Pazzi-Verschwörung]*. Lorenzo führte Florenz zu höchster wirtschaftlicher und kultureller Blüte und erwies sich als großzügiger Mäzen. Begraben liegt er in der Medici-Kapelle der Basilica di San Lorenzo di Firenze.

Mir entweicht ein freudiger Jauchzer, und ich lese den Eintrag noch einmal, nur um sicherzugehen, dass ich mir die Worte nicht bloß eingebildet habe. Aber da steht es, schwarz auf weiß. Die Geschichte hat sich korrigiert, und alles ist wieder so, wie es sein soll. Erstaunlich, wie schnell das möglich ist! Erst jetzt kann ich wirklich glauben, dass wir es geschafft haben.

»Es hat geklappt!«, jubiliere ich und strahle Leo an. Er breitet die Arme aus, und ich springe ihm geradezu entgegen. Leo prallt mit dem Rücken gegen die Bücherwand hinter ihm, als wir mit voller Wucht aufeinanderprallen. Fest schlinge ich ihm die Beine um die Taille, und er umfasst meine Oberschenkel, um mich zu halten, während unsere Lippen aufeinandertreffen wie Magnete. Mit den Zähnen zwickt er mich sanft in die Unterlippe, und als ich aufstöhne, schlüpft seine Zunge in meinen Mund. Die Hände in sein Haar vergraben, versinke ich in diesem Kuss. Ich spüre ihn im ganzen Körper. Sein Geschmack ... die Weichheit seiner Lippen. Alles Leo.

Ich neige den Kopf, als er tiefer drängt, mich mit überwältigender Glut küsst, bis ich innerlich in Flammen stehe. Mein Zodiakus pocht mit fast schmerzhafter Intensität. Für den Bruchteil einer Sekunde überkommt mich das überwältigende Gefühl, einen zweiten Herzschlag in meiner Brust zu spüren. Emotionen treffen mich, die nicht meine eigenen sind. Ein wildes, alles verzehrendes Verlangen, Zuneigung und ein Hauch von Schuldgefühlen. Ich reiße die Augen auf und begegne Leos Blick, der mich mit einer Mischung aus Schock und Faszination betrachtet. Spürt er dasselbe? Kann es sein, dass …

»Hatte ich doch recht, als ich glaubte, Stimmen gehört zu haben.«

Als ich eine amüsierte Stimme vernehme, fahren Leo und ich jäh auseinander.

Professor Kipping steht an der Tür und mustert uns mit wissendem Lächeln, während wir ihn nur kurzatmig anstarren können

»Oh, hallo, Professor!«, grüßt Leo, der als Erster die Sprache wiederfindet. Er lächelt zerknirscht, lockert seinen Griff und lässt mich sanft an sich hinabgleiten, bis ich wieder auf dem Boden stehe. Seine Wangen leuchten in einem hinreißenden Rosa, während sich meine Knie wie Pudding anfühlen.

»Ich kann es nicht fassen, Sie hier zu sehen«, sagt Professor Kipping bewegt. Er durchquert den Raum und schüttelt uns beiden die Hände. Seine hellen Augen schimmern verdächtig feucht.

»Herzlich willkommen zurück in der Gegenwart! Ich kann nicht oft genug betonen, wie froh ich bin, Sie heil und unbeschadet wiederzusehen.« Sein Blick huscht prüfend über unsere Gestalten und wandert dann weiter zu der aufgeschlagenen Enzyklopädie auf dem Lesepult hinter uns. Seine Miene hellt sich auf.

»Ah, schon fleißig, wie ich sehe! Und, ist alles wieder im Lot? Ja? Fabelhaft. Die Welt und die Gesellschaft der Tabula Rubina haben Ihnen viel zu verdanken.«

Väterlich klopft er Leo auf die Schulter und bedenkt mich mit einem stolzen Lächeln. »Ich muss unbedingt erfahren, was Ihnen widerfahren ist. Es gibt so vieles zu berichten.« Voller Tatendrang reibt er sich die Hände.

Die Tür zur Bibliothek öffnet sich erneut, und Viktor stürmt herein. »Professor!«, japst er atemlos. Als er Leo und mich neben Professor Kipping stehen sieht, kommt er schlitternd zum Stehen und wirkt völlig überrumpelt von unserer Anwesenheit.

»Sie … Sie sind zurück!«, stammelt er, offenbar vollkommen aus dem Konzept gebracht.

»Ja, Viktor«, stimmt Professor Kipping zu. »Und sie waren über die Maßen erfolgreich. Sehen Sie sich *La Primavera* an. Das Bild hat sich vollständig erholt. Sie können in den Uffizien anrufen und Bescheid geben, dass wir ihnen ihr Meisterwerk unversehrt zurückschicken.«

Viktor nickt, doch er wirkt nicht so eifrig wie sonst, wenn es darum geht, Aufgaben für Professor Kipping zu erledigen. Irgendetwas stimmt nicht ihm … Während ich ihn noch forschend anstarre, räuspert er sich.

»Professor Kipping … es tut mir sehr leid … aber …« Er schluckt schwer und senkt den Blick, ohne den Satz zu beenden.

Professor Kipping geht einen Schritt auf ihn zu. »Was ist denn, Viktor?«

Mit offensichtlich großer Mühe hebt Viktor den Blick und sagt mit zittriger Stimme: »Wir haben vor zehn Minuten die Meldung erhalten, dass die Tabula Rubina verschwunden ist.«

Seinen Worten folgt eine beängstigende Stille. Ich bin immer noch ein wenig berauscht von unserer erfolgreichen Rückkehr und den Küssen, doch mein Hochgefühl verpufft jäh, als mir klar wird, was Viktor da gerade offenbart hat.

Die Tabula Rubina ist verschwunden? Zwar habe ich das mysteriöse Artefakt noch nie gesehen, doch ich weiß, dass es für die Rubiner einen enormen Stellenwert besitzt. In ihr liegen das Geheimnis der Zeitreisen und jede Menge anderer Mysterien verborgen, die sie unbedingt entschlüsseln wollen. Mein Blick huscht zu Leo hinüber, der total geschockt wirkt.

»Die Tabula ist verschwunden?«, echot er mit dumpfer Stimme.

»Sind Sie sich wirklich sicher?«, will Professor Kipping wissen. Alle Heiterkeit ist von ihm gewichen, und er mustert Viktor mit ernster Miene.

Dieser nickt. »Es ist absolut seltsam. Die Überwachungskameras haben niemanden aufgezeichnet. Im einen Moment liegt die Tabula noch in ihrem Glaskasten, im nächsten hat sie sich in Luft aufgelöst. Ich habe mir die Aufnahmen bestimmt zehnmal angesehen.«

Die Stirn in tiefe Falten gelegt, lauscht ihm Professor Kipping mit höchster Aufmerksamkeit. »Nun, das lässt nur einen Schluss zu«, sagt er dann erstaunlich nüchtern. Er hebt den Blick, und mir stockt der Atem. Für den Bruchteil einer Sekunde habe ich den Eindruck, in seinen Augen hinter den Brillengläsern etwas Silbernes aufblitzen zu sehen. Doch als er blinzelt, verschwindet das quecksilbrige Glimmen, und seine Iris ist hell wie eh und je.

*Einbildung,* rede ich mir ein, um das heftige Trommeln meines Herzens zu beruhigen. Doch das seltsame Gefühl in meiner Magengrube bleibt.

Professor Kipping räuspert sich. »Die Kamera hat niemanden aufgezeichnet, weil der Diebstahl nicht in unserer Zeit stattfand. Die Tabula Rubina wurde in der Vergangenheit gestohlen. Und ich habe einen Verdacht, wer der Täter gewesen sein könnte.«

Sein Blick kommt auf mir zum Liegen …

# Danksagung

Diese Zeilen zu schreiben, fällt mir ehrlich gesagt nicht leicht, da es immer noch ein unwirkliches Gefühl ist, meinen Debütroman zu veröffentlichen. So viel Zeit ist vergangen, seit ich die erste Idee zu dieser Geschichte im Sommer 2017 hatte und jetzt sind wir schon bei den Schlussworten angekommen.

Mein Dank gilt in erster Linie dem Piper Verlag und der Schreibplattform Sweek, denn ohne den Wettbewerb #newpipertalent2019 würde es diese Geschichte heute so nicht geben. Danke an die Jury, dass ihr an Aquarius geglaubt und es zum Gewinnertitel gekürt habt – damit ist ein Traum in Erfüllung gegangen, an den ich kaum zu glauben gewagt habe.

Danken möchte ich außerdem meiner Lektorin Friedel Wahren, die ich nicht nur persönlich schätzen gelernt habe, sondern die diesem Buch behutsam aber präzise den Feinschliff verpasst hat.

Vielleicht hätte ich es mit dem Schreiben nie so weit gebracht, wenn es nicht so viele wundervolle Menschen gäbe, die mich über die Jahre unterstützt und bestärkt haben und denen mein tiefster Dank gilt.

Allen voran meine Eltern. Mama und Papa, ihr seid meine Fans der ersten Stunde und habt meinen Wunsch zu schreiben immer bestärkt. Danke für die vielen Bücher, die mir die Welt der Literatur eröffnet haben.

Meine Familie, auf deren Liebe ich mich auch in stürmischen Zeiten immer verlassen kann.

Pati, weil du meine beste Freundin bist, mich aufrichtest, wenn ich zweifle und mir seit neunzehn Jahren zur Seite stehst. Du bist ein großer Teil dieses Buches, auch wenn du mir nicht erlaubt hast, eine Figur nach dir zu benennen.

Giusi und Marina, die unser Mädels-Quartett vervollständigen und mir die besten Freundinnen sind, die ich mir wünschen könnte. Danke fürs Testlesen, Brainstormen und die unzähligen Gespräche über meine Geschichten.

Anika, ich bin so froh, dass ich mich in diesem Seminar neben dich gesetzt habe und wir seitdem Freundinnen sind. Ohne dich als treue Testleserin, Kritikerin und Ratgeberin, wäre Aquarius nicht das, was es heute ist.

Meine Autorenkollegin Sarah. Ich bin unglaublich dankbar, dass wir uns durch den Wettbewerb kennengelernt haben und das Abenteuer Debütroman zusammen bestreiten. Auf viele weitere Bücher!

Außerdem danke an E'Kathi, Christa, Lena, Anne, Katharina, meine Gospel-Mädels, Camilla, Philipp, Arabella, Ludwig und Luise und alle anderen, die ich nicht namentlich nennen kann, weil das wirklich den Rahmen sprengen würde. Jeder von euch hat dazu beigetragen, dass es heute dieses Buch gibt.